KB267851

그래서 사람이다

그래서 사람이다

초판 1쇄 인쇄 2012년 06월 11일
초판 1쇄 발행 2012년 06월 18일

지은이 | 노대전
펴낸이 | 손형국
펴낸곳 | (주)에세이퍼블리싱
출판등록 | 2004. 12. 1(제2011-77호)
주소 | 153-786 서울시 금천구 가산동 371-28 우림라이온스밸리 C동 101호
홈페이지 | www.book.co.kr
전화번호 | (02)2026-5777
팩스 | (02)2026-5747

ISBN 978-89-6023-914-2 03810

그래서 사람이다

'사람은 금방 웃다가도 울며, 한참 떠들다가도 언제 그랬느냐는 듯 잠잠하기만 하다. 사람은 사랑에 빠져 허우적거리다가도 언제 그랬느냐는 듯 태연하기만 하다. 사람은 오늘 칭찬하다가도 내일은 비난 일색이다. 사람은 남들한테는 이래라 저래라 손가락질 하면서 정작 잘못을 품고 있는 자신에게는 관대하기 이를 데 없다.

사람은 삶의 자양분을 담은 고운 글을 손에 쥐어 줘도 글씨가 너무 작다고 불평한다. 사람은 온갖 고통에 휩싸인 남들에 대해서는 무감각하기만 한데, 자신과 가족에 대해서는 감기만 걸려도 어쩔 줄 몰라 난리다. 사람은 빈 장독에 빠진 개구리가 그 장독을 빠져 나가려고 뛰어 오르며 발버둥치다 결국 주저 앉는 것처럼, 자신의 울타리 안에 갇혀 그곳에서 벗어나지 못한다.'

그래서 사람이다.

이 책은 사람에 관한 이야기를 담고 있다. 사람의 마음과 행동과 실천을 드러낸다.

사람은 무엇이고, 인간은 무엇인가?

인간은 사람의 특성이 모여 이루어진 단어다. 사람의 집합을 나타내기도 한다. 자연을 이루는 구성 요소인 '하늘^강^바람 등 무생물과 식물^동물^사람 등 생물' 에서와 같이 생물과 무생물로 이루어지는 자연의 큰 범주에서 볼 때 인간보다는 사람이 더 자연스럽다.

‘인간’과 ‘사람’이 혼용되어 쓰이는 경우가 많으며, 일반적으로 ‘인간’이 ‘사람’ 보다 더 고상한 표현으로 보인다. 어감에 있어서 ‘사람’이라고 할 경우 자연스러운 반면, ‘인간’이라고 할 경우 인위적이고 세속적으로 들리기도 한다. 쓰이는 자리에 따라서도 뉘앙스의 차이가 생긴다.

‘인간 세상’, ‘인간 사회’ 라고 하는 것을 ‘사람 세상’, ‘사람 사회’ 라고 하면 좀 이상하게 들리는 것 같다.

누군가에게 ‘이 사람아!’ 라고 하는 것과 ‘이 인간아!’라고 하는 것은 그 의미에 있어 분명한 차이가 있다. ‘저 광장에 웬 인간들이 많이 모였지?’라고 하는 것과 ‘저 광장에 웬 사람들이 많이 모였지?’라고 하는 것은 들리는 뉘앙스에서 차이를 보인다.

실제 사람이 하는 말, 행동, 실천에 있어서도 때와 장소, 분위기에 따라 그 효과는 큰 차이를 보이는 것이다.

이 책에서는 자연스럽고 편안한 의미의 ‘사람’ 을 채택했다. 자연 속의 한 생명체인 사람에 초점을 두었다. 유기체인 사회 단체, 모임 등 ‘인간 사회’를 들여다 보는 것이 아니라 개별 ‘사람’에 포커스를 두어 사람의 본성, 현실, 사랑과 그들의 삶에 집중했다.

사람의 맑은 본성과, 어두운 본성을 들여다 보고, 따뜻한 현실과 차가운 현실을 살펴 그 원인을 찾아 보고 이제 사람이 무엇을 어떻게 해야 하는지 그 길을 밝히려고 한다.

크나큰 우주 공간에서 사람은 나약하기 그지 없다. 자연의 웅장함과 분노 앞에 사람은 속수무책일 수밖에 없다. 맑은 본성을 지닌 사람이 따뜻한 현실을 불러 오고 있는 반면, 어두운 본성의 사람이 차가운 현실을 몰고 온다. 온갖 과학, 기술의 발달이 사람에게 평화와 행복을 지켜 주는 반면, 불행과 파멸을 자초하기도 한다. 사람이 사람을 기쁘고 행복하게 하는 한편, 서로 위협하고 공포로 몰아 넣기도 한다.

이 책을 읽는 동안 사람에게 일어나는 질병, 사고, 범죄, 자연 재해에 대하여 새로운 시각으로 접하게 되고, 마음 가짐이 달라질 것이다. 분노, 화, 질투, 미움, 복수 등 부정적 감정 에너지에 대하여는 새로운 마인드가 정립될 것이다.

이 세상에 존재하는 모든 것에 주어지는 최고의 선물인 '사랑'은 지고지순(至高至純)의 가치를 한 몸에 담고 있다. 이 세상에는 기계, 자동차 등을 움직이는 물리적 에너지뿐만 아니라 사람의 감정, 이성, 사랑 등을 일으키는 정신 에너지가 존재한다. 바다, 산, 나무, 꽃 등에도 정신 에너지가 존재하는데, 이들은 그 반응이 느려 감지하기조차 어렵다.

사랑 에너지는 사람의 나쁜 감정을 달래며, 위로하여 행복과 축복이 넘치는 삶을 추구한다. 이 사랑 에너지가 고갈되면 부정적 감정 에너지가 분출되어 온갖 질병, 분노, 질투, 폭력, 전쟁 등을 일으킨다. 반면 사랑 에너지가 충만하면 아름다운 자태로 절정에 이른 꽃뿐만 아니라 수분이 다 빠져 나와 시들어 축 처진 보잘것없는 모습의 꽃들로부터 진정한 사랑을 경험할 수 있게 된다.

이 책은 독자의 편에서 그저 독자의 기분을 맞춰 주려고 하지 않는다. 사람의 삶에서 스스로 고귀한 가치를 찾아내는 과정을 경험하고 음미하면서 자신이 해야 할 일을 스스로 탐색하고 반성하는 기회를 갖는다.

마음의 심연에서 사람의 일상적인 삶을 관조하고, 아픔과 역경 속에서 심오한 대 반전을 이루어, 진정한 기쁨과 행복, 건강하고 평화가 넘치는 세상을 구현하는 데 그 목적이 있다.

우마차가 낮은 고개 하나 슬쩍 넘어가듯이 그저 고개를 끄덕이거나 설레 설레 저으면서 이 책을 슬쩍슬쩍 읽으며 그저 지나칠 바에는 차라리 책을 덮고 산책을 하라. 그냥 알고 지나치는 것은 맑은 호수에 달빛이 머물다가 가는 것과 다름이 없다. 스스로 수양과 인내를 통하여 우선 자신이 변화하여야 하며, 그 길은 늘 작은 사랑을 실천하는 곳에 열려 있다.

　사람은 살짝 스쳐가는 바람에 옷깃을 여미고, 구름 사이로 드러난 태양의 열기에 서둘러 그늘을 찾는다.

　'6월 어느 날 풀벌레 소리 합창이 귓전을 요란하게 울리는 숲 속 벤치에 앉아 책을 펴 드니, 누런 바탕 종이 위에 까만 글씨가 눈물겹다. 그 펼쳐 든 책 위로 반쯤 햇살이 비치고 나머지 반은 옆에 서 있는 작은 정자 지붕이 태양을 가려 그늘을 만든다. 자리를 옮겨야 하나? 이 아름다운 계절이 선물하는 햇살의 따사한 기운을 느끼며 이 자리에 그대로 머물러야 하나? 이것도 일종의 갈등이다. 소박한 마음의 몸짓이다.'

　처음 구상할 때는 이 책의 제목을
'야나시가이야
　야가시자이머
　야바지계이야
　야마시머이머'라고 정하였다.

　이 책에 나오는 등장 인물은 모두 상기 말 중 두 글자씩 조합으로 하여 가명을 사용했다. 그들은 바로 독자 여러분 자신일 수도 있으며, 가족일 수도, 친구일 수도 있다.

　사람은 상대방의 말과 태도에 즉각적으로 반응하고 싶어 한다. '틱' 하면 '톡' 하고, '툭' 치면 '탁' 하고 즉시 되받아 치고 싶어 한다.

　　사람은 스스로 쳐 놓은 감정의 울타리에 갇혀 자신은 조금도 물러서지 않으면서, 남의 영역은 서슴지 않고 침범하려고 하는 것이다.
　　한편으로는 택시를 탈 때 동전 몇 닢 거스름돈은 꼬박꼬박 챙기고, 2천원 주차 비는 그리도 아까워하면서, 술집에서는 배추 이파리 팁도 서슴지 않는다.

　　작은 갈등과 기복이 심한 감정의 물결이 온통 자신을 휘감으며 모순을 일으키는 사람, 사람, 사람들… 파고 들어 가면 갈수록 혼미 속으로 빠져 들어가는 사람의 본질은 무엇일까?

　　사람은 자신의 희생은 잘 감수하다가도 자신의 가족이 얽힌 일에서는 무자비하게도 남의 희생마저도 대수롭지 않게 여기고 만다.

　　그러면서도 사람은 무한한 사랑을 품고 살아 간다. 때로는 내가 아끼고 고이 간직한 보물을 선뜻 내놓기도 한다.

　　세상 사람들이 왜 그리 약았는가 원망하다가도 나 자신이 약았다고 화살을 자신에게 돌리니 이리도 마음이 편할 수가 없다.

　　세상 사람들이 왜 그리 양심이 없는가 원망하다가도 나 자신이 양심이 없다고 화살을 자신에게 돌리니 이리도 행복할 수가 없다.

　　내용의 전개와 관련하여 몇 가지 밝혀 둔다.

　　독자 여러분이 바로 이 책의 주인공이므로 직접 자신에게 말하는 것이라고 생각하고 음미하기를 바라는 마음에서 시종일관 존칭어를 생략했다. 강한 어조로 자신에게 메시지를 던진다는 의미에서 그 길을 택했다.

생업에 따라 존칭어를 사용한 경우도 있다. 존경 받을 만한 아름다운 삶을 살고 계신 분이라고 확신했기 때문이다.

택시기사, 버스기사 등 서민에게 필수적인 서비스를 제공하면서 스스로 힘든 서민의 삶을 구가하는 직업에는 꼭 '님' 자를 붙였다. '택시 기사님', 버스 기사님', 택배 기사님, 대리 기사님…' 이라고 한 것이다. 그들의 힘겹고 맑은 삶은 존중 받아야 하기 때문이기도 하다. 한편, 다른 직업에는 가급적 존칭어를 생략했다. 세상에서 비교적 풍족한 삶을 살고, 존중 받고 있으니 구태여 존칭어를 생략해도 서운함이 덜할 것이라고 생각했다.

존칭어가 그리 중요하지 않다. 저자는 독자 여러분과 사람들을 늘 존중하고 사랑하는 마음을 간직하고 있음을 분명히 밝혀 둔다.

각 편 서두에는 가끔씩 주위 환경에서 느끼는 소박하고 감상적인 단상을 정리해 보았다. 사람은 누구나 자연으로부터 유래되었으며, 자연으로 돌아가고자 하는 귀소 본능을 품고 있다. 다소 분위기에 어색하더라도 가벼운 마음으로 읽어 주셨으면 한다.

이 책에서 제시되는 사례는 사람들로부터 직접 들은 각종 경험담을 주축으로 하여 신뢰할 수 있는 도서, 언론 매체 등에서 수집한 자료를 근거로 하였으며, 모두가 실화를 바탕으로 한 것임을 밝혀 둔다.

고귀함과 아름다움으로 가득하며 때로는 삭막하기 그지없는 삶의 여정에서 진솔한 경험담을 들려 주신 맑은 심성의 사람들, 영혼을 울리는 소중한 책의 저자 여러분, 눈시울을 뜨겁게 하는 감동적인 삶의 현장과 성인의 주옥 같은 가르침을 생생하게 지면에 담아 주신 언론사 관계자 여러분께 머리 숙여 감사의 말씀을 드린다.

늘 지역 주민을 생각하고 책을 통한 삶의 정화에 열정을 다하며, 책을 읽고 공부하는 사람들의 편에서 밤늦은 시간까지 묵묵히 일하며 편의를 제공해 주신 지역 시립도서관 관계자 여러분께 깊이 감사 드린다.

그럼 이 책과 함께 편안하고 아름다운 여행 되시길 바랍니다.

차례

사람과 사랑 이야기 ^155   III

I

사람과 본성 이야기

이 세상에는 다양한 삶을 추구하는 사람들이 서로 부대끼고 교감하며 살아가고 있다. 때로는 서로 사랑을 베풀고 양보하며 감싸주기도 하지만, 때로는 부정적 감정의 그늘에서 질투와 비방을 일삼거나 시기하고 헐뜯으며 살아간다.

사람들은 저마다 제 갈 길을 찾아 총총걸음으로 바삐 길을 재촉한다. 뒤를 돌아보거나 옆을 주시하지도 않은 채 삭막하게 제 갈 길만 재촉한다. 하루를 그렇게 바쁘고 힘겹게 살아가는 와중에도 품위 있는 사람이 있는가 하면, 온종일 의미 없는 일로 시간을 허비하는 사람도 있다. 질병으로, 사고로 병원에서 고통의 시간을 보내는 사람이 있는가 하면, 가족을 잃은 슬픔에서 헤어나지 못한 채 정신적 고통으로 허덕이는 사람도 있다. 더 맑고 아름다운 세상을 가꾸기 위해 자신보다 남을 위해 헌신적인 사랑을 실천하는 사람이 있는가 하면, 범죄의 온상에서 헤어나오지 못한 채 선량한 사람을 위협하는 일에 몰두하는 사람이 있다. 온통 과거의 일에 얽매여 살아가는 사람이 있는가 하면, 다가오지도 않을 불확실한 미래의 일에 집착하며 사는 사람, 그리고 현재의 일에만 충실한 사람도 있다. 각양각색의 사람이 시간이라는 공통의 굴레에서 함께 어울려 살아가고 있는 것이다.

사람은 원래 맑고 착한 본성을 지니고 태어나는가?

이 세상에는 자신의 원초적이고 동물적인 본성을 여지없이 드러내고 욕심을 앞세운 이기적 본성으로 다른 사람의 평온한 삶에 파문을 일으키는 사람이 있는 반면, 고귀한 사랑을 품고 실천하며 사는 향기 나는 사람이 있다. <u>때로는 자신을 중심으로 하는 이기심에 사로잡혀 이율배반적으로 처신하는 모습에서 참 멍청한 두뇌를 가지고 있는 사람의 본성이 발견된다.</u>

이 장에서는 사람의 본성을 들여다보고, 본성이 맑은 사람과 본성이 어두운 사람을 만나보기로 한다.

단순한 동물적 본성을 지닌 사람들은 그들의 입에서 나오는 욕설마저 자연스러운 사람의 본성인가? 향기를 풍기고 품위 있는 모습 속에서 사람의 맑은 본성을 찾을 수 있다.

사람은 욕심과 이기심으로 무장한 채 그 멍청한 두뇌로 혼자만 앞서 가고, 배부른 속을 더 채우고, 곳간이 넘쳐나도록 쌓아두려고만 한다. 모든 일을 아전인수 격으로 받아들이려 하고, 주위 사람들이 잘되는 것에 대해 배 아파한다. 그러므로 여기서 현실을 살아가는 사람의 내면을 조명하고 그 본성을 살펴보는 것은 보다 가치 있는 삶, 사랑과 행복으로 가득한 아름다운 삶을 향한 초석이 될 것이라고 믿는다.

1. 맑은 본성

단순한 동물적 본성을 지닌 사람

이 세상을 살아가면서 사람은 복잡한 것보다는 단순한 것에 더 익숙해져 있다. 사람은 생각이 복잡하면 복잡할수록 방황하고 결국 후회만 남게 된다. 『생각의 심리학』의 저자 아우구스토 쿠리는 "가장 고귀한 삶의 질은 가장 단순한 것에 숨어 있다."라고 했다. 사람은 원래 단순하다. 복잡한 것을 꺼리고 단순한 것에 길들여져 있어서 단순함에 매력을 느낀다. 아무리 복잡한 일에 하루 종일, 한 달 내내, 일년 내내, 아니 그 이상의 기간 동안 매달리다가도 결국 단순한 것으로 회귀한다. 단순한 것으로 회귀하려는 본성이 숨어 있기 때문이다. 사람은 단순한 것이 더 잘 어울리고 단순한 것에 이끌린다. 아무리 복잡한 일이라도 단순하게 풀고자 한다. 사람은 아무리 복잡한 전자 기기도 단순하게 작동할 수 없으면 외면해 버린다.

법정스님은 "세상이 복잡하기 때문에 단순하게 살아야 제 정신을 차릴 수 있다."라고 했다. 애플에서 출시하는 제품마다 최고의 단순함을 추구했던 스티브 잡스는 단순함이 궁극적으로 정교함으로 나타난다고 했다. 커뮤니케이션에서도 불필요하고 핵심에서 벗어난 내용을 제외한 단순한 말(KISS : Keep it short and simple.)이 가장 효과를 발휘한다고 한다. 장황하고 수려한 것이 아니라, 솔직하고 단순한 말에 호감이 간다는 말이다.

사람은 그저 잘 대해주면 좋아한다. 우아하게 대접 받기를 원한다. 그래서 우아한 것을 찾아 나선다. 저녁 때가 되면 술을 찾는다. 놀 거리를 찾고, 재미를 찾는다. 장난치고 노는 것이 본능이다. 술 마시고 놀면서 하루를 풀고 마무리한다. 그렇지 않으면 어떤 취미나 재미를 찾아서라도 단순함을 즐긴다. 단순한 것이 보다 더 친근하고 스트레스를 덜어주기 때문이다.

사람은 원시 자연상태의 동물적 본성을 지니고 있어서 단순하고 철부지처럼 행동하는 것을 더 선호한다. 외관상 근엄하고 위엄 있고 엄숙하게 보이는 사람도 내심 철부지의 본성을 지니고 있는 것이다. 먼 옛날 사람은 누구나 열매를 따고, 나무뿌리를 캐고, 사냥을 하고, 물고기를 잡으며 하루를 즐겼다. 그리고 그러다 지치면 잠에 빠졌다. 즉 자연 친화적 본성을 가슴 깊은 곳에 지니고 있는 것이다. 복잡한 것은 다 인위적인 것이다. 사람의 뇌가 그렇다. 참 단순하고 멍청하기까지 하다. 그래야 살아갈 수 있다. 그것이 편한 길이기 때문이다. 그것이 복잡하고 급변하는 환경에 잘 적응해나갈 수 있는 길이다. 그래서 사람이다.

복싱에서도 단순함을 추구하는 사람의 본성이 나타난다. '스트레이트' 펀치는 원래 사람이 사용하지 않는 기술이라고 한다. 스트레이트 펀치는 배우고 훈련된 사람만이 사용할 수 있다. 원래 사람은 주먹을 휘두를 때 본능적으로 '훅' 펀치밖에 사용하지 않았다고 한다. '훅'이 '스트레이트'보다 훨씬 더 자연스럽고 단순하며, 그래야 자신이 편하기 때문이다.

아이들의 행동 원리 중 하나는 빛이 가려진 좁은 공간을 찾아가는 것이라고 한다. 때로는 좁은 공간의 편안함에 취해 깜빡 잠이 드는 경우도 있다고 한다. 사람의 무의식 속에 잠재되어 있는 본능, 즉 어초에 머물렀던 편안하고 아늑한 어머니 뱃속으로 돌아가고 싶은 단순한 회귀 본능인 것이다. 어머니 뱃속에서 누렸던 아늑함과 편안함을 찾아 좁고 어두운 공간을 찾아 들어가는 것이다. 이 같은 일은 실제로 일상생활에서 자주 접하게 된다. 어떤 아이는 TV 탁자 밑 문갑 문을 열고 들어갔다가 문이 닫혀서 나오지 못해 애를 태우거나 손가락을 다치기도 한다.

이처럼 사람의 단순한 동물적 본성을 인정하고 당연하게 받아들이면 매사에 보다 순조롭게 대처해나갈 수 있다. 대통령 연두 기자회견 시 배석한 비서관들이 졸린 눈을 부릅뜨고 앉아 있는 것을 보았는데, 그 어려움은 가히 짐작하고도 남는다. 강의나 세미나에 참석해 있을 때도 졸음이 쏟아지면 자꾸 감기는 눈을 어쩔 도리가 없다. 반대편 입장에 서 있는 사람이 더 이해하고 받아들여야 한다. 그저 눈에 보이는 현상만 보고 질책하는 것은 도량 있는 사람의 행동이 아닐 것이다. 육안(肉眼)으로만 보려 하지 말고 영안(靈眼)으로 바라보는 혜량을 갖자. 보이는 현상만 가지고 부정적인 시각으로 판단하거나 질책하기보다는, 색다른 화제나 바뀐 리듬으로 졸린 분위기를 쇄신해주는 것이 현명하고 존경 받는 길일 것이다. 이처럼 사람의 동물적 본성을 잘 이해하면 일상생활에서 다른 사람과 더욱 가까워지고 서로 친숙하게 지낼 수 있게 된다.

사람의 원초적 본능에 관심을 두어 성공한 기업 사례가 있다. 2010년 7월 글로벌 소셜네트워크서비스(SNS) 페이스북이 회원 수 5억 명을 돌파했다. 이 회원 수는 중국 인구 13억 명, 인도 인구 11억 명 다음으로 많은 것이다. 2010년 2월 이용자가 4억 명을 돌파한 지 다섯 달 만에 1억 명이 늘어났다. 하버드 기숙사에서 탄생한 웹사이트 하나가 불과 몇 년 만에 세계인을 열광하게 만든 것이다. 이 회사 CEO인 마크 주커버그는 5억 명 돌파에 대해 "페이스북의 미션은 열린 사회를 만들고 사람들이 더 많은 것을 공유할 수 있도록 도와주는 일"이라고 밝혔다. 페이스북은 인간에게 존재하는 원초적 본능을 토대로 하여 만들어졌다. 즉 누구나 소속 본능, 약간의 허영심, 어느 정도의 관음증을 갖고 있다고 한다.

인터넷 블로그에 남자 성기 노출 건이 화제가 된 적이 있다. 사람은 이 원초적 본능을 자꾸 숨기고 가리는 데만 급급한데, 그것이 도리어 청소년 교육에 역효과를 낳는 결과를 초래하기도 한다. 아무리 문명이 발달한다 하더라도 태초의 상태로 회귀하고자 하는 원초적 본능은 여전히 살아 숨쉬고 작동한다. 태초에 사람은 옷을 입지 않고 지냈다. 남녀가 1 대 1로 결혼하지도 않았다. 군집생활을 통하여 함께 더불어 행복하게 지냈다. 아기가 태어나면 모든 사람의 자식이고 형제이며 자매였다. 아이에게는 모든 성인이 자신의 부모였다. 지금도 지구상에는 이러한 군집생활을 하는 부족들이 여전히 남아 있다고 한다.

그러던 것이 일부다처제로 전환되었다. 힘이 센 남자가 여러 여자를 차지하게 된 것이다. 인간 사회의 모든 문제를 '인간도 동물이다.'라는 차원에서 바라보는 진화 심리학적 관점에서 보면, 남자는 성적 다양성을, 여자는 정서적 교감을 추구한다고 한다. 남자는 유전학적으로 종족 유지와 번식에 적합하게 심리적, 생리적 구조를 지니고 있어서 더 나은 후손을 더 남기는 데 주력하는 것이다. 현재의 일부일처제는 문명의 발달과 제도로 인해 강요된 방식이라고 한다. 지배층에 있는 남자들의 욕심에서 나온 제도인 것이다. 아직까지도 일부 학자들은 인간 본성에 비추어볼 때 일부다처제가 적합하다고 말한다. 어쨌든 우리 사회에 일부일처제가 정착된 이후, 남녀 둘이서 삶을 꾸려가는 결혼이라는 틀의 속박에 사로잡히게 되었다. 마음이 통하지 않아도, 육체적으로 맞지 않아도 그렇게 주어진 틀 속에서 부대끼며 살아야 했다. 부부가 서로 잘 맞지 않을 경우 이보다 더 큰 고통과 스트레스는 없을 것이다.

물론 이혼이란 제도가 있긴 하지만, 최근에 이르기까지 이혼에 대한 사회의 시선은 그리 곱지 않았다. 여기서 많은 문제가 생겨나기 시작했다. 결혼이란 제도의 구속 하에 부부관계가 틀어지는 경우 자녀의 정상적 성장, 발달과 올바른 교육에 지장이 생긴 것이다. 또한 혼전 성행위와 그에 따른 출산이 용납되지 않는 사회 관습 속에서, 여자는 미혼모로 살아가야 하는 난관을 견딜 수 없어서 죄 없는 소중한 아기를 길거리로 내몰고 방치했다. 그리고 그 아이들은 소중한 부모의 사랑이 결핍된 채 험난한 삶의 역경을 감수하지 않으면 안 되게 되었다. 이같이 정상적인 가족 사랑이 결핍된 환경에서 성장해야 하는 아이들은 비뚤어진 성격을 형성하게 될 우려를 낳고, 결국 세월이 흐르면서 사회악의 원인으로 대두되기 시작했다. 원초적 본능을 짓누르며 발전해온 문명의 부정적 효과가 가시화된 것이다. 사람이 만든 제도와 관습으로 인하여 수많은 사람들이 부정적이고 침울한 사회 현실의 어두운 그림자 속에서 살아가야 하는 운명에 처하게 되었다.

욕설도 원래 단순한 원초적 본능에서 유래한다. 욕설에는 8600여 가지가 있으며, 결국 욕설은 언어폭력으로까지 이른다. 욕설의 내막을 살펴보면 대부분 신체의 은밀한 부분을 빗대고 있어 듣는 사람의 귀에 여간 불편하게 들리지 않으며, 이것이 마음에 상처를 주는 독소가 된다.

욕설은 태곳적 귀소본능에서 유래한다. 다른 동물에 빗대어 하는 욕설도 있긴 하지만, 대부분 어머니의 자궁 속에 머물던 시절을 갈망하는 원초적 본능에의 회귀를 담고 있다. 그러면 왜 사람들이 하는 욕설에는 자신의 원초와 관련된 것이 많을까? 자신의 존재의 원천을 잊지 못하고 그 원천의 순수함을 그리워하는 본능적 욕구 때문이다. 즉 사람이 하는 욕설은 신성한 원초적 본능에서 나오는 말인데, 거기에 나쁜 의미를 부여한 데서 부정적인 이미지가 생겨났고, 듣기에 불편하다는 의미가 부여된 것이다. 듣는 사람으로 하여금 자존심을 상하게 하고 비하하는 것이라는 의미를 부여한 데서 나온 결과인 것이다. 욕설의 근원을 거슬러올라가 보면 과거로 회귀할 수 없는 자신에 대한 아쉬움의 표현일 수도 있다.

톨스토이는 사람의 욕에 대해 이렇게 말했다.

"욕을 듣고 비난을 받으면 기뻐하라. 칭찬을 하고 인정을 해주면 두려워하고 괴로워하라."

원초적 본능의 관점에서, 욕을 내뱉는 사람과 마음을 열고 진심에서 우러나오는 대화를 해보라. 따지고 보면 욕을 잘하는 사람은 오히려 순수할 수 있으며, 욕을 듣는 사람도 전혀 언짢아 하거나 두려워할 필요가 없고 기분 나쁘게 생각할 일도 아니다. 그렇다고 막 욕을 해도 좋다는 말은 물론 아니다. 그만큼 사람이 내뱉는 말에 대해서, 설사 그것이 어떤 나쁜 의미를 가지고 있다 하더라도, 지나치게 자괴감이나 수치심을 느끼지 않도록 미리 수양해두라는 의미이다.

효과 면에서 보면 욕설을 하는 사람보다 욕설을 듣는 사람이 덕을 보게 되어 있다. 말이 품고 있는 가시적인 의미에서 어쩔 수 없는 측면은 있지만, 그것을 받아들이는 태도에 따라 결과는 달라진다. 이상하게도 욕을 먹는 사람은 심신이 건강해진다. 미움을 사는 사람과 같이 욕을 먹는 사람이 도리어 심신이 편안해지고 맑아진다. 듣기 불편한 말에 생각보다 기분이 상쾌해진다고 예단해보라. 그 다음엔 일이 잘 풀릴 것이다. 반면 욕하는 사람은 내면의 화를 분출하게 됨으로써 자신의 억눌린 감정을 일시 해소하는 효과는 있으나 자신에게 미치는 부정적인 효과가 더 크다. 이것이 분노로 증폭되어 자기 주체를 못 하는 경우 건강에 치명적 해악을 끼칠 우려마저 있다.

우리 나라 중학생을 대상으로 설문 조사한 결과를 보면, 욕을 한 번도 해본 적이 없는 학생은 20명 중 한 명에 불과했다. 95%의 학생은 평소 욕을 하며 지낸다는 말이다. 허공에 대고 욕하지 않는 한 반드시 상대가 있다. 그만큼 많은 사람이 욕을 먹고 살아가고 있다는 말이기도 하다. 그렇다고 우리나라 교육 현실에 대해 너무 실망하거나 부정적인 시각으로 볼 필요는 없을 것이다. 사람은 일종의 동물적 본능을 가지고 있으며, 이성은 갈고 닦아 계발된 것이라 우선 쉽고 가까운 본능이 먼저 작동하는 것뿐이라고 자위해보면 어떨까. 원초적 본능에서 우러나오는 태생적인 것에 지나치게 과민하게 반응하는 것은 그 자체가 인간 본연의 순수함을 부정하는 것인지도 코르는 일이다. 때로는 욕을 하는 것도, 욕을 먹는 것도 즐길 줄 알아야 된다. 그래서 사람이다.

세 자녀를 둔, 공직에서 정년 퇴임한 분이 병으로 쓰러지게 되자 두 아들에게만 재산을 다 물려주었다. 그 후 두 며느리는 돈 욕심 때문에 싸움이 잦아졌다. 정작 시아버지 돌보는 일은 늘 뒷전이 되고 말았다. 병상에 누워 있는 자신의 곁을 떠나지 않고 줄곧 보초 서는 자식은 단 한 푼도 물려받지 않은 딸뿐이었다고 한다.

남의 어려움을 자신의 일처럼 정성을 다해 도와준 결과 예상치 않은 부를 취득한 사례가 있다. 부동산 중개소를 운영하는 야나 님은 친정 아버지가 교통사고로 돌연 사망하자 난감한 상황에 처하게 된다. 당시 모 공제조합에서 보상 업무를 담당하던 가시 님은 야나 님을 성심 성의껏 도와 제대로 보상받을 수 있도록 해주었다. 그리고 나중에 야나 님이 내놓은 감사의 봉투도 일언지하에 거절했다. 오랜 세월이 지나도록 그 고마움을 가슴에 간직한 채 지내온 야나 님은 이미 현직에서 물러난 가시 님에게 급매물 아파트를 추천하여 매입하도록 주선하여 주었다. 그런데 이 아파트가 단 기간에 가격이 폭등했다. 그저 소탐대실하지 않은 결과라고 할 수 있을까.

야시 님은 자신이 재테크에서 성공한 것은 인간 관계에서 베풀고 감사할 줄 아는 마음과 남에 대한 작은 성의와 관심, 배려 때문이었다고 한다. 그는 어린 시절 충북의 작은 마을 신작로 인근의 허름한 집에서 살았는데, 그의 어머니는 하루가 멀다 하고 집에 들르는 봇짐 장사 등의 행상인들에게 빵과 따뜻한 밥을 대접했다고 한다. 늦은 밤이면 잠자리까지 내어주어 정작 야시 님 가족들은 차디찬 골방에서 추위에 떨며 밤을 지새는 일이 많았다. 사람을 만날 때 직업적이기보다는 인간적으로 대하고, 자기 자신이 반듯하면 모든 일에 마가 끼는 일이 없다고 야시 님은 귀띔해준다.

가난하고 궁핍한 시절, 어느 작은 마을에 정형외과 의사 한 분이 계셨다. 계절에 관계없이 야밤이건 새벽이건 밤낮없이 급한 연락이 왔다. 산모가 분만하려 한다, 일하다가 떨어져 다리를 다쳤다는 등 온갖 사유로 급한 왕진을 요청하는 경우가 다반사였다. 그런데 그에 대해 그 의사 선생님은 한 번도 불편해하거나 마다하지 않고 잠을 설치면서까지 그 먼 시골길을 걷거나 자전거를 타그 직접 왕진을 나갔다. 진료비를 받지 못하는 외상이 많은 데다 삶은 고구마 몇 개, 계란 등을 내놓는 환자도 있었지만, 그 의사 선생님은 흔쾌히 받아들였다. 주위 사람들은 누구나 그 의사 선생님을 존경하고 은혜에 감동했다. 그러면서 그렇게 덕을 베푸니 그 의사 선생님의 후손들도 다 잘될 것이라고 입을 모았다. 그런데 세월이 지나고 보니 실제로 그랬다.

여기서 사람의 또 다른 단면을 살펴보기로 하자. 일상생활에서 쉽게 지나치기 쉬운 일이 상대방의 마음에 작은 상처를 입히기도 한다.

초등학교 시절 여름방학을 맞이한 마시 님은 동생과 함께 어머니 손을 잡고 교회에서 주관하는 산상 기도회에 가게 되었다. 현지에서 밥을 지어먹어 가며 며칠간 철야로 예배 드리고 기도하고 안수 받고 그렇게 지냈다. 예배당 아래 조금 떨어진 곳에 별도의 작은 방이 하나 있었는데, 거기엔 같은 교회 집사님 가족이 머물고 있었다. 그 집사님 아들이 둘이 있었는데, 마시 님 형제와 동년배였다. 하루는 그 집사님이 아이들을 불러 포도를 나누어 주었다. 그런데 자신의 아들 형제에게는 큼지막한 포도 한 송이씩을 나누어주면서 정작 마시 님 형제에게는 크기가 그 절반에도 미치지 못하는 작은 포도송이를 주었다. 말하자면 자신의 친 자식과 남의 자식을 차별 대우한 것이다. 이후 마시 님은 간간이 그 집사님의 처신에 대해 곰곰이 생각하게 된다. 그냥 똑같이 나누어 주었더라면 얼마 지나지 않아 기억 속에서 쉽게 사라져버렸을지도 모를 일이었다. 누구나 그렇듯이 자기 자식 사랑하는 마음을 인정하고, 아주 어릴 적 아버지를 여의어 아버지의 사랑을 받지 못한 마시 님의 처지는 고려하지 않는다 하더라도, 자신의 자식이 다른 자녀와 함께 있을 때는 그 다른 자녀도 내 자식처럼 동등하게 대우해주는 아량이 필요하지 않을까. 뒤에 언급하겠지만 부모에게 효도하고 자식을 잘 보살피는 것은 삶에서 별다른 가점이 주어지지 않는다. 이는 사람의 본성에서 우러나오는 이기적 욕심의 한 단면이기 때문이다.

전쟁에 임하는 장수가 선택하는 최선의 길은 전쟁을 치르지 않고 이기는 것이라고 한다. 이미 전쟁을 치르고 나면 승패를 떠나 피아간에 희생을 피할 수 없다. 상처뿐인 영광은 차선책에 지나지 않으며, 희생당한 장병과 그 가족은 전쟁의 최대 피해자들인 것이다.

올바른 삶의 근원인 사랑 에너지가 메말라 예상치 못한 큰 어려움을 겪지 않도록 우리 모두 보다 맑은 삶을 향한 실천에 너 나 할 것 없이 합심하여 심혈을 기울여야 한다. 나와 내 가족의 안위만을 염두에 둔 욕심은 결코 진정한 행복을 안겨주지 못한다.

향기 나는 삶

이 세상에는 맑고 착한 본성을 지닌 사람이 참 많다. 그런 사람이 어두운 심성을 가진 사람, 탁한 본성을 지닌 사람보다 훨씬 더 많다. 그래서 사람의 삶이 향기롭다. 늘 주위 사람에게 밝고 온화한 인상을 풍긴다. 자신의 이익만을 추구하는 것이 아니라, 음지에 처한 어려운 사람들의 편에 서서 그들을 보듬어주고 함께 살아가고자 하는 향기 나는 삶의 주인공들이 우리 주변에는 많다. 그들이 있기에 우리는 정이 넘치고 사랑이 물결치는 아름다운 세상을 기대할 수 있는 것이다.

야가 님이 초등학교 시절 스승의 날이었다. 다른 학생들은 담임 선생님께 비싼 카네이션을 선물할 때 야가 님은 가정 형편이 어려워 종이로 만든 값싼 조화를 준비했다. 부끄러움에 차마 선생님께 전해드리지 못하고 감추려는데, 이를 지켜본 선생님이 다가와 그나마 꽃잎이 떨어져 나간 조잡한 조화를 보며 "가장 마음에 든다."면서 하루 종일 그 꽃을 가슴에 달고 다니셨다고 한다. 야가 님은 위축된 자신의 심기가 되살아난 그날 기분이 최고였다. 어엿한 어머니가 된 야가 님은 어릴 적 그늘에 가린 한 어린 학생의 기를 살려준 그 선생님의 고마움을 평생 잊지 못하고 있다. 사는 동안 그 선생님의 사랑을 가슴속 깊은 곳에 고이 간직하고 있는 것이다.

교직에서 은퇴한 한 선생님께 10여 년 전에 가르친 말썽꾸러기 제자로부터 집으로 찾아오겠다는 연락이 왔다. 그 선생님은 상품 판매나 취업 부탁이겠거니 생각하고 불안한 마음에 옛 제자를 기다리고 있었다. 그런데 정작 만났더니 그 제자가 예상치도 않은 구두를 선물하는 것이 아닌가. 얼마 전 기계 정비공으로 취직되었는데 고교시절 그 선생님이 제일 생각나 찾아왔다는 것이다. 맨발로 돌아다니던 자신에게 그 선생님이 실내화를 사 주셨다고 한다. 제자인 그 청년은 그로부터 채 몇 개월이 지나지 않아 다니던 직장에서 기계작업 도중 사고로 사망했다. 그 선생님은 아직까지 그 구두를 한 번도 신지 않고 고이 간직하그 계신다고 한다. 기쁜 마음으로 사랑을 베풀고 작은 사랑을 실천하는 사람이 맑고 고운 향기가 나는 삶을 사는 사람이다.

대구 달성공원에 가면 10여 년간 배고픈 이들에게 무료급식을 통해 사랑을 실천하고 있는 김순옥 할머니가 계신다. "음식은 함께 나누어 먹어야 맛있지. 혼자서 배불리 먹는다고 맛있는 게 아니야."라며 자비를 털어 무료급식 봉사활동을 해오고 계신다. 청송 교도소, 대구 교도소

등을 돌아다니며 30년째 봉사활동도 계속하고 계신다고 한다. 세상에서 격리된 사람들에게 떡과 간식을 제공하여 사랑을 실천하고 있는 것이다. 불교 신자인 그는 절에서 신도들에게 젓갈과 떡을 팔아 얻는 수익금과 아들이 보내주는 적은 용돈으로 무료급식 봉사활동을 하고 계신다.

절도, 강도 등 숱한 범죄의 그늘에서 헤어나지 못하는 사람에게 그를 담당했던 검사가 다가가서 공부를 하게 한다. "너를 믿는다."라는 말에 그 사람은 감동한다. 처음 들어본 말인 것이다. 중고등학교를 검정고시로 졸업하고 대학 학사시험까지 합격했다. 그는 사회복지사가 되기 위해 열심히 준비하고 있다. 작지만 세심한 관심과 배려의 결과가 어떤 긍정적인 변화를 가져오는지 잘 보여주는 사례다. 귀찮아 보이는 자신의 작은 일에서 향기 나는 삶의 찬가가 조용히 연주되고 있는 것이다.

아름다운 세상, 향기 나는 삶을 가꾸기 위해서는 사회 구성원 모두가 동참해야 한다. 그것도 활발히, 적극적으로 말이다. 사랑을, 그 실천하는 법을 어릴 적부터 훈육해야 한다. 정상적인 가정에서 성장하는 대다수 자녀에 견주어 영문도 모른 채 음지에서 아무리 몸부림쳐도 현실을 타개할 수 없는 처지에 놓인 소수의 약자에 대하여 따뜻한 관심과 사랑을 베풀어야 한다. 범죄를 저지른 전과자라는 이유만으로 냉대로 일관하고 우리와 함께 할 수 없는 사람으로 선을 그어서는 절대로 안 된다. 그들을 감싸고 달래며 정당한 사회적 역할을 부여하여 행복을 추구하는 나 자신과 동등한 삶의 대열에 동참시켜야 한다. 그들의 삶이 우리의 삶과 직결되어 있기 때문이라는 이유를 대지 않더라도, 사람은 누구나 행복을 추구하고 참되고 향기 나는 삶을 일구어 나가야 하는, 보이지 않는 의무를 짊어지고 있기 때문이다. 그 선봉에 국민의 세금을 관리하는 정부가 우뚝 서 있어야 한다. 민간이 하기 어려운 일에 먼저 나서라고 정부가 있는 것이다.

'있는 사람이 법을 만든다'고 한다. 잘못됐다는 말이 아니다. 없는 사람을 배려하는 마음이 부족하지 않을까 하는 염려가 앞서는 것은 피할 수 없다. 과거의 어려운 시절만 회상하고 비교해서 세대간 눈높이를 맞출 줄 몰라서도 안 된다. 자신이 어렸을 때는 쌀이 귀해서 보리, 옥수수로 연명했다고 누군가 자녀에게 말하자, 자녀는 "빵집에 가서 빵 사먹으면 되잖아?", "슈퍼 가서 라면 사다가 끓여 먹으면 되잖아?'라고 반문했다고 한다. 스스로 남에게 허 끼치는 일 없이 혼자 자신의 당면 현실만 해결해 나가는 사람은 별다른 문제를 일으키지 않는 것처럼 보인다. 그러나 수십, 수백, 수천, 수만, 수천만, 수억 명을 이끄는 지위에 있는 사람이라면 정말 신중해야 한다. 넓은 마음을 지녀야 한다. 포용할 줄 알아야 한다. 혜량할 줄 알아야 한다. 경청할 줄 알아야 한다. 작은 부분을 크게 볼 줄 알아야 한다. 즉 사랑을 품고 실천해야 한다. 작은 부분에서의 시행착오와 경시 풍조가 엄청난 결과를 초래하며, 이는 점차 눈에 보이지 않는 과도한 사회적 비용을 수반하게 한다. 그저 눈에 띄는 선심성, 단편적인 자기 중심적인 처방만으로는 또 다른 문제만 자꾸 야기시킬 뿐이다. 향기 나는 삶은 진정한 사랑과 감동에서 실현된다.

품위 있는 사람

사람은 일상적인 삶의 잔잔한 모습에서도, 거칠고 억센 행동에서도 그 속에 숨어 있는 품위가 우러나온다.

지하철 승강로를 따라 자신의 키보다 더 커 보이는 첼로를 어깨에 메고 힘겹게 걸어가는 한 여학생의 모습에 품위가 있다. 한여름 뙤약볕이 내리쬐는 대낮, 등에 업혀 칭얼거리는 어린 손자를 달래주려고 연신 땀을 훔쳐가며 온 동네를 거니는 연륜이 쌓인 한 할머니의 모습에 품위가 있다. 노환에 중풍으로 반신불구가 된 할머니인 아내를 휠체어에 태운 채 이리저리 다니며 바람을 쐬어주려는 한 할아버지 남편의 정성에 품위가 있다. 술에 만취해 몸도 가누지 못한 채 공원 벤치에 누워 있는 남자 친구의 머리를 자신의 무릎 위에 얹은 채, 오가는 뭇 사람들의 의아한 시선에도 아랑곳 없이 묵묵히 자리를 지키고 있는 젊은 여성의 대담한 모습에 품위가 있다. 물놀이하다가 강물에 빠져 허우적거리는 어린이를 구하고 자신은 힘에 부쳐 미처 물에서 빠져 나오지 못한 한 젊은 청년의 용기 있는 행동에 품위가 있다. 누군가 선술집 벽에 '구부러진 사인펜, 넌 나보다 낫다.'라는 얼룩진 낙서를 남겨 자신의 겸손을 비춰주는 모습에도 품위가 있다. 병상에 누운 채 몸도 못 가누는 아내의 입안을 정성스럽게 닦아주는 젊은 남편의 모습에 품위가 있다. 작은 개울가 바위에 걸터앉아 조용필 님의 '친구야'(구름은 하늘에서 잠자고, 세월은 구름 따라 흐르고…)를 색소폰으로 연주하는 어느 풋내기 음악 애호가의 낭만적 모습에 품위가 있다. 25년간 1백만 Km 이상을 주행한 자동차를 죽는 날까지 타겠다며 자신의 낡은 차를 사랑하는 한 시민의 모습에 품위가 있다.

어느 일간 신문에 실린 기사다. 손녀 같은 학생들과 대학에 다니며 참 품위 있는 삶을 살고 있는 75세의 한 할머니는 이렇게 말씀하신다. "젊은 사람이 한 번 읽은 것 열 번 읽어야 돼. 매일 밤늦게 자요. 근데 몸은 힘들어도 마음은 참 행복합니다." 할머니는 1956년 이화여대 사학과에 입학해 교수의 꿈을 키우다 재학중 결혼하면서 졸업을 못 하게 됐다. 2003년 이화여대가 백여 년 만에 할머니 같은 경우에 대한 구제책으로 재입학 제도를 내놓으면서 할머니는 사학과에 재 입학을 했다. 학교 정문을 출입할 때 도토리 줍는 할머니로 오해 받아 가방을 열어 보여야 하거나, 교내를 걸어가다가 홍보 전단지 돌리는 사람으로 오해 받아 시비가 붙은 적도 많았으나, 공부가 재미 있어 이런 수모를 웃으며 넘길 수 있었다고 한다. 할머니는 프로이트의 이타주의가 남을 위한 게 아니라 바로 자신을 위한 것이라고 했다. 남을 위하는 일이 바로 자신을 위하는 일이라는 것이다.

바닷가 작은 마을에 연륜이 많이 쌓인 어부가 살고 있었다. 그에게 다가가서 왜 물고기를 많이 잡지 않고 조금씩만 잡는지 여쭈어 보았다. 그러자 그는 지금 잡은 고기로도 다음 출어 때까지 먹을 거리로 충분하다고 대답한다. 고기를 한꺼번에 많이 잡아 내다 팔면 돈을 벌 수 있지 않느냐고 다시 물으니, "물고기를 많이 잡아 돈 벌어서 뭐할 건데?" 하고 되묻는다. "돈 벌어서 좋은 옷도 사 입고 큰 배도 살 수 있지 않느냐?"라고 하자, "큰 배 사서 뭐할 건데?"라고 또 되묻는다. "큰 배로 고기를 훨씬 더 많이 잡을 수 있고 그럼 행복하지 않느냐?"고 하니 그 어부는 "지금도 행복한데."라고 대답했다고 한다.

20여 년을 유방암 투병, 재발을 반복한 재미교포 화가, 영혼을 비추는 캔버스의 주인공인 박보순 교수는 "육체적인 고통은 더 위대한 것을 이루기 위해 거쳐야 하는 도전이며, 어떤 불행이든 자신만 피해 갈 수는 없는 것"이라고 했다. 암은 그녀에게 삶의 이면을 깨닫게 했으며, 육체보다 강한 정신으로 희망을 그렸고, 그림은 병의 치유였다고 한다. 빛은 어둠이 있기에 진정한 의미가 있고, 시련과 좌절인 어둠도 우리에겐 필요한 존재이며, 빛과 어둠 속을 지나 온 자신의 영혼의 긴 여정이 작품 속에 잘 드러나 있다고 했다. 작품 속에 일관되게 나오는 빛은 무엇이든 극복할 수 있다는 신념과 변치 않는 희망의 이야기라고 말하는 박 교수는 '그림을 통한 힐링 갤러리' 행사를 열어 환우들에게 힘과 용기를 불어넣어주는 품위 있는 삶을 살고 있다.

방송사 성우 이지 님은 어려운 가난 속에서도 그 가난을 축복이라고 생각하며 웃음과 자신감을 떨어질 수 없는 친구로 여겼다. 어린 시절의 어느 날 학교를 마치고 귀가하니 자신이 살던 동네가 강제 철거되고 허허벌판으로 바뀌어 있었다. 어머니와 함께 가까스로 살던 집 흔적을 찾아 하늘을 지붕 삼아 잠을 청하며, 얼굴을 타고 흘러내리는 눈물 속에서도 희망을 잃지 않았다고 한다. 학업을 그만두어야 하는 위기에 직면해서는 학교 매점에서 근로 장학생으로 일하며 시간을 다투어 수면까지 줄여야 하는 힘겨운 나날을 보냈는데, 그러면서도 늘 웃음을 잃지 않았다. 삶의 우여곡절 속에서도 편안하게 생각하니 일의 즐거움이 커졌다. 그리고 만화 속에서 감성과 감각을 쌓아 무한 상상을 펼치면서 이미 멋진 성우가 되어가고 있었다고 한다.

사람은 어려운 여건 속에서도 따뜻한 온정을 베풀려고 한다. 한 재래시장에서 아내는 건어물 가게로 생계를 유지하고, 남편은 헌 옷을 기증받아 팔아서 불우이웃 돕기로 이웃사랑을 실천하는 한 부부가 있다. 그들은 비좁은 월셋방에 살면서도 등 대고 누울 자리가 있어 늘 행복하며 십억, 백억 가진 사람이 부럽지 않다고 한다.

사람은 자신 이외의 일에는 관심을 기울이려 들지 않는다. 공공 주차장에 자동차를 주차시키고 용무를 본 후 나와 보니 내 차 왼편에 주차한 고급 승용차가 너무 딱 붙어 있어 도저히 차에 탈 수가 없었다. 운전석 쪽에 있는 문을 열자 다리 한 쪽도 들여놓을 수가 없었다. 차주를 호출하기도 뭣해서 잠시 기다리다가 할 수 없이 조수석 문을 열고 가까스로 운전석으로 기어가 앉았다. 주차장을 빠져 나오며 생각하니 옆에 주차했던 자동차가 떠올랐다. 이대로 떠나면 이후에도 그 운전자는 똑같은 행동을 반복하게 되리라는 우려가 뇌리를 스쳤다. 차 안에서 메모지 하나를 겨우 찾아내어 몇 자 적어서 그 차 윈도 브러시에 끼워두고 떠나왔다. "바로 옆 자동차에 너무 딱 붙여 주차하셔서, 조수석으로 기어 들어가는 운동을 할 수 있게 해주셔서 감사 드립니다."라고.

언제부터인가 두통이 생기면 웃으면서 그 두통을 달래준다. "두통아! 내 머리 속을 네 마음대로 헤집고 다니고, 마음껏 즐겨라, 다 받아줄게. 그러다가 가고 싶을 때는 언제라도 떠나면 돼!" 그러면서 씩 웃는다. 그러고 나서 잠시 후면 거짓말처럼 두통이 사라진다. 잘 지내자고 찾아온 친구한테 독한 약으로 물리치려고만 하니 오히려 반감만 일으키는 것이다.

품위 있는 사람은 삶에서 일어나는 모순을 인정하고 받아들일 줄 안다. 세상에 모순은 얼마든지 존재한다. 그러므로 그 모순을 마냥 나무라기만 해서는 안 된다. 만약 저명한 목사님이 평소 설교 말씀과 다소 다르게 살아간다 하더라도, 그 말씀이 진리고 사람이 꼭 실천해야 할 말씀이라면 우리는 그대로 믿고 따라야 한다. 고명한 스님이 펼치는 법문과 그분의 현실적 삶이 다소 괴리가 있다 하더라도, 그 말씀이 진리이고 실천해야 할 고귀한 내용이라면 믿고 따라야 한다. 우리는 마음에 드는 가수가 부르는 노래를 들을 때 그 노래의 아름다움과 매력에 심취하는 것이지, 노래 부르는 가수의 평소 생활방식에 심취하는 것이 아니다. 품위 있는 사람은 그 목적에 맞게 사고하고 행동한다. 그래서 사람이다.

2. 어두운 본성의 사람들

사람은 두 가지 큰 기조를 중시하며 살아간다. 그것은 바로 탐욕과 공포이다. 탐욕은 죄를 짓게 하는 원천 7가지- 질투, 교만, 인색, 음욕, 분노, 탐욕, 나태 - 중 하나이다. 무언가를 더 갖고 싶어 하고, 그것도 남들보다 먼저, 더 많이 갖고 싶어 한다는 것이다. 그러면서도 이에 따르는 두려움, 즉 공포가 사람의 마음을 지배한다고 한다. 내 건강은 괜찮을까? 그곳에 가면 안전할까? 여행을 떠나는 동안 집에 도둑은 들지 않을까? 사랑하는 연인이 내 곁을 떠나면 어떡하지? 친구, 연인, 결혼, 가족, 취업, 직장, 자녀의 교육, 성장, 취미, 쇼핑, 노후의 삶 등, 사람이 일생 동안 생각하고 행동하는 모든 것에 끝없는 공포가 휘돌아 회오리치고 엄습해온다.

사람은 부지런히 일하고 연구하고 미래의 더 나은 삶을 위하여 오늘을 헌신한다. 이는 다른 동물에게서는 찾아볼 수 없는 고유한 특성이며 고귀한 가치이다. 사람은 먹고 남은 음식을 잘 보관하기 위하여 냉장고를 만들어냈다. 추위에 더 잘 견딜 수 있는 옷을 만들고, 더 많은 농작물을 수확하기 위하여 더 좋은 품종을 개발하고 양산했다. 외부에서 침입하는 적에 대항하여 자신의 안전을 도모하기 위하여 무기를 개발하고 제작했다. 이 모든 것들은 사람의 욕심에서 비롯된 것이다. 욕심이 없으면 불가능한 것이다.

반면 신의 위대한 업적이자 아쉬운 실책이라고 할 수 있는 것이 바로 사람의 욕심이다. 배가 고플 때 어떻게든 무언가로 배를 채우려는 기본적인 본능은 사람이나 동물이나 마찬가지다. 그런데 사람에게는 그 욕심의 제동 장치가 없다. 다만 이성이라는 것이 있어서 욕망과는 상시 대치하여 일부 제어 기능을 수행하고 있긴 하지만, 역부족일 경우가 많은 것이 문제다.

사자는 배가 고프면 사력을 다해 사냥을 하여 배를 채우는데, 일단 배를 채우고 나서 잠이 들면 누가 옆에 와서 발로 걷어차도 거들떠보지 않는다고 한다. 지금 만족하면 그뿐이다. 큰 욕심을 부리지 않는다는 말이다. 그러나 사람은 다르다. 아무리 배가 불러도 더 가지려는 욕심이 끝이 없다. 어떻게든 더 비축해두려 하고, 곳간이 넘쳐나도록 곡식을 쌓아두어도 좀처럼 만족할 줄 모른 채 오히려 곳간을 더 지으려 한다.

새 신부 새 신랑은 정성스럽게 양가 가족, 친지만 단출하게 모시고 백년가약을 맺으면 될 것을 굳이 그 복잡한 예식장에서 많은 축하객을 불러놓고 결혼식을 올린다. 값비싼 웨딩드레스에 면사포까지 써가며 비싼 예식장을 빌려 결혼식을 올린다. 진심으로 축하하려는 마음이 있는지 알 수 없는, 할 일 많고 바쁜 사람들을 초청해서 결혼식을 거행한다. 축하객들은 결혼식에 참석하여 축의금을 낼 때 하얀 봉투 겉봉에 '축 결혼'이라고 큼지막하게, 그것도 한자로 써서 내민다. 축의금을 접수시킬 때는 신랑측인지, 신부측인지 고민해야 한다. 그리고 방명록에 자신의 성명을 또렷하게 기재한다. 이게 다 욕심 때문이다. 남들의 욕심과 수준을 맞추려는 부화뇌동의 일환이다. 전통적으로 이어져 온 습관에 반하면 무언가 허전해지고, 남들 다 하는 대로 하지 않으면 성이 차지 않는다. 일생에 한 번밖에 기회가 없다는 강박관념에 사로잡힌 데다, 부모 입장에서는 훗날 자녀에게 할 도리를 제대로 다하지 못한 것으로 평가될 우려를 견디지 못한 결과이다. 평생 면사포 한 번 써보지 못하고 단칸방에서 살아가는 사람의 애달픈 정서를 조금이라도 공감해주려는 마음이 절실하다.

그렇다. 이 세상의 온갖 비리와 유혹, 범죄와 사회문제가 이 욕심 때문이다. 욕심이 지나친 것이 탐욕이다. 없어서도 안 되지만 지나쳐도 안 되는 욕심이 언젠가 인류를 멸망시킬지도 모른다. 번듯한 자신의 집이 몇 채나 있으면서도 부동산 투기에 혈안이 되고, 갖은 수단을 동원하여 세금을 덜 내려 하고, 무슨 수단을 써서라도 남보다 앞서 가려고 안달이다. 좋은 학군이면 위장전입을 시켜서라도 자신의 자녀를 남들보다 더 나은 교육 환경에서 교육시키려 드는 데 전혀 서슴지 않는다. 우수한 두뇌에 명문대학 나온 사람들도 예외가 아니다. 어려운 서민들을 위해서 일해야 할 자리에 있는 고위직, 사회 지도층 일부 인사들 마저 앞장서서 부추기고 있는 현실은 바라만 보기엔 안타깝고 처절하기까지 하다.

그 많은 돈이면 나누고, 베풀고, 보살피고, 돌보고 살아도 남을 것을, 그 아까운 시간을 그저 자신의 재산 증식에만 몰입한다. 말년에 이르기까지 쌈짓돈 붙잡고 애지중지하면서 더 많이 모으는 데만 혈안이 되어, 가난하고 어려움에 처한 사람들을 보고 나 몰라라 한다. 차갑고 쌀쌀하기만 하다. 물론 다 그런 것은 아니다. 경주 최씨 이야기는 누구나 잘 알고 있다. 최 진사는 흉년에 땅을 사는 것을 금하고 소작인들을 위하는 마음이 사려 깊어 자손 대대로 주위 사람들로부터 추앙을 받아왔다. 지리산 자락에 가면 대대로 선행을 베풀면서 살아온 한 양반집이 있다. 흉년이 들면 곳간을 풀어 소작농들과 일군들의 끼니 걱정을 덜어주고, 동네 사람들이 끼니를 굶는 일이 없도록 뒤주를 설치하여 서민들을 배려했다. 세월이 바뀌어 빨치산이 점령하게 되자 하류층 사람들은 양반들을 모두 잡아 그 재산을 몰수하고 처형했는데, 사전에 그 양반집에만 습격 정보를 알려주어 안전하게 피신해서 목숨을 구할 수 있게 해주었다고 한다.

사람의 욕심에는 면역 기능이 있어서 계속되는 일, 반복되는 것에는 감사할 줄 모른다. 처음보다 더 강한, 상위의 자극이 없으면 더 이상 만족하지 않으며, 반면 줄어들거나 없어지면 이를 감내하지 못한다. 일상생활에서는 공기의 소중함을 전혀 잊고 지내다가, 숨이 막히고 답답한 실내에 들어가면 견디지 못한다. 그러다 다시 바깥으로 빠져 나올 때 가쁜 숨을 몰아 쉬며 공기의 소중함을 인식한다. 연세 드신 부모님께 자식이 장기간 매달 생활비를 보내드릴 경우 부모님은 이를 당연시하고, 더 많은 생활비를 받지 않는 한 더 이상 만족하지 않고 고마움에도 둔감하다. 반면 그 생활비의 액수를 줄이게 되면 난리가 난다. 쭉 이어져 오던 상황이 더 못해지거나 없어지게 되면 부정적 감정이 증폭하는 것이다. 그래서 사람의 일은 어려움의 연속이다. 매달 꼬박꼬박 용돈을 받는 자녀들은 용돈 인상이 없는 한 부도에 대한 감사함에 담담하다. 행여 용돈의 액수가 줄어들거나 없어지게 되면 그 부정적 체감지수는 상당히 증폭된다. 매일 끼니 때마다 쌀밥 먹으며 농부님에 대해 감사하는 마음을 가지는 사람은 드물다. 흉년으로 쌀이 떨어져봐야 그때 감사함을 느낀다. 직장인은 매달 받는 월급의 소중한 가치를 모른 채 지나친다. 회사가 어려워져 월급이 삭감되거나 어느 날 갑자기 실직이라도 하면 그제서야 회사에 대한 고마움을 실감한다.

탐욕이 사람의 좋은 관상을 틀어지게 한다는 사실이 한 일간지에 게재된 적 있다.

제산 박재현 선생의 수제자 '방산' 노상진 선생은 "성공한 많은 사람의 얼굴에는 성공할 수밖에 없는 기(氣)가 흐르고 있다."라고 말한다. "마음을 닦아야 좋은 인상이 만들어진다," "'마음 따로, 얼굴 따로, 관상 따로'가 아니라 마음^관상^얼굴이 하나"이며, 사람이 관상이 달라지는 것은 탐욕 때문이라고 한다. "누구나 원래 좋은 관상을 가지고 있는데 욕심이 지나쳐서 관상이 틀어지는 것"이며, "자신이 하고 있는 일을 즐기고 사랑하면 관상도 좋아진다."는 것이다. 사람의 모든 탐욕에는 두려움이 수반된다. 이것이 공포다. 이 공포가 적절히 탐욕을 조절해나가는 데 그나마 제 기능을 다하지 못하면, 마치 인체에 호르몬이 부족한 것처럼 무리한 결과를 초래하게 되는 것이다.

2011년 8월 28일 대구 세계 육상선수권대회에서 세계인의 관심의 초점이 된 자메이카의 우샤인 볼트. 부정출발로 제대로 달려보지도 못한 채 실격 처리되고 만다. 출발의 심리적 긴장, 출발이 성적에 미치는 영향 등 모든 것을 감안하더라도 할 말이 없다. 그가 그렇게 된 것은 이미 정해진 운명이라 할지라도, 사람은 한 치 앞 자신의 운명을 몰라 서두르고 탐욕을 일삼는다. 0.01초 앞당겨 가려는 성급한 욕심이 앞서서 그 화려한 영광을 송두리째 놓치고, 1년이 될지 10년이 될지 모를 고행의 길을 다시 걸어야 했다. 꼭 1등을 하겠다는 욕심을 차분하게 가라앉히고 침착하게 임했더라면 저만치에서 좋은 운이 손을 내밀었을 텐데…. 이 선수는 출발 지점에서 반드시 1등을 해야 한다는 강박관념에 사로잡혀 있었을 것이다. 1등을 하지 못하게 될 경우 자신이 직면해야 할 여러 상황에 대한 공포가 부정출발이라는 행동으로 나타난 것으로 해석할 수도 있겠다.

여성에 대한 성희롱, 성폭행 문제가 전례 없이 대두되고 있다. 많은 사람이 죄값을 치른다. 남성이 여성에게로 끌리는 본능적인 행동이 법질서에 저촉되는 안타까운 현실이다. 보통의 경우 남성은 자신의 본능을 통제하는 두려움의 기능이 그 본능적 행동을 자제하게 해준다. 자신의 행위에 대한 결과가 두려운 것이다. 그 뒤에 따라오는 반대급부가 두려운 것이다. 그 두려운 공포가 엄습하여 본능적 행동을 말리는 것이다.

산행과 사람의 욕심

사람들은 산에 오른다. 즐겁고 신나게 오른다. 울긋불긋 푸르고 울창한 숲을 배경으로 원색의 등산복에 안겨서 행복에 겨운 환한 미소와 웃음을 자아내며 등산을 한다. 등산의 진정한 의미는 숨이 찬 데 있다고 한다. 숨가빠 헐떡이는 데 매력이 있다는 것이다. 그리고는 잠시 쉴 때 숲에서 불어오는 산들바람의 향기는 보석보다 고귀하다. 가파른 산을 힘겹게 오르고 올라 드디어 정상에 이르러 느끼는 쾌감은 상상을 초월한다. 하늘 아래 가장 높은 곳에서 호령하는 것 같다. 눈에 보이는 게 없다는 말이 있다. 자신이 제일 잘났고 높은 자리에 있다는 착각을 할 때 듣는 말이다. 그 위로는 더 이상 아무도 없으니 무소불위 상태에 이른 것이다. 더 이상 머리 숙일 일이 없고 자만심에 가득 차 우쭐댈 일밖에 없다. 물론 다 그런 것은 아니다. 겸손한 사람이 있고 자중하는 사람도 있으니 말이다.

그토록 힘들게 가쁜 숨 몰아 쉬며 올라간 정상에서 머무는 시간은 편안하고 행복하기 그지없다. 그러나 거기에 머물 수 있는 시간은 생각보다 그리 길지 않다. 계속 올라오는 등산객들의 등살에 마냥 버티고 있을 수만도 없으며, 그 삭막한 정상에 계속 머물러 있을 수도 없다.

날씨가 쾌청한 날이면 끝없이 펼쳐진 파란 하늘, 저 건너편 먼 곳의 또 다른 산의 위엄과 장엄함…. 그 아래 푸른 강물과 여기저기 옹기종기 평화로운 시골 마을들을 바라본 후 "야호!" 하고 함성을 지른 후 이제 그 산을 내려와야 한다. 차근차근 한 걸음씩 정성을 다 하여 으른 산에서 다시 총총걸음으로 내려와야 하는 것이다. 산에서 내려갈 때는 올라갈 때보다 조심해야 한다. 내려갈 때 용기 아닌 이상한 객기를 부리는 사람이 가끔 있다. 그러다 다치면 자신만 애처로워진다.

그런데 사람의 삶은 등산의 경우와는 사뭇 다르다. 산에 오르내리는 것과는 확연히 대조를 이룬다는 말이다. 삶에서 올라가는 길은-그 승승장구하는 길은-산에 오르는 것과 같이 한 걸음 한 걸음씩 올라가는 데 비해 내려오는 길은 그렇지 않다. 이게 웬일일까! 그토록 힘들게 올라간 산에서 내려갈 때는 산 정상에서 산 아래까지 한 걸음에 내려와야 한다.

오히려 산 정상에서 그 산 아래 평지까지 바로 떨어진다고 하는 것이 더 맞는 말일 것이다. 산 중턱에서 내려올 때도 마찬가지다. 사방 어디에도 한 걸음씩 내려올 수 있는 길은 없다. 간혹 오를 때조차 단숨에 올라가는 사람들이 있긴 하다. 그 역시 내려올 때는 내려오는 길이 없다. 계단이 없다.

나무에 올라갔다가 내려올 때는 다시 조심조심 내려온다. 높은 나무에 오르면 내려오는 시간이 더 길어진다. 그런데 사람의 삶은 그렇지 않다는 말이다. 내려올 때 나뭇가지건 사다리건 디딜 곳이 없다는 것이다. 작은 나무건 높은 나무건 일단 올라가면 내려올 때는 스스로 단번에 뛰어 내려오든가 아니면 발을 헛디뎌 떨어지든가 하는 수밖에 다른 도리가 없는 것이다.

사람의 삶에서 차근차근 한 걸음씩 내려올 수 있는 길은 어디에도 없다. 키 큰 나무에서 떨어지면 키 작은 나무에서 떨어지는 것보다 훨씬 충격이 크다. 높은 산에서 떨어지는 것이 나지막한 산에서 떨어지는 것보다 충격이 훨씬 크다. 더 큰 고통을 겪어야 한다는 말이다. 산은 오르면 반드시 내려가는 길이 있지만, 사람의 삶에서는 내려가는 길이 어디에도 없다. 건물에 놓인 계단처럼 도대체 내려가는 길이 어디에도 없는 것이다. 낙하산이라도 있으면 좋으련만, 퍼지지 않는 낙하산조차 없다. 추락하는데 날개가 없다. 사람은 그것을 모르고 높이 올라가려고만 한다. 그리고는 떨어질 때의 충격을 견디지 못해 이리 헤매고 저리 헤맨다. 암에 걸려 괴로워하기도 한다.

자신의 욕심만 챙기며 오르다 떨어지면 그 충격은 배가 된다. 정상이건 중턱이건 오래 머물면 머물수록 그 충격은 커진다. 그런데도 사람은 한 치 앞을 몰라 현실에 안주하려고만 한다. 그 자리를 빛내며 주위에 경이로움을 자아내는 사람도 내려올 때는 총총걸음이 아니라 한 걸음에 그 자리에서 내려와야 한다. 떨어지는 것이다. 내려오고 나면 주위에서는 더 이상 아무런 경관도 찾아볼 수 없다는 것을 발견한다. 삭막한 속세와 사람들의 어두운 그림자뿐, 산에서의 달콤함은 더 이상 그 어디에도 없다.

산에 오르기 전 만나는 사람들에게 인사하며 정을 나누고, 산에 오르며 만나는 사람들에게 겸손하그 복을 나눈 사람은 떨어질 때 충격이 상당히 완화된다. 산 정상에서 만나는 사람들을 정중하게 대하고 기쁨을 나눈 사람은 떨어질 때 충격이 훨씬 덜하다. 산을 내려오다 만나는 사람들을 격려하고 맑은 모습을 보인 사람은 떨어질 때 충격이 줄어든다.

허망한 욕심에 사로잡힌 사람

자녀에 대한 부모의 지나친 교육열은 자녀의 잠재력을 해치는 독이 되고, 행복을 추구해야 할 인생 항로에 오히려 암초가 될 수 있다고 한다. 아이들은 천재로 태어나 교육을 받으면서 점차 바보가 되어간다는 말이 있다. 어머니의 뱃속에서 마음대로 유영하다 세상에 나와 자라면서 듣는 말은 온통 '하지 말라'는 말뿐이다. 하고 싶은 생각과 행동을 전혀 하지 못하는 구속된 환경에서 성장하게 된다. 듣는 것이라고는 '그런 것 만지지 말라', '그런 것 하지 갈라', '먹지 말라', '장난치지 말라', '그곳에 가지 말라', '떠들지 말라' 등 도대체 아이 마음대로 할 수 있는 것이 없다. 보이지 않는 창살에 갇혀 지내는 것이다. 상상력을 발휘할 기회가 사라져버린다. 재능을 살릴 수 있는 여지를 박탈당한다. 어린이의 상상력은 성인보다 무려 10배 이상이나 풍부하다는 사실을 못내 외면하고 있는 현실이 안타깝다. 코끼리 우리 같은 사회의 경직된 통제가 그것을 부추긴다. 사회 구조의 빗나간 현실에서 안절부절 못 하는 부모의 알량한 욕심 때문이다.

사람의 욕심은 일확천금을 노린다. 과천 경마장에 가면 주요 입장객 중에 돈 있고 여유 있는 사람은 오히려 드물다고 한다. 생계가 빠듯한 영세업자나 일일 노무자들이 많다고 한다. 뭔가 한 건 크게 해야 속이 시원한 분들이다. 그러나 애석하게도 갖고 태어난 복이 하루아침에 뒤바뀌지는 않는다. 과욕을 버리자.

나는 로또 복권을 잘 사지 않는다. 수학적 확률상 당첨 가능성이 없다는 믿음 때문이기도 하지만, 설사 당첨된다 하더라도 그리 행복해지지 않을 거라는 믿음 때문이기도 하다. 실제로 고액에 당첨된 사람이 오히려 당첨되기 전보다 더 행복해지지 않은 사례가 많이 드러나고 있다. 어느 직장인의 사례를 보자. 회사 주식이 급작스럽게 가파른 상승을 거듭하자 사주를 많이 배정받은 젊은 사원이 회사를 퇴직하고 주식을 인출해 시장에 내다팔아 일시에 고수익을 실현했다. 산술적으로 평생을 호의호식하고도 남을 거액을 수중에 넣은 것이다. 가족과 함께 여생을 편히 살 목적으로 해외로 떠났으나 불과 채 몇 년이 지나지 않아 가진 돈을 다 탕진하고 씁쓸한 귀국길에 올랐다고 한다.

사람은 주체하지 못하는 욕심으로 인해 범죄에 이르기까지 한다. 한 중년 남자가 내연녀와 짜고 본 부인을 살해한 뒤 유기한 사건이 발생했다. 영화 속에서나 가끔씩 접하는 사건이다. 원인은 다 재물을 향한 욕심 때문이었다. 재산은 다 가져서 무얼 하고 욕심은 다 채워서 어쩌자는 건가? 사람은 욕심 때문에 일을 그르친다. 내가 가진 것을 나누어주는 어려운 처지의 선량한 사람도 많다. 적어도 내 것이 아니면 탐하지 말자. 일확천금은 상상도 하지 말자. 그것이 아름다운 삶의 훼방꾼이 되기 때문이다. 선조가 물려준 소중한 관상, 이제부터라도 보듬어 가꾸고 지키자.

때로 사람의 욕심은 삶의 막바지에서조차 멈추지 않을 때가 있다. 자궁암에 걸려 마지막 운명을 눈앞에 둔 집주인 가바 님은 자신의 집에 세 들어 구멍가게로 연명하며 혼자 사는 여인에게 빌려준 얼마의 돈을 얼른 갚으라고 아우성쳤다. 그 여인은 후환이 두려워 다른 데서 어렵게 급전을 마련하여 그 빚을 갚았다. 며칠 후 가바 님은 세상을 떠났다. 가바 님은 그 돈을 손에 움켜쥐고 살기 좋은 나라로 잘 떠나셨기를 정말 바란다.

사람의 욕심은 저 세상에까지도 뻗치려 한다. 재산을 많이 모은 어떤 부호 한 사람이 삶의 종착역에 이르자 남겨둔 재산이 너무 아까워 도저히 세상에 그냥 두고 떠날 수가 없었다. 그래서 그 불가능한 상황에서도 그는 사전에 염라대왕께 로비를 했다. 로비가 그곳에까지도 덕혀 들었는지 딱 가방 하나만 들고 갈 수 있게 해주었다고 한다. 그 사람은 돈, 식량, 무기, 보석 등 가지고 갈 물건에 대해 고민에 고민을 거듭한 끝에 결국 큰 가방 하나에 순금을 가득 채워 들고 이 세상을 떠나기로 했다. 무거운 가방을 낑낑거리며 질질 끌고 정작 하늘나라에 도착해보니 길가에 뒹구는 돌들이 전부 순금이었다고 한다.

남의 일이라고, 어찌 그럴 수 있느냐고, 너무 심하다고 섣불리 혀를 차지 말라. 우리의 평범한 일상생활 속에서도 여지없이 욕심은 발휘되고 있다. 골프를 좋아하는 자시 님은 옷을 번드르르하게 치장하고 골프장에 나갔다. 그런데 그 잘 맞던 공이 그날 따라 오비가 나기 시작하고 칩샷이 말을 듣지 않는다. 그러다가 5번째 홀에서 워터 해저드에 공이 빠져 더블보기를 하고는 이렇게 푸념한다. "에이, 따블이 뭐야, 바보 병신, 쭉정이같이, 죽어야 돼!" 하고 쉽게 말을 토해낸다. 나오는 대로 내뱉는다. 동반자들이 다 듣고 있었지만 자신한테 한 말이니까 아무 상관 없으리라고 혼자 생각하면서. 자신에 대한 채찍질이니까 어떠냐면서. 자신한테 뭐라고 하는 건데 무슨 문제가 되겠느냐고 자위하면서…. 그런데 함께 카트를 타고 가던 옆자리의 동반자는 안절부절, 좌불안석이다. 그 사람은 바로 그 홀에서 티샷이 오비가 나서 트리플보기를 했던 것이다. 더블보기를 한 사람이 죽어야 한다면, 트리플보기를 한 사람은 도대체 어떻게 해야 하나? 사람은 무심코 할 말, 못 할 말을 쉽게 내뱉고 자만에 차곤 한다. 알량한 욕심 앞에 일천한 본심을 드러낸다. 상대방의 마음에 아로새겨 넣는 상처는 내 일이 아니기 때문에 관심도 없다는 말씀인가.

사람은 자신이 주식을 사고 난 이후에는 오르기를 바라고, 팔고 난 이후에는 떨어지길 바란다. 자신이 산 주식은 올라야 당장 이익을 실현할 수 있으니까 당연히 오르기를 기대하는 것은 이해가 가는데, 이미 팔아버린 주식은 자신의 손에서 떠나 아무런 이해득실이 없는데도 왜 떨어지길 바라고, 오르기라도 하면 마냥 배 아파할까? 이는 '기대수익 미 실현'에 대한 '잠재적 손실 체감' 때문이다. 안 팔고 가지고 있었으면 취할 수 있었을 이익을 놓쳤기 때문이다. 한편 내가 팔고 난 이후에도 계속 그 주식을 가지고 있는 사람들이 이익을 보는 것에 대한 생트집이기도 하다. 이런 류의 일들은 자기 혼자만의 일에 지나지 않아 다른 사람들에게 미치는 폐해가 없으므로 그나마 다행으로 보인다. 하지만 두고두고 여기에서 그치지 않는 것이 문제이다.

땀을 뻘뻘 흘리며 종이 박스만 줍고서도 행복에 겨워 지내는 분들이 우리 주위에는 많이 있다. 그분들 중 하루 벌어 하루 먹고 지내며 연명하는, 연륜('늙은'이란 표현은 되도록 쓰지 말자. 어감이 이상해서가 아니라, 사실 사람에게 늙음이란 것은 없다. 세월의 꽃이며 연륜일 뿐이다.)이 쌓인 한 할아버지께서 이웃사랑 실천하겠다고 기부도 서슴지 않고 발 벗고 나선다. 그분은 건강도 좋지 않은 상태라고 한다.

욕심은 곧 이기심으로 연결된다. 사랑의 반대말이 이기심이라고도 한다. 이기심도 인간 사회에서 꼭 필요하다. 자신을 향한 배타적 욕심이 없으면 사회 발전이 더디게 진행되다가 중단된다. 결국 퇴보한다. 내 것 챙기기를 등한시한다는 것은 곧 사회 몰락을 의미한다.

그럼 천국에서는(천국이 있다는 가정 하에) 다들 이기심이 없는데도 행복이 넘치는 낙원을 무한히 즐길 수 있는 것은 왜 그럴까? 천국은 다르다. 천국은 자원의 무한 재생산이 가능한 데다 정작 가시적 자원이 불필요하기 때문이다. 쉽게 말해 모든 것이 무한 무료 리필이 가능한 이상세계이다. 낙원(Paradise)이다. 우리가 살고 있는 이 세상은 선한 이들만 갈 수 있는 천국이 아니다. 필요한 거의 모든 것이 한정적이며, 재생산을 위해서는 반드시 새로운 에너지, 인력, 노력이 필요하다. 제한적으로 태양, 공기, 물 등 일부만 무상으로 누리고 있을 뿐이다.

이기심이 시들해지면 오늘보다 더 나은 내일, 지금보다 더 나은 미래를 위한 노력을 기울일 동인이 사라져버린다. 모내기 철에 농부님들이 자신의 논에 앞 다투어 물 대는 일에 시들해지고, 과수원에 거름을 주고 가지치기할 의욕이 생기지 않는다면 어떻게 될까? 끔찍한 일이 벌어질 것이다. 농산물이 비싸서 못 사먹는 것이 아니라, 시장에 유통되지 않아 구경조차 어려워질 것이다. 지나간 우유 파동을 기억해보라. 며칠만 우유 공급을 중단해도 사회에 얼마나 큰 문제를 일으키는가.

문제는 이 이기심이 지나치거나 방향이 틀어질 때 발생한다. 자신의 몫만 챙기기에 급급한 것도 바람직하지 않은데, 남의 몫이 커지는 것에도 배 아파한다. 사촌이 논을 사면 배 아파한다. 친구가 로또에 당첨되면 면전에서는 축하하는데 돌아서서는 속이 불편하기 그지없다. 이웃집 아이는 좋은 대학 잘 가는데 우리 집 아이는 진학조차 못 하게 된다면, 그 심정은 당해본 사람이야 말할 것도 없고 당해보지 않은 사람도 쉽게 상상이 될 것이다. 사람은 남들이 잘 안 되면 되레 좋아한다. 동서양을 막론하고 남의 불행을 보면 고소하다고 느끼는 심술궂은 마음이 있다고 한다. 왜 사촌이 논을 사면 배가 아플까? 내가 어떻게든 더 잘되야 한다는 이기심 때문이다. 남이 잘되면 상대적으로 나 자신은 잘 안 된 것으로 보인다. TV 뉴스를 보면 범죄, 사회 지도층 인사의 비리가 난무한다. 국민의 관심이 많아서인가, 시청률을 높이기 위해서인가? 사람은 남들이 조금 잘 안 되는 것에 더 흥미가 있기 때문이다. 더군다나 조금 가까운 사람이 안 되는 일에는 더욱 흥미를 가진다고 한다. 유명세를 탄 사람이 잘 안 되는 것에는 더욱 흥미가 있다고 한다.

반면 외국에서 일어나는 사건에 대해서는 별로 큰 관심과 흥미를 보이지 않는다. 자주 왕래가 없는 8촌쯤 되는 친척이 땅을 사면 그렇게 배 아파하지 않는다. 잘 모르는 사람에게는 관심이 별로 없어서 그 사람이 뉴스거리가 되어도 별다른 흥미가 없는 데 비해, 잘 알고 지내는 가까운 사람한테는 관심이 많아 그의 잘잘못에 흥미가 넘치는 것이다. 그것도 가급적이면 좋은 소식보다는 나쁜 소식에 더욱 흥미를 가지며 즐긴다고 한다. 더군다나 자신에 대해 불만이 많은 사람은 주위 사람들이 잘되는 것에 더욱 기분 상해 한다.

언론도 사람의 얄팍한 심리에 부응하려는 태도가 역력하다. TV, 라디오, 신문 어느 곳에서도 어려운 이웃을 위해 헌신적으로 봉사했다는 소식은 찾아보기 어렵다. 어느 중앙 일간지 기자가 미담 사례를 기사화하려 했다가는 편집에서 배제되는 것은 물론, 여러 번 누적되면 그 결과를 본인이 책임져야 한다는 말을 들은 적이 있다. 그만큼 사람은 남들이 망가지고 다치고 잘 안 되는 것에서 위안을 얻으려는 얄팍한 원초적 본능을 숨기지 못한다. 이는 남들이 잘 안 되는 것을 상대적으로 자신이 잘

되는 것으로 착각하는 부풀려진 이기적 본성의 결과이며, 가만히 앉아서 자신이 잘되는 듯한 상대적 만족감을 즐기려는 나태 본성이다. 손 안 대고 코 풀려는 게으름과 나태 본성이 더해진 결과이다.

골프 치는 사람들을 보라. 골프 공은 자신이 보내고자 하는 방향으로 날아가는 것이 아니라 친 방향으로 날아간다. 자신이 볼을 잘못된 방향으로 친 것을 탓하지 않고, 캐디가 일러준 대로 쳤는데 다른 방향으로 볼이 갔다고 우기면서 자신의 잘못을 인정하려 들지 않는다. 어떡하든지 주변에다 책임을 전가하려고 한다. 자신을 신성한 성지에 안주시키고 기어코 자신의 잘못에서 해방되려 하는 이기심 때문이다.

사람은 대물림을 통해서도 이기적 본성을 그대로 유지하고 싶어 한다. 인제대 서울 백병원 정신과 우종민 교수는 "기업의 대물림은 이기적 유전자의 자연스러운 활동이다. 자기 유전자를 보존하려는 본능이 발동하는 것이다. …맨주먹으로 시작해 일궈온 기업은 확장된 자아(extended self)다. …승계 과정을 이용해 아래 세대를 통제하고 싶은 마음도 인간의 자기애적 본성이다."라고 했다.

사람은 재물이 얼마나 있어야 행복한지 증명되지 않는 한, 자신의 곳간이 넘쳐나도 끝없이 쏟아 붓는다. 사람은 수천 명이 수백 년 동안 호의호식하며 살아갈 수 있는 재화를 지녔는데도 비자금을 조성하고 편법 상속을 일삼으며 부동산 투기에 전력한다. 아직 세상 물정도 모르는 어린 자식에게 수백 년간 잘 먹고 잘 입고 잘살고도 남을 재산을 일찌감치 물려준다. 사람은 그만큼 오래도록 살아남아 있을 수 없다는 진리에는 전혀 관심이 없다. 그 뒤안길에는 오늘도 여전히 하루 세 끼조차 제대로 챙겨 먹지 못한 채 학교에 다녀야 하는 우리의 소중한 어린 학생들이 있다. 그들의 맑은 눈망울이 사람의 시선을 부끄럽게 자른한다. 가장인 아버지도 그 딸도 중병에 걸려, 병원에서 한 끼 식사가 나올 때마다 네 식구가 나누어 먹으며 환자용 침대와 보호자용 침대 하나로 온 식구가 밤잠을 설쳐야 하는 삶의 현실은 드문 일이 아니라 바로 우리 이웃의 애환이다.

멈출 줄 모르는 이기심의 발로들

　이기심이 강한 사람은 내부지향적이다. 자신밖에 모른다. 자기 앞만 보고 달린다. 옆이나 뒤는 거들떠보지도 않으려 한다. 그러다 지나치기도 한다. 지쳐 쓰러지기도 한다. 그러다 멈추면 아무것도 아니다. '빨리 가면 먼저 가고 천천히 가면 제대로 간다.' 빠른 게 늘 좋은 것은 아니다. 군대에서 훈련을 받으면 '선착순 1명'이란 기합이 있다. 목표물을 향해 전력으로 달려가서 반환점을 돌아 제자리로 돌아오게 하여, 1등 하는 훈련병만 열외시켜 앉아서 쉬게 하고, 나머지 훈련병들은 다시 목표물을 향해 뛰어야 한다. 다시 1등으로 들어온 1명만 열외시켜주고 나머지는 또 다시 뛰어야 한다. 이때 훈련병들은 전략을 세운다. 애초에 사력을 다해 전력 질주하여 1등 할 것인가, 아니면 마지막 한 명이 될 때까지 달린다는 심정으로 자신의 뜀박질 속도를 통제하며 뛸 것인가? 사람은 때로 후자의 길을 택한다. 목표물을 몇 차례 뛰는 고통은 있지만 편안한 마음으로 임할 수 있다. 어차피 1등 할 자신이 없는데 처음부터 무지막지하게 전력을 다하는 것은 어리석은 전략일 것이다. 그러다가 그날의 훈련을 더 이상 제대로 받지 못하게 되는 누를 범할 수도 있다. 교관은 훈련병들의 이기심을 부추겨 1등을 유도하여 훈련병들을 조련하는 훈육 방법을 택한 것이다.

공연장에서의 일이다. 사회자가 2시간 공연이 끝난 후에도 얼마든지 앙콜을 받아주겠다고 선심을 베푼다. 가수의 열정적인 공연이 계속되고 있는 도중 약속된 2시간이 채 지나기도 전에 앞 좌석에 앉은 사람들이 하나 둘씩 좌석을 떠나기 시작한다. 공연에 임하는 출연진들이 얼마나 무안하고 힘이 빠질 것인지에 대해서는 아랑곳하지 않는다. 한 치 앞 자기밖에 모른다. 이유인즉슨 조금 늦으면 일시에 사람들이 주차장으로 몰려들어 자동차가 빠져 나가기 어려울 것 같아 그러는 것이다. 그럴 것 같으면 그냥 집에 있지 왜 고달프게 자동차를 몰고 나와 주위 사람 무안하게 하는가. 한참 연주회가 절정에 이르는데 휴대폰 벨 소리가 진동한다. 클래식 분위기가 장내를 압도하고 있는데 최신 팝의 괴성이 고조된 분위기를 돌변시킨 것이다. 그것도 소지자가 중지시킬 줄 몰라 한참 동안 울려 퍼졌다. 미안해서 견딜 수 없었는지 중간 휴식시간에 물의를 빚은 관객과 그 일행 모두 자리를 떠 돌아오지 않아서 주위가 허전해졌다.

사람은 자신이 편해질수록 더 이기적이 된다고 한다. '좋은 것은 내 앞에, 좋지 않은 것은 내 눈에 안 보이게'(Please in my backyard/ Not in my backyard.)라는 사고가 만연하고 있다. 우리 동네에 쓰레기 처리장이나 납골당이라도 들어서는 날이면 죽기 살기로 반대한다. 어쩌면 이기적 본능을 지닌 사람들로부터 뭔가를 기대하는 것이 이상한 일인지도 모른다. 그러나 지나친 것은 피하기 어려운 흠이다. 사람은 자기가 골프 치는 시간 동안은 날씨가 좋아야 하고, 내가 다 마치고 남들이 운동할 때는 비가 왔으면 한다. 사람은 자기가 산 주식은 올라야 하고, 판 주식은 떨어져야 마음이 편하다. 이 무슨 놀부 심보인가 말이다.

버스 승객 중에는 별 사람이 다 있다. 동전 2개 50원짜리, 10원짜리만 내고 타는 사람, 1만원 권 지폐를 요금함 속에 넣었다 꺼냈다 하면서 기사님 애간장을 태우는 사람, 브레이크를 살짝 밟기라도 하면 마치 약속이나 한 듯 앞으로 쏠리면서 넘어지려고 하는 할머니 할아버지들이 계신다. 버스 운행 중 안전사고라도 나는 날에는 어렵게 생계를 꾸려가고 계신 기사님 '해고 날'이라는 사실을 노인들은 어떻게 그렇게 잘 이용하려고 하는 속셈들이신지…. 막차가 종점에 도착하여 좌석을 돌아보면 음식물 쓰레기 등 온갖 쓰레기가 구석구석에 난무하다. 오죽하면 잠깐씩 타는 버스 안에 휴지통이 비치되어 있겠는가 말이다.

여섯 살 된 딸을 데리고 외출 나갔다가 들어온 자계 님, 아파트 입구에 다다르자 딸이 현관 계단으로 올라서더니 엘리베이터로 뛰어간다. 마침 엘리베이터 안에는 한 아저씨가 먼저 타고 있었다. 딸아이는 엘리베이터를 타고는 열림 버튼을 누른 상태로 어머니를 재촉한다. "엄마, 빨리 와! 에레베타 올라가!" 하고 큰소리로 외친다. 자계 님이 엘리베이터에 탈 때까지 그리 긴 시간은 아니었지만, 먼저 탄 그 아저씨는 무심코 기다려야 했다. 자계 님은 엘리베이터를 타고는 기다리고 있던 아저씨에게 미안하다는 말은 아랑곳없이 오히려 딸아이를 다그치기 시작한다. "너 그렇게 하지 말랬지?"라고. 동승한 그 아저씨는 이 말을 듣고는 속으로 "그래도 교양 있는 아주머니시구나. 먼저 타고 기다리는 사람 심정을 헤아려주는구나."라고 상상하면서 위안을 삼으려 했다. 그런데 연이어 자계 님이 말하기를, "얘야, 다시 말해봐, '에레베타'가 뭐니? '엘리베이러'라고 해야지, 얼른 다시 해봐!" 하며 막 영어를 배우기 시작한 딸아이의 발음을 교정해주는 것이 아닌가.

사람은 왜 그럴까? 곱고 귀한 돌, 탐스런 식물, 소중한 예술작품 등 진기한 물건들을 자꾸만 자신의 집으로 가져가서 가두어 두려고 한다. 자신이 소유하고 있는 자신의 집에서, 자신만의 어두운 공간에서 혼자서 즐기려고 한다. 수십 년이 지나도 그 귀중품을 볼 수 있는 사람은 불과 수십 명에 지나지 않는다. 그렇게 생을 마감한다. 그 소중하고 귀한 것들과 이별하고 만다. 자손에게 물려준다 하더라도 자신과는 결별이다. 많은 사람이 음미하면 더 빛날 것을, 더 많은 사람이 느끼면 더 행복할 것을, 참 고맙게 생각할 것을 외면한 채 사람은 자신의 소유욕을 앞세운 이기심만 불태운다. 사람은 이 세상에 나올 때 아무것도 가지고 있지 않았던 것처럼, 이 세상을 떠날 대도 아무것도 가져갈 수 없다. 마지막 가는 그 작은 손에는 얇은 종이 한 장 쥐고 갈 수 있는 여유도 사라지게 된다. 사람은 그것을 애써 모른 체한다. 그럴 때면 맑은 개울에 가지런히 놓인 돌다리를 건너는 중 다음 디딜 돌이 없어진 듯한 착잡한 심정이다.

모든 일을 아전인수 격으로 받아들이고 싶은 마음

사람은 자신이 귀족처럼 행동하고 특별하게 보이길 바란다. 다른 사람들과는 차별되게 보이고 싶은 이기적 심리다. 늦도록 술 마시면서 오가는 이야기는 어느 명문 골프장에 가봤다는 등 자기 자랑으로 가득하다. 그것도 골프를 하지 않는 사람을 면전에 앉혀놓고 그 사람의 기분은 아랑곳하지 않은 채 일장 연설을 퍼붓는다. 골프를 하는 사람은 자신의 격에 맞든 맞지 않든, 골프가 잘되든, 잘 안 되든, 자신의 스윙이나 스피드에 맞건 맞지 않건 우선 고가의 골프채부터 사고 본다. 골프 의류도 가격이 비싼 것만 골라서 우선 사 입고 본다. 남들과 다르게 보이기 위해서다. 자신이 특별하게 비춰지길 바라는 욕심에서다.

어머니가 중학생인 아들에게 "너 자주 만나는 친구 공부 잘하는 애 니?"라고 묻는다. 아들은 묵묵부답이다. 참 어머니가 아들에게 묻는 질문치고는 어색하기 그지없다. 차라리 공부 잘하는 친구 만나 명문대학 진학해서 성공한 사례를 담은 책을 한 권 사다가 주요 부분을 복사해주시지 그래요. 책을 그냥 주면 입시 공부하느라 읽을 시간이 없을 테니까 말이다. 사람은 매사에 너무 아전인수 격이다. 다들 선행 학생, 공부 잘하는 학생과 만나려 든다면 결국 공부 못 하는 학생들끼리, 선량하지 못한 학생들끼리만 가까이 지내야 하는 사태가 초래될 텐데, 그것이 바람직한 일일까? 그 중에 내 자식이 끼어 있을 수도 있지 않은가? 우선 내 자식이 스스로 좋은 친구가 되도록 용기를 북돋아주고 공부를 잘할 수 있는 분위기를 만들어주는 것이 급선무일 듯싶다. 그리고 아이가 공부 못 하는 게 죄인가. 공부 좀 못 하는 친구가 공부 잘하는 친구를 자주 만나야 그 아이도 공부를 열심히 할 수 있는 계기가 될 것 아닌가? 우리가 사는 세상은 더불어 사는 세상이다. 아름다운 세상으로 가꾸어 나가야 한다. 나만 앞서갈 수는 없다. 우선 앞서가는 것 같아도 함께 뒤처지는 어리석은 처사다. '내 아들아, 공부 열심히 잘해서 공부 못 하는 친구들 좀 도와주면 좋지 않겠니.'라고 하면 어떨까?

잘사는 사람이 못 사는 사람과 상종하지 않는다면 극심한 사회 양극화만 초래될 뿐 양자 모두에게 이득이 아니다. 공부 잘하는 사람이 공부 못 하는 사람과 담을 쌓는다면 분열만 가중될 뿐, 거시적으로 보면 어느 쪽도 득이 없다. 이 문제에 대해서는 나중에 '시소의 원리'를 통해서 더 자세히 알아보자. 사람은 더불어 살아가는 세상에서 나누고 베풀며 살아가야 하는 숙명을 안고 태어났다. 너무 따지지 말자. 너무 도도한 척하지 말자. 수박 살 때 껍데기 보고 사니, 아니면 속 보고 사니? 속이 맑아야지. 비싼 명품 옷 걸치고 있어서 존경 받는 것이 아니라, 그 명품 옷에 걸맞은 말을 하고 남다른 품위를 지키니까 존경 받는 거다. 하긴 좋은 옷을 입으면 행동도 이에 따라 품위가 살아나는 긍정적인 면을 무시할 수 없긴 하다. 남자들도 양복 입었을 때와 예비군복 입었을 때 행동하는 것을 보면 확연히 차이가 나는 것은 사실이다.

사람은 다 자기본위로 생각한다. 자기중심적이다. 선거 때도 유권자들은 공정하게 투표한다고 하지만, 자신이 소유한 부동산 가치, 자신이 살고 있는 지역 개발에 관심을 두고 투표한다. 자신 주위의 모든 사람은 본의 아니게 자신을 위한 엑스트라 역할을 충실하게 이행해주길 은연중에 바라는 것이다. 내가 약속시간에 늦게 도착하면 다른 사람들이 당연히 기다려주어야 한다고 생각한다. 그러면서도 자신이 먼저 도착하고 다른 사람이 늦게 오면 어찌나 서운하고 자존심이 상하는지 질책을 멈추지 않는다.

국제선 공항에서 탑승이 완료되고 출입문이 닫히고 비행기가 활주로로 진행하고 있는 도중에도 대합실에 물건을 두고 왔다고 다시 돌아가자고 재촉하는 억지 파, 못 말리는 얄미운 고객인 승객도 왕왕 있다고 한다. 참 대단한 사람들이다. 사람은 실수를 한다. 실수를 통해서 배운다. 그래서 사람이다. 그러나 사람은 자기가 아무리 실수하거나 잘못된 행동을 해도 결코 자신이 잘못됐다고 생각하지 않는다는 데 문제의 고민이 남는 것이다. 사람은 다른 사람에게는 관심이 없고 오로지 자기 자신에게만 집중한다. 입사 지원자가 공채시험에 응시할 때 좀 더 많은 신입사원을 선발해줬으면 하고 간절히 바라다가도, 정작 합격하고 나면 합격자 수가 최소한으로 줄었으면 하고 바란다. 자기 중심적이기 때문이다. 자신이 우선 무난히 합격해야 하고, 합격 후엔 희소가치를 더하여 더욱 존중 받고 대우받기를 바라는 잠재적 이기심의 발로인 것이다. 많은 갈등과 불화가 '어쩜 그러니? 그렇게 이야기했으면 이젠 내 말 좀 들어줘야 되는 것 아니니?'라고 상대방을 원망하는 데서부터 비롯된다. 사람 간의 갈등, 불화, 오해, 불협화음 등이 발생할 경우 무조건 상대방을 탓하는데, 사실 85% 이상이 자신에게 잘못이 있다고 한다. 문제를 내가 떠안고 가고자 할 때 소원한 관계가 풀어지는 것이다. 먼저 내 잘못부터 챙기고, 내 탓임을 인정하자.

잘 닦아 반짝이는 자동차가 깨끗한 아스팔트 위로 질주한다. 늘 타고 다니는 자동차도 잘 닦아 외관이 깔끔하면 주위에서 보는 사람의 기분이 상쾌해진다. 그 자동차에서 운전자가 피우던 담배를 차창 밖으로 던진다. 마치 자기 집 식탁에 앉아 커피를 마신 후 담배를 피우고 그 꽁초를 거실에다 휙 던지는 격이다. 사람은 자기 차 안은 깨끗하길 원하면서 도로든 아스팔트든 무엇이든 쓰레기통으로 간주하는 것일까? 여기서 도덕심을 논하려고 하는 것은 아니다. 물론 그 운전자도 차창 밖으로 담배꽁초를 던지는 것을 스스로 잘하는 일이라고 여기지는 않을 것이다. 도로를 휴지통이라고 착각한 것도 아닐 것이다. 다만 자신이 아끼는 차 안을 더럽힐 수 없다는 이기심의 발로, 즉 자신의 입장만 생각하기 때문일 것이다.

사람은 누구에게나 다 이기심이 다분히 축적되어 있다. 단지 교육, 체면, 양심 등이 억눌러 그렇게 행하지 못할 뿐이다. 어떤 면에서 누가 제때 잘 치워주기만 한다면 재떨이도 필요 없고 던지면 되는 그 쾌감은 상상만 해도 충분히 이해할 수 있을 것이다. 그래도 그렇게 해서는 안 된다. 양심이 울고 있지 않은가. 하느님이 보고 노하고 계시다. 그런데 중요한 것은 그 담배꽁초가 돌고 돌아 결국 그것을 버린 운전자의 입으로 들어오게 된다는 사실. 이것을 본인은 잘 알고 있어야 한다.

사람은 왜 그럴까? 공용 주차장에서 자동차 한 대가 빠져 나오는데 운전석 유리창이 스르르 열리면서 우유 빨대며 휴지며 쓰레기가 창 밖으로 마구 내던져진다. 자동차는 깔끔한데 행동은 수치스럽다. 말쑥하게 차려 입은 여성 운전자라 더욱 원망스럽다. 자신의 자동차 안만 깨끗하면 그만이고, 그 다음은 소중한 이웃이 알아서 다 처리하라는 말씀인가? 아니면 정부 예산으로 치우라는 말씀인가? 세상에는 돈으로 안 되는 일이 더 많다. 사람은 고요히 흐르는 맑은 시냇물에 마시고 남은 일회용 종이컵을 던지고 휴지를 버린다. 그 버림을 통하여 결국 자신이 자연으로부터 버림 당한다는 사실을 모르고 지나친다.

대낮인데도 맞은편 아파트 베란다에 늘 외등이 켜져 있어 아파트 관리실에 전화했다. 낮이라 외등을 켤 필요도 없는 데다 보안등 역할도 하지 못하는 것 같았기 때문이다. 그래서 전기를 아끼자는 의미로 관리실에서 그 집에 전화하여 외등을 끌 것을 부탁했다. 그런데 그 이후로도 계속 켜두는 경우가 많아 몇 차례 관리실에 연락했더니, 그 집에서 왜 남의 일에 참견이냐고 화를 내서 더 이상 전화하기가 곤란하다고 했다. 과연 그게 개인 프라이버시 영역일까? 자신이 전기료를 부담한다고 하더라도 불필요한 전력을 낭비하게 되면, 결국 어려운 이웃에 돌아갈 복지 수혜가 그만큼 줄어들게 된다. 한편으로는 남의 사생활인데 어쩔 수 없다는 생각이 들지만 참 씁쓸하다. 바로 내 이웃이 겪어야 하는 잠재적인 차별적 운명 앞에 숙연해진다.

더불어 살 줄 모르는 사람의 악착

사람은 산을 깎아 나무를 베어내고 숲을 훼손한 채 멋진 별장들을 짓고 행복에 거워한다. 속세 사람의 알량한 수요에 맞추어 몇몇 주택업자들은 산이든 숲이든 어떻게든 택지를 확보해 이익만 챙기고 팔아 넘기기에 급급하다. 산이 아파하고, 나무가 신음하고, 숲이 울고 있는 소리는 듣지 못한다. 급기야 폭우에 그 자연이, 그 산이 아파하다 더 이상 견딜 수 없어 속이 뒤틀려 토하듯 진흙 더미를 산 아래로 마구 내뿜었다.

산이 견디다 견디다 더 이상 못 버티고 스스로 무너져 내린 것이다. 시골 어린 학생들을 위해 봉사활동 나갔던 청순한 대학생 여러 명이 유명을 달리하는 참사가 순식간에 벌어졌다. 우리 자신의 일이다. 우리 목전에 닥친 현실이다. 아, 생계여! 돈이여! 사람의 욕심이여! 이게 다 무슨 악마의 서슬 퍼런 손짓이란 말인가! 이런 영어 교훈이 있다. What goes around comes around(내가 저지른 일, 반드시 되돌아온다).

건물 사이 길을 휴대폰으로 통화하면서 건너려는데, 저기쯤에서 오는 차가 신경질적으로 큰 경적을 울린다. 빨간 승용차인데 젊은 여성이 타고 있었다. 깜짝 놀라 뭐라고 말하니, '앞 좀 똑바로 보고 다녀!'라고, 그 청순한 미모에 걸맞지 않게 고래고래 고함을 질러댄다. 그래, 우선 보행자가 앞을 똑바로 보고 다녀야지. 살다 보면 어린 사람한테 꾸중 들을 수도 있는 일이라고 되뇌며 스스로 마음을 달랜다. 한편으로는 그리 위험한 상황도 아닌데 그렇게 큰 경적을 울리며 반말을 해대는 젊은 여성이 정서적 안정을 되찾길 바라는 마음 가득했다. 비가 오니 우산을 받쳐 든다. 정확히 표현하자면, 비가 와서 우산을 쓰는 것이 아니라 내 옷이 젖을까 봐서다. 그런데 복잡한 도심에서 그 우산의 창살이 남의 눈을 찌르는 것은 의식하지 못한다. 자기 옷이 비에 젖어서는 안 된다는 생각뿐이다. 물론 다 그렇다는 말은 아니다. 사람은 누구나 마음의 중심에 이기적 본성이 자리잡고 있는데, 이를 인위적인 이성의 힘으로 최소한 통제하고 있을 뿐이다.

사람은 자신의 이익을 위해서는 수단과 방법을 가리지 않는다.

이머님은 원룸 사업을 할 의향이 있어 현장에 나가 알아보던 중 팔려고 내놓은 건물을 확인하게 되었다. 빈 방이 하나도 없이 다 입주해 있어서 수익성이 있을 거라고 판단하고 계약을 한 후 원룸을 운영하게 되었다. 그런데 채 며칠도 지나지 않아 입주자들이 다 빠져 나가더라는 것이다. 알고 보니 입주자 대부분이 전 건물주의 친인척들이었다. 빨리 팔아 치울 목적으로 실제로 입주해서 살고 있는 척했다는 것이다.

유통업종에 오랜 경험이 있는 야계 님은 전부터 일해오던 주방장과 매출을 배분하기로 하고 체인점 식당을 인수했다. 그 후 종업원을 그대로 둔 채 운영하게 되었는데, 다들 일을 안 하고 빈둥거려 야계 님의 전 가족이 다 달라붙어 일해도 힘겹다고 한다. 이기심의 발로라고 할까. 강아지를 다섯 마리나 키우면서 월셋방 찾아 다니는 여성도 있다. 그릇은 작은데 국은 많이 담으려 하고, 시간은 제한되어 있는데 여러 개의 영화를 다 봐야 하는 우리네 현실이 못내 아쉬움을 자아낸다.

프랑스 파리 인근 공원에서 어린 아이를 데리고 산책을 하고 있는데, 저만치서 강아지가 무섭게 짖으며 금방이라도 물어버릴 것같이 아이에게 사납게 달려든다. 그 아이 아버지는 엉겁결에 보호 본능으로 강아지를 발로 걷어찬다. 그 강아지 주인은 당연히 의아해 하면서도 아무 말도 하지 못한다. 그 상황에서 다른 방법은 없었을까? 아이를 끌어안아 올리기엔 시간이 부족했을까? 어쩔 수 없는 상황이라고 해도 강아지 주인에게 미안하기도 하고 마음 한편에서는 여러 가지 반성의 물결이 일어난다. 그 순간에는 자신의 아이를 보호해야 되겠다는 본능만 작동한 것일까? 당시 국내에는 지금처럼 강아지를 애완용으로 애지중지하며 많이 키우지 않아서 동물에 대한 배려가 부족했을까. 아니면 단순한 이기심의 발로였을까. 여러 가지 착잡한 생각에 휩싸인다. 더불어 사는 삶, 내 것만 챙기려고 하지 말고 상대방의 애환도 보듬어줘야 한다. 다른 사람의 생각이 다를 수 있다는 가능성을 늘 열어두자.

내가 잘난 것 같지만 다른 사람의 생각은 다를 수 있다.
내가 못난 것 같지만 다른 사람의 생각은 다를 수 있다.

내가 잘한 것 같지만 다른 사람의 생각은 다를 수 있다.

내가 못 한 것 같지만 다른 사람의 생각은 다를 수 있다.

내가 맞는 것 같지만 다른 사람의 생각은 다를 수 있다.
내가 틀린 것 같지만 다른 사람의 생각은 다를 수 있다.

아주 잘 나가던 어느 중앙부처 국장, 동고동락하던 그의 부하 직원들만큼은 평생 함께할 것 같았는데, 퇴직하자 소식이 뚝 끊긴 채 함흥차사를 연상케 한다. 우연히 길에서 옛 부하 직원을 만나도 그저 아는 척이라도 해주면 다행이고, 어지간하면 피하고 만다. 한 여성의 성당 교우 중 한 분의 남편이 최근 고위 공직자로 근무하다 퇴직했는데, 부인은 남편 등살에 하루가 피곤하단다. 얘긴즉슨 퇴직 후 얼마 동안은 외출도 자주하고 그런 대로 잘 지냈는데, 채 몇 달도 지나지 않아 집에만 머물고 일체 외부 출입을 삼가더라는 것이다. 퇴직한 지 한 달 정도가 지나기 까지는 밖에서 직원들을 만나면 곧잘 인사도 잘하고 안부도 묻고 하더니만, 날이 갈수록 거리가 멀어진 듯한 느낌을 받게 되었다고 한다. 마주쳐도 인사도 안 하고 저만치에서 다가오다가도 슬쩍 피해버린다는 것이다. 결국 그 모양새가 이상하고 견디기 힘들어 집 앞에서만 맴돌다가, 어느 날부터는 아예 두문불출하게 된 것이다. 밖에서 보기 싫은 꼴 더 이상 견디지 못하겠다는 것이다. 그래도 제 버릇 남 못 주는지 집안에 있으면서 아내에게 이것 가져와라, 저것 가져와라 하면서 자신은 꼼짝도 않고 심부름만 시킨다는 것이다. 한편으로 생각하면 이분은 참 마누라를 잘 얻은 것 같다.

사람은 왜 잘 나가는 사람 주위로 벌떼처럼 몰려들어 고개를 조아리고 잘 보이려고 안절부절 못 하다가, 막상 그 사람이 그 자리를 떠나는 순간 마치 막 숨을 거둔 결핵 환자의 몸에서 결핵균이 빠져 나가듯이, 언제 그랬냐는 듯 훌훌 다 떠나버리는 것일까? 사람은 주어진 시간을 보다 자신에게 유익하고 뿌듯하게 보내고 싶은 이기심에 따라 생각하고 행동한다. 자신에게 더 이상 도움이 되지 않을 성싶으면 모르는 척하고 과감하게 연락을 끊어버리는 것이 사람의 공통된 본성이다. 더 이상 과실이 열리지 않을 나무를 쳐다보며 거름을 주고 어루만져줄 어리석은 농부는 없기 때문이다. 이게 다 물질만능주의의 폐해이긴 하지만, 사람은 다 똑같은 본성을 지니고 있으니까 자신을 힘들게 하는 현실을 있는 그대로 받아들이는 자세가 중요하다. 그것도 사랑을 품은 아름다운 마음으로 말이다. 그래서 사람이다.

사람은 다른 사람한테 받은 은혜는 기억에서 곧 사라지고, 이룬 공적은 다 자신의 성과라고 여긴다. 모든 것을 자신에게 유리하게 해석해버린다. 그것이 자신의 마음을 편하게 해주기 때문이다. 본능적 자기방어 수단이기도 하다.

"정승 개가 죽으면 사람들이 몰리는데 정작 정승이 죽으면 파리가 날린다." 왜 그럴까? 이성적으로는 납득이 되지 않는다. "어떻게 그럴 수가?" 하고 혀를 내두른다. 고위직까지 올라 잘 나가던 분이 심장병으로 일찍 세상을 떠났다. 재직 시에는 무수히 많은 사람들이 찾아가서는 온갖 애교와 정성을 다하는 듯했다. 정작 본인이 마지막 떠나는 자리는 썰렁하다. 발길이 멈췄다. 오는 사람마저 간단한 예의만 표시하고 황급히 떠난다. 이해가 가지 않는다. 사람의 정이란 게 이런 것인가. 문상을 가도 정작 자신을 알아봐주는 사람도 없을 거라는 생각에 발걸음을 무겁게 하기도도 할 것이다. 오래 전 함께 근무했던 몇 사람들만 늦도록 상가를 지키고 있는데 의리 있다는 생각이 드는 한편, 한가한 사람처럼 비치기도 한다. 그만큼 사람은 현실적이고 이기적이다. 그래서 사람이다.

사람은 다 그렇다. 그렇게 태어났다. 자신과 이해관계가 멀어지면 몸이 멀어지게 되고, 괜히 여러 가지 일로 바빠져서 찾아갈 시간 내기가 참 어렵다. 바쁜 일 순서가 바뀌었는지는 모르지만 말이다. 사람은 앞만 보고 제 갈 길 바빠 재촉한다. 사람의 본성이 그렇다. 그렇게 되어 있는 것은 그대로 인정해야 한다. 섭섭하게 생각할 것 없다. 누구나 다 그런 걸 어떡하니. 너도 그렇지 않니? 물론 안 그런 사람도 많다. 그 사람은 선하고 정직하며 존경 받는 사람이다. 사랑 에너지가 충만한 사람이다. 다소 만족스럽지 못하더라도 자신이 하는 처신에 너무 핀잔을 주지는 말라. 이 세상에서 가장 중요한 사람이 자기 자신인데, 자꾸 뭐라고 하면 어떡하니. 상처받은 자아를 달래고 오늘보다 달라진 내일을 기약하며 조금씩 개선하고 나아지는 아름다운 모습을 보이는 것이 더욱 중요하다.

감정의 그늘에서 헤쳐 나오지 못하는 사람들

사람은 이성보다 감정이 늘 앞선다. 논리적이고 합리적이고 타당하다고 하더라도, 최종적으로는 감정에 따라 결정한다. 늘 잘 대해주어도 서운하고 좋지 않은 감정만 쌓여간다. 사람은 의외로 사소한 일에 마음이 상하고 감정이 솟구친다. 사람은 화내는 사람에게 '왜 화를 내고 그래, 화낼 일도 아닌데.'라고 쉽게 말한다. 그렇게 말해서는 안 된다. 문제의 중심은 나에게로 돌리고, 잘되고 칭찬할 일의 중심은 상대방한테 선물해야 한다. 화를 낸 사람에게 문제가 있다고 미루어서는 안 된다. 화를 내도록 자극을 준 나에게 문제의 중심을 두어야 한다. 이 경우 "내 말이 너를 언짢게 한 것 같은데 마음 상하지 않았는지, 내가 사과할게."라며 접근해보면 어떨까? "화내지 말고 참아."라고 하는 것도 잘못된 태도이다. 문제의 중심을 자꾸만 상대방으로 가져가고자 하는 얕은 마음이다. "마음 상하게 한 것 같아 미안하다. 내가 잘못한 것 같다. 앞으로 조심할게."라고 하면 어떨까. "마음 상하게 '한 것 같아.'"라는 표현은 상대방이 정작 마음이 상한 것으로 단정하는 누를 범할 우려가 있어서 그렇게 표현한 것이다.

때로 사람은 상처받은 상대방을 위로하고 풀어준다는 게 도리어 화를 일으킨 상처를 돋우고 불 난 집에 부채질하는 격이 되고 만다. 내가 한 말에 담긴 취지가 중요한 것이 아니라 그 말을 듣는 상대방이 어떻게 받아들이는지가 중요하다. 다른 사람에 대해 말하려면 그 사람의 신발을 신고 일주일은 다녀봐야 한다는 말이 있다. 어느 부부가 함께 교회에 갔는데 목사님이 여신도들에 대하여 "다시 태어나도 지금의 남편과 결혼하겠느냐?"라는 질문을 던졌다. 다들 손을 드는데 그 아내만 손을 들지 않았다. 그러자 남편이 기분이 상했는지 예배를 마치고 집에 돌아가 부부싸움을 했다고 한다. 하긴, 싸우지 않는 부부가 더 많이 이혼한다는 말도 있긴 하지만. 사람은 감정이 지배하는 동물임에 틀림없다.

사람이 하는 일은 늘 동전의 앞면과 뒷면처럼 상대적인 현상이 동시에 나타난다. 남을 이기는 것은 또 다른 사람을 슬프게 한다. 내가 슬프고 괴로울 때 상대방은 기뻐하고 비웃음 친다. 운동경기에서 금메달을 딴 선수가 웃고 기뻐할 때 한쪽 구석에서 메달을 못 딴 숱한 선수들은 슬퍼서 울고 괴로워한다. 내가 명품 가방 들고 뽐내며 다닐 때, 다른 사람은 부러움과 서러움에 가슴 저미며 울고 간다.

사람의 감정은 아주 작고 사소한 일에서 큰 영향을 받는다. 백화점 멤버십카드 신규 회원에 가입했더니 2만 원 구매권을 보내왔다. 5월 30일이 사용기한인데 5월 31일에야 확인했다. 그냥 5월 말일이라고 생각해서 당연히 31일까지인 줄 알고 착각해서 하루가 지나게 된 것이다. 하긴 그것도 마케팅 전략인지도 모르겠다. 5월말로 하는 것보다 하루 당겨 5월 30일로 기한을 정하면 나처럼 하루를 착각하는 고객이 많이 나올 것이기 때문이다. 그러면 인심 쓰고 마케팅 비용을 줄이는 일거양득의 효과를 볼 수도 있을 테니까. 물론 고객이 알아서 사용기한을 지키는 것이 당연하지만, 신규 회원에 대한 감사의 표시로 보낸 거니까 '하루쯤 용서 해주겠지.'라고 생각하고 백화점 측에 사용할 수 있도록 해달라고 부탁하니 안 된다고 한다. 여러 부서에 수 차례 전화해도 막무가내다. 당초부터 계획되어 신규 회원에게 제공하는 선물인데, 날짜가 하루 지났다고 안 된다고 하면 고객의 감정이 상하는 것은 어쩌면 당연한지도 모른다. 돈 2만 원이 문제가 아니라 기분 문제이기도 하다. "이 2만 원짜리 구매 쿠폰 하나 때문에 귀 백화점을 다시는 이용하지 않아도 되겠느냐?"라고 해도 그저 "죄송합니다."라는 똑같은 메아리뿐이다. 그저 월급 받는 반대급부로 일하는 사원이라고 하지만 조금 더 주인 된 마음을 갖는 것이 자신과 회사에 이익이 되고, 일하는 보람도 느끼게 되며, 결국 고객에 대해서도 고마움과 미안한 마음을 불러일으킬 수 있는 좋은 기회가 된다. 결국 여기저기 전화한 후 스트레스를 듬뿍 받은 후에야 겨우 해결은 되었지만, 감정이 상할 만큼 상했으니 어쩌면 좋으랴!

이 같은 사례는 고객이 회사를 설득한 모순된 경우다. 엎드려 절 받는 격이 되어서야. 이처럼 사람은 작은 일에 기분이 상하기도 하고 기분이 좋아지기도 한다. 미세한 감정에 좌지우지되는 것이다. 유효기간을 하루 넘긴 것을 자신의 과실이라고 생각하고 넘어가는 사람도 있겠지만, 보통 사람은 그렇게 정확하고 논리적인 것에 익숙하지 않다. 감정에 많이 치우친다. 정서에 많이 의존하려고 한다. 그래서 사람이다. 한번 들어온 지식, 덕성에 대하여 '아, 그렇구나', '야, 알았다.'라고 감동하는 것은 순간의 인지일 뿐 행동하고, 실천하고, 지켜 나가는 일은 별개의 문제다. 여기에 사람이면 피할 수 없는 감정이 작용하기 때문이다.

밤의 문턱에 오른 시간, 시가 님은 주점에서 맥주와 안주를 시켜놓고 있었는데 출입문 발치에서 고양이 한 마리가 어슬렁거리자 주인이 오징어 다리 하나를 뜯어주었다. 옆에도 식당이 즐비한데 그 고양이는 다른 데는 가지 않고 꼭 그 주점에단 찾아온다고 한다. 새끼를 뱄다고 한다. 시가 님이 "새끼를 뱄으면 좀 좋은 걸 주시지."라고 하자 줄 게 없다고 한다. "고양이가 뭘 좋아하는데?"라고 묻자 모른다고 대답한다. 시가 님은 그 고양이가 특별히 좋아하는 먹을 거리가 있으면 사줄 의향이 있었다. 주인이 잠깐 나간 사이 고양이가 슬금슬금 들어와 건너편 테이블 의자로 올라가더니 시가 님이 앉아 있는 테이블 앞 쪽 의자까지 올라오려고 한다. 그는 동물을 사랑하는 마음을 따지기 이전에 음식을 먹는 식당이라 비위가 다소 거슬리는 데다, 어린 시절 한때 괴담에 자주 등장했던 기피 동물이라는 심리가 작용했는지 심기가 그리 편치 않다. 앉아 있는 동안 좋은 기분을 유지하기가 어렵고 이성이 감정에 압도 당하는지 말투도 다소 거칠어진다. 모처럼 시원한 맥주와 함께 하는 여유를 빼앗긴 기분이라 화가 나기까지 한다. 사람이니까 어쩔 수 없는 것일까. 어릴 적 전해 들은 고양이에 대한 부정적 인상이 자꾸 떠오르고 주인마저 대꾸하는 것이 못마땅하니 감정이 상할 수밖에 없다. 그래도 그렇게 해서는 안 되는 것인 줄 알면서도 사람이라 어쩔 수 없다고 체념까지 하게 된다. 그러니까 수양은 계속되어야 하고 항상 현재진행형이 되어야 하는 것이다.

대형 할인점 계산대 뒤로 카트에 물건을 가득 실은 사람들이 길게 줄을 서 있다. 내 순서가 다 되었는데 어떤 아주머니 한 분이 끼어들려 한다. 아까 기다리는 줄에 서 있었는데 뭔가 착오가 생겨 잠깐 줄에서 빠져 있다가 다시 들어오려 했던 것이다. 카운터 종업원도 그 손님 순서가 내 앞이 맞는다고 한다. 20분 이상 기다린 데다 이미 계산대에 구입한 물품을 내려놓고 있는 중이어서, 지금에 와서 내 앞이냐고 이의를 제기한다. 게다가 내 뒤에서 기다리고 있는 사람들이 다 쳐다보고 있어서 혼자 선심 쓸 수도 없어 선뜻 내 앞에 서는 것을 용인하지 못한다. 그때 그 손님은 다른 계산대 쪽으로 이미 움직이고 있었다. 아무 말 없이 가만히

라도 있을 걸, 그래서는 안 되는 것이었다. 그렇지 않아도 그 아주머니는 미안해서 다른 계산대로 가려던 참이었지 않은가. 성급한 판단이 경솔함을 일으킨다. 감정이 앞서는 성급한 처신에 대하여 두고두고 반성이 된다. 그래서 수양은 늘 현재진행형이어야 한다. 그래서 사람이다.

평소에 잘해야 된다는 말이 있다. 매사에 그렇다. 한 어머니가 평상시에는 어린 자녀에게 잘 먹이지 않다가, 몸이 아파 병석에 눕게 되자 그제서야 온갖 맛있는 과일과 비싼 음식을 사 와서 아이에게 먹이려고 애쓴다. 그러나 그 아이는 평소와는 달리 입맛이 없어 아무것도 먹지 못한다. 그 아이는 성장한 이후에도 어릴 적 어머니의 사랑에 대하여 가끔씩 회의를 느끼곤 한다. 어머니의 사랑과 그 아이의 감정적 이해가 상충되는 안타까운 정경이다.

자신도 이해할 수 없는 멍청한 두뇌

사람은 자신이 아는 것이 전부이고 그것으로 만족하려 한다. 뿐만 아니라 아예 자신의 주위에 울타리를 쳐버린다. 여기에 발을 들여놓기라도 하는 때에는 이를 자신의 영역에 대한 침범이자 심각한 도전으로 받아들인다. 다 알고 있다며 전혀 남의 말을 들으려고 하지 않는다. 다 알았다며 책을 덮어버린다. 아무리 주옥 같은 좋은 말을 많이 들어도, 아무리 여러 번 책을 정독해도 얼마 지나지 않아 사람의 머리 속에는 남아 있는 게 별로 없다. 사람은 책에서 아무리 감동적인 내용을 접해도 1개월이 지나면 70% 이상이 기억 속에서 사라진다. 며칠 전에 만난 사람조차 기억하기 어려운데, 아무리 주옥 같은 내용이라 하더라도 책 속의 내용을 어떻게 일일이 기억한단 말인가. 설사 머리에 남아 있다고 해도 그

것을 무의식의 깊은 창고에 소장하고 활용하지 못한다면 아무런 의미가 없다. '구슬이 서 말이라도 꿰어야 보배'라고 했다. 실제 아는 것도 미천한 데다 자만마저 겹쳐 있는 사람은 그 멍청한 두뇌를 자랑하고 다니며 외부의 소중한 것을 받아들일 줄 모른다. 서재에 아무리 좋은 책이 많이 꽂혀 있어도 소용없다. 그 책을 다 읽어도 소용없다. 대부분 망각의 그늘 속에 숨겨버리고 남아 있는 것은 머리 주위로만 맴돌 뿐이다. 밖으로 분출되고 전파되어 실천하지 않는다면 무슨 의미가 있겠는가. 실천하지 않으면 모르는 것만 못하다. 허세 외에 아무것도 아니기 때문이다.

어렵게 터득하고 알아도 실천하기는 여간 어려운 일이 아니다. 수십 년간 불경과 수행으로 다져온 스님은 오늘도 쉬지 않고 목탁을 두드리며 구도의 길에 서 있다. 오랜 기간 목회 활동으로 성경을 다 외웠을 법한 신부님, 목사님이 오늘도 내일도 무릎 꿇고 성경을 공부하며 기도하고 찬송한다. 왜 그럴까? 그것은 사람의 망각 본능과 나태 본성 때문이다. 잠시만 지나면 사람은 잊어버리고 나태해지고 나쁜 습관으로 회귀하려고 한다. 그래서 '일신우일신'하라는 것이다. 자신을 계속 채찍질하라는 것이다. 왜 잘 달리는 준마의 등에 채찍질을 멈추지 않는가? 그래서 사람이다.

사람은 먼저 인사하기를 참 꺼린다. 인사란 먼저 보는 사람이 먼저 인사하는 것이라는 나만의 진리를 터득한 이후로는 사람을 만날 때면 꼭 내가 먼저 인사하는 것을 습관으로 정했다. 내가 살고 있는 아파트 엘리베이터에서 만난 어린 학생에게도 먼저 인사한다. 똑바로 쳐다보기만 하는 젊은 새댁에게도, 모르는 척하며 태연히 서 있는 젊은 청년에게도 먼저 인사한다. 먼저 인사 받은 새댁은 곧 뻘쭘해진다. 그 청년은 되받아 인사한다. 제 각각이다. 엘리베이터 안에서 짧은 시간이지만 '저 아저씨가 왜 나한테 인사하지?'라고 내심 의아해 하다가도 '아, 인사란 사람이 살아가는 기본예의 아닌가?'라고 생각했는지, 내릴 때 다소 무안해하며 답례한다. '안녕히 가세요.'라고. 연륜이 쌓인 어르신네를 만나면 먼저 인사하는 것이 그리 편할 수가 없다. 나보다 연장자니까 당연하다. 처음에는 어색했지만 먼저 인사하는 것이 이리도 마음이 편해지는 일인 줄 늦게야 알게 되었다. 속이 편해진다. 가끔씩 찾아오는 두통이 가시는 것 같다. 스트레스가 녹아 내리는 것 같다. "안녕하세요?"라는 이 말 한 마디가 말이다. 등산할 때도 마찬가지다. "안녕하십니까?" 때로는 "수고 많으십니다."라고 먼저 인사한다. 그러면 세상이 편해진다. 낯선 사람을 만나도 불편하지 않은 것은 얼마나 큰 축복인가.

그런데 어느 날인가 이게 실천이 되지 않았다. 산행 길에서 동료가 앞서고 있어서인지 반대편에서 올라오는 등산객을 보고도 그냥 지나친 것이다. 한 사람 그냥 지나치니 그 이후 만난 등산객에게도 인사를 못 하게 되었다. 습관으로 정해놓고도 실천을 못 한 것이다. 그래서 일신우일신하라는 것이다. 계속하다가 중단하면 다시 원점으로 돌아간다는 말이다. 그래서 수양은 일회성이 아니라 계속 반복적으로 갈고 닦아야 하는 것이다. 이 멍청한 두뇌에서 벗어나기 위해서 말이다. 그래서 사람이다.

사람은 밤길 밝혀주는 달의 소중함에는 감사할 줄 알면서, 대낮 중천에 떠 있는 태양에 대해서는 훤한데 밝은 태양이 무슨 필요가 있느냐며 애써 무시하고 살아간다. 그토록 사람은 멍청하다.

보행자 우측 통행을 시행한 지가 꽤 오랜 기간이 지났다. 지하철이나 공공건물에 가보면 계단 곳곳에 우측 통행이라는 표시가 크고 선명하게 표시되어 있다. 그런데도 여전히 좌측으로 통행하는 사람이 많다. 한 번 몸에 밴 습관은 바꾸기가 쉽지 않고 무의식적으로 그렇게 따라가는 것은 어쩔 수 없는 측면도 있다. 하지만 사람의 멍청한 두뇌는 여기 저기서 그 진가를 톡톡히 발휘하고 있는 것이다.

사람은 두 가지 일을 입체적으로 그 가치를 비교하고 정리하여 잘 실행하지 못한다. 사람의 뇌는 반대의 두 감정을 동시에 가질 수가 없다고 한다. 이를 '대체의 법칙'이라고 하는데, 뇌에 기쁨이 먼저 들어가면 슬픔은 들어가지 못하는 것이다. 증오하는 마음이 먼저 들어가 자리를 잡으면 좋아하는 감정은 들어설 곳이 없게 된다. 사랑하는 감정이 먼저 들어가면 미워하는 감정은 사라져버린다(뒤에 사랑 에너지 편에서 자세히 살펴보자). 늘 우리의 마음속에 사랑의 감정이 충만하도록 그 자리를 빼앗기지 말아야 한다. 멍청한 두뇌를 마냥 그대로 놓아두는 것은 또 다른 멍청함만 과시하게 되기 때문이다.

여성으로서 시어머니와 친정어머니의 역할을 따로따로는 본분에 맞게 잘 이행하는 데 익숙해져 있는 반면, 복합적으로 사고하지는 못한다. 명절에 할머니가 시댁에 간 딸에게는 빨리 오라고 독촉하면서, 몇 날 며칠 허리 한 번 제대로 펴지 못하고 일만 하고 있는 며느리를 친정에 보내주는 데는 인색하기 그지없다. 따로따로만 늘 생각하고 있는 것이다. 며느리는 며느리로만 생각하고, 딸은 딸로밖에 생각하지 못하는 것이다. 참으로 멍청한 일이다. 내 며느리가 사돈의 귀여운 딸이라는 관대함(leniency)은 아무리 가르쳐줘도 받아들일 줄 모른다. 그래서 사람이다.

연륜이 쌓인 시어머니는 30년 이상 지척에서 봉양해 온 맏며느리의 정성은 오간 데 없이, 1년에 한두 번씩 찾아와서 알량한 선물을 안겨주는 둘째 며느리를 늘 예뻐한다. 계속되는 일에는 면역이 생기는 현상이다. '고양이 덕은 알아도 며느리 덕은 모른다.'라고 하지 않는가. 익숙한 데에는 향유에 젖어 있어 당연시할 뿐 그 진정한 가치를 모르고 지낸다. 한시도 빠짐없이 들이마시는 맑은 공기의 고마움을 모르고 지내는 것이다. 그만큼 사람은 멍청하다.

사람은 한 치 앞도 내다볼 줄 모르고 한 치 옆도 돌아볼 줄 모른다. 그것이 주위에 온통 스트레스를 뿜어낸다. 그저 멍청한 본능대로만 행동하고 싶어 한다. 아들 가족과 함께 사는 할머니는 늘 아들이 좋아하는 청국장 끓이기를 좋아한다. 며느리와 손자는 청국장을 별로 좋아하지 않는데도 아랑곳하지 않고 오늘도 청국장을 끓인다. 온 집안이 청국장 냄새로 진동하고 손자들은 손사래를 친다. 그래도 어머니 눈에는 아들밖에 보이지 않는다. 아들이 제일이라 여긴다. 며느리도 가끔씩 생각해주면 참 좋을 텐데. 그것이 진정 사랑하는 아들을 위하는 길인데도 말이야. 한편 며느리는 속으로는 내키지 않지만 말이라도 '참 좋아요, 맛있습니다.'라고 억지로라도 응대한다면 시어머니가 더없이 기뻐하실 텐데, 사람은 속마음을 그대로 드러낼 줄밖에 모른다. 심지어 할머니는 자신의 아들이 손자를 업어주는 것도 못마땅하다. 아들이 힘들어 보여서다. 한 다리 건너가 무섭다는 말이 실감난다. 사랑스런 아들만 생각하느라 정작 아들 챙겨주는 며느리 눈치 볼 줄 모른다. 사람은 태곳적부터 그렇게 멍청하게 태어났나 보다. 그래서 사람이다.

사람에게 뇌경색, 뇌출혈이 찾아올 때는 사전에 세 번 정도 사전예고가 있다는데, 한 선량한 할머니는 그걸 다 놓쳐 지나쳐버리고는 결국 반신불구가 되고 만다. 주위 가족에게 미리 알려야 하는데 그럴 분위기가 아니라 아무 말씀도 없이 감추고는 '괜찮겠지, 이러다 낫겠지.' 하다가 한 순간에 자신을 불행으로 몰고 가는 것이다. 그전에 할머니는 며느리에게 자신의 건강 이상을 한 번 이야기했으나 그 며느리는 "저도 아파요."라고 대답했다고 한다. 어쩌면 그게 다 정해진 운명이었을까.

조금 다른 경우이긴 하지만 젊은 여성은 짧은 치마를 입고 지하철 계단을 오를 때 핸드백으로 뒤를 가린다. 아예 바지를 입든지 긴 치마를 입으면 될 텐데 왜 그럴까? 멍청해서 그럴까? 멋있게 보이고자 하는 한편 자신의 신체 일부가 남에게 노출되는 수줍음을 피하려는 중복된 욕심에서 나오는 행동이다. 결국 멍청한 일이다. 여성에게는 자신이 남의 관심을 끌기는 바라지만, 이에 대한 개인적 접근은 사양하는 본성이 숨어 있다.

II

사람과 현실 이야기

작금의 현실은 사람이 지닌 이기적 본성으로 인해 같은 하늘 아래 같은 물을 마시고 같은 음식을 먹고 같은 땅을 밟고 사는 사람끼리도 서로 바라보는 시각이 삭막하기 그지없다. 혈육으로 맺어진 가족, 친지들간의 관계마저 비틀어지고 멀어지는 현실을 그저 바라보고만 있을 것인가.

사람이 사는 이 세상에 신이 내려준 신비의 생명을 아끼고 중시하기는 커녕 가볍게 여기고 무시하는 풍조가 남발한다. 도덕, 양심의 몰락, 극한 감정의 분출, 심지어 범죄행위가 통제되지 못한 채 그대로 양산되고 있다. 이에 대해 책임 지겠다는 사람은 찾아볼 수 없고, 꼭 집어 책임을 물을 데도 없다. 오늘을 살아가고 있는 우리 모두가 강 건너 불 구경하고 있을 때는 이미 지났다. 더 이상 늦었다고 푸념만 늘어놓을 수는 없다. 그저 혀를 차며 안타까워하고 있을 수만은 더욱 없는 것이다.

힘겹고 고달픈 삶을 사는 사람들, 한시도 거르지 않고 일어나는 수많은 범죄들, 안타까운 사건들의 쳇바퀴 속에서도 사람은 마냥 그 길을 따라간다. 현실적으로 애틋한 삶을 살아가고 있는 사람들, 힘겨운 서민의 삶에서 소중한 가족과 가정의 애환, 역경 속 고귀한 삶을 만나보고, 안타까운 세상을 연출하고 있는 차가운 현실을 통해 삶의 참모습을 음미해보는 것은 새로운 삶의 의미를 더해줄 것이다. 그들의 애환은 우리 모두의 애환이며, 함께 나누고 베풀고 보듬어주며 동병상련하는 마음이 엄동설한을 따뜻하게 녹일 것이다.

피폐하고 부정적인 사회 현상을 극복할 수 있는 길은 없는가. 서로 부대끼며 더불어 살아가고 있는 사람들, 힘겹고 어려운 삶을 버티며 살아가는 사람들, 곤경에 처한 사람들, 다른 사람에게 해악을 끼치는 사람들 속에서 아름다운 삶을 구가하기 위하여 사람은 무엇을 해야 하는가. 청소년 범죄의 실마리는 유아시절 어머니로부터의 사랑의 결핍에서 찾아야 한다. 그렇다면 문제해결의 실마리는 지금 바로 풀어야 한다. 바로 지금이 시작할 때다. 사람은 자신이 무심코 던진 휴지 조각이 언젠가 자신의 입 속으로, 자신의 후손의 입 속으로 돌아 들어간다는 사실조차 애써 외면하며 방관과 자만에 빠진 채 이기적 본능에만 충실하려 든다. 이를 방치하는 것은 우리 모두에게 똑같이 책임이 있다. 우리는 함께 노력하지 않으면 안 될 운명공동체인 것이다.

신이 사람에게 내려준 고귀한 선물, 말은 소통의 수단이자 인류의 문명 발달에 원동력으로 작용하고 있다. 사람이 쉽게 내뱉는 말은 평화와 행복을 가져다 주기도 하는 반면, 가시바늘 같은 아픔과 고통을 안겨주기도 한다. 사람은 정제되지 않은 말에 상처를 받고, 기분대로 즉흥적으로 하는 말에 힘들어 한다.

1. 따뜻한 사람들

혹한의 얼음골 냉방의 추억

2010년 1월 혹한의 겨울 어느 날 일기

이번 겨울은 유난히 춥고 길다. 원래 안 좋은 건 길게 늘어지고 반갑고 좋은 건 금방 끝나는 것처럼 느껴지는 게 사람의 감각이다. 쌓인 눈이 채 녹을 겨를이 없는데, 그 위에 또 눈이 내려 겹겹이 쌓인다.

갑자기 강추위가 반가운 친구처럼 찾아와 떠날 줄 모른다. 세 들어 사는 방이 실내인데도 수도관이 얼어붙어 물이 나오지 않고, 화장실 변기통으로 연결된 수도관도 얼어 물 공급이 제대로 안 된다. 몇 주일째 난방 보일러마저 고장이 나 있어도 어쩔 수 없다는 생각이 든다. 그대로 받아들이는 수밖에 별 도리가 없다. 사람이 살다 보면 그게 아닌 듯하지만 그대로 받아들이는 게 편할 때가 많다. 주인집에 이야기해도 소용없다. 다 세입자가 알아서 고치든지 해야 한단다. 그게 관례라는데 어쩌겠는가. 어쩔 수 없이 사람을 불렀다. 지하 연결관이 얼어 녹을 때까지 기다려야 한단다.

방안에서 이토록 발이 시리고 사시나무 떨듯이 오들오들 떨고 지내야 한다는 건 고통이다. 지금까지 사시나무는 본 적이 없는데 추위에 얼마나 잘 떨길래 이 말이 나왔을까 싶다. 등산 양말을 신고도 발이 시려 방바닥 위에 서 있기가 위태롭다. 밤이 깊어 이제 잠자리에 들 시간이다. 아무리 추워도 잠은 자야 한다. 춥다고 떨면서 잠 못 들고 푸념해본들 아무도 알아줄 사람이 없다. 너무 추워 겨울 옷을 여러 벌 껴입고도 과연 잠을 청할 수 있을지 의문이다. 그러고 보니 군 복무할 때 내무반이 방한이 안 되어 아침이면 실내 벽면 아랫부분에 온통 서리가 하얗게 서려 있곤 했던 추억이 떠오른다.

오늘 같은 엄동설한에 손 난로 한 개에 의지해 잠을 청하기에는 도저히 자신이 없다. 궁하면 통한다고 밖으로 나갔다. 인근 식당에서 빈 소주병 3개를 얻어 왔다. 등산용 가스 레인지에 냄비를 얹고 물을 끓였다. 끓는 물을 입이 뾰족한 플라스틱 용기에 부었다. 다시 그걸 빈 소주병에 따른다. 병 뚜껑을 잘 돌려 닫으면 몇 시간 정도는 확실한 병 난로가 되리라 확신하면서.

그런데 처음에는 너무 뜨거워 손을 못 댈 정도인데, 그 열기가 오래 가지 않았다. 열기가 식는 속도를 조금이라도 늦추기 위하여 소주병 난로를 수건으로 잘 감싸 양쪽 옆구리에 끼고 하나는 발 밑에 두고 잠을 청한다. 내복에 두꺼운 운동복을 껴입고 등산 양말을 신고, 머리는 온통 목도리로 감싸고 손 난로를 쥐고는 뜨끈한 소주병을 끼고 누우니 그제야 혹한 기 취침 준비가 끝났다. 참 편안하고 행복하다. 상상만 해도 단잠을 청하기에 충분하다. 그러나 잠든 후 꾸는 꿈은 단꿈이 아니다. 워

낙 온몸에 중무장을 한 탓에 꿈자리가 어수선하고 뒤숭숭하기 짝이 없다. 그래도 이 엄동설한에 잠을 잘 수 있어 얼마나 행복한가. 이는 신의 화려한 축복임에 틀림없다.

며칠째 그렇게 지내다가 어느 날 밤 끓인 물을 소주병에 따르는데 퍽 하더니 소주병 안에 들어간 물이 바닥으로 쏟아져 나왔다. 밑바닥이 고온에 견디지 못하고 터진 것이다. 고온이라고 해봐야 100℃ 이하이겠지만. 평소 소주병이 100℃까지 가는 온도를 견뎌야 할 일이 없을 테니 병 탓은 하지 못하겠다. 그날 밤은 하는 수 없이 소주병 2개만 안고 자야 했다.

하루는 깊은 새벽, 모처럼 깊은 잠에 빠졌다가 몸이 너무 따가워서 깜짝 놀라 잠에서 깨어 났다. 확인해보니 손 난로가 과열되어 오른쪽 가슴에 화상을 입은 것이다. 잠이 들면 살이 열에 익을 정도가 되어야 감지될 정도로 사람의 피부가 외부자극에 그렇게 감각이 무디다는 것을 그제야 알았다. 그러니 잠은 무서운 것이다. 옛말에 자는 사람 업어가도 모른다고 한 말이 빈 말이 아닌 것 같다.

이후 오랜 시간이 지나도 그 화상 흉터는 잘 지워지지 않았다. 평생 안고 가야 할 운명인가 보다, 그래야 마음이 편하다. 그 며칠 후에도 깜짝 놀라 깨어났다. 오른쪽 팔에 또 화상을 입었다. 그러나 추위도, 손 난로도, 보일러도, 소주병도 그 누구도 원망하지 않았다. 다들 그 혹독한 추위를 친구 삼아 함께 즐겁게 해주려고 애썼던 나의 작은 친구이자 일등 공신이었으니까. 다른 수작 부리지 않고 시킨 대로 하는 착한 친구들이었다. 내가 선택한 길이며, 그 길이 난관 속에 작은 행복을 일구어낸 소박한 체험이라 생각하니 흐뭇해진다.

시내버스를 탔다. 몇 코스 지나 백화점 건너편 혼잡한 정류장에 막 들어서려는데, 버스 기사님이 고함을 지르더니 급기야 욕을 해댄다. 우측 모퉁이에 택시 한 대가 정차해 있어서 진로가 막혀 버스 정차가 어려워진 것이다. 그 택시 기사님도 버스로 다가오더니 맞대응을 시작한다. 곧 일촉즉발의 위기까지 치닫는다. 승객이 진정시킨다. 그 버스 기사님은 대각선으로 정차하다가 딱지 떼인다면서 독백까지 난무한다. 며칠 전에도 딱지 떼였다고 푸념하면서. 하루에 O만 원 버는데 딱지 한 번 떼이면 그날은 하루 종일 일하고도 허탕친다는 것이다. 충분히 이해가 간다. 빡빡한 생활고에도 불구하고 열심히 사는 모습에 찬사를 보내고 싶다. 그러나 그렇다고 꼭 그렇게 고함을 지르며 거칠게 욕설을 퍼부어야만 했을까. 결국 그 기사님이 버스 승객들한테 떠들어서 죄송하다며 핑계를 둘러대는 것으로 사태는 종료됐다.

우리나라 국민의 70%가 하루 벌어 하루 먹고 산다고 한다. 국내 소상공인의 50% 이상이 월 100만 원 이익도 못 낸다는데, 이를 접하고는 마음이 착잡해진다. 고용주 입장에서는 종업원 1인에게 200만 원 월급 주려면 1,300만 원 매출을 올려야 된다고 한다. 빡빡한 현실이 사람의 처진 어깨를 짓누르는 것 같다. 공사를 하는 중소업체는 수주할 경우 이윤은 내는데 일감이 1년 중 3개월 거리밖에 되지 않으니, 나머지 9개월은 어떻게 연명할까 늘 걱정이다. 중소기업 다 죽는다는 볼멘 하소연을 들어줄 사람은 어디에 있을까.

수산대를 졸업하고 수산업에 종사하면서 전어 양식 개발을 최초로 한 자마 님은 우리나라 수산업이 중국에 50년, 일본에 70년 뒤져 있다고 푸념한다. 이대로 가면 수산업 종사자들은 다 망한다고 개탄을 금치 못한다. 우리 나라는 개인이 전적으로 자신의 책임 하에 수산업에 종사하고, 일본, 중국은 정부에서 직접 나서서 수산업을 지원, 육성한다고 한다. 자마 님은 자신의 전문 분야인 수산업에서 진작 손을 떼고 지금은 전혀 다른 일을 하고 있다. 수산업에 대한 자신의 높은 가치가 상실되는 미련에 그는 한숨 짓는다. 그의 수산업에 대한 애착이 참 안타깝고 그 전문성이 사장되는 것 같아 마음이 편치 않다. 대기업의 문어 발 식 영역확장, 아니 이제는 지네 발 식 영역 확장으로 중소 기업이 몸살을 앓고 있다. 물론 언론이 특정 부분만 집중 보도해서 시청자에게 사실을 다소 왜곡되게 전달하게 될 우려는 있을 수 있겠지만, 이를 지켜보는 서민의 마음이 참 불편하다. 더불어 잘살아야 진정한 행복이며, 혼자서는 진정한 행복을 누릴 수 없다는 진리를 왜 사람들은 피해 가려고만 할까.

늦은 밤 1시 30분경, 한 취객이 주점에서 생맥주를 한 잔 마시고 2천 원을 카드로 계산하려고 한다. 여주인은 수수료 내고 나면 오히려 밑지는지 긴 한숨만 내쉰다. 그 옆 테이블 손님 4명은 소주 여러 병을 밤늦도록 마시고 술값 3만 원을 낼 형편이 안 되어 외상으로 해달라고 사정한다. 학교 동창들끼리 참여하는 한 등산 모임에서 회비를 1만 원에서 3만 원으로 인상하려 했더니, 회원들 중에 회비 마련이 어려워 이후 참석하지 못할까 걱정하는 볼멘소리가 여기저기에서 들려온다. 대학생 4명 중 1명이 등록금 낼 형편이 안 되어 휴학한다고 한다. '대학 안 가도 살 수 있는 세상'을 주장하는 사람은 물론 전부가 대학 나온 사람들이다. 대학 나오고 대학원까지 나온 사람이 부르짖는다. 외국 유학까지 다녀온 사람이다. 대학 안 가고 성공한 사람도 있을 텐데, 그분들은 다들 조용하다. 그만큼 드물다는 말씀인가. 결혼한 사람이 결혼 무용론을 주장한다. 결혼 안 한 사람은 해본 경험이 없으니 몰라서 가만히 있는 건가. 구호만 부르짖는다고 해결되지 않는다. 사회에서 요구하는 스펙(spec)을 먼저 고쳐야 한다. 스스로 전문가라고 자처하는 쥐들이 한 자리에 모여 자신들의 안전을 위하여 아무리 좋은 아이디어를 내봐야 정작 고양이 목에 방울을 달 쥐가 없으니 이를 어쩌면 좋으랴. 그래도 몇 년이고 '고양이 목에 방울을 달아야 하는데….' 하고 되뇌면서 서로들 게으름 부린다고 미루면서 남 핑계만 대고 있다.

대학 시절부터 사귀어온 어떤 청춘 남녀는 서른 살이 넘도록 결혼식을 올리지 못하고 있다. 결혼 비용뿐만 아니라 보금자리를 마련할 엄두가 나지 않기 때문이다. 비좁은 고시원 월세마저 수개월째 못 내고 있어 방을 비워야 할 지경에 이르자, 지하철을 이용해 이삿짐을 10여 차례나 옮겨야 했다. 지방에서 상경하여 1인 홈쇼핑을 창업했으나, 시간이 갈수록 창업 비용까지 다 날릴 어려운 처지에 이르렀다고 한다.

장례식장에 가봐라. 어떤 사람은 세상을 떠나면서 수많은 조문객들의 연이은 애도의 물결 속에 그 많은 조화들로 에워싸여 영령을 화려하게 달래는데, 그 바로 옆 다른 상가에는 발길이 뚝 끊어진 채 단출한 가족들만 지켜보는 가운데 쓸쓸한 장례를 치른다. 벽제 승화원에 가봐라. 세상을 일찍 하직하는 것도 억울한데, 화장 후 유골을 안치시킬 형편이 못 되어 수목장도 아니고 인근 야산에다 흩날리고 만다. 그 애틋함을 형용할 수 없고, 그 쓸쓸함을 이루 표현할 길이 없다. 2010년도 65세 이상 1인 가족 104만 세대가 독거노인이라고 한다. 소득과 재산이 거의 없으면서도 부양능력을 가진 자녀가 있다는 이유로 기초생활 보호대상으로도 인정받지 못해 생계에 어려움을 겪는 경우가 많다. 하루 평균 40명이 자살하는데 노인 비중이 가장 크다. 그들은 그저 노인이 된 게 아니다. 죽기 살기로 일하여 국가 경제에 일조하며 자식 뒷바라지 하다가 막다른 골목에 이른 것이다. 이게 현실이다.

우리나라는 경제성장의 모범 국가이다. 그럼에도 불구하고 한국인의 자화상은 우울하다고 한다. 경제는 성장했지만 한국인의 삶은 결코 행복해지지 않았다. 경제성장이 행복을 주기보다는 오히려 행복을 주는 많은 요소들, 즉 개인의 정체성과 가족, 공동체, 환경 등을 파괴하고 있다고 한다. 세계에서 한국인의 행복도는 최하위권에 머물고 있다. 삼성경제연구소에서 조사한 바에 의하면, '당신은 행복한가?'라는 질문에 한국인의 70%는 '나는 불행하다.'라고 대답했다고 한다. 한국의 자살률은 세계 1위인 데 반해 출산율은 가장 낮다. 가끔씩 아기 둘 셋 데리고 다니는 주부와 마주칠 때면 감사와 존경의 마음이 저절로 우러나온다. 가까이 다가가서 감사의 말씀을 전하고 뭐라도 도움의 손길을 드리고 싶은 심정이 물씬 든다.

우리 모두가 행복한 세상, 나누고 베푸는 아름다운 세상을 가꾸는 데 발벗고 나서야 하지만, 진정한 행복은 나 자신이 스스로 찾고, 가꾸고, 느껴야 한다. 국가도, 사회도, 어느 누구도 개인에게 맞춤형 행복을 가져다줄 수 없기 때문이다.

지친 하루 속 맑고 순수한 삶

지방도시 대학가에 새벽 4시까지 영업하는 한 막걸리 주점이 있다. 막걸리 한 주전자에 3천원, 커다란 부추전 하나에 3천 원이다. 6천 원이면 새벽 이슬에 촉촉이 젖으며 거나하진 않지만 그런대로 기분 좋게 늦은 시간을 즐길 수 있다. 대형 TV 스크린을 설치해놓아 스포츠 경기가 있는 날이면 여러 사람이 함께 즐기기에 더할 나위 없다. 평소에도 전혀 지루함을 느끼지 않게 해준다. 새벽 2시가 넘은 시간인데도 연인들의 속삭임은 그칠 줄 모르고, 옆 테이블에서 진지하게 계속되는 젊은 청년들의 대화는 마침내 아침을 몰고 온다. 거기서 일하는 아르바이트 학생, 늦은 시간인데도 전혀 못마땅해 하거나 불평하는 기색 없이 손님에게 깍듯이 대하고 자기 일에 열심이다. 그 모습에 자신감이 넘친다.

한때 자주 다니던 도로에 상습적인 정체가 있었다. 그럴 때면 꼭 도로 위 자동차들 사이로 뻥튀기 파는 아주머니가 나타났다. 뙤약볕 아래 힘든 일 하는데 돕고는 싶고 뻥튀기는 즐겨 먹지 않아서, 그 아주머니가 지나갈 때 "뻥튀기는 됐으니까 그냥 산 걸로 하고 이 돈 받으세요." 하며 얼마 드리자 한사코 받지 않으려 했다. 뻥튀기를 팔아서 그 대가로만 받겠다는 것이다. 뻥튀기를 받으려니 불편하고 도움의 손길은 건네고 싶은데 참 난감했다. 사람의 마음은 이리도 순수하고 서민의 삶은 이리도 맑기만 하다는 생각에 자신을 돌아보게 된다.

택배 기사님은 물건 하나 배달하면 겨우 몇 백 원이 자신의 몫이라고 한다. 게다가 어렵사리 미리 연락하고 배달 주소지를 찾아가서 방문해도 수취인이 부재중이거나 무응답이면 난감하다. 사시사철 기후변화에 온몸으로 맞서며 그 위험한 오토바이를 몰고 어디든 가야 한다. 우리는 온몸으로 뛰고 있는 그들을 어떻게 대하고 있는가. 정해진 시간에 배달을 마쳐야 하는 쫓기는 일과에 다소 친절이 몸에 배어 있지 않더라도 내가 먼저 그들의 노고를 따뜻하게 격려해줄 수 있는 도량을 가져보는 것은 어떨까.

대리 기사님의 하루는 기다림의 연속이다. 가끔씩 살을 에이는 칼바람이 옷깃을 여미게 하는 을씨년스런 1월, 자정이 넘은 시간. 대로변에서 한 젊은 청년이 50대 중년 신사에게 다가가서는 어렵게 말을 건넨다. "대리 필요하십니까?"라고. 그 중년 신사가 대답하기를 "저도 대린데요." 한다. 차디찬 엄동설한이 계속되던 겨울 어느 날, 새벽 2시가 가까워지자 술에 취한 것 같아 대리 기사님을 불렀다. 집 근처에 이르렀을 때 그 대리 기사님께 늦은 시간에 손님을 데려다 주고 난 후 먼 길 어떻게 돌아가느냐고 물었다. 그러자 인근 PC방을 찾아가서 새벽까지 기다렸다가 대중교통이 운행하기 시작하면 버스 타고 집에 간다고 한다. 칼바람이 몰아치는 새벽, 24시간 영업하는 찜질 목욕탕을 찾아가니 현관 입구에 남정네들이 즐비하게 늘어서 있다. 다들 손님을 기다리며 언제 울릴지 기약 없는 휴대폰만 들여다보며 대기하고 있는 대리 기사님들이었다.

경찰 공무원인 시스 님, 생활 형편이 어려워 부인이 술집을 돌아다니며 여성 속내의를 팔아 생계에 보태고 있다고 한다. 한 언론사에서 젊음을 다 바친 시바 님의 이야기다. 나이가 들었는지, 회사가 어려워졌는지, 정작 그만두라는 말은 못 하고 어느 날 갑자기 책상을 평사원 옆으로 옮겨놓았다고 한다. 그래도 절대 사표 내지 말고 끝까지 버티라는 몇몇 친구들의 격려에 눈시울이 뜨거워진다. 대기업에서 잘 나가다가 50세에도 못 미쳐 퇴직한 가야 님, 그의 아내는 그렇게 설득했는데도 남편이 마음대로 회사를 그만두었다고 핀잔을 주면서, 이후 무슨 짓을 하든지 무조건 월 O백만 원을 집에 들여놓으라고 엄포를 놓는다. 사실 가야 님은 진작에 직장을 그만두었어야 할 입장이었으나 아내의 성화에 못 이겨 회사로부터 온갖 눈총을 받아가면서도 그만치 버텨온 터였다. 자녀교육에다 집안살림 걱정하는 아내에게 뭐라고 대꾸할 처지도 아니라, 그저 자신의 야속하고 힘겨운 운명에 한숨 짓는다. 아! 야속한 아내들이여, 신이 내린 운명을 사람이 어찌하겠는가. 모든 일에 시작이 있으면 끝도 있는 법. 위로 올려다보며 욕심만 내지 말고, 옆도 보고 아래도 내려다보며 만족하며 살 줄도 알아야지. 멍청한 두뇌를 과시하려 하지 말고 그동안 힘겹게 가정을 지켜온 내 남편 기 죽이지 말고 사랑으로 보살피고 감싸주자.

깊은 밤 늦은 시간, 가야 님은 귀갓길에 아파트 단지 주차장을 뺑뺑 돌다가 겨우 비좁은 공간 하나를 찾아내어 가까스로 승용차를 주차시켰다. 그런데 다음 날 아침 아파트 베란다 유리창 너머로 내려다보니 자신의 차만 그 넓고 텅 빈 주차장에 덩그러니 멈춰서 있다. 초여름 강렬한 뙤약볕을 온몸으로 받으며… 자동차도 어디론가 떠나고 싶어 한다. 외로운 걸 달갑게 여기지 않는 것은 사람이나 자동차나 매 한 가지인가 보다.

한 택시 기사님은 그 직업을 택한 지 겨우 한 달 남짓 됐다고 한다. 직장을 그만두고 주식에 몰입하다가 돈을 많이 잃게 되어 영업용 택시 기사를 하게 되었다고 한다. 큰손들에 개미들은 못 당한다고 한다. 잠시 동안이지만 귀감이 되는 좋은 말씀을 많이 들어서 내릴 때 거스름돈을 받지 않으려고 하니 마다하고 다 거슬러준다. 여느 때는 거스름돈을 받지 않으려고 하면 "고맙습니다."라는 말씀을 듣곤 했는데, 그분은 억지로 거스름돈을 내어주려고 한다. 그 늦은 시간에 그 택시 승객으로 탄 게 보람 있는 것 같다. 서민들의 맑은 삶에 눈시울이 뜨거워진다.

별난 경우이긴 하지만 이런 경우도 있다. 택시에 오른 여자 손님이 기사님한테 어디로든 가자고 한다. 그날 일당은 주겠다고 한다. 그 기사님은 정중히 사양한다. 가족이 생각나서 그렇게 못 하겠단다. 박봉의 어려운 생활이지만 바르게 살아가겠다는 자신의 마음을 자꾸만 추슬러본

다. 그렇게 해서는 안 된다며 자신의 본능적 감정을 채찍질하면서. 인터
넷을 통해 알게 된 여성과 시간을 다 보내놓고도 약속을 이행하지 않고
미적거리다 덜미를 잡힌 공직자는 참 원망스럽고 할 말이 없어진다. 그
여성은 생활고에 시달리는 한 가정의 앳된 가장이었다. 생활 형편이 어
려워 유흥주점 접대부로 일하는 한 젊은 여성은 초저녁부터 출근해서
줄곧 눈치 보며 기다리다 결국 한 테이블도 들어가지 못한다. 자정이 넘
어서자 버스 막차 놓치지 않으려고 진눈깨비 맞아가며 총총걸음으로 집
으로 가는 길을 재촉한다. 일찍 출근해서 라면 하나 끓여 먹으며 밤늦
도록 기다리다 허탕치고 퇴근하는 아가씨가 그리도 많다고 주차 관리인
이 귀띔해준다.

자신을 돌아보게 되는 진솔한 삶

　힘겨운 서민의 진솔한 삶에서 자신을 돌아보게 되는 착잡한 시간들이
눈시울을 뜨겁게 한다.
　이른 새벽 여월 대로 여위어 기력이 없을 것 같아 보이는 연륜이 많이
쌓인 할머니가 종이 박스를 잔뜩 실은 리어카를 끌고 가는 힘겨운 모습
에서 자신을 돌아보게 된다. 밤 늦은 시간, 구멍가게를 지키느라 딱딱한
접이 의자에 앉아 꾸벅꾸벅 졸고 있는 한 여인의 모습에서 자신을 돌아
보게 된다. 지하철 막차 도착이 임박한 밤 늦은 시간, 계단 입구에서 혹
한의 칼바람도 마다하지 않고 차디찬 바닥에 걸터앉아 떡을 파는 한 할
머니의 지친 모습에서 자신을 돌아보게 된다. 한여름 뙤약볕 아래 대로
변 버스 정류장을 따라 길게 늘어선 빈 택시 행렬. 하염없이 승객을 기
다리는 모습에서 자신을 돌아보게 된다.

초저녁 이른 시간인데도 술에 만취하여 비틀거리며 흘러간 노래를 고성 방가하는 한 중년 남성의 모습에서 자신을 돌아보게 된다. 밤 늦은 시간, 술에 취해 몸도 제대로 가누지 못한 채 건물 계단에 쭈그리고 앉아 있는 한 젊은 여성의 모습에서 자신을 돌아보게 된다.

이른 새벽 신문을 배달하는 한 아주머니의 바쁘게 움직이는 여윈 손길에서 자신을 돌아보게 된다. 찌는 듯한 무더위 속, 연신 땀을 훔치며 무거운 소독 약통을 들고 이 아파트 저 아파트를 돌아다니며 소독을 하는 한 젊은 여인의 모습에서 자신을 돌아보게 된다. 교통사고로 네 살 난 아들을 먼저 하늘나라로 보낸 후 망연자실한 채 멍하니 하늘만 쳐다보는 한 젊은 어머니의 모습에서 자신을 돌아보게 된다. 산골 마을 어렵게 마늘 농사 지어 두 아들을 번갈아 휴학시키며 고등학교 공부시키는 홀어머니의 힘겨운 삶의 모습에서 자신을 돌아보게 된다. 소를 키워 생계를 유지하는 시골 축산 농가, 애써 소를 키워 팔려고 하니 사료값도 안 나온다며 울상 짓는 원망 섞인 한탄에 자신을 돌아보게 된다.

너 나 다를 것 없는 삶

'왜 세상은 이리도 공정하지 못한가.'라는 생각에 하루에도 몇 번씩 울화가 치밀고 매사에 짜증이 난다. 남의 떡이 자꾸만 더 커 보인다. 자신이 가진 재능, 능력, 열정은 항상 남들보다 뒤질 게 없다고 생각하는데도 말이다.

^ 한 회사원의 경우, 업무 능력에 있어서나 업무 성과 면에 있어 자신이 늘 앞서는데도 경쟁자인 동료가 먼저 승진한다.

^ 한 연예인의 경우, 얼굴도 자신보다 더 잘생긴 것도 아니고 연기력

도 자신보다 나을 게 없는데도 늘 경쟁자가 자신보다 앞서 TV 드라마에 캐스팅된다.

∧ 특강을 주로 하는 한 강사의 경우, 자신보다 더 우수한 콘텐츠도 아니고 말솜씨가 자신보다 더 나은 것도 아닌데도 다른 강사는 시간당 고액의 강사료를 받는 반면, 자신은 그 절반에도 미치지 못한다.

∧ 고시 준비생의 경우, 같은 고시원 동기보다 자신이 훨씬 더 많이 공부하고 대비를 철저히 했는데도, 그 친구는 단 번에 합격하고 자신은 몇 번이고 고배를 마신다.

사람은 자꾸만 자신과 타인을 비교하려 한다. 앞서가는 경쟁자와 자신을 비교한다. 뒤처진 자신을 다른 사람들과 비교하여 쉽게 불만에 쌓이고 우울해 한다. 그 비교의 주체는 늘 자신이고, 태도는 늘 주관적이며 비관적이다. 자신이 스스로 평가하니 오류를 범하기 쉬운 위치에 있다는 사실을 모른다. 때로는 열등감에 사로잡히기도 하고, 때로는 우월감에 빠져 공정하지 못한 주위 환경만 탓한다. 사람은 항상 나 자신보다 나은 사람, 더 훌륭한 사람, 더 잘생기고 유능한 사람이 존재한다는 사실에 대해 인정하고 받아들이는 여유를 가지고 살아야 한다. 반면 나보다 더 못한 사람, 학력, 능력, 재능이 뒤떨어지는 사람이 반드시 나보다 뒤처져야 하는 것은 아니다. 게다가 세상은 우리 자신이 생각하는 것처럼 그렇게 교과서대로 움직이는 게 아니라는 사실을 인정하고 받아들여야 한다.

또한 주위 환경을 바라보는 시각이 근시안이 되어서는 안 된다. 멀리 그리고 길게 볼 줄 알아야 한다. 지금 당장의 차이가 앞으로도 계속되리라는 법은 없다. 우리의 삶에 영원이란 없다. 그런 단어는 실현되지 않는다. 매사에 능동적이고 열정적인 것은 바람직하지만, 너무 한 곳에 집착하여 외골수가 되는 일은 삼가야 한다. 그곳에 자신이 모르는 함정이 숨어 있어 오히려 자신을 더 곤경에 처하게 할 우려가 있기 때문이다. 사람

의 삶은 크게 펼치고 길게 보면 너 나 별반 다를 게 없다. 그래서 사람
이다.

사람은 몸은 현재에 살고 있는데, 마음의 중심은 과거에 두고 자꾸만
옛날로 거슬러 올라가려고 한다. 심지어 만나는 사람마다 먼 옛날 고향
을 따지고, 출신학교를 따져 공통점을 애타게 찾아내려고 한다. 공군 출
신 두 남자가 주점에서 큰소리로 떠들며 시비가 붙었다. 입대 기수로는
이가 님이 선배이다. 당시는 19세에도 지원 입대가 가능했기 때문에 그
렇단다. 이시 님은 대학 3학년을 마치고 입대해서 후배 기수지만 나이는
더 많다. 이후 그렇게 긴 세월이 흘러 그렇게 연륜이 쌓인 나이가 되어서
도 남자들의 속성인지 군대 문제만큼은 영원히 기억 속에서 지우기 어려
운 모양이다. 수십 년 전 일을 엊그저께 일처럼 생동감 있게 되뇌며 서로
앞선다고 우기고 있다. 그만큼 사람은 과거에 살기를 즐긴다는 것이다.

같은 회사에 다니는 두 예비역 장교가 술자리를 함께하는데, 한 사람
은 육군 ROTC 장교 출신이고, 한 사람은 해군 장교 출신이다. 술이 거
나하게 들어가니까 육군 출신이 시비를 걸기 시작한다. 기수를 따지고
입대 일자를 따지면서 다툼이 장난이 아니다. 10년이 다 되어가는 과거
사를 가지고 말이다. 술이 평소에 억누르고 있던 감정상자의 뚜껑을 연
다. 이때 조심해야 한다. 한 번 실수는 '병가지상사'라고는 하지만, 그
로 인해 언젠가 한 방에 훅 가는 수도 있기 때문이다. 바야 님은 행정고
시에 미련을 버리지 못해 기업체에 취직한 후에도 공부를 계속했다. 수
차례 낙방의 고배를 마신 끝에 드디어 최종 면접시험까지 통과하여 합
격의 영광을 누린다. 다니던 직장에서 특채로 받아들여 부장 직위에 바
로 오른다. 그러나 채 1년이 지나지 않아 간암으로 투병 중 세상을 비관
하다 다시 돌아오지 못할 길로 떠나고 만다. 지나친 집착이 부른 애틋한
결과라고 보아야 하는가.

우리 주위에는 유능하고 신망이 두터운데, 무슨 영문인지 어느 날 갑

자기 한직으로 발령 나 그렇게 10여 년을 떠돌다 이제서야 다시 제 자리를 찾은 분들이 있다. 그 인고의 세월 동안 그들은 묵묵히 자신이 맡은 일에 소신껏 열정을 다했기에 다시 인정받을 수 있었던 것이다. 어느 누구의 삶이건 결국 너나할것없이 쭉 펼치면 다 똑같다. 가난을 원망할 일도, 부자인 것을 자랑만 할 일도 아니다. 지금 건강한 내 몸을 자랑만 할 일도 아니며, 지금 허약한 내 몸을 비관만 할 일도 아니다. 철강 왕 카네기는 초등학교 졸업을 하지 못할 정도로 집이 가난했다. 아버지는 행상으로, 어머니는 식당 일로 생계를 이어 나갔다. 그러나 어머니는 아들 카네기에게 가난해도 바르게 살아야 한다고 독려하면서 반드시 어려운 이웃을 먼저 생각하는 사람이 되라고 가르쳤다고 한다.

인기 영화배우 출신으로 지금도 방송 활동을 하고 있어 주위의 부러움을 사는 한 연예인은 "아파트 301호에 사는 사람이나 302호에 사는 사람이나 사는 것은 다 똑같다."라고 했다. 인기 연예인이라고 해서 그 삶이 다른 사람들과 별반 차이 있는 것이 아니라는 것이다. 오히려 더 어려운 시간을 보내며 사는 사람도 있다. 고위 공직자라고 늘 행복한 것은 아니며, 대기업 사원이라고 해서 늘 부족함이 없는 것이 아니다. 항상 부러움의 대상이 될 것 같은 대기업 임원도 마찬가지다. 어느 가정이고 걱정 없는 집이 없고 사는 방식에 차이가 없다. 가정은 화목한데 가장이 돈을 잘 못 벌고, 가장이 돈을 잘 벌면 부모님이 편찮고, 부모님이 무고하시면 자식이 공부를 못 하고, 자식이 공부를 잘하면 자신이 직장에서 오래 버티지 못하고, 직장에서 잘 풀리면 아내 건강이 부실해지고, 아내가 건강하면 처가에 우환이 찾아온다. 사실 돈 걱정하며 사는 집이 가장 행복한 가정이라고 한다.

사람은 다양한 취미를 가지고 있어야 한다. 혼자 있을 때, 둘이 있을 때, 셋이 모일 때, 여럿이 모일 때, 이 모든 경우에 즐길 수 있는 여유가 있어야 한다. '나는 혼자는 못 있어', '저 사람하고는 안 맞아', '혼자 있는 게 제일 좋아.'라는 편견을 갖지 말아야 한다. 물처럼 바람처럼 언제 어디에서건 어울리고 기뻐하는 유연한 사람이 되어야 한다. 혼자 있을 경우에도 여유를 즐길 줄 알아야 한다. 인생은 결국 혼자 떠나는 여행이니까. 둘이서 끝까지 함께 갈 수 있는 길은 어디에도 없으니까. 오늘 하루는 나에게 축복의 날, 내일은 꿈에 부푼 날!이라고 매일 주저하지 말고 되뇌며 기쁜 마음으로 살아가자. 사랑을 베풀고 받아들이며, 늘 사랑으로 충만하여 살아가자. 신이 내려다보면, 먼 우주에서 바라보면, 단군에서 현재까지가, 기원 전 수천 년부터 지금까지가 겨우 희미한 점에도 미치지 못한다. 그만큼 삶은 짧다.

사람은 삶에서 참 견디기 어려운 일들이 눈앞에 닥치곤 한다. 금융대출 전화 받는 귀찮음은 견딜 수 있어도, 필요 없다는 말에 그리도 쌀쌀맞게 전화 끊는 소리는 참 견디기 어렵다. 식당에서 먹고 싶은 메뉴 없는 것은 견딜 수 있어도, 그런 것 없다면서 퉁명스럽게 응대하는 주인 아주머니의 음성은 참 견디기 어렵다. 찬 바람에 옷깃 여미는 추위는 견딜 수 있어도, 남들이 추위에 떨고 있는 내 모습을 지켜보는 것은 참 견디기 어렵다. 가난해서 좋은 음식 못 먹는 현실은 견딜 수 있어도, 구멍가게에서 국수 사는 내 모습 보이는 것은 참 견디기 어렵다. 가을 바람에 흩날리는 낙엽을 바라보는 쓸쓸함은 견딜 수 있어도, 온 천지가 적막에 쌓인 밤하늘 아래 다가오는 외로움은 참 견디기 어렵다. 값비싼 명품 가방 들고 다니지 못하는 현실은 견딜 수 있어도, 그 명품 가방 들고 뽐내고 자랑하는 사람들 마주치는 현실은 참 견디기 어렵다.

숲 속 고즈넉한 낚시터에서 밤새 물고기 한 마리 잡지 못한 초라함은 견딜 수 있어도, 지나가던 강태공의 자리를 잘못 잡았다는 핀잔 섞인 말 한 마디는 참 견디기 어렵다. 차디찬 겨울의 냉혹함은 견딜 수 있어도, 사람들이 다 떠나버린 선착장에서 풍겨오는 쓸쓸한 봄 향기는 참 견디기 어렵다. 힘들고 어려운 군생활은 견딜 수 있어도, 제대 후 기약 없는 취업 문턱 생각날 때면 참 견디기 어렵다. 사랑하는 연인이 떠나는 것은 견딜 수 있어도, 지나간 아름다운 추억이 떠오르는 것은 참 견디기 어렵다. 한평생 내 자식 지체장애 뒷바라지하며 살아가야 하는 것은 견딜 수 있어도, 다른 자식 혼사 길까지 장애가 되는 것은 참 견디기 어렵다. 강의 시간에 졸리는 눈 부릅뜨려고 갖은 노력 다하는 어려움은 견딜 수 있어도, 옆 사람이 정감 없이 툭툭 치며 깨우는 것은 참 견디기 어렵다. 홀어머니 자주 찾아 뵙지 못하는 현실은 견딜 수 있어도, 하늘나라 아버지의 질책하는 말씀이 귓전을 울리는 것은 참 견디기 어렵다. 연로한 부모님께 제대로 효도 못 하는 현실은 견딜 수 있어도, 야박하게 시댁에 쓴 소리 일삼는 아내의 듣기 거북한 핀잔은 참 견디기 어렵다. 화상으로 생긴 흉터를 안고 살아가야 하는 고통은 견딜 수 있어도, 힐끔힐끔 쳐다보는 사람들의 따가운 시선은 참 견디기 어렵다. 다리가 불편하여 걸음걸이가 이상한 내 모습은 견딜 수 있어도, 지나가는 행인들의 야속한 눈초리는 참 견디기 어렵다.

사람이 견디기 힘들어하는 상처를 어루만지고 보듬어주며 함께하는 공감이 절실하다. 그것은 때로는 그들에게 달려가서 따뜻한 사랑의 손길로 쓰다듬어주는 일이며, 때로는 아무렇지 않은 듯 그냥 스쳐 지나가는 일이다. 그것은 때로는 내 음식을 내놓으며 그 사람과 다정하게 나누어 먹는 일이며, 때로는 늘 미안한 마음, 감사하는 마음 간직하는 일이다.

에드워드 할로웰은 "가족의 사랑은 절망의 예방약이며 삶에 대한 믿음을 놓지 않게 해주는 예방주사다."라고 했다.

사람은 어디건 아무리 좋은 곳에 가더라도 곧 집으로 돌아가고 싶어진다. 아무리 좋은 곳에 가더라도 용수철처럼 자신의 가정으로 돌아가고 싶은 귀소본능이 작동한다. 편하기 때문이다. 편히 앉아 있을 수 있기 때문이다. 편안하게 누워 있을 수 있기 때문이다. 가족과 함께하는 시간은 서로 이해타산을 따지지 않기 때문이다. 서로 사랑으로 신뢰하기 때문이다. 꾸밈이 없기 때문이다. 사회에 만연한 권모술수가 더 이상 작동하지 않는 곳이기 때문이다. 그래서 아무리 누추하고 초라해도 늘 생각나고 돌아가고 싶은 곳이 가정이고 집이다.

40대의 한 어머니는 대학생인 아들 방에 절대 노크 없이 들어가지 않는다고 한다. 아들에 대한 최소한의 예의를 지킨다는 것이다. 그 아들이 '야동'을 볼 수도 있고 자위행위를 하고 있을 수도 있기 때문이란다. 이를 대비해 꼭 각 티슈를 아들 방에 비치해 둔다. 자식이라도 일방적으로 이래라 저래라 하지 않는다. 어른과 똑같은 인격체로 예우해줘야 한다는 것이다. 사실은 안 그랬다가는 불똥이 어디로 튈지 몰라 불안하기 때문이기도 하단다. 그래서 살살 달랜다. 세 살배기 아기 똥구멍 살살 간질여주듯이 말이다. 그래야 그나마 어머니 말씀을 듣는다. 그 아들이 어머니에게 문자로 '밥 먹어!'라고 한다. 이 문자를 본 어머니가 아들에게 "너 엄마가 참 편한가 보다. '밥 먹어'가 뭐니? '밥 드세요'라고 해야지."라고 하자, 아들은 "식사하세요."라고 다시 문자를 보낸다.

부부간에도 연륜이 쌓이면서 가끔씩 애환이 서려 있는 거짓말 같은 현실이 부각되고 있다. 어느 모임에 참석한 50대 후반 여성이 자식들 다 키우고 나니 모아둔 돈도 어느 정도 있고 해서 불편한 게 하나도 없는데, 능력 없는 남편이 살아 있어 걱정이란다. 70대의 한 할머니는 동네 친구 할머니들과 여행을 잘 다녀와서는 남편인 할아버지한테 자신이 제일 불행하다고 하소연한다. 할아버지가 그 이유를 묻자, 지금까지 영감이 살아 있는 사람은 자신밖에 없더라는 것이다. 불편한 남편이 되고 싶은가? 멀리 외면당하는 아내가 되고 싶은가? 쓸쓸한 나 홀로 인생이 그리 달갑지 않다면 일찍부터 새 마음 새 뜻으로 일신우일신하자. 그리고 외롭게 홀로 가는 길도 미리 대비해두어야 한다. 현실을 살아가건 세상을 하직하건 사람은 누구나 언젠가는 나 홀로 가게 되어 있다.

시골에서 자녀를 여럿 두어 잘 키운 가정이 있다. 큰아들은 공부를 잘해서 미국으로 유학 가서 의사가 되어 현지에 정착하고, 그 밑의 아들과 딸들도 다 잘되어 서울에서 직장 다니며 결혼하여 제 밥벌이하며 잘 살고 있다. 그런데 유독 막내만 공부를 못 해 아버지와 함께 농사를 지으며 함께 살고 있는데, 아버지에게는 그 막내가 가장 큰 효자라고 늘 자랑하고 다닌다고 한다.

누군가 작금의 현실을 잘 표현한 구절이 있어 소개한다.

"잘난 아들은 국가의 아들이고, 돈 많은 아들은 사돈의 사위이고, 돈 없고 부도 난 아들은 내 아들이다."

자식으로 딸 여럿에 외동아들을 둔 교장 선생님이 퇴직을 하게 되었다. 퇴직금을 연금으로 수령해야 한다는 주위의 강력한 권유에도 불구하고, 자기 자식은 절대 그러지 않으리라고 확신하면서 결국 일시불로 퇴직금을 수령했다. 채 몇 년이 지나기도 전에 하나뿐인 사랑하는 아들이 노부모가 남은 여생 동안 살아갈 쌈짓돈인 퇴직금을 사업 자금으로 가져가서는 다 거덜 내고 만다. 게다가 하나밖에 없는 그 노부부의 마지막 남은 보금자리인 아파트마저 저당 잡혀 사랑스런 외아들이 다 털어먹고, 정작 생활비는 아무 죄 없는 딸들이 십시일반 각출해서 댄단다. 그래도 그 연륜이 쌓인 부모님은 외아들이 불쌍하고 늘 안쓰러워 어떻게든 도움의 손길을 내밀려고만 한다.

부모의 자식에 대한 사랑은 무한하기 그지없는데, 브레이크가 작동하지 않는 것이 문제다. 뇌과학적인 측면에서 보면 자식 사랑과 관련된 뇌 부위는 마약의 쾌락을 느끼는 부위와 일치하여, 이곳이 작동되면 비판적 사고와 이성적 판단이 마비될 수 있다고 한다. 자식 된 도리로서 낳고 길러준 부모님의 은덕에 보은은 못 할 망정, 어렵고 힘들게 하는 일은 아예 상상도 하지 말아야 한다. 길바닥에 떨어진 종이를 주우며 연명하더라도 내 부모님을 힘들게 해서는 절대 안 된다. 하지만 그것이 운명인지 모른다.

도서관 로비 한 쪽에 비치된 테이블 형 좌석에서 노트북을 켜놓고 자료 정리를 하고 있는데, 중학생쯤 돼 보이는 여학생 3명이 옆에서 너무도 시끄럽게 떠든다. 계속 떠든다. 그러는 중 한 학생이 전화를 받더니 아버지가 데리러 온다면서 집에 가야 한단다. 옆에 있는 친구들이 집에 가면 집중이 안 되니 도서관에서 더 공부하다가 간다고 다시 전화하라고 재촉한다. 집에 가서 공부하면 집중이 잘 안 되고 도서관에서 공부하면 집중이 너무 잘되어서 그렇게 종일 떠들면서도 공부가 머리에 쏙쏙 들어오나 보다. 자녀가 도서관에 가면 열심히 공부만 하고 있을 거라고 철석같이 믿고 있는 부모님 허리만 휘어진다.

얼마 전에 아내가 자전거를 타고 이마트에 장보러 갔다. 자전거 안장을 분리하여 손에 들고 쇼핑을 했는데, 마치고 나와보니 자전거가 없어졌단다. 세상에 안장도 없는 자전거를 끌고 가리라고는 상상도 못 했던가 보다. 결국 아내는 반찬거리 보따리와 자전거 안장을 양손에 들고 투덜투덜 걸어서 집으로 돌아왔다. 잃어버린 자전거를 두고 몇 날 며칠 끙끙 앓다가 하는 수 없이 새로 하나 사러 함께 나갔다. 점원의 설명을 한참 동안 들으며 이것저것 만지작거리면서도 잃어버린 자전거가 자꾸 마음에 걸리는지 결국 시간만 허비하고 그냥 돌아왔다. 아내는 이미 잃어버린 자전거에 대한 미련을 쉽게 버리지 못하는가 보다.

"저 수많은 병실을 가득 메운 젊은 사람, 연륜이 쌓인 사람들의 힘없는 모습을 보았는가? 나쁜 소식은 암, 기쁜 소식은 초기." 작곡가 김태원 님은 자신의 몸 하나 챙기지 못한 책임감에 '죽기가 미안하다.'라고 했다. 수술 중에 깨어나지 못할 수도 있었다. 그의 수술은 우리 모두의 일이며, 이 일로 가족에 대한 애착이 더해지고, 그 어떤 일보다 가족이 최우선이라고 말한다. 삶에 있어 가족간의 사랑은 꼭 필요한 윤활유인데, 그만큼 다른 사람에게도 사랑을 베풀 줄 알아야 한다.

운전 부주의로 수억 원 상당의 벤츠 승용차를 들이받고 그 앞에 서 있던 승용차까지 들이받고는 인도 위로 뛰어들어, 다 부숴진 차 안에서 기절한 채 발견된 딸에 대하여, 그 아버지는 자기 딸이 살아 있는 것에 안심한다고 말한다. 보험 가입연령 이하라 전액 무보험 처리했다고 한다. 최근에 발생한 교통사고인 데다 개인의 사생활이라는 측면을 고려하여 이에 대해서는 더 이상 구체적인 언급을 자제하기로 한다.

가족 주변 사람들의 안타까운 현실

큰며느리가 몸이 아파 며칠 동안 꼼짝 못 하고 드러누워 있다가 설날 전 날 그 아픈 몸을 이끌고 멀리 떨어진 시댁까지 찾아갔다. 손아래 동서는 오긴 했어도 신랑과 다투었는지 방에 들어가 꼼짝도 하지 않고 있다. 하는 수 없이 명절 제사음식 준비를 혼자 도맡아 하다가 지쳐 쓰러지다시피 잠시 앉아 있으니, 시숙이 '몸이 많이 불편하신 것 같은데 좀 쉬시지요.'라고 위로의 말을 건넨다. 그러자 이 말을 가로채더 시어머니가, "팔자가 편해서 그렇지. 너처럼 살아봤으면 소원이 없겠다, 얘!"라고 한다. 이 말씀을 들은 며느리는 "어머님, 그렇게 말씀하시면 어떡해요. 제 입장이 돼 보세요."라고 되받아치고 작은 방에 들어가 펑펑 운다. 줄 곧 옆에 앉아 있던 남편은 아무 말 없이 멀뚱히 지켜보고만 있다.

하고픈 말 다하고 살면 우선 자신은 속이 시원하겠지만 듣는 사람 가 슴엔 멍이 든다. 사람은 애석하게도 그것을 깜빡 잊고 당장 머리에 떠오 르는 감정대로 말을 토해내버린다. 사람은 듣기 거북한 말을 들으면 30 초 이내에 감정에 북받친 말이 나온다고 한다. 딸 같은 며느리를 좀 챙 겨주면 어떤가? 그 며느리도 잠시만 참았다가 "팔자가 너무 편해서 그런 지 몸이 많이 아파요."라고 위트 있게 응대했으면 어떨까. 상황을 반전 시킬 수 있도록 시간을 갖고 꼭 할 말을 가려서 하자. 시숙도 그런 말은 시어머니가 듣는 데서 하지 말았어야 했다. 해야 할 말, 아껴야 할 말, 하 지 말아야 할 말, 조용히 해야 할 말을 가릴 줄 알아야 한다. 명절 때 여 성은 다들 힘든데 제수씨한테만 배려하는 모습을 보이면, 보통 사람 누 구나 달갑지 않게 받아들일 것이기 때문이다. 이 상황에서는 침묵을 지 킨 남편이 최고 점수를 받을 만하다.

마머 님은 홀어머니가 사시는 댁에 갔다. 거실 겸 방에 놓여 있는 브 라운관 TV가 어디서 주워왔는지 구닥다리인 데다, 한 번씩 지지거리 며 좌우로 파도처럼 하얀 선이 거푸 지나 다닌다. 그래서 볼 만한 프로 를 보려고 하면 스트레스가 쌓이고 제대로 보기가 민망스럽다. 그는 집 으로 돌아와 아내에게 조심스럽게 말을 꺼낸다. 어머님 댁에 TV가 낡 아 제대로 볼 수 없으니 적당한 걸로 하나 사드리자고 제안한다. 아내는 "시누이가 어머님 댁에 들어와 살고 있으니 시누이가 사줘야지 우리가 왜 사줘. 게다가 노인이 무슨 TV를 그리 본다고…" 하며 일언지하에 거 절한다.

마머 님은 아무런 대꾸도 하지 않고 잠자리에 들어 일찍이 하늘나라로 떠나신 아버님을 향해 조용히 기도 드린다. "아버님! 홀로 힘들게 생활하고 계신 어머님께 작게 나마 효도를 하려고 해도 여의치가 않습니다. 아버님에겐 홀로 남겨두고 떠난 사랑하는 아내이자 제 어머님이신데, TV 하나 제대로 챙겨드리지 못해 죄송합니다. 이 불효자식을 꾸짖어주십시오. 그러나 제 아내를 그리 원망하지는 말아주십시오. 그녀는 아버님의 사랑스런 아들인 저를 오랜 세월 동안 곁에서 잘 보살펴왔지 않습니까? 신혼 초 제 아내가 시어머님과 시누이로부터 받은 마음의 상처가 여전히 가시지 않고 있는 것 같습니다. 대신 저에게 벌을 내려주십시오." 아내는 마음에 걸렸는지 잠자리에 들기 전 "TV를 우리가 왜 사줘야 돼?"라면서 다시 한 번 되뇐다. 마머 님은 "됐어요, 알았으니 그만 잡시다."라고 하면서 더 이상 거론하지 않으려 한다. 주위 사람들은 다 내 마음같이 잘 움직이려고 하지 않는다. 그래서 사람이다.

여자가 남자와 다른 점 중 하나는 여자는 한 번 받은 마음의 상처를 영원히 못 잊는다는 것이다. 화해가 안 되는 것이다. 용서가 안 된다는 말이다. 잊지를 못하는 것이다. 가슴속에서 지울 수가 없다는 것이다. 남자처럼 술 한잔 하면서 훌훌 털어버리지 못한다는 것이다(실제로는 기억해내는 정도의 차이일 뿐, 남자든 여자든 한 번 입은 마음의 상처는 여간 해서 잘 지워지지 않는다). 그래서 아내들은 이미 수십 년 전에 분실해서 없어진 결혼 예물에 대한 서운한 감정도 수시로 드러내놓는 것이다.

사람은 다 제 잘난 맛에 살고, 제 앞가림하기에만 급급하다. 출가한 자녀에게 하지 말아야 할 말 두 가지가 있다고 한다. '첫째, 돈 떨어졌다. 둘째, 몸이 아프다.'라는 말. 자녀는 돈 없는 부모에게는 잘 가지 않으려 한단다. 아니 발걸음이 잘 안 떨어진다는 것이다. 게다가 나이 들어 몸이 아프다고 하면 외롭고 서운하게 되는 건 부모뿐이다.

홀로 외롭게 사는 할머니가 있었다. 자식들이 올 때마다 보는 앞에서 은행 통장을 여러 개 꺼내 들고는 만지작만지작하더라는 것이다. 몇 년

후 할머니가 돌아가신 후 자식들이 짐을 정리하면서 어머님 지갑 속에 들어 있던 통장을 발견하고 확인해보았다. 잔고가 고작 몇 천 원뿐인 통장 5개가 가지런히 들어 있었다. 노인이 되어도 돈이 있어야 운명하는 그날까지 보고 싶은 손자, 손녀들을 제대로 볼 수 있고, 자식들로부터 외면 당하지 않는다는 현실을 인식하고 있었던 그 할머니의 애틋한 심정을 어떻게 설명할 수 있을까?

다른 사례를 보면, 연금으로 매달 290만 원을 받는 한 할아버지가 함께 사는 며느리에게 매달 200만 원을 내놓으며, "나는 90만 원이면 충분히 산다."라고 했다. 그 며느리는 온갖 정성을 다해 시아버지를 뒷바라지해드린다고 한다. 머니머니(money?)해도 돈 앞에는 맥을 못 추는 모순 속의 각박한 현실을 마냥 피해갈 수만은 없을 것 같다.

며느리가 시댁에 갔다. 연륜이 쌓인 시아버지는 소파에 앉아 며느리한테 커피 좀 타달라고 하면서 그 귀엽고 사랑스러운 며느리가 타주는 커피를 마시고 싶어 한다. 그리고는 정작 그 며느리가 안쓰러운지 아무 일 하지 않고 그냥 쉬기를 내심 바란다. 그것도 부엌에서 열심히 일하고 있는 마누라 할망구 눈치를 살살 보면서….

세태가 바뀌어 아들이 처갓집에 장가 간다고 한다. 장모 모시고 사는 가정이 늘어나자 고부간의 갈등이 어느새 장모와 사위 간의 갈등으로 바뀌어가고 있다.

30대 신혼 초인 자바 님이 회사에서 일하고 있는데 어머님이 전화를 하셨다. 밑반찬을 갖다 주려고 어머님이 아들 집에 갔다. 아파트 벨을 아무리 울려도 응답이 없어 경비실에 물어보았다. 그랬더니 아내가 조금 전에 집에 들어가는 걸 봤다고 말했다는 것이다. 어머님은 집에 무슨 일이라도 있나 걱정이 되어 아들에게 전화하여 집에 전화해보라고 한다. 알고 보니 집에 장모님이 와 계셔서, 시어머님이 방문하자 아내가 문을 안 열어준 것이다. 그 길로 곧장 아들이 집으로 달려가 아내와 자초지종을 따지며 싸우게 된다. 일전에 어머님이 손수 해온 된장도 장모님이 다 버렸다고 한다. 요즈음은 가까이 살아도 시어머니가 불쑥 아들 집에 못 간다고 한다. 그랬다가는 며느리가 당장 시누이한테 전화해서 왜 미리 오신다고 전화해주지 않았느냐고 따지면서 핀잔을 준다는 것이다.

결국 자바 님은 아내와 결별하기에 이른다. 사람은 진정 소중한 사람이 누구인지 모르고 그저 혈육만 챙기려고 섣부른 감정을 앞세우는 건 아닌지. 한 순간의 부정적 감정이 사태를 걷잡을 수 없이 낭떠러지로 몰고 간다. 급할수록 돌아가라고 했다. 감정이 폭발할 때일수록 시간을 두고 냉정을 찾아야 한다. 한 번 지나간 강물은 다시 돌아오지 않는다. 사람들 중에 이리저리 다 완벽한 사람은 없다. 내 것을 양보하고, 상대방 것을 인정해주는 아량이 아름다운 삶으로 인도하는 것이다.

역경 속 고귀한 삶

불치의 루게릭 병을 앓으며 현존하는 금세기 최고의 천재 과학자가 된 스티븐 호킹 박사는 "자신의 육체적 장애를 원망하게 되면 그 순간부터 마음의 장애인이 된다."라고 했다. 변명과 핑계를 대며 쉬운 길을 택하려 하고, 자신의 처지를 쉽게 낙담하는 사람이 많은 현실에 경종을 울린다.

고 장영희 교수. 세상에 태어나 첫돌을 맞이하기도 전에 소아마비를 앓아 불편한 몸을 이끌고 미국 유학까지 가서 각고의 노력 끝에 박사 학위를 취득했다. 영문학을 전공한 그녀는 뉴욕주립대학원 재학 시절 학과를 마치고 숙소로 돌아왔다. 아파트 6층에 살았는데 마침 그날 엘리베이터가 고장 났다. 도저히 불편한 몸을 이끌고 6층까지 올라갈 수가 없었다. 결국 이웃 주민의 도움으로 고가 사다리 소방차를 불러 자신의 숙소에 들어간다. 장 교수는 고장 난 엘리베이터를 수리하는 기간 동안 장애인을 위한 저층 아파트 제공을 요구한다. 이 일로 언론에 대서 특필되어 미국 내 장애인들의 귀감이 되었다고 한다. 자신의 저서 『살아온 기적, 살아갈 기적』에서 "절망과 희망은 늘 가까이에 있는 것, 넘어져서 주저앉기보다는 차라리 다시 일어나 걷는 것이 편하다. 명품 핸드백을 들고 다니든, 비닐 봉지를 들고 다니든 중요한 것은 그 내용물이다."라고 했다. 또한 "이 세상을 지탱하는 힘은 인간의 패기도, 열정도, 용기도 아니고 인간의 '선함'이라고 생각한다."라고 했다. 세상은 어린 시절 공기놀이 외에는 어떤 놀이에도 참여할 수 없었던, 57세라는 아까운 나이에 고귀한 삶을 암으로 마감하는 장 교수의 운명을 그저 지켜볼 수밖에 없었다.

사람이 살아가면서 닥치는 질병, 재해, 실패, 근친 사망 등 정신적, 신체적 장애가 수반되는 충격을 트라우마(Trauma)라고 일컫는다. 이는 '외상 후 스트레스 장애' (PTSD, Post Traumatic stress disorder)를 겪게 되는 원인이 되는데, 긍정심리학을 주창한 마틴 셀리그만 교수는 트라우마가 오히려 '외상 후 성장'을 가져다줄 수 있다고 했다.

타이거우즈의 트라우마를 살펴보자. 움직일 때마다 각종 수입으로 돈방석에 앉은 그는 참 감내하기 어려운 시절을 극복했다. 어릴 때부터 깜둥이라고 놀림 받는 수모로 정신적 외상을 입어 말더듬이가 되었다. 그리고 늘 허름한 옷을 입고 다니며 자신감이 없어 보여 다른 학생들로부터 따돌림 당하는 서러움을 겪는다. 골프로 유명해지자 이제 인종차별주의자들로부터 엄청난 협박과 위협을 받는다. 그러면서도 이에 대한 반전으로 금발의 백인 여자를 좋아하게 된다. 결국 여자 관계로 인하여 아내와 이혼에 이르고 골프에서도 슬럼프에 빠지고 만다.

대학 씨름 선수가 있다. 어린 시절부터 가진 것은 가난과 배고픔. 네 살 때 열병을 앓은 뒤 장애인이 된 어머니… 힘들 때마다 뛰고 또 뛰었고, 정부에서 나오는 보조금으로 근근이 살면서도 오직 씨름 덕분에 옷을 수 있었다고 한다. 그는 그 어려운 환경에서도 어머니에게 효도할 수 있는 날을 기다리고 있다. 수시로 도움을 주며 후원금을 보내주시는 한 치과 의사 선생님의 은혜도 갚아야 한다고 다짐한다.

오프라 윈프리. 사생아로 태어나 아홉 살 때 사촌오빠로부터 성폭행을 당하고, 열네 살에 임신하여 태어난 아이가 2주 만에 사망했다. 어린 시절에 마약 복용까지 한 가난한 흑인 소녀는 외모가 출중한 것도 아니었다. 그녀는 아침 TV 토크쇼 'AM Chicago'를 최고의 인기 토크쇼로 탈바꿈시켰다. 세계 각국에서 방영되는 '오프라 윈프리 쇼'를 25년 동안 이어왔으며, '토크쇼의 여왕', '기부의 여왕'이라는 닉네임과 함께 가장 영향력 있는 인물 1위 자리를 독차지하면서 아메리칸 드림의 상징이 되었다. 자신의 비참하고 부끄러운 과거까지 방송에서 털어놓는 솔직함으로 출연진들의 상처와 아픔을 쓰다듬으며 마음을 열게 하는 따뜻한 시선과 겸손한 자세, 진실된 마음으로 사랑과 용서를 실천했다.

2. 차가운 사람들

10월의 마지막 날 오후 동네 마을 뒷산에 올라갔다. 높고 험하진 않지만 집에서 조금만 걸어가면 바로 입산이 가능하고 산 흙이 잘 다져진 데다, 여기저기 쌓인 낙엽이 늦가을의 야릇한 정취를 자아내어 산행의 즐거움을 더해준다. 작은 산개울은 흐르는 물이 많지는 않지만 퇴색된 바위에 휩싸여 그 굽어진 모습이 천연의 순박한 자태를 꾸밈없이 간직하고 있어 보고만 있어도 흐뭇해진다.

등산 초입부터 산비탈을 따라 무랑 배추랑 알뜰히 가꾼 흔적이 도처에 엿보인다. 소박한 삶의 생동감이 살결 속으로 스며든다. 샛길로 빠져

좁은 밭 길을 따라 올라가니 이내 다른 밭으로 통하는 막다른 길에 이른다. 싸리문에 어설프긴 하지만 헝겊으로 만든 하얀 끈을 동여매어 놓아 '출입금지'라는 암묵적인 강한 어조를 시사하고 있다. 하는 수 없이 옆으로 나 있는 밭이랑을 따라 가로질러 올라가니 다행히 다른 등산로와 만나 안심할 수 있었다. 산행로를 따라 온통 꿀밤나무 낙엽으로 깔린 정경이 떠나 보내고 싶지 않은 예쁜 가을의 모습을 소중히 간직하고 있는 듯했다. 해마다 맞이하는 가을이지만 어떻게 해서든 붙잡아두고 싶은 생각뿐. 유난히도 금년 가을은 떠나 보내고 싶지 않다.

능선을 따라 한참을 걸어 올라가다가 해가 서쪽으로 기울어 어둑어둑해지자 간 길을 다시 돌아가야 했다. 산에서 내려가는 길은 올라갈 때 그랬던 것처럼 길을 잘못 들어, 올라갈 때와는 다른 샛길로 빠져서 이내 도로와 맞닥뜨리게 되었다. 산에서 잠깐 비켜간 길은 꽤 먼 길을 돌아가게 한다는 사실을 이번에도 영락없이 실감했다. 하는 수 없이 예상과는 다르게 출발지점까지 도로 옆 인도를 따라 한참을 걸어가야 했다. 짙은 구름이 낮게 깔려 저녁 노을을 만끽할 수는 없어도, 언덕배기에서 바라본 나지막한 기와집들이 옹기옹기, 따닥따닥 붙은 모습이 깊은 산골 평화로운 시골 마을의 아늑함을 그대로 옮겨놓은 듯하다. 이리도 평온한 정경, 온 세상이 늘 이 아름다운 모습 그대로였으면 참 좋겠다.

울퉁불퉁한 현실 속 애꿎은 감정

안타깝게도 현실 세상은 겉으로 보기의 평온함과는 거리가 멀다. 사람이 많이 붐비는 장소에서 심장마비로 사람이 쓰러졌는데, 끝내 구원의 손길을 내미는 사람이 없어 소중한 목숨을 잃는 안타까운 사건이 종

종 발생한다. 오히려 골목길에서 쓰러졌더라면 이내 도움의 손길이 닿았을 것이다. 사람은 심리적으로 여러 사람이 함께 있을 경우 타인에게 미루고 자신이 그 일에 휘말리는 불편함을 감수하고 싶어 하지 않는다. 이를 링겔만의 법칙이라고 한다. 여러 명이 줄 당기기를 하면 참여자들은 100% 힘을 발휘하지 않는다. 인원이 많아질수록 각 개인이 발휘하는 힘은 더 줄어든다는 것이다. 성과에 대한 자신의 기여도가 불분명하고 전력을 다하지 않아도 되는 상황이면 가급적 최선을 다하지 않는 것이 사람의 본성이다. 자기 책임이 아닌 한 애써 공들이지 않으려는 것이 사람의 심리다.

사람이 얼마나 생업에 바빠졌는지, 정작 피를 나눈 혈육이 죽음 앞에 이르러도 임종 시에 지켜보지 못한다. 사람이 다치고 병들면 당사자만 억울하고 보호자만 애를 태운다.

갑작스런 응급 환자를 자동차에 태운 채 이 병원 저 병원 애타게 찾아 다니느라 긴박한 시간을 다 놓쳐 고귀한 생명을 잃는다. 다리 부상으로 입원한 환자가 수술 전 마취 중에 사망하자 그 보호자는 의료사고임을 입증하기 위하여 엄청난 분량의 서류를 안고 변호사를 찾아 다니고, 동분서주하다 결국 지쳐버린다. 배가 아파 병원을 찾은 청순한 20대 여성이 그 길로 혼수 상태가 되어 두 달도 채 넘기지 못한 채 생을 마감한다. 의료사고 여부에 대해서는 어떻게 해볼 도리조차 없다.

이래도 되는 것인가? 그냥 무슨 일이 있어도 쉬운 대로 지나쳐버리고, 소중한 인명을 어느 누구도 책임지지 않는 그런 세상이란 말인가? 성폭행 범죄와 관련된 한 젊은 여성은 법정에서 판사로부터 재판 과정에서 모욕을 당했다면서 자신의 집에서 자살한다. 한 청년이 사귀는 연인의 집을 방문했는데, 그 여자는 애완용 고양이를 애지중지 귀여워했다. 그 청년은 그녀에게 자기보다 고양이가 더 좋은지 묻고는 그렇다는 대답에 그 고양이를 고층 아파트 밖으로 던져버린다.

프로축구 경기에서 선수가 외부의 사주를 받아 승부를 조작하는 사태가 벌어졌다. 해외에서도 이런 일이 종종 일어난다고 한다. 축구는 여러 선수가 뛰는 데다 한두 골로 승부가 나기 때문에 조작이 쉽다고 한다. 아무리 운동으로 생계를 꾸려 나가는 것이 힘겨워도 양심을 저버린다면 진정한 삶의 의미가 퇴색되고 만다. 우리 사회에 만연한 황금만능주의는 정의를 애써 외면하려고만 한다. 금전에 취약한 사람의 순진무구한 마음을 노리고 도처에서 유혹의 손길을 뻗치고 있는 현실이 원망스러워진다.

자신이 처한 현실에 대한 지나친 비관적 태도도 문제다. 전직 정부 고위직이 망했다고 망연자실하여 병원에 입원했다. 그 당시 상황을 가늠해 보니 보통 사람들이 볼 때는 꿈같이 높은 수준이었다고 한다. 사람은 자기 자신이 판단한 상대적 몰락을 객관적 사실로 인정하고, 그 그늘에서 헤어나지 못한 채 살아가는 것 같다. 사람은 유난히 반짝거리는 고급 외제차를 타고 다니는 사람이 높은 직책을 가졌거나 부자이며, 깔끔하고 유식할 것 같은 착각을 하게 된다. 반면 잘 닦지 않아 깨끗하지 않은 승용차나 트럭을 몰고 다니는 사람들은 게으르고, 돈이 없고, 거추장스럽고, 직업도 변변찮을 거라는 편견을 갖는다. 이러한 편견을 믿고 대하는 태도는 올바를 수가 없다.

　사람의 감정에 미치는 선입견은 일상생활에서 흔히 볼 수 있다. 국도에서 운전자 간 시비가 붙었다. 20톤은 넘어 보이는 대형 트레일러의 높은 운전석에서 남자 운전자가 내려왔다. 키가 160Cm를 겨우 넘을 것 같은 왜소한 남자였다. 상대편 차량은 아주 귀여운 경차였는데, 떡대 같은 우람한 체격의 남자가 그 차에서 나왔다. 그 큰 트레일러에서 내려오는 왜소한 남자와 경차에서 빠져 나오는 우람한 남자의 맞대면은 차에서 내리기 전의 예상과는 정반대로 빗나간 웃지 못할 광경이었다. 이처럼 사람은 세상을 살면서 상황에 따라 다르게 느끼고 행동한다. 이것도 사람의 원초적 본성이라 어쩔 수는 없지만, 다행히 우리에게 주어진 이성의 힘으로 따뜻한 감성을 살리고 일구어내야 한다.

　우리 사회에서 빼놓을 수 없는 큰 문제 중 하나는 특권층에 의한 사회적 자원의 독점이 심각하다는 것이다. 하얀 눈을 뭉쳐 눈사람을 만들 때 처음에는 눈 뭉치가 커지는 것이 더디다가 어느 정도 크기가 되면 순식간에 커지는 것처럼, 재물도 기하급수적으로 늘어난다는 데 계층 차의 심각성이 있다. 이들 중 나눌 줄 모르고 베풀 줄 모르는 사람이 많으니 그 심각한 위험이 더욱 가중되고 있는 것이다. 게다가 현 시대는 부모의 지위와 경제력이 출세를 판가름하는 가족자본주의가 대세라고 한다. 나 자신과 가족만 챙기는 것은 사람이면 누구나 추구하는 본성이긴 하지만, 진정한 삶의 향기를 뿜어내기에는 너무나 거리가 멀다.

모순이 지배하는 세상

우리가 살아가는 이 세상은 모순이 지배할 때가 참 많다. 어느 대장장이가 어떤 창도 뚫지 못하는 방패와 어느 방패도 뚫을 수 있는 창을 동시에 만들었는데, 이를 모순이라 했다. 가장 바쁜 사람이 가장 많은 시간을 낼 수 있다고 한다. 바쁘면 시간이 없을 텐데 말이다. 샘물은 퍼낼수록 맑은 물이 솟아난다. 다 퍼내면 안 나올 텐데 말이다. 침묵이 금이라고 해놓고 웬 꿀 먹은 벙어리냐고 핀잔을 준다. 80:20의 법칙인 파레토 법칙도 세상의 모순을 잘 대변하고 있다. 부자 20%가 전체 부의 80%를 차지하고 있다는 말이다. 나머지 20%의 부를 부자가 아닌 80% 사람들이 나누어 가지고 있다. 부자 20%가 어려운 처지에 있는 80%를 위해 조그만 정성을 담은 사랑의 손길을 내미는 아름다운 세상을 구현해야 한다.

'아는 길도 물어 가라.'고 했다. 네가 안다고 다 아는 것이 아니라고 한다. 다 아는 길 왜 또 물어야 하는지 의문이 생긴다. '돌다리도 두드리며 걸으라.'고 한다. 실제로 개울을 건널 때 돌다리를 두드리며 걷는 사람은 드물다. 돌다리를 다 두드려놓고서도 건너지 않는 사람은 왜 그런가. 때로는 공부를 제일 열심히 하는 학생보다 빈둥거리는 학생이 더 성적이 좋다. 열심히 공부하는 학생이 1등 할 것 같은데 말이다. 사람의 일이라서 그렇다. 많은 변수가 생기고 사람의 무한한 가능성에다 사람만이 갖는 얄팍한 속셈 등이 작용하기 때문이다. 그래서 사람이다.

부부간에 화목하기 위한 조건, 부부의 구성원으로서 각자의 역할과 행동 수칙을 잘 이해하고 아예 머리에 각인되어 있지만, 다툼과 별거, 이혼, 파탄, 가정범죄 등이 끊이지 않는다. 부모 공경의 마음, 효도, 낳으시고 기르신 은혜를 아주 어릴 적부터 배우고 익히고 터득했지만 불효의 극치를 치닫는 경우가 허다하다. 타인을 배려하고 특히 노인을 공경해야 한다는 사실은 삼척동자도 다 알고 있지만, 남을 비방하고 오히려 노인을 무시하거나 아예 해를 가하는 일도 다반사다. 최소한 지켜야 할 도덕관념에 앞서 법의 테두리마저 벗어나는 현실이 안타깝다.

신혼 초 부모님 모시고 아내가 시집살이할 때, 어머니가 독자인 아들만 감싸고 며느리에 대해서는 늘 자신의 아들에 비해 부족하다며 나무라고 무시한다. 이러한 상황에서 그 아들은 불편을 느끼고 어머니와 전혀 다르게 생각하고 있어서 어머니에 대한 원망의 심정을 하루도 내려놓을 수가 없다. 때로는 멀리 돌아가는 길이 빨리 가는 길인데도 사람은 그걸 인정하려 하지 않고 지름길로만 곧장 가려 한다. 그 미움을 한 몸에 받고 지내던 며느리는 시아버지가 병석에 드러눕자 돌아가실 때까지 혼자 극진히 간호하며 수발한다. 시아버지가 임종에 이르자 그 며느리만 부른다. 그리고 조용히 눈을 감는다. 그 후 그 며느리가 집안의 계급장 없는 대장이 된다. 그 며느리 앞에서는 시어머니도 시누이도 더 이상 꼼짝 못 한다. 된장 보내달라 김치 담가달라는 등 며느리의 어떤 요청에도 시어머니는 일언 대꾸 없이 순순히 갖다 바친다.

20여 년이 훨씬 지나갈 때까지도 그 아들은 어머니에게 원망의 하소연을 멈추지 않는다. 왜 신혼 초 아들만 귀하게 여기고 며느리는 그렇게 무시하셨냐고. 그리고 자신은 이렇게 반성한다. 왜 그 당시 어머니 앞에서는 어머니만 원망하고, 아내 앞에 가서는 아내만 나무랐는지를. 그 반대로 했어야 하는 건데. 진실보다 불편한 말은 없다는데. 상대방을 기분 좋게 하는 거짓말을 할 줄도 알아야 하는 것이다. 인생은 어차피 쇼를 하며 살아가는 것이 아닌가. 사람의 삶 전체가 아이들의 병정놀이에 지나지 않는다. 그래서 사람이다.

공직 생활을 하고 있는 한 지인은 홀어머니를 모시고 사는데 늘 집안이 평화롭단다. 아내가 자리를 비운 사이 어머니 앞에서는 아내에 대한 온갖 욕을 다 하고, 어머니가 외출하고 집에 안 계시는 동안에는 아내 앞에서 '그 미친 할망구'라는 등 험한 말을 해가면서 어머니를 흉본다. 이분은 아내에게 사랑 받고 어머니로부터는 효자라고 칭찬 들으며 편하고 기분 좋게 즐거운 마음으로 잘 지내고 있다. 무엇이 진정 상대방을 위한 길인가? 어떻게 하는 것이 진정한 처방전인지를 곰곰이 생각해 보자. 때로는 정직과 순수함이 역효과를 일으킬 경우가 많으며, 문제를 더욱 꼬이게 하고 난항에 빠뜨릴 우려가 크다. 머리를 쓰자. 전략을 세우자. 결과를 중시하자. 진실이라는 미명하에 모두를 불편하게 하는 도구로 활용하지 말자. 상대방이 내 마음을 들여다보지 못하도록 창조한 신의 거룩함을 제대로 이해하자.

더불어 사는 세상에서 내 것만 주장해서야

종전 스님은 "우리 사회가 무질서한 것은 공사를 구별하지 않기 때문이다. 물질과 정신이 적절한 균형을 이룰 때 사람은 행복을 느낀다."라며 혼탁한 우리 사회를 꼬집었다. 그래, 욕심 때문이다. 너무 많이 가져서, 쌓고도 넘쳐나는데도 지칠 줄 모르는 탐욕 때문이다. 산을 거슬러올라가 야생 동물의 거처인 숲을 훼손하는 데 물불을 가리지 않으니, 그 야생 동물이 먹을 거리를 찾아 마을로 뛰어든다. 생존 터전을 잃어버리니 살아남기 위해서 위험을 무릅쓰고 사람 사는 마을에까지 멧돼지가 출몰하는 것이다. 이는 우리가 살아가는 데 필요한 최소한의 룰인 '법적 기준'에도 미치지 못하는 무지한 세태를 방관만 하고 있었던 결과이다.

도로 상에서 자동차끼리 접촉사고가 발생하면 운전자는 상대방이 잘못했다고 우기기만 할 뿐, 절대 자신의 잘못을 인정하려 들지 않는다. 모든 것이 상대방의 잘못이라고 단정한다. 어릴 적부터 남을 먼저 생각하고 배려하는 성품을 기르지 못하고 남의 약점, 남의 잘못만 먼저 생각하도록 훈련되어 있다는 데서 그 원인을 찾을 수 있다. 이는 생활 형편이 어려운 시기에 적응하기 위한 방편의 폐해이기도 하지만, 직계존속의 사회생활에 대한 부정적 태도의 영향이기도 하다.

자동차 운전자와 보행자 간에 시비가 붙었다. 운전자는 주행도로를 가로막고 비스듬히 차를 세우고는 보행자에게 욕설을 퍼붓는다. 그 보행자와 동반해서 걷던 여성은 한 편이 되어 싸우기보다는 서로 떼어놓으려 애쓴다. 결국 운전자를 차에 태우고 떠나게 한 후 동반자를 가로막고 말리며 설득한다. 그 여성은 동반자가 욕을 먹고 있는 불리한 상황에서도 편들려고 하기보다는 싸움을 말려 중지시키려는 의지가 강했다. 양식 있는 분이라고 느껴진다. 손해 볼 줄 아는 마음을 가진 분이다. 싸움은 한 쪽에서 시들해지면 성립되기 어렵지 않은가.

요즈음 여러 업종에서 아르바이트를 하는 학생들이 많은데, 다양한 이유로 도중 하차하곤 한다. 식당이나 주점에서 일하는 경우 시간당 단가가 낮은 데다 손님들의 비인간적 태도, 반말, 과도한 심부름도 문제다. 한 대학가 치킨 체인점 주인은 며칠 일하고는 연락도 없이 출근하지 않는 학생에게 일일이 전화하여 꼭 일당을 받아 가게 한다. 다른 업소에서는 중간에 그만둔 아르바이트 학생에게 일당을 쳐서 주는 일이 없단다.

사람이 하는 일에는 항상 경쟁이 있고 양지와 음지가 있다. 더불어 살아가는 세상에서 다른 사람의 고충도 살필 줄 알아야 한다. 남을 이기는 기쁨은 항상 진 상대방의 슬픔을 의미한다. 내가 슬프고 괴로울 때, 상대방은 기뻐하고 웃음 짓는다. 스포츠 경기에서 금메달을 딴 선수가 기쁨을 감추지 못하고 있을 때, 메달권에서 탈락한 많은 선수들은 허탈감에 눈물 짓는다. 내가 명품 가방 들고 다닐 때, 다른 사람은 부러움과 서러움에 가슴 저민다.

작금의 사람들은 옛 선조 때부터 이어오던 전통인 웃어른을 공경하고 연장자를 우대하는 동방예의지국의 미덕을 더 이상 인정하지 않으려고 하는가? 세상이 급속하게 바뀌고 당혹스럽기까지 하다. 청소년에게 6.25전쟁에 대해 물어보면 60%가 전쟁 발발 연도를 모르고, 35% 이상이 북한이 전쟁을 일으켰다는 사실을 모른다고 한다.

경로 사상이 홀대 받는 몇 가지 사례를 보자.

^ 지하철에서 70대 할머니가 어린 여학생과 시비가 붙어 머리채를 쥐고 흔들며 실랑이를 벌인다. 주위 사람은 아무도 말릴 생각을 하지 않는다.

^ 붐비는 지하철에서 나이가 스무 살은 더 차이가 나 보이는 남자 승객 간에 욕설이 오가며 주위 사람 눈살을 찌푸리게 한다. 잠시 참으면 긴 평화를 가져오는데, 우선 폭발하는 감정을 주체하지 못한다.

^ 지하철에서 연륜이 많이 쌓인 할아버지가 20대 젊은 청년에게 다리를 꼬고 앉아 있지 말라고 하자 시비가 붙었다. 그 청년은 노인에게 거세게 대들었다. 주위 사람들의 만류에도 불구하고 완강했다. 방송에서는 녹화 동영상을 보여주면서 요즘 젊은 사람들이 노인 공경하는 마음이 사라진 데 대하여 일제히 성토하고 있다. 노인도 젊은 사람을 위하는 배려의 마음이 필요하다.

^ 버스정류장 인근에서 담배 연기로 시비가 붙었는데, 50대 남자가 20대 청년에게 나이가 몇 살이냐며 욕설과 함께 꾸중한다. 헤어지고 난 후 그 청년은 슈퍼에서 과도를 구입한 후 2차까지 술을 마시고 귀가하던 그 50대 남자를 줄곧 추적하다 으쓱한 골목길에서 끝내 그 과도로 살해한다.

이제 나이 많은 사람은 젊은 사람들 앞에서 숨죽이고 조용히 지내야 하는가? 우리의 전통적 미풍양속이 추풍낙엽처럼 흔들리며 추락하는 현실에 낯을 들기조차 어렵다. 세월이 바뀐 것이다. 그것도 급속도로 말이다. 이제 나이로 사람을 제압하려는 생각은 그만 버려야 한다. 사실 나이가 많다는 것만으로 우위에 있으려 하는 것은 더 이상 바람직하지 않다. '나이 많은 사람이 우리한테 뭘 해준 게 있다고 이래라, 저래라 하느냐?'라고 젊은 사람이 이의를 제기하면 뾰족한 명분도 설득력 있는 답변도 없다. 엘리베이터에서 젊은 사람을 만나면 먼저 인사하는 데 익숙해지니 오히려 속이 편한 것 같다.

동방예의지국인데다 당연히 노인을 공경해야 하는 것은 맞는 말씀이지만, 세월이 흘러 모든 게 바뀌고 있다는 현실을 인정해야 한다. 더군다나 우리 아이들에게 아버지, 어머니로서 할아버지, 할머니를 존경하고 공경하는 모습을 보여줄 기회가 별로 없었지 않은가. 본 대로 배운다는데, 이게 다 자가당착 아닌가?

우리 자신이 연로한 부모님을 모시고 사는 것을 꺼리게 된 궤도 큰 원인이 있다. 요즘 젊은 세대는 할아버지, 할머니와 함께 살아본 적이 없는 경우가 많아 어릴 적부터 연령 차이와 세대간 관계 정립을 제대로 익히지 못했다. 그러니 연장자에 대한 예의에도 미숙할 수밖에 없다. 이런 상황을 차치하고라도, 이제 그저 나이만 많다고 대우받으려는 생각은 바꾸어야 한다. 나이 든 사람이 젊은 사람들 눈에 모범이 되는 올바른 모습을 제대로 보여주지 못하고 있지 않은가. 사실 연장자가 젊은 사람에게 뭔가 뚜렷이 해준 것도 없잖은가? 연장자가 젊은 사람에게 뭔가 따르고 실천할 모범을 보여주지 못하고 있는 현실을 자각하자.

연장자로서 젊은 사람에게 항상 베풀고 모범을 보이는 겸손한 자세가 필요하다. 대중교통 이용 시 나이가 많다는 이유만으로 버젓이 경로석을 차지하는 데다, 젊은 사람이 앉아 있는 좌석까지 당연히 양보 받아야 하고 자신에게 편한 것만 먼저 찾으며 대우 받기만을 바란다면, 젊은 사람이 존경해야 할 진정한 가치를 스스로 포기하는 계기가 될 것이다.

꼬리를 물고 발생하는 재해가 몰고 오는 슬픔과 한

우리 사회는 끊임없이 수많은 사건, 사고가 발생하고, 문제가 생기고, 이슈가 제기되는 쳇바퀴 속에서 허우적거리고 있다. 이에 따른 해결 방안을 모색하고 강구해야 한다고 부르짖으면서도 그저 고양이 목에 방울 다는 격이 되고 만다. 어떤 문제건 어느 누구도 자신의 책임이라고 선뜻 나서지 않고, 그저 다른 사람, 다른 회사, 다른 부서, 다른 단체, 다른 기관에 책임을 전가시키려고만 한다. 그래야 일단 내가 편하다. 발 뻗고 잘 수 있다, 책임을 면할 수 있다. 그래야 나 자신이 살아남을 것 같다. 우선 골치 아픈 일에서 벗어날 수 있다는 생각에서다. 설사 내 책임으로 돌아온다 하더라도 피상적인 조치뿐 근본적인 대책 마련은 요원하다. 이것이 우리 사회의 안타까운 구조적 문제를 근본적으로 해결할 실마리를 찾지 못하고, 주변을 맴돌다 다시 반복되는 악순환을 거듭하는 원인이다.

청소년 범죄, 성범죄, 교통사고, 화재, 자살, 살인, 강간, 폭행, 사기, 도박, 환각제 복용, 인터넷 범죄 등 이루 헤아릴 수 없는 갖가지 사건, 사고, 범죄가 하루도 잠잠한 날이 없다. 물론 그 와중에도 미담 사례도 많기는 하지만, 좀 더 근원적인 대책이 필요하다. 처방만 있고 예방이 없다면 동일 유사 사례는 끊임없이 반복, 지속되어 더 큰 불행을 초래할 것이기 때문이다.

지난 여름 전국 곳곳에서 연일 계속된 폭우로 그렇게 평온해 보이던 산들이 허망하게 무너져 내렸다. 산 아래 건물과 집들을 덮쳐 돌이킬 수 없는 재해로 이어지고, 아직 세상을 더 살아야 하는 아까운 사람들이 속절없이 유명을 달리했다. 부모를, 자식을, 형제를, 친구를 잃은 슬픔은 살아 있는 사람 모두에게 무거운 책임을 안겨줬다. 자연은 베푼 만큼 그대로 돌려준다. 사람은 경관이 좋은 곳을 찾아 산중턱을 무참히 깎아내고 수천 년을 이어온 숲을 파헤쳐 죄 없는 나무들을 마구 베어냈다. 그곳에 별장을 짓고, 빌라를 짓고, 콘도를 세웠다. 그에 따라 산 흙은 빗물에 씻겨 내려가고, 산 아래로 내려가는 물길은 틀어지고 막혀 지반이 약화되었다. 이미 산사태는 예고된 수순이었다.

나무는 사시사철 그 자리에 그대로 묵묵히 서 있다. 여름이면 무성한 잎으로 그늘을 만들어주고, 가을이면 잎을 다 떨구어낸 채 그 자리에 서 있다. 누군가 나무에 부딪혀도 아무 말 하지 않고, 도끼로 자신을 내리찍어도 그저 묵묵히 서 있다. 전기 톱으로 가지를 다 자르고 베어낸 후 밑동만 남겨두어도 나무는 아무 말 없이 그 자리에 그대로 서 있는 것이다. 그러나 나무는 사람을 관조한다. 나무는 사람이 자신을 잘라 대들보를 세우고 전원주택을 짓고 벽난로에 불쏘시개로 태워 없애도, 그 자리에 그대로 서 있으면서 내면의 마음을 통해 고통을 인내하며 사람을 관조하고 있는 것이다. 말을 하지 않는다고 해서 고통이 없는 것이 아니고, 그저 가만히 있다고 해서 사람 마음대로 자르고 톱질하고 불쏘

시개로 하라고 허용하는 것은 아니다. 사람은 나무의 마음을 잘 헤아려야 한다. 나무는 온갖 수탈과 역경 속에서도 버티고, 그 자리에 묵묵히 그대로 서 있으면서 침묵 속에 사람이 감히 저항할 수 없는 재앙을 예고하고 있다.

그저 오늘 추구하는 쾌락에 만족하는 삶은 위험하기 그지없다. 사람은 물고기를 잡았을 때 펄떡이는 것을 보고 '싱싱하다, 활력이 넘친다.'고 말한다. 사실은 그게 아니다. 그것은 살기 위한 몸부림이자 자기가 살던 물속으로 돌아가려는 절규이다.

중국 연안에서 어부들이 물고기를 '싹쓰리'하며 잡아들였다. 중국인들은 전통적으로 생선을 좋아한다. 어부들은 너나할것없이 다 배를 끌고 바다로 나갔다. 촘촘한 그물로 바다 밑바닥까지 긁어가며 바다 고기를 포획했으니 연안의 물고기가 남아날 리 없다. 씨가 말랐다. 자기 연안 물고기가 씨가 마르니 이웃인 한국 영해로 침범하기 시작했다. 이것은 먹을 게 없어 지자 생존 터전인 산을 내려와 사람이 사는 마을을 습격한 멧돼지의 경우와 다를 것이 없으며, 갈수록 빙산이 줄어들자 생존을 위협받는 북극곰이 사람이 살고 있는 마을로 내려와 먹을 거리를 구하는 것과 다를 게 없다.

작년에도, 재작년에도, 수년 전에도, 수십 년 전에도 똑같이 아파트에, 빌딩에, 주택가에 화재가 발생했다. 똑같은 재해가 어제도 오늘도 계속 반복되고 있다. 그 원인이 전기 누전이든 난방 제품의 결함이든, 사람의 실수건 가정불화에 의한 방화건 간에 계속 화재는 발생되고 순박한 인명은 속절없이 희생되고 있다. 그 뉴스를 접하는 사람들은 매일 발생되는 많은 사건, 사고들 중 하나로 대수롭지 않게 여기며 지나치고 말지만, 직접 당한 사람들은 엄청난 충격, 회복하기 어려운 고통으로 인해 상상할 수 없는 역경과 괴로움을 겪는다. 인재는 그토록 피하기 어려운 것일까. 내 이웃의 불행을 언제까지나 강 건너 불로만 쉽게 생각할 것인가.

하루도 빠짐없이 발생하는 교통사고로 인해 사망자와 부상자의 수는 이루 헤아릴 수 없다. 편리한 교통수단인 자동차가 적을 공격하는 무기처럼 난사되고 있는 듯하다. 마치 전쟁 중이라는 착각을 일으킬 정도다. 계속되는 음주운전 단속에도 음주사고는 끊이질 않고, 졸음운전에 대한 경고는 고속도로 곳곳에 큼지막하게 설치되어 있으나 여전히 사고는 이어진다. 선량한 사람들이 다치고, 병들고, 생명까지 잃는 불행으로 빠져든다.

중학교 2학년 학생들을 인솔하여 제주도로 수학여행을 떠난 한 여 선생님. 버스에 올라 학생들이 안전벨트를 착용하도록 일일이 확인했으나 정작 자신은 안전벨트를 착용할 겨를이 없었다. 버스가 출발한 지 채 5분이 지나기도 전에 대형 트럭과 충돌했다. 학생들은 안전벨트를 착용하여 큰 부상자가 없었으나, 선생님은 현장에서 유명을 달리하게 된다. 그날은 초등학교에 다니는 두 어린 자녀의 운동회 날이었다고 한다. 어린 두 자녀를 두고 그 선생님은 어떻게 눈을 감을까? 한창 어머니의 사랑이 필요한 시기에 더 이상 어머니의 모습조차 볼 수 없게 된 그 어린 자녀는 어떻게 위로 받을 것인가? 그 선생님은 음악을 통해 학생들의 정서를 순화시켜 학생들을 올바른 길로 인도하려고 부단히 노력하던 분이어서 주위 사람들의 눈시울을 더욱 뜨겁게 한다.

이 세상에 홀로 남겨진 어린아이를 두고 자신의 욕심을 앞세우는 사람들이 있다. 어린 초등학생을 홀로 집에 남기고 먼 길을 떠난 일가족이 고속도로 교통사고로 목숨을 잃었다. 혼자 남게 된 그 어린 학생을 두고 평소에는 거들떠보지도 않던 친인척이 우르르 몰려들더니, 평소 절친한 후견인인 양 호들갑을 떨고 야단이다. 사망자의 유산을 놓고 미성년자에 대한 양육권, 법정관리인 문제로 친인척간에 끊임없는 분쟁이 지속된다. 사람의 물욕은 이성을 잃고 흥분해댄다. 물질만능주의가 가져온 폐해라고 일축하고 그냥 지나쳐야 하는가?

80대의 한 할머니는 60년 이상을 동고동락하며 함께 몸을 맞대고 살아오던 남편의 목을 졸라 살해한다. 평생을 남편의 온갖 술주정과 폭행을 감내하며 살아오다 결국 일순간에 격한 감정이 분출한 것이다. 중학교에 다니는 한 학생은 예술고등학교 진학을 간절히 원했다. 반면 아버지는 아들이 인문계에 진학하여 법대에 갈 것을 강요했다. 아들은 자신의 희망을 무시한 채 고집불통인 아버지가 원망스러워졌고, 그 아버지의 큰 그늘에서 헤어나지 못하는 현실을 견디지 못해 가족들이 잠든 사이에 아파트에 불을 지르고 만다. 어머니와 동생은 피신시킬 의도였지만, 화마는 걷잡을 수 없이 온 가족을 불행으로 몰고 간다. 한 청년은 인터넷 채팅에서 만난 어린 여학생을 유인해 성폭행하고 살해한다. 애완견을 데리고 산책하던 사람이 동네 주민과 시비가 붙어 언쟁을 벌이다 폭투 끝에 살해한다. 배설물로 인해 냄새가 난다는 이유로 시비가 언쟁으로 증폭되고 결국 폭행으로 치달은 것이다. 우선 감정을 폭발시켜놓고 뒷수습은 법에 맡기자는 것인가.

엽기적 연쇄 살인을 자행한 청년의 범죄를 두고 그 청년의 불법, 무자비한 행동에 개탄하고 지탄의 화살을 퍼부어댄다. 수 차례 성범죄를 저지르고 다시 재 범행을 행한 사람에 대하여 비난의 화살을 퍼붓는다. 우리 사회는 행위의 결과에 대하여 보상과 체벌이라는 양 날만 가지고 휘두르는 것은 아닐까? 범죄에 대하여 양형 기준에 따라 체벌을 가하는 것으로 만족해야 할까? 재범에 대하여 온갖 대책을 세워도 더 이상 효과가 없다고 단념하고 마는 것일까?

범죄가 발생하면 그 가해자만 잘못이라고 탓하고 넘어갈 일인가? 현장에 보이는 사람이 아니라 보이지 않는 사람들의 잘못이 더 크다는 사실을 간과하고 있는 것은 아닌지. 언제, 어디서 남의 자식을 내 자식처럼 관심 어린 눈으로 지켜보고, 사랑이 담긴 애정으로 대해준 적이 있는가 스스로 반문해보자. 어려운 이웃에 대한 관심과 애정은 어느 정도인지 자신에게 물어보자.

사람은 삶에서 더 이상 버티기 어려운 막다른 길에 이르면, 죽음이라는 돌아올 수 없는 길을 택하고야 만다. 고려대 사회학과 김문조 교수는 "청소년은 학업 불안, 젊은 층은 취업 불안, 중장년 층은 생계 불안에 시달리고 있고, 이 같은 불안이 극에 달하면 자살이 하나의 선택이 되는 '불안성 자살'을 하게 된다."라고 한다. 서울대 심리학과 곽금주 교수는 "한국인은 정서적이고 감성적이라 어떤 상황이 발생했을 때 이성적인 대처보다는 정서적인 판단을 하는 경우가 많다."라고 한다.

^ 사업 실패에다 빚더미에 앉은 가장이 가족의 생계를 꾸려나갈 한 가닥 희망도 보이지 않게 되자, 아직 철도 들지 않은 어린 자녀를 동반한 채 바다로 뛰어들어 자살을 감행한다.

^ 전 세계를 강타한 경제 위기로 국내 증시가 폭락 사태를 맞자, 전국 각지에서 자살 사고가 잇따랐다. 수억 원의 빚을 내가며 주식에 투자한 사람이 승용차 안에 번개탄을 피워 스스로 목숨을 끊고, 돈을 빌려 주식을 매수한 개미 투자자가 고층 아파트에서 뛰어내려 스스로 목숨을 끊었다. 코스피가 폭락하자 사이드카와 서킷브레이크 등 당국의 극약처방이 내려진 다음 날, 모 증권사 직원이 고객 손실 부담을 견디지 못하고 아파트에서 투신 자살했다.

^ 젊은 20대 남녀가 승합차 안에서 연탄불을 피워놓고 동반 자살했다. '취직이 안 돼서 어머님께 죄송하다. 하지만 죽는 게 죄스럽지 않고 그동안 고마웠다.'는 내용의 유서를 남겼다.

젊은 20대 남녀 청춘들이 왜 자살 사이트를 돌아다니며 기어코 이 축복받은 세상과 고별하려고 하는가? 이 세상보다 나은 천국은 어디에도 장담할 수 없다. 이들을 감싸주고 보듬어줘야 한다. 나만 잘 먹고 잘살면 된다는 생각은 언제, 어디서도 화약처럼 위험만 쌓아갈 뿐이다. 더불어 살고, 나누며 베풀고 살아야 한다. 사랑의 에너지를 충전하여 그 사랑의 손길을 내밀어야 한다.

한 어린 중학생이 왕따를 당하다가, 몇 번을 전학했는데도 곤경에서 벗어나지 못하자 스스로 목숨을 끊는 안타까운 결말을 선택한다. 학교는 어떤 곳인가? 미래를 준비하고 인재를 양성하는 곳이다. 학생의 문제를 학교에서 해결하지 못한다고 핀잔만 줄 수는 없다. 학생의 문제는 학교를 중심으로 가정, 이웃, 사회, 정부가 혼연일체가 되어 입체적으로 다루어야 한다. 다들 단편적으로 자기 책임만 면하는 쉬운 길을 택한다면, 우리 어린 자녀들은 그들의 애환을 어디에다 하소연해야 하는가?

KAIST에 다니는 첫 공고 출신 학생이 자살했다. 어릴 적부터 키워온 로봇박사의 꿈이 무너졌다. 인문계 고등학교에서 실업계 고등학교로 전학하면서까지 로봇박사 꿈을 키우던 특출한 학생이었다. 2007년 국제로봇 올림피아드 한국 대회에서 대상으로 과학기술부장관상을 수상했다. 초등학교 4학년 재학 중 과학 경진대회에 참가하여 최우수상을 수상했다. 이런 소중한 인재가 대학에서 영어로 진행되는 수업을 도저히 따라잡기가 어렵고, 미적분학을 공부해야 하는 난관을 정녕 감당하기 어려웠던 것이다. 대학의 커리큘럼을 무시할 수는 없을 것이다. 그러나 대학은, 교수는 학생들에게 죽어라 공부만 시키고 시험을 치르게 하는 것으로 평가하여 장학생을 선발하고 낙제시키는 일만을 과업으로 여겨서는 안 된다. 학생들을 끊임없이 보살피고, 함께 고민하고 소통하여 미래의 진정한 인재를 육성하는 데 더 큰 눈을 떠야 한다. 과연 로봇박사의 꿈은 영어와 미적분학이 아니면 실현이 안 되는 것이었을까? 아인슈타인은 수학을 잘 못 하고도 줄곧 동료 여학생의 도움으로 큰 성과를 이루어냈다.

우리나라 평균 자살률이 10만 명당 31명으로서 OECD 평균의 3배로 1위를 나타내고 있다. 매 34분당 1명이 자살한다. 사망 원인 4위가 자살이라고 한다. 자살 사유를 보면 우울증, 육체적 질병, 경제문제, 가정불화가 대부분을 차지한다. 이는 성공 지향적인 태도, 빈부 양극화로 인한 상대적 박탈감, 폭력적, 선정적인 생활 환경에 기인한다고 한다.

왜곡된 진단과 피상적 처방에 근원적 해결은 묘연

20대 청년이 돌연 사망했다. 인터넷 게임 중독으로 인한 사망으로 추정됐다. 이에 대한 일반인의 반응은 그렇게 심각하지 않다. 매일 발생하는 교통사고로 인한 부상이나 사망에서처럼 어지간한 사건, 사고에 대해서는 아예 둔감해진 것이 우리 사회의 진면모다. 사고를 당한 당사자와 그 가족, 이해 관계자만 답답하고 고통 속에 처절함만 더해간다. 이에 대한 진단이라고 하는 것은 그저 "생명의 존엄성에 대한 경시풍조다.", "인터넷의 역기능 때문이다.", "청소년을 위협하는 불온 게임, 불법 음란물의 유통 때문이다", "가정, 학교, 사회, 정부가 미리 예방하고 발생 가능한 폐해에 사전 대비하고 대책을 마련하지 못해서 그렇다."라는 등 허공을 향한 메아리처럼 일회성이고 단편적이며, 지속력이 없고 구체적 실행방안도 별로 탐탁하게 나오지 않는다.

'소년이로 학난성', '어머님 은혜, 푸른 하늘 그보다도 높은 것 같아', '스승의 은혜는 하늘 같아서…', '청소년을 보호하자', '밤 10시 이후 청소년 귀가', '부녀자 성범죄에 대한 격리 수용', '교통신호 준수', '특정 범죄에 대한 가중처벌', '우측 통행', '입시위주의 교육 지양', '성적보다는 인간성이 중요', '스펙 위주의 평가 지양', '교육의 지방 분산화' 등,

동요에서부터 명언, 법규, 구호에 이르기까지 감언이설이 범람한다. 그저 말만 무성하다. 실천은 저만치에서 손짓만 하고 있다. 우리 사회 지도층이 앞장서서 제시하고, 이끌고, 행사하고, 외친다. 그러나 그 실천은 아직도 요원한 채 말이다. 삼척동자도 다 아는 사실을 실천하기는 백 세가 될 때까지도 멀고 험난하기만 한 길일까? 실천이 된다 해도 편협적이고 단편적이어서 아무런 효과가 없다. 손가락으로 풍선 누르는 격이 되고 만다. 사람은 자신의 주위를 향하여 '이렇게 해야 한다', 또는 '저렇게 해야 한다.'라고 구호를 외치고 돈, 시간, 물자를 요구하는 데 익숙해져 있다. 겨울에 눈이 쌓이는데 치우는 행동보다는 누가 치우는지 구경하고, 감시하고, 이래라 저래라 말로만 다 하려고 한다.

사람의 삶을 위협하는 질병의 경우를 보자. 사람이 살아가면서 피해 갈 수 없는 질병에 대한 끊임없는 원인 규명과 실행력 있는 예방 대책보다는 진단에 의한 치료, 즉 진료가 전부다. 그것도 완전한 진료가 미진한 경우가 많고, 오진에 의한 폐해가 범람한다. 무슨 병인지 원인 규명조차 되지 않는 질병도 허다하다. 병원이 자선사업 하는 곳이 아니므로 각종 희귀 병까지 연구하고 투자해야 할 의무는 없지만, 무고한 환자가 자신의 병의 실체라도 알 수 있도록 최선의 노력을 다해야 할 것 아닌가? 종합병원이 전문 진료 과목별로 세분화되어 있어 환자의 질환 부위에 따라 이리 보냈다 저리 보냈다 핑퐁만 칠 것이 아니라, 환자를 종합적으로 진단해야 할 것 아닌가? 종합병원은 갖가지 상품을 그저 한 곳에 집중시켜 판매하는 백화점과는 다르다는 사실을 인식하자. 종합병원이라는 명칭에 걸맞게 행동하고 처신하자. 병들고 약하고 가난한 사람이 존중 받는 그런 세상이 사랑의 에너지가 충만한 아름다운 세상인 것이다.

흡연의 경우 건강에 해로우니 금연해야 한다고 하는 것이 전부다. 보건소, 병원을 찾아가도 금연 결심을 먼저 해야 한다고 안내하고 몇몇 금연 보조제를 손에 쥐어주고는 돌려보낸다. 물론 경우에 따라 아직 확실한 해결방안을 찾기 어려운 점도 이해는 간다. 문제만 잔뜩 내놓고 끝내 답변을 제시하지 못하는 것도 잘못된 현실이지만, 해답이 나왔다고 해도 실천하기 어려우면 아무런 소용이 없다.

초등학교 때부터 도덕 과목에서 많이 경험해보았지 않은가. 횡단보도에서는 보행자가 신호등이 파란 불일 때 건너야 한다는 것을 다 알고 있다. 자동차 운전자라면 횡단보도를 통과할 때는 우선 보행자를 보호해야 한다는 룰을 잘 알고 있다. 위반 시 과태료, 벌금 등 패널티가 부과된다는 것에 대해서는 더욱 더 잘 숙지하고 있다. 그런데도 횡단보도에서의 사고는 끊이지 않는다. 보행자 보호를 위하여 좌, 우회전하는 차량이 감지할 있도록 경고 장치라도 우선 설치해야 될 것 아닌가. 오토바이 사고는 유행처럼 번지고, 어떤 자동차는 고속도로를 역 주행하고, 급기야 고속도로를 무단 횡단하는 사람도 있다. 교통사고 캠페인에서부터 고속도로 휴게소에 전시된 끔찍한 교통사고 현장 사진 게시판, 고속도로 위를 가로질러 설치한 교통안전을 계도하는 전광판에 이르기까지, 곰곰이 생각해보면 문제도 알고 해답도 아는데 계속에서 위반하고 사고를 내고 돌이킬 수 없는 결과를 초래한다.

미성년자에 대한 성범죄는 엄벌에 처하고 있다. 징역을 살아야 하고 전자 발찌를 부착하고 지내야 하며, 재범 시 그에 대한 징벌이 가중된다. 그런데도 동일, 유사한 사건이 끊임없이 재발하고 우리 사회에 물의만 증폭되고 있다. 어제 저녁 뉴스에서 접한 교통사고 소식에 자신도 더욱 조심해야 되겠다고 마음을 다잡지만, 이튿날 똑같은 사고를 당한다. 한 번 일어난 일은 엎질러진 물과 같다. 돌이킬 수 없다. 앞으로 막연한 대책 세울 일만 덩그러니 남아 있을 뿐, 누구 하나 별 관심 기울여주지도 않는다. 고3 수험생이 수능시험을 앞두고 아무리 공부를 많이 하고 대비를 잘해왔어도, 시험 당일 컨디션이 좋지 않거나 암기한 지 오래 되어 알쏭달쏭한 문제를 접하고 제대로 답안을 작성하지 못할 경우 좋은 성적 못 내는 것과 같다. 군은 단 한 번의 전투에서 승리하기 위하여 수십 년을 한결같이 훈련하고 교육하는 것이다.

누군가에게 보행자가 차도를 가장 안전하고 편안하게 건너는 방법이 무엇이냐고 물었다. 그러자 첫째, 일단 신호등은 무시하고, 달리는 자동차가 보이지 않을 때 건너는 것, 둘째, 주위에 경찰관이 지켜보지 않을 때 건너는 것이란다. 사람의 얄팍한 속내가 드러난다.

원초적 원인에 대한 성찰

이 세상에는 행복한 사람과 불행한 사람, 그리고 평이한 사람이 공존해서 살아가고 있다. 부유하지만 행복하지 않은 경우가 있고, 가난한데도 행복한 경우가 있다. 실제로 삶에서는 행복과 불행이 주기적으로 또는 간헐적으로 교차한다.

유복한 가정에서 부모님의 따뜻한 사랑을 받고 성장한 사람이 있는가 하면, 부모의 사랑을 전혀 받지 못하고 성장한 사람이 있다. 편모 슬하에서 성장한 사람, 편부 슬하에서 성장한 사람, 계모·계부 슬하에서 성장한 사람 등 다양한 가정환경에서 성장한 사람이 서로 어울려 조화를 이루고 부대끼면서 살아가고 있다. 문제는 이 다양한 성장 배경을 가진 사람이 동시에 동일선상에서 생존 경쟁의 각축전을 벌이고 있으며, 같은 하늘 아래 같은 음식을 먹으며 살아가고 있다는 것이다. 훌륭한 선생님의 온화한 지도하에 성장한 사람과 학교를 별로 다녀보지도 못하고 독학으로 공부한 사람 간의 경쟁이 성행하고, 온갖 참고서와 학원, 개인지도로 무장한 학생과 달랑 교과서와 열악한 공부 환경에서 독학한 사람 간의 경쟁이 태연히 진행되고 있다. 제대로 가정교육도 받지 못하고 학교라는 사회 공동체의 작지만 소중한 보금자리를 제대로 경험해보지도 못한 채 사회에 첫 발을 내디뎌 온갖 어려움, 수모를 겪고, 시행착오를 거듭해가며 삶의 가시밭길을 헤쳐 나가야 하는 숱한 사람들이 있다.

이 다양한 차별적 환경에서 성장하는 사람들에 대한 다각적 관심과 지원, 세심한 배려에 대하여 문제를 제기하고 해결에 나서야 한다. 수면 위 결과만 놓고 냉혹한 평가와 질책을 일삼는 일회성 미봉책에서 과감히 벗어나야 한다. 방치했을 때 발생 가능한 사회적 역기능에 장기적으로 대처하여, 원초적 원인에 대한 성찰을 통해 한정된 재원을 적절히 배분해야 진정한 선진 복지국가를 이룰 수 있는 것이다. 정책 당국이 솔선수범해서 마음에서 우러나오는 진정한 사랑을 실천하는 모습을 보여야 한다.

사람은 늘 결과만 두고 잘잘못을 평가하고 질책한다. 모든 일의 결과는 시초에 원인이 있다. 그 시초 이전에 잉태되고 있다. 그 씨앗에서 움트고 자라 결과로 배출된다. 과정에서 성숙되고 확장되어 우리 눈에 가시화된다. 청소년 범죄의 태동은 유아시절로 되돌아가 원인을 찾아야 한다. 어머니 뱃속에서의 삶에서 그 싹을 찾아야 한다.

범죄를 일으키는 것은 유전자 때문이며, 범죄자는 태어날 때 이미 결정된다는 텍사스 대의 연구 결과가 있다. 유전자가 범죄를 일으키는 데 중요한 영향을 준다는 것이다. 다만 10대 때 범죄를 일으킨 사람은 환경적인 원인이 높은 것으로 나타났다. 그러나 나이와 상관없이 항상 범죄를 일으키는 사람은 유전적인 요인이 크다는 것이다. 유전적 요인과 더불어 중요한 것은 그 사람이 '어떤 환경에서 어떤 삶을 살았으며, 어떤 사랑을 받으며 성장했는가'이다. 그 속에 답이 있고 해야 할 일이 숨어 있다. 그 부담은 우리 모두의 책임으로 귀결된다. 내 것만 소중하고 내 것만 챙기고 보살피는 이기적 본성에 그 책임이 있는 것이다.

드러난 범죄만 보지 말고, 불거진 현상만 탓하지 말자. 사람이 살아가는 사회의 그늘진 곳에서 제대로 사랑 받지 못하고 성장하는 차세대 주인공들에 대해 관심을 얼마나 기울이고 있는가? 불우한 환경에 처한 우리 이웃에 대하여, 이유야 어찌 됐건 부모 슬하에서 동떨어져 지내야 하는 미래의 꿈나무들의 어린 시절 사랑의 결핍에 대하여 사회적 처방은 어떻게 이루어져왔는가를 먼저 반성하고 난 후, 발생되는 행위에 대한 처방과 후속 조치를 면밀히 추적하고 보완해야 한다.

어릴 적 어머니의 태도가 평생을 좌우한다

일찍이 어린 시절 이나 님은 어머니 손을 붙잡고 시장에 자주 따라갔다. 어머니가 장보는(물건 사는) 모습을 곁에서 지켜본다. 어머니가 어떤 물건을 사더라도 가격을 깎거나 하나 더 받으려고 애쓰는 장면을 늘 목격한다. 콩나물을 살 때는 한 움큼 더 받아야 했고, 과일을 살 때는 작은 거라도 하나 더 달라고 했으며, 신발을 살 때는 가격을 깎으려고 했다. 심지어 형과 함께 영화관에 갈 때는 어린 이나 님의 무릎을 굽혀 어리게 보이도록 하여 무료 입장을 시도했다.

어린 시절 이나 님의 맑은 동심에 무엇이 싹트고, 무엇을 터득하게 되었을까? 어려운 시절 어머니의 알뜰하고 절약하는 태도, 즉 긍정적인 효과와 더불어 일반적으로 상인은 손님에게 조금이라도 비싸게 팔려는 의도가 있을 거라는 세상에 대한 막연한 불신, 즉 부정적인 인상이 어린 마음에 심어지는 것이다. 인간의 두뇌는 편향적인 기능을 할 때가 많아, 긍정적인 면보다는 부정적인 면이 뇌 속에 더 깊이 오래 각인된다. 어린 시절 반복된 학습을 통하여 물건의 가격에 대하여 믿지 못하고 속는 것 같고, 제 가격을 다 주면 뭔가 어리석은 사람이라는 고정관념에 사로잡히게 되는 것이다. 이러한 일이 반복되면 가격 흥정에 지치고, 이는 곧 스트레스로 연결되기도 한다. 최근 백화점에 사람들이 몰리는 것도 가격이 다소 비싸더라도 가격 흥정을 하지 않아도 되는 것이 큰 이유라고 할 수 있겠다. 가격 흥정이 없이 정찰제로 구매하게 되니 그만큼 깔끔하고 속는다는 생각에서 해방된다는 긍정적 심리가 작용한 것이다.

만약에 이나 님의 어머니가 콩나물을 살 때 시장에서 어렵게 장사하는 상인의 처지를 배려하여, 설사 덤으로 더 주려고 해도 정중히 사양하는 모습을 어린 이나 님이 보았다면 어땠을까? 사과를 살 때 어렵게 과수원을 일구는 농민을 생각하여 덤으로 하나 더 받는 것을 완곡하게 거부하는 모습을 보았으면 어땠을까? 신발을 살 때 힘들게 장사하는 꼽추 아저씨의 어려움을 배려하여 가격을 깎지 않는 모습을 보았더라면 어땠을까? 하루 종일 철판에 미나리, 부추, 고구마 전 굽느라 굽어진 허리를 잘 펴지도 못하는 상인 아주머니의 입장을 조금이라도 배려하는 모습을 보았더라면 어땠을까? 생선 비린내로 찌든 손을 내미는 생선장수 아주머니한테서 꼭 덤으로 작은 꽁치 한 마리를 더 받아야만 했을까? 물론 그 당시 생활 형편이 다들 어려워서 에누리가 성행하여 그만큼 가격이 높이 잡혔을 수도 있겠지만 말이다. 이러한 어머니의 태도는 남을 인정하고 이해하고 배려하는 마음보다는, 남을 믿기 어렵고, 속는 것 같고, 비싼 것 같고, 제대로 가격을 지불하면 어리석은 사람으로 보일지 모른다는 막연한 불신감이 이나 님의 마음에 자리잡도록 했을 것이다.

어린 시절의 각인된 경험이 살아가는 동안 사랑의 실천에 찬물을 끼얹게 되고, 주위 사람들에 대한 불신감이 남들과 더불어 밝은 마음으로 양보하며 살아가는 원만한 성격 형성에 지장을 초래하게 된다. 아끼고 절약하는 습관은 형성될지 몰라도, 남을 신뢰하고 배려하여 사랑을 실천하는 좋은 습관이 형성되는 것은 어렵다. 시장에서 어머니가 작은 물건 하나라도 값을 깎으려고 했던 모습을 보고 성장한 사람이 남을 우선 생각하고 신뢰하며 다른 사람에게 사랑을 베푸는 마음씨를 형성하기란 쉽지 않다. 그 변화에는 많은 시간과 노력이 필요하다. 성장 과정에서 주위 환경에 대한 불신감 속에 자신만 생각하고 가족만 챙기는 이기적 본성이 도처에 자리잡고 있기 때문이다. 물론 이 같은 불리한 경험을 토대로 더 밝은 세상, 정이 넘치는 인간 관계를 이끌어내는 사람들도 많이 있다.

사람의 마음은 5살 때 결정된다고 한다. 환경적 요인보다는 부모의 성향과 태도, 가치관에 의해 인성이 결정된다고 한다. 사람의 삶 전체를 놓고 본다면 어린 시절이 성격 형성에 상당한 비중을 차지하는 것임에 틀림없다. 하지만 그 이후에도 환경으로부터 꾸준히 영향을 받게 된다.

해결의 실마리를 찾아서

지금까지 사람이 살아가는 현 실정을 생동감 있게 드러내기 위해 실제 사례 위주로 살펴보았는데, 별로 달갑지 않은 현상들을 나열하여 심적으로 불편을 준 것 같아 유감이다. 다만 이를 함께 고민하여 원인을 규명하고 해결의 실마리를 찾아 모두가 함께 편안하고 행복한 아름다운 세상을 가꾸고 실천하는 데 반대하는 사람은 없을 것이다. 사랑과 행복이 넘치는 아름다운 세상을 만들어야 할 책임은 오늘을 살고 있는 우리 모두가 갖고 있다. 사회 전체를 통틀어 명확한 해결책을 제시할 수 있는 특별한 전문가도 없지만, 반드시 해결의 길은 있으며, 그 길이 멀다고 해서 가기를 꺼린다거나 회피할 수만은 없다. 그러므로 우리 모두가 함께 더 밝은 세상, 참된 삶을 향한 작은 씨앗을 뿌린다는 의미에서라도 그 길을 찾아 나서야 한다.

잘못되고 뒤틀린 부분을 시급히 개선하는 것도 중요하다. 하지만 우선 눈에 띄고 이해관계가 선명한 일에만 몰두할 것이 아니라, 멀리 보는 혜안을 가지고 작은 씨앗을 뿌린다는 정성으로, 작은 묘목을 심는다는 신념으로 임해야 한다. 그리고 사회 구성원 모두가 합심하여 그 대열에 동참하여 온화한 마음의 정을 나누어야 한다. 지금 비뚤어진 나무를 탓하지 말고 어린 묘목 시절 잘 보살펴주지 못한 자신의 과오를 반성하자. 지금 비행 청소년을 나무라지 말고 그들의 유아, 어린 시절에 부모와 주위 사람이 그들에게 보여준 잘못된 태도를 반성하자. 지금이 바로 잡아나갈 만한 적기이다.

사람이 행복을 영위하는 데 방해가 되는 걸림돌은 왜 자꾸 생기는가? 그 해결 방안은 어디서부터 실마리를 찾아야 하는가? 결국 사랑이라는 말로 귀착된다. 사랑이 근원적인 해결책을 제시한다. 이것이 메말라가는 현실이 안타깝다. 우리 삶 속에 사랑의 에너지가 메말라가고 있는 탓이다. 사랑의 폭이 줄어들고 왜곡되고 빈약해지니 사람의 삶이 편안하지 않고 쉽게 비뚤어지고 사회악의 원인이 된다. 고대, 근대사를 거쳐 그 아름답고 눈시울을 붉힐 정도로 감동적이던 참된 사랑의 본질은 퇴색, 변질, 망각되고 있다. 부모 형제간의 사랑이, 친족간의 사랑이, 친구간의 사랑이, 동료간의 사랑이, 남녀간의 사랑이 변색되고, 바뀌고, 변화의 길을 걷고 있다. 그것도 바람직하지 않은 방향으로 말이다.

이 사랑을 살려야 한다. 복원해야 한다. 새싹을 다시 키워야 한다. 가꾸어야 한다. 살려야 한다. 남을 위해서가 아니다. 바로 나 자신을 위해서다. 나 자신이 살아남기 위해서다. 나 자신이 살아남아야 남에게 베풀든가 사랑을 하든가 할 것 아닌가? 바로 나 자신이 아름다운 세상을 행복하게 누리기 위함이고, 내 가족이 더불어 행복한 삶을 살기 위해서다. 세상이 만들어낸 이 같은 병리현상을 더 이상 강 건너 불로만 무심하게 바라보고 있을 수 없다. 바로 내 발등의 위험이자 내 안위를 위협하고 내 가족을, 내 이웃을 위기에 빠뜨리는 요인이기 때문이다.

사람은 대접받기를 원하고 남을 대접하기는 싫어한다. 이기적인 자신만 존중하고 겨우 이해관계가 얽힌 소수 몇 명에게만 호의를 베푼다. 기타 주위 사람들은 어지간하면 무시하거나 등한시하고 심지어 업신여기기도 한다. 그것이 우선 자신에게 편하고, 그렇게 하면 자신의 위상이 높아질 거라는 착각 때문이다. 주위 사람을 짓밟고 올라서는 것이 아니라, 그들을 높이 받들면 자신은 저절로 올라간다는 진리를 모르는 것이다. 사람은 남을, 경쟁자를 높이 떠받들면 어느 세월에 성공하느냐고 반문한다. 남을 짓밟고 무리하게 질주하면 그만큼 원성이 높아지고 진실이 왜곡되어 결국 자신에게 부정적인 결과를 초래하게 되는데도 말이다. 그것은 빨라도 빠른 것이 아니며, 이겨도 진정으로 이긴 것이 아니다. 그러기에 남들로부터 대접받고 싶은 만큼 남들을 대접해야 한다.

이 세상에 선한 사람은 없다. 선해지려고 하는 사람이 있을 뿐이다. 이 세상에 악한 사람은 없다. 선해지려고 하는 대열에 들어서지 못하고 있는 사람이 있을 뿐이며, 주위에서 돌보아주지 않는 사람이 있을 뿐이다. 사람은 높이 올라가는 데만 급급하고, 낮은 데로 임하거나 내려가는 데는 인색하다. 높이 올라가려고 하는 데는 욕심이 끝이 없는 반면, 낮추려 하는 데는 인색하기 그지없다. 올라가면 더 올라가고 싶고, 거기에 다다르면 또 더 올라가고 싶어 하는 것이 사람의 마음이다. 사람은 제 아무리 낮춘다고 해도 개미허리만큼도 낮출 수가 없다. 올라가려는 욕심의 단 1%라도 주위 세상으로 눈길을 돌리자. 낮추지 못하는 오만의 1%라도 마음에서 비우자. 사람은 더불어 나누며 살아야 진정한 삶이다. 바로 거기에 참된 성공이 자리 잡고 있다. 바로 거기서 사랑이 물결치는 아름다운 세상이 열린다.

3. 말과 현실

　최고의 소통 수단인 말은 참 중요하고 삶에서 필수불가결하다. "사리에 맞게 말하고, 조심스럽게 듣고, 침착하게 묻고, 더 할 말이 없으면 침묵하라."고 했다. 시조 가사에 이런 말이 있다. "말로써 말 많으니 말 말을까 하노라" 말은 눈에 보이지 않는 무한한 가치를 가지고 있다. 말에는 엄청난 힘이 숨어 있다. 사람은 긍정적인 말을 함으로써 성공적인 삶을 살고, 부정적인 말을 함으로써 실패의 삶을 살게 된다. 고운 말, 사랑스런 말, 칭찬의 말을 통하여 기쁨을 얻고, 행복을 느끼며, 편안함을 즐긴다. 사람은 말로써 소통하고, 희로애락을 표현하고, 구애하고, 사과하고, 칭찬하고, 설교하고, 강의하고, 설득한다. 말에 의해 존경을 받기도 하고 빈축을 사기도 한다. 말의 중요성은 아무리 강조해도 지나침이 없다.

　말의 내용보다는 말하는 방법, 단어보다는 말의 톤(tone)이 중요하다고 한다. 상대방으로부터 관심을 끄는 가장 효과적인 방법은 상대가 흥미를 가지고 있는 것에 대해 묻는 것이라고 한다. 삶에서 한시도 떨어져 살 수 없는 말이 고귀한 보석처럼 빛나고 마음에 은은한 향기와 평화를 몰고 오기도 하지만, 사람들간의 조화를 깨뜨리고 오해와 편견, 몰락을 자초하기도 한다. 수많은 사람들이 이 말 때문에 좌초의 길로 들어서며, 회복하기 어려운 역경 속으로 빠져든다. 그런데도 사람은 이 말의 중요성에 대해 그다지 교육 받을 기회가 없다. 유전적인 소양이나 후천적인 노력으로 그 진가를 스스로 터득하고 있을 뿐이다.

　한편 침묵의 중요성을 간과해서는 안 된다. 침묵도 탁월한 표현 방식이어서 아무런 영향력이 없는 것이 아니라 냉정하게 상대방을 압도하는 힘을 지니고 있다. 남이 말할 때는 경청한다. 우리가 상대방에게 줄 수 있는 가장 큰 칭찬이 경청이다. 칭기스칸은 부하에게 적게 말하고 많이 들었다. 경청 능력이 그를 가르쳤다고 한다. 이 장에서는 '말'이 지니는 속성과 현실 속에서 느낄 수 있는 말의 중요성에 대해 살펴보기로 한다.

상상하기 어려운 영향력을 지닌 말의 힘

사람의 말은 어떤 일의 결과에 엄청난 힘을 발휘한다. 2011년 5월 16일 미국 플로리다 폰테 베드라비치의 소그래스 TPC에서 열린 플레이어스 챔피언십에서 연장전 우승을 한 최경주 님은 이렇게 말한다. "삶을 열심히 체계적으로 살아야 하고, 겸손한 생각도 해야 한다. 그런 마음을 가지고 있다는 것에 자부심을 가진다." 그의 캐디 앤디 프로즈에 대해서는 "앤디는 내 마누라나 형과 같다. '포기해서는 안 된다.'는 말이 도움이 됐다."라고 했다. 우승을 포기한 최경주 선수에게 다가가 용기를 북돋우고 자신감을 심어주어 역전 우승을 창출할 수 있는 계기를 마련해준 것은 바로 캐디의 말 한 마디였다고 한다. 그는 미국 진출 초기, 영어에 서툴러 애로사항이 참 많았다고 한다. 심지어 전속 캐디와도 말이 통하지 않아 최경주 선수에 대해 비아냥거리기 일쑤였다. 그는 자신을 비하하는 상대방의 말을 알아들을 수 없어서 그저 "O.K. Thank you."만 거듭했다. 이를 지켜본 현지인들과 교포들은 믿음직한 최경주 선수의 포용력과 큰 아량에 찬사를 보내게 되었으며, 이후 그를 따르는 팬이 급증했다고 한다.

성우 이지 님은 "말을 똑바로 해야 한다."라고 강조한 어머니의 가르침에서 성우가 되려는 확실한 의지를 갖기 시작했다고 한다. 어릴 적부터 끊임없는 사랑과 격려를 베풀어준 어머니의 각별한 애정이 있었기에 숱한 역경 속에서도 성공적인 삶을 일구어낼 수가 있었다.

말에는 메시지가 담겨 있다. 그 메시지는 신뢰할 수 있어야 한다. 그 말이 야밤에 코끼리 다리 만지듯이 단편적이고 미비점을 담고 있는데도, 마치 보편적이고 일반적인 것처럼 전달되어서는 안 된다. 이마 님이 군에 입대하기 전의 일이다. 먼저 군대에 가 있던 친구인 이스 님이 휴가 나왔을 때 만나서 안경에 대해 물어본다. 이스 님은 입대하면 안경을 새로 맞추어주니까 별도로 안경을 준비하지 말라고 했다. 이마 님은 그 말을 듣고 별도로 안경을 준비하지 않은 채 군에 입대했다. 이가 님은 훈련 초반기에 끼고 있던 안경이 깨졌으나 정작 안경을 바로 지급해주지 않아 불편하기 그지없는 상태로 훈련을 받아야 했다. 안경을 지급하기는 하는데, 훈련 막바지 사격하기 바로 전에 지급한 것이다. 그 기간 동안 이마 님은 흐릿한 시력으로 훈련 기간 내내 엄청난 고충을 겪어야 했다. 말은 사람을 성공으로 인도하기도 하는 한편 파멸의 길로 몰아가기도 한다. 말을 잘하는 사람이 반드시 존중 받고, 말을 못 하는 사람이 반드시 무시당하는 것은 아니다. 사람의 내면에는 여러 가지 복잡한 판단기준을 가지고 있다. 그 내면의 거울에 비친 모습은 자신의 이기적 본성에 따라 판단할 뿐 객관적 타당성은 멀 때가 많다. 사람의 감정은 어떤 때는 경쟁심으로, 어떤 때는 동정심으로 작용하여 스스로 올바른 판단을 흐리게 한다. 같은 말에 대해서도 받아들이는 사람의 마음에 따라 해석이 달라지는 것이다.

　말은 참 미묘하면서 복잡하다. 이 세상에서 발생되는 크고 작은 문제들은 바로 이 말에서 발단이 된다. 말은 사람의 입에서 나오는 순간 살아 움직인다. 좋은 방향으로, 긍정적인 방향으로 움직이면 참 좋겠는데, 세상은 꼭 그렇지만은 않다. 말하는 사람을 존중하는 사람들은 침묵하겠지만, 그 반대편에 서 있는 사람들은 절대 그냥 지나가지 않는다. 가시가 돋친 말을 듣고 절대 그냥 덮어두려 하지 않는다. 아니, 평범한 말인데도 해석을 달리해서 문제를 복잡하게 만들기까지 한다. 남이 잘못되는 것이 자신이 잘되는 것으로 착각하고 사는 사람들의 이기적 본성의 결과이다.

　말은 사람의 운명을 결정짓기도 한다. 글은 안 그런데 말은 왜 그럴까? 글은 다시 생각하고 고민하여 감정을 가라앉히고, 이성을 작동시켜 수정하고, 고치고, 정화할 시간과 기회가 주어진다. 그에 비하여 말은 그럴 여유가 없이 내뱉는 순간 그것이 말하는 사람의 본심으로 곧바로 연결되어 순식간에 확산되어 나가기 때문이다. 의도가 그렇지 않고 생각이 그게 아니었다고 아무리 변명해봐야 말은 일단 한 번 내뱉으면 이미 부쳐버린 편지이고, 휴대폰에서 전송해버린 문자라는 말씀이다. 그런데도 사람은 생각 없이 나오는 대로 말하고야 만다. 이 말이 이성보다 감정이 먼저 작동하여 쏟아져 나와버리게 될 경우 그 후 폭풍은 감당하기 어려울 정도까지 쉽게 도달한다. 외국어로 말한다면 다를 수도 있겠다. 감정이 격해져도 단어가 잘 생각나지 않아 실언할 소지가 많이 줄어든다. 이후 누구와 언쟁할 때 외국어로 해봐라. 그럼 한결 이성을 차리게 되어 훗날 분란의 소지가 많이 줄어든다. 뒤에 문제가 생겨도 변명하기 좋다. 궁색하지만 사용한 단어의 여러 의미 중 자신에게 유리한 것을 찾아내면 최소한 궁지에서 빠져 나갈 수는 있을 것 아닌가.

　특히 가까운 사람일수록 더 많이 생각하고 더 신중을 기해야 한다. 말에는 날개가 달려 있다. 천리를 일순간에 달려간다. 자칫하면 좋은 의도는 금방 퇴색되고 그 말의 단점, 취약한 부분만 증폭되고 왜곡되어 그 책임이 말한 사람에게로 고스란히 돌아온다. 문제는 한 번 입 밖으로 나간 말은 다시 주워담을 수가 없다는 점이다. 말을 쏟아내기는 참 편한데 주워담기는 불가능하다. 사막에서 떨어뜨려 엎질러진 생수다. 자판기에 동전을 쑤셔 넣은 후 버튼을 눌러 이미 쏟아진 커피다. 커피 전문점에서 이미 주문한 커피를 다른 걸로 바꾸어달라고 할 수 있는, 그런 주문 커피가 아니란 말이다.

　말을 배우는 데는 2년이 걸리지만, 침묵을 배우는 데는 60년이 걸린다고 한다. 그만큼 사람은 말을 하지 않기보다 말을 꺼내기가 쉽다. 자신이 알고 있는 것을 끄집어내야간 직성이 풀리는 것이 사람의 본성이다. "언어가 꽃이라면 침묵은 그 씨앗이고, 언어가 나무라면 침묵은 그 뿌리이다."라고 한 것은 말의 근원인 침묵의 중요성을 강조하는 것이다. 그래서 '침묵은 교양 있는 자의 미덕이며, 존경 받는 사람의 매력'이라고 한다.

기분 좋은 말, 편안한 말

말이 가져다 주는 효과를 살펴보기로 하자. 일상생활 속 사례를 통해 말이 어떤 반전을 가져오는지 주목할 필요가 있다. 아무 말 없이 마냥 버티는 경우도 주목할 필요가 있다.

사례 1

도시 외곽 식당으로 가는 좁은 골목길에서 두 대의 자동차가 마주 보며 대치해 있다. 어느 쪽도 양보할 기색이 없다. 진입하는 방향으로 자동차들이 줄지어 서 있다. 두 자동차는 꼼짝도 않고 마냥 마주 서 있다. 한참을 지나 진입 방향으로 그 차 바로 뒤에 서 있던 자동차에서 한 운전자가 내리더니 문제를 해결하려고 나선다. 가까스로 식당 쪽에서 나온 자동차가 서서히 후진하기 시작한다. 어느 쪽 운전자도 양보할 마음이 없이 서로 상대방에게 양보해주길 기대하는 것이다. 양보하면 기가 꺾인다고 생각한 모양이다. 사실 이런 침묵 상황에서 당사자가 겪는 심적 스트레스는 암을 유발할 정도다.

사례 2

집에서 자동차를 몰고 도로로 나가려면 주택가 골목길을 돌아가야 하는데, 차량 두 대가 교행하기에는 길이 좁다. 그래서 서로 마주칠 때는 어쩔 수 없이 두 대 중 한 쪽이 양보하여 미리 빈 공간으로 비켜 들어가 기다려주어야 한다. 그날따라 맞은편 자동차가 보이는데 오다가 비켜주겠지 생각하고 전진했다. 아뿔싸! 반대편 자동차도 계속 전진해오는 게 아닌가. 결국 딱 마주치게 되었다. 둘 다 잠시 정지상태를 유지했다. 그때 맞은편 자동차의 운전자 측 창문이 스르르 내려오더니 "제가 미리 비켜 서 있어야 되는데 그냥 와서 죄송해요. 그쪽 뒤편 공간이 있는 것 같은데 비켜주실 수 있겠어요?" 하고 양해를 구한다. 그러자 나는 "제가 미리 비켜 서 있어야 되는 건데 잘못한 것 같습니다. 비켜 드릴게요." 하고 선뜻 대답하고는 후진했다.

이 사례는 말의 심리적 효과를 잘 설명해준다. (사례 1)에서는 무언의 대치가 상호 심각한 대치국면을 초래하고 있다. 아무 말 없이 대치하고 있는 가운데 심리적으로 서로 '양보하기 귀찮아서, 양보해주면 지는 것 같아서, 왜 내가 먼저 양보해야 돼, 당연히 내가 양보해야 된다는 저 사람의 태도가 괘씸해, 좋은 차만 타고 다니면 다야?' 하는 등의 온갖 심리적 갈등과 고집으로 번민하고 버티면서, 자신이 설정해놓은 '심리적 울타리'를 좀처럼 넘어오지 못하도록 하고 있다. 이 경우 어느 한 쪽도 말을 꺼내지 않는 것이 이상할 정도로 현 상황을 어렵게 하고 있는 것 같으나, 한편으로는 말을 꺼낼 경우 시비 소지가 있을 것이 뻔하므로 제3자가 나서서 조기에 상황을 종료하는 데는 유리하게 작용한다.

(사례 2)는 같은 말이라도 상대의 비위를 건드리지 않고 양해를 구하는 기분 좋은 장면을 보여준다. 그 상황에서 "좀 기다려주셔야지, 그냥 전진해오면 어떡합니까?"라든지 깜짝 놀라게 경적이라도 울리면서 상대방에게 물러나 비키라고 독려하는 듯한 태도를 보였다면 어땠을까? 그냥 아무 말도 없이 자동차 안에서 버티고 있었다면 어땠을까? 양쪽 다

작건 크건 피할 수 없는 스트레스와 화에 직면하게 될 것임에 틀림없다.

상대방이 듣기에 편안한 말, 들어서 기분 좋은 말을 하면 나 자신이 뿌듯해진다. 기분이 좋아진다. 쇼를 하거나 빈 말을 하더라도 세련된 말, 부드러운 말을 구사할 줄 알아야 한다. 우선 양보하고 지는 것이라서 쉬운 일은 아니다. 그냥 되는 게 아니다. 수양을 해야 한다. 반복된 수양을 말이다. 군대에서 똑같은 훈련을 왜 반복해서 하는가? 다 알고 있는데도 말이다. 실제 상황에서는 그렇게 잘되지 않기 때문이다. 아는 것과 실천하는 것에는 큰 차이가 있다. 던저 자신의 잘못을 인정하고 나서 상대방의 배려를 기다리는 겸손한 전략이 요구된다. 이것을 연습해야 한다. 꾸준히, 반복해서, 실전처럼 마음도 몸도 반복적으로 훈련해야 한다. 지는 것이 결국 이기는 것이라는 겸손한 전략을 늘 마음에 새겨두자.

말과 실천의 어려움에 대해 『법구경』에 나오는 구절을 소가한다.

"말로써는 세 살 먹은 어린아이도 다 알아듣는 소리지만, 경륜과 학식이 풍부한 팔십 노인일지라도 행하기는 어렵다."

말은 상대방이 편하고 즐거워야 한다. 막힘을 유발해서는 안 된다. 끝말 잇기 하자고 해놓고는 '참새'라고 먼저 말하니 상대방이 '새우'라고 응대하는데, 그 다음에 구태여 '우라늄'이라고 해서 더 이상 할 말을 잃게 해야 할까. 먼저 '친정'이라고 하니 상대방이 '정도'라고 응대하는데, 구태여 '도롱뇽'이라고 응대해야 할까.

꾸중과 핀잔의 말은 사람을 우울하게 하고 자신감을 잃게 만든다. 중고등학교 재학시절 선생님으로부터 늘 우리 반이 제일 수업태도가 불량하고, 많이 떠들고, 성적이 좋지 않고, 청소 상태가 다른 반에 비해 못하다는 핀잔과 꾸중을 들으며 지냈다. 도대체 어느 한 부분이라도 잘한다는 칭찬의 말을 들어본 기억이 없다. 그 어린 나이에 뭘 그리 잘못한 게 많아서 등교 시부터 하교 시까지 줄곧 꾸지람의 연속이었을까. 학과 선생님도 마찬가지였다. 우리 반이 제일 수업 분위기가 나쁘다고 핀잔을 주신다. 한국 사람은 원래 칭찬에 인색하다. 잘하는 부분에 대한 칭찬보다는 조금이라도 미진한 부분에 대하여 집중적으로 추궁하고 질책하는 것에 익숙해져 있다. 그것이 더 직성이 풀리고 자연스럽게 느껴지는 것 같다. 이 폐해가 얼마나 큰지는 오랜 세월을 두고 서서히 나타난다. 다행히 최근에는 칭찬과 격려 문화가 많이 정착되고 있어 고무적이고 흐뭇하다.

칭찬과 격려의 말은 듣는 사람이 용기를 갖게 되고 자신의 능력을 십분 발휘할 수 있게 고무한다. 담임 선생님이 도저히 초등학교에서 학업을 계속할 수 없다고 집으로 돌려보낸 에디슨에게 어머니는 다가가 "실망하지 마라. 너는 상상력도 풍부하고 호기심도 많은 아이란다. 넌 마음만 먹으면 무엇이든 할 수 있어. 나는 네가 꼭 훌륭한 사람이 되리라고 믿는다."라는 말로 아들을 따뜻하게 격려해주었고, 나중에 에디슨은 실제로 어머니의 말씀대로 되었다. 맹자의 어머니는 시장에서 장사하는 사람들의 흉내만 내고 공부를 게을리하는 맹자에게 말로 꾸지람한 것이 아니라 다른 곳으로 이사하여 환경을 바꾸어줌으로써 행동으로 보여주는 어머니의 역할을 다했다. 우리는 어떤 경우라도 상대방이 듣기 좋은 말을 구사할 줄 알아야 한다. 상대방을 기분 좋게 하는 말을 해야 한다. 칭찬과 격려의 말을 해주어야 하는 것이다. 설사 그럴 기분이 전혀 아니라 하더라도, 비록 상대방이 꼴도 보기 싫을 정도로 밉다 하더라도 말이다. 부정적인 말을 쓸 여유가 남아 있을 정도로 우리에게는 그렇게 충분한 시간과 기회가 주어져 있지 않다.

사람을 부르는 호칭도 중요하다. 부하 직원이든 한참 손아래 후배이건 '이 사람아'라는 호칭은 사용해서는 안 된다. 정확하게 성명에 존칭어를 쓰거나 성에다 직함을 붙여 불러줘야 한다. 예를 들면, 홍길동님! 김과장! 이 상무!라고 말이다. 분명 사람인데 '이 사람'이라고 부르는 것이 적합하지 않은 것은 환경 미화원께 '어이, 미화원!'이라고 하지 않는 것과 같으며, 아무리 손아래 사람이라도 아파트 경비 아저씨를 부를 때

'경비야!'라고 하지 않는 것과 같다. 돈 들이는 일이 아닌데도 사람은 호칭할 때조차 이렇게 야박할 때가 많다.

긍정적인 표현을 쓰고, 부정적인 표현을 삼가자. 긍정적이고 듣기 좋은 표현으로 돌려 말하자. '더럽다', '추접스럽다'라는 표현보다 '조금 덜 깨끗한 것 같다', '좀 깔끔했으면'이라는 표현으로 돌려 말하자. '못생겼다'보다는 '약간 덜 예쁜 것 같다'라고 긍정적 표현으로 돌려 말하자. '병에 걸린 것 같다'보다는 '아주 건강해 보이는 것 같지는 않은데'라고 긍정적 표현을 살짝 뒤집어 사용해보자. 사회 지도층 인사들도 자주 그르치는 예민한 부분이다. 일시에 자신의 교양을 업그레이드할 수 있는 절호의 편한 기회다. 여기서도 아는 것보다 실천이 중요하다. 몇 번이고 연습해보라.

인사하는 데 누가 먼저 해야 한다는 원칙을 무시하고 내가 먼저 인사하자. 늦은 시간에 택시를 탔다. "수고하십니다."라고 아예 먼저 인사를 한다. 종전에는 내가 고객이니까 인사를 받아야지 하고 기다렸는데 묵묵부답일 때가 다반사여서 어색해지고 오히려 나 자신에게 스트레스로 다가왔다. 고객한테 왜 먼저 인사하지 않느냐고 매번 기사님께 따질 수도 없는 노릇이다. 버스를 탈 때도 꼭 기사님께 내가 먼저 인사한다. "수고 많으십니다."라고 먼저 인사하는 것을 습관으로 정했다. 내릴 때도 "수고하십시오."라고 인사한다. 그것이 맞고 편한 일이다. 상대방을 기분 좋게 하는 것이 자신을 편안하게 하는 것이며, 그것이 곧 건강과도 직결된다. 막힘이 없어지니 질병이 생길 수가 없다. 사람은 돈 들이지 않고도 갈 수 있는 건강하고 행복에 넘치는 편한 길이 지천에 널려 있는데도, 알량한 자존심과 이기심으로 가득해서, 돈이 많이 들고 어려운데도 효과가 별로 없는 그 이상한 길로 자꾸 몰려든다.

　요즈음 중고등학생들은 참 솔직하고 현실적이다. 숨김없이 느낀 대로 그대로 이야기한다.

　서울에서 전국 중고등학생들을 대상으로 세미나가 개최되었다. 자기 소개 시간이었다. 경주에서 올라온 한 학생이, 서울에 있는 학생들은 자신이 살고 있는 경주로 수학여행 온다고 자랑한다. 그럼 경주 학생들은 어디로 수학여행을 가느냐고 물었더니 서울로 간다고 한다. 또 다른 학생들의 소감을 들어보면, "딱히 할 말이 없어요." "학원 다닐 시간 강탈당하고 왔으니 많이 배우고 가겠습니다." "비싼 돈 내고 왔으니 열심히 하겠습니다." 한다. 참 현실적이고 솔직하고 내숭떠는 면이 없지 않은가. 이런 말은 꾸밈이 없어 듣기에 편안하고 재미있다. 재미있으니 즐거울 수밖에. 즐거우니 행복은 저절로 따라온다. 새삼 어린 학생들에게서 솔직함과 담대함을 배운다.

　사회자가 마이크를 사용하여 재미있게 잘 진행하는데, 마이크 음량이 너무 세서 귀가 아플 정도다. 그래도 감히 아무도 이의를 제기하지 않는 것이 신기하다. 아무리 좋은 말도 듣기에 편해야 한다. 데시벨이 너무 높으면 감미로움이 사라진다. 좋은 내용이 퇴색된다. 정작 말하는 본인은 잘 모른다. 어떻게 들리는지 누군가 코멘트를 해준 적이 없나 보다. 빗나간 상황에서 지적해주는 것도 필요하다. 그런데 지적해줘도 금방 개선이 안 된다. 그만큼 습관이 되면 고치기가 너무 어려워진다. 그래도 언제 어디서나 방관자가 되어서는 안 된다. 함께 가기 위해서는 서로의 잘된 부분을 칭찬하는 것도 중요하지만, 잘못된 부분을 고쳐주는 것도 잊어서는 안 된다. 내 말이 상대방의 귀에 거슬리는 참 듣기 불편한 고음, 큰 소리를 내고 있지는 않은지 먼저 주위 사람부터 살펴보는 신중함을 보이자. 내가 좋아하는 것을 남이 싫어할지 모른다는 우려를 미리 해보자.

시어머니가 며느리로부터 가장 듣기 싫은 말은, '그건 구식이에요. 요즈음은 안 그래요.'라는 말이라고 한다. 반면, 며느리가 시어머니로부터 가장 듣기 거북한 말은, '우리 때는 안 그랬다, 얘.'라고 한다. 사람이 가장 듣기 거북할 때는 남들이 자신의 진실을 꼬집어 이야기할 때라고 한다. 그만큼 말이란 힘들고 어려운 것이다. 그래서 배우고 연마하고, 반복 훈련을 해야 한다. 생각한 후에 말하는 연습을 꾸준히 해보자. 그것도 현재진행형이 되어야 한다. 하루만 책을 안 읽어도 머리에 이끼가 낀다고 하지 않는가.

말에 숨은 장미 가시

사람은 말에 숨은 가치를 소홀히 여기며 산다. 당사자가 없는 자리에서 내가 그 사람에 대해 하는 말이 얼마나 큰 의미를 갖는지 잘 모르고 지낸다. 남들이 내 등 뒤에서 하는 말이 얼마만큼 중요한 가치를 만들어 내는지 상상하지 못한다. 내가 빠진 자리에서 남들이 나에 관한 말을 어떻게 하는가가 얼마나 중요한지 잘 모르고 지낸다. 위기 상황에서 남들이 나에 대해 던지는 말 한 마디가 그 어려운 상황을 모면하게 해주기도 하며, 더 어려운 극단으로 치닫게도 한다.

조직생활을 하다가 작은 모임에서 나온 말 한 마디로 인해 피할 수 없는 고난의 길로 들어서는 숱한 사례를 접한다. 지금까지의 공든 탑이 순식간에 무너져 내리는 것은 물론이거니와, 물에 빠진 사람 건져주니 보따리 내놓으라는 식으로 안하무인 격의 말들이 난무한다. 참으로 사람의 말이란 무섭고 살기가 돋다. 사람이 화낼 때도 말로 하게 되는데, 마치 시한폭탄을 안고 있는 것과 같다. 성서에 "화내기를 더디 하는 사람이 용사보다 낫고, 마음을 다스리는 사람은 성을 빼앗는 사람보다 낫다."라는 구절이 있다. 사람이 성급하게 내뱉는 말 한 마디로 인해 '한 방에 훅 갈 수도 있는 것'이며, '말 한 마디로 천냥 빚을 갚는다'는 옛 속담처럼 예상치 못한 좋은 결과를 얼마든지 가져올 수도 있는 것이다. 세상에는 사람이 하는 말 때문에 문제가 발생하기도 하고, 잘 간추려진 말 한 마디로 감동을 자아내기도 한다.

기독교도가 "스님들은 쓸데없는 짓 하지 말고 예수를 믿어야 한다."라고 한다면 이는 자신의 종교를 옹호하는 순수한 마음에서 우러나온 솔직한 표현이라는 해명에도 불구하고, 국내 최대의 신자를 보유한 불교의 권위와 위엄에 정면으로 도전하는 부정적인 결과를 초래하는 것은 누가 봐도 뻔한 일일 것이다. 이 말에 불교계에서는 어떤 불편한 심기도 노출시키지 않았는데, 침묵이 어떤 긍정적인 위력을 발휘하는지 산 교육을 시켜주는 것 같다. 정부가 노인에 대하여 "보편적 복지는 안 되고 선별적 복지가 되어야 한다."라고 한다면, 이해 당사자들은 이를 감내하기 어렵다. 사람은 이미 자신이 누리고 있는 혜택에 대하여 들먹이는 것 자체를 못마땅하게 여기고, 심지어 현재의 복지혜택이 줄어드는 데 대해 거부감을 표시하는 것은 당연한 일이다. 사람은 아전인수 격으로만 생각한다. 다른 포괄적인 대의는 먼 이상일 뿐 당장 현실에 접목하기에는 역부족일 경우가 많다. 접근하는 방식을 잘 선택해야 한다. 정면 공격을 할 것인지 측면 공격을 할 것인지 잘 가려서 해야 한다. 그만큼 말에 숨은 가시를 조심하지 않으면 안 된다.

선거일에 "노인들은 투표하지 말고 집에 계시면 됩니다."라고 한다면, 그 속뜻은 연세 많은 노인님들께서는 투표장까지 직접 왕림하는 불편을 감수하지 마시고 편안하게 댁에서 쉬고 계셔도 된다는 선의의 의미를 충분히 담고 있다. 그러나 단 둘이서 속삭이는 극히 제한적인 경우를 제

외하고는 말에는 말하는 사람, 듣는 사람, 이해 관계자 등 다양한 입장에 있는 사람들이 관련되어 있다는 사실을 사전에 충분히 예견하고 있어야 한다. 그 말에 대한 해석은 말하는 사람이 하는 것이 아니라 듣는 사람이 하는 것이다. 말의 진정한 의미는 듣는 사람이 받아들이고 해석하는 대로 따르는 것이다. 정말 조심해야 한다. 말, 말, 말, 말씀을!

남편을 여의고 어렵게 살아가는 가머 님에게 여고 동창회 날 동기 한 사람이 다가가 "너만 어려운 게 아니라 여기 있는 사람 다들 어렵다, 애!"라고 말한다. 이 말을 듣는 가머 님은 심기가 참 불편하다. "그래서 내가 뭐라고 하던?"이라고 반문하고 싶다. 말을 가려서 해야 한다. 듣는 사람 입장에서 말이다. 내가 쉽게 무심코 던진 위로의 말이 상대방에게는 가시가 되고 상처가 되어 치유하는 데 시간이 꽤 걸리기도 한다. 그 말을 듣는 사람은 그 한을 나구 기둥에 박힌 대못처럼 녹슨 채 영원히 지우지 못하고 가슴에 묻고 살아가야 할지도 모른다.

사람들이 모인 자리에서 감정을 자극하는 말을 구태여 하려 들지 말자. 어느 모임에서 오래 된 친구를 만났다. 그는 내가 다니는 회사 서비스를 해지하고 다른 경쟁 회사 서비스를 이용하기로 했다고 큰 소리로 말했다. 그동안 그 친구에게 측면으로 지원도 해주곤 했었는데, 그 말을 듣자 섭섭했다. 하필 모처럼 사적으로 모인 자리에서 자신의 친구가 다니는 회사의 서비스에 대해 비난부터 먼저 해야 하는지 의문이 들면서 조금 별난 성격의 소유자란 생각이 들었다. 그 모임이 끝날 때까지 침울한 기분이 가시지 않았고, 그 이후에도 줄곧 그 친구에 대한 이미지가 별로 좋지 않았다. 그 친구는 무언가 그 서비스에 대한 불만이 쌓여 있던 중 그런 말을 불쑥 꺼냈을 것이다. 하지만 말을 할 때는 상대방의 입장을 먼저 생각해주는 자세가 필요하다. 자신의 감정을 즉흥적으로 불쑥 쏟아내는 시원함 뒤에는 늘 상대방의 원망 섞인 한탄이 솟아나게 되는 것이다.

술집을 운영하는 사람이 참석한 자리에서 "금주하여 건강 찾자."고 외치는 사람이 있다. 담배 회사에 다니는 사람이 참석한 자리에서 "담배는 백해 무익하다."라고 떠드는 사람이 있다. A 가전제품 제조회사에 다니는 사람이 참석한 자리에서 구태여 B 가전제품의 우수성을 치켜 세우는 사람이 있다. C 생명보험 회사에 다니는 사람이 참석한 자리에서 D 생명보험이 훨씬 보상이 낫다고 주장하는 사람이 있다. 도와주지는 못할 망정 여러 사람이 있는 자리에서 구태여 당사자를 불편하게 자극하는 말을 할 필요가 있을까? 그 사람은 그렇게 생각나는 대로, 나오는 대로 말을 꺼내도 될 정도로 모든 면에 있어서 자신이 있는 걸까? 상대방에게 부담을 주는 말보다는 격려와 위안을 주는 말을 꺼내는 것이 자연스럽고 존경 받는 길이다. 서로에게 부담을 주는 말보다는 먼저 자신에 관한 즐거운 이야기를 꺼내는 것이 더욱 바람직할 것이다. 매사에 가시를 품고 살아가려 하기보다는 둥글게 사는 법을 먼저 배우고 실천하자. 내 기분대로 즉흥적으로 내뱉는 말이 상대방을 적으로 만든다.

참 선량한 사람을 지칭할 때 우리는 '법 없이도 살 사람이다.'라고 말한다. 그런데 이 말이 직업에 따라서는 가시가 될 수 있다. 법조계 인사, 변호사 면전에서는 이런 말을 가급적 삼가는 게 좋겠다. '무자식 상팔자'란 말은 산부인과 의사 앞에서는 가급적 자제하고, 자녀가 많은 친구 앞에서는 이런 말을 꺼내지 말자. '이빨 없으면 잇몸으로 살지.'란 말은 가급적 치과 의사 앞에서는 삼가는 게 좋겠다. 무심코 던진 말, 받아들이는 상대방에 따라 보약이 될 수가 있는 반면 독소가 될 수도 있

다. 한의사 앞에서 '밥이 보약이다.'란 말을 구태여 쓸 필요는 없지 않은
가? 성형외과 의사 앞에서 구태여 '미인박명'이란 문자를 꺼낼 이유가
있겠는가 말이다. 사람들에게 두루 좋은 것이 정말 바람직하다. 그러기
에 누구에게나 통용되는 성서에 나오는 구절이 귀한가 보다. 때로는 이
런 유머 있는 말이 듣는 사람에게 아무런 부담을 초래하지 않는 한, 최
고의 명약이 될 수 있다는 사실에 주목할 필요가 있다.

밤 늦은 시간까지 친한 사이인 여자들끼리 잘 놀다가 귀가 길에 헤어
지면서 한 여자가 다른 친구에게 "애, 너는 밤길에도 걱정 없겠다. 추근
대는 남자 없어 좋겠다."라고 말한다. 그 친구 얼굴, 몸매가 별로 미인
이 아니어서 남자들이 거들떠보지도 않는다는 얘긴가? 내가 무심코 내
뱉는 말이 상대방에게는 치명적인 결과를 초래하게 될지 모른다는 사실
에 세심한 주의를 기울이자. 말하기 전에 꼭 긴장을 늦추지 말자. 물론
상대방의 안전을 우선시하여 사실에 입각해서 바르게 말한다고 한 것이
겠지만, 상대방 입장을 배려해주는 작은 마음씨가 아쉽다. 한 마디로 멍
청하고 분별없는 말을 하는 사람이 참 많다. 생각보다 이런 사람이 우리
주변에는 참 많이 있다. 생각 없이 사는 사람의 부류에 일부러 끼어들
려고 하지 말자. 좋은 게 좋다는 말을 꺼내지 않더라도, 남을 기분 좋게
할 수 있는 방안을 생각하고 연구하자. 그게 어려우면 최소한 남의 비위
를 상하는 일을 만들지 않도록 노력하자. 그것은 결국 나의 건강, 행복
과 직결되어 있기 때문이기도 하다.

수재로 어려움을 겪고 있는 이재민 텐트 촌을 방문하여 위로의 말을
한다는 것이 "캠핑 온 것으로 생각하라."라고 한다면, 그 진의야 아무
리 순수하고 다른 나쁜 의미가 없다고 하더라도, 듣는 사람들의 마음에
아픈 상처를 주게 된다. 한 여성 이재민에게 사람들의 관심을 끌려면 썬
크림을 바르라는 농담까지 서슴지 않는다. 물론 낙관적인 마음을 심어
주려고 한 성의는 충분히 이해한다. 하지만 전후 좌우를 잘 살펴 그 상

황에 적절하게 말을 구사할 줄 알아야 한다.

여기서 꼭 짚고 넘어가야 할 게 있다. 즉 사람은 하고 싶은 말을 다 해놓은 뒤 "그런 뜻에서 한 말이 아니다."라든가 "괜한 오해를 불러일으켜서 죄송하다."라고 하면서 사태를 무마하려 한다는 점이다. 하지만 말은 듣는 사람이 어떻게 이해하는지를 중심으로 판단하는 것이지, 말하는 사람 중심으로 이해되는 것은 아니다. 어떤 강의가 명 강의인지 판단할 때 강사 스스로 판단하는 것을 객관적인 평가로 받아들이는지, 그 강의를 들은 사람이 판단하는 것을 객관적인 평가로 받아들이는지를 생각해보면 쉽게 이해될 것이다. 사람은 남의 일을 내 일처럼 생각할 수만 있다면, 상대방을 어렵고 곤란한 처지로 몰아넣는 위험에서 대부분 탈피할 수 있을 것이다. 역지사지라고 하지 않는가. 항상 상대방의 입장에서 생각해보면 어렵지 않게 문제를 헤쳐나갈 수 있을 것이다. 말을 다 해놓고 난 뒤에 상대방이 오해한다고 생각해서는 안 된다. 말 한 자신이 문제를 떠안아야 한다. 무엇보다 중요한 것은 말하기 전에 먼저 생각을 정리하는 것이다. 다 엎질러놓고 그게 아니라고 하는 것은 버스가 떠난 뒤에 손 드는 것과 마찬가지다.

부부가 동참하는 저녁모임에서 분위기가 무르익던 중 총무를 맡은 사람이 일어나서 공지사항을 이야기하려고 하는데, 분위기가 어수선하고 끼리끼리 이야기하느라 주목이 잘 안 된다. "자, 여러분들, 이제 '지방방송' 끄고 주목하세요."라고 크게 이야기하니 분위기가 조용해진다. 그런데 갑자기 한 여성이 푸념 섞인 목소리로 말을 꺼낸다. "지방방송 끄면 우리는 뭘 먹고 살지?" 그 여성의 남편은 그 지역방송 기자였다.

여성이 가장 듣고 싶은 말은 "참 예뻐요."라는 말이라고 한다. 반면 가장 듣기 싫은 말은 "옛날에 참 예뻤는데."라는 말이란다. 듣기 좋으라고 하는 말, 애써 생각해서 말한 결과가 역효과가 난다면 얼마나 억울한가! 남성들은 모임에 참석한 여성에게 좋은 말로 인사한다는 것이 "예뻐

지셨네요."라고 했다가 가벼운 곤욕을 치르곤 한다. 이 말에는 종전에는 예쁘지 않았다는 의미가 내포되어 있기 때문이란다. 가벼운 말에도 신중을 기하자. 미리 상대방 반응을 상상해보자. 말하는 사람 중심이 아닌, 듣는 사람 중심으로 생각하고 말을 꺼내자. 가벼운 농담이라도 말이다. 그만큼 말은 무섭다.

쉽게 내뱉는 말, 상처 주는 말, 포근히 감싸는 따뜻한 마음

모임에서는 가벼운 논쟁이 발생하기 십상이다. 양쪽 다 팽팽하게 자신의 주장을 강하게 피력한다. 그러다 모임이 끝나고 각자 집으로 간다. 가는 길에 문자를 보낸다. "내 주장만 강하게 내세운 것 같아 미안하다. 좋은 밤!"이라고. 이처럼 조금이라도 상대방을 배려하고 상호간 관계를 해치지 않으려면 더 늦기 전에 순수한 양보와 미안함의 뜻을 피력하는 것이 좋다. 사람은 다 제 잘난 멋에 살고 싶어 하지만, 항상 낮은 자세로 숙일 줄도 알아야 한다. 남의 마음 편하게 해주어야 내 마음이 편해지는 법이다.

소설가 이 선 님은 그렇게 총명하시던 시어머니가 점점 치매증세가 심해져서 며느리인 자신을 어머니라 불렀다고 한다. 시어머니로 인해 괴로워하는 자신의 하소연을 친정 어머니가 듣고는 간단 명료하게 결론을 내려주셨다. "너 황송하게 산다야, 긍께, 니가 시방 참 황송허게 산다~잉." 그 말씀에 이선 님은 숨이 넘어가라고 웃었다고 한다. 나중엔 반성의 눈물을 흘리기도 했지만, 그 말씀 덕분에 시어머니가 며느리인 자신을 부를 때 '어머니'란 말이 괴롭지 않았다는 것이다. 이 선 님은 "점점 머리는 능란하게 쓰게 되는 반면 마음은 쓰지 않으려는 탓이기도 하지만, 사람은 편해질수록 점점 더 이기적이 되기 때문이라는 생각이 든다. 말을 하는 입장에서가 아니라 내 말을 듣는 타인의 입장을 고려한다면, 아마도 말로 상처 주는 일은 절대 없을 것이다. 사납게 헝클어진 내 기분대로 하는 말이 아니라, 앙금이 가라앉아 맑아진 물을 조심스럽게 두레박으로 건져 올리는 말, 그런 말이라면 누구에게든 위로와 용기를 주게 될 것이다."라고 했다. (조선일보 2011.1.12자 참조)

명절 때면 가족 친지가 만나게 되는데, 이때 듣기에 거북한 말들이 범람한다. 시골에 계신 시어머니가 서울에 있는 며느리에게 전화를 걸어, "너 언제 내려 올 거냐?"라고 묻는 말씀이 그렇다. 이제 시댁을 떠나 귀경하려는 며느리에게, "하루 더 있다가 가거라."라는 말씀이 그렇다. 삼촌이 직장 다니는 조카에게 "너 연봉 얼마나 되니?"라고 묻는 것도 듣기에 참 불편하다. 학생에게 "너 공부 잘하지?"라고 말하는 것도 그렇다. 미혼인 사촌 여동생에게 "너 언제 결혼할 거니?"라는 말도 그렇다. 사업하는 동서에게 "돈 많이 벌지?"라는 말도 그렇다. 이처럼 사람은 자신을 염려해주려는 의도에도 불구하고, 진실을 꼬집어 묻고 말할 때 가장 불편해 한다. 그러다 보면 꺼낼 수 있는 말이 없어지는 것도 같다. 글을 쓸 때 생각하고 고민해서 쓰듯이, 말을 할 때도 생각을 충분히 하고 난 후에 정제된 말을 꺼내는 훈련을 해야 한다. 그리고 '침묵이 금'이라는 격언이 좋은 대안을 제시하고 있으니, 말에 대해 너무 지나치게 염려하지 않아도 될 것 같다.

말을 듣는 입장에서는 다소 비위가 상하더라도 좋은 의미로 받아들이려는 노력을 기울여야 한다. 선의의 관심을 표시한 것에 대해서 지나치게 나의 처진 입장과 연관시켜 확대 해석하는 심리적 오류를 범해서는 안 된다. 상대방의 말이 내 심기를 건드리고 감정을 자극하더라도 좋은 의미로 받아들일 줄 알아야 한다. 이럴 때는 예리한 예각보다는 무딘 정성으로 감싸주는 성의를 보이자. 상대방이 가시가 돋친 말로 공격해올 때, 똑같이 가시 박힌 말로 응수하려 하지 말자. 시퍼런 창을 들고 다가올 때, 똑같이 날카로운 창으로 대응하려 하지 말자. 내 고운 살갗을 찌르는 그 가시를 품어주고, 내 심장을 가르는 그 예리한 창을 곱게 보듬어주는 따뜻한 마음을 가져야 한다. 나로 인해 조금이라도 아름다운 세상으로 변화되는 모습을 인내하며 기다리는 것은 올바르게 생각할 줄 아는 사람들의 훌륭한 특징이다. 나 자신이 손해 보는 마음으로 고운 세상 일궈낼 수 있다면, 이보다 더 큰 기쁨이 어디 있겠는가.

옛날에는 절이 싫으면 중이 떠난다고 했는데 지금은 해코지하고 떠난다고 한다. 그런 마음으로 살아간다면 이 세상은 더 이상 살아남아 있을 고귀한 가치가 자꾸만 줄어들게 된다. 손해 보고 핍박 받는 내 모습을 감싸고 사랑할 줄 알아야 한다. 자신의 내면에 사랑의 에너지를 충전시키면 내 마음의 중심을 잡아주는 추를 바로 서게 하여 어려운 일을 견뎌낼 수 있게 되고, 주위에 고운 향기를 풍기는 아름다운 삶을 연출하게 될 것이다.

정제된 말, 인정하고 받아들이는 마음

말을 하려면 세련되게 해야 한다. 부드럽게 해야 한다. 차라리 말을 안 하는 게 상대방으로부터 고마움을 사는 경우도 있다. 내가 말한 의도대로 상대방에게 전달될 수 있을지 미리 간파하는 것이 정말 중요하다.

장기간 지하 깊은 곳 암흑 속에 갇혀 있다가 가까스로 구출된 칠레 광부가 언론공세에 시달리자, 차라리 갱도 안에 갇혀 있을 때가 더 낫다고 불평을 호소했다. 같은 질문을 반복하거나 끝도 없는 질문 공세를 하면 사람은 질리고 맥 빠진다. 부모가 자녀에게 '하지 말라.'라는 말을 자주 하면, 오히려 자녀에게는 소 귀에 경 읽기가 되어버린다. 그 말을 듣는 자체가 스트레스다. 선생님이 학생들에게 금기사항을 너무 자주 반복하면, 그 자체가 학생들에게는 스트레스다. 역효과가 난다. 면역이 생겨 듣지 않으려 한다. 심미안으로 사랑하는 마음을 보이자. 실천하는 모습을 보이자. 진심을 보이자. 애정을 보이자. 잘하는 일, 칭찬할 일부터 먼저 찾아 꺼내보자. 잘하는 게 없어 보이더라도 억지로라도 만들어서 들려주자.

요즘 부모는 자녀의 컴퓨터 게임 중독과의 전쟁 중이다. 중학생인 아들이 컴퓨터 게임에 빠져 공부는 뒷전이다. 다른 어머니들은 아무리 타일러도 자식이 이젠 들은 척도 안 한다. 그러나 한 어머니는 다른 방법을 택한다. 아들이 좋아하는 컴퓨터 게임을 배운다. 온라인상에서 아들을 만나 게임에 도전한다. 모자간에 문자 채팅을 하다가 아들이 어머니인 것을 알고는 화들짝 놀란다. 어머니는 "네가 그렇게 좋아하는 게임을 엄마는 하면 안 되겠니?"라고 한다. 그 이후로 아들은 컴퓨터 게임을 중단한다. 환경적인 면, 좋은 훈육의 말씀도 좋지만 몸소 실천하는 것이 가장 큰 교육 효과를 발휘하는 것이다.

자머 님은 몸이 아파 한동안 약을 복용했다. 그런데 그 부작용으로 얼굴에 두드러기 같은 게 퍼져나갔다. 주위 사람들은 걱정하는 마음으로 자세히 쳐다보면서 얼굴이 왜 그러냐고 묻곤 한다. 어디 아프냐고 묻는다. 사람들이 온통 자신의 얼굴만 쳐다보는 것 같아 어쩔 줄 몰라 한다. 자머 님은 하는 수 없이 한약을 잘못 지어 먹어 부작용이 생겼다고 핑계를 대고는 서둘러 그 자리를 피하려 한다. 사람은 다른 사람에 대하여 관심 어린 눈으로 걱정하는 선의의 마음에서 말을 꺼낸다. 그러나 받아들이는 상대방은 곤혹스럽기 그지없다. 아픈 몸 구절구절 설명하자니 자존심마저 상한다. 마음속으로 '모른 척 해주었으면 참 좋으련만.' 하고 연거푸 되뇌며 속절없이 서운해 한다.

사람은 때로 자신에게 무관심해주기 바란다. 그냥 쳐다보지도 말고 아무렇지 않게 다른 말로 주제를 돌리면 오히려 참 편안하게 느껴진다. 지체 장애자님들이 가장 불편해 하는 것은 사람들의 시선이라고 한다. 평소에 그냥 태연히 지나쳐주는 것이 그분들의 가장 큰 바람이다. 먼저 상대방의 마음을 헤아리는 것이 받아들이는 마음이다. 나는 만나는 사람이 얼굴에 상처를 입었건 눈에 다래끼가 났건, 여드름이 심하건 종기가 났건 전혀 무관심하며, 그 부분에 대해 언급을 하지 않는다. 관여하지 않는다. 모른 척한다. 태연스럽게 대한다. 자연스럽게 아무 일 아닌 듯이 대한다. 만약 상대방이 부부싸움이라도 심하게 해서 상처를 감추느라 안절부절 못 하는 상태에서 약속 모임에 나타났는데, 불편한 부분에 대해 꼬치꼬치 물어봐라. 그 심정 참담하지 않겠는가. 먼저 스스로 "내 얼굴 이상하지?"라고 말을 꺼내는 경우에도 "얼른 봐서 모르겠는데." "아무렇지도 않은데, 왜 그래?" "그런 사람 많던데."라며 위안을 주려고 노력한다.

사람은 때로는 모르고 태연한 척해주는 사람에 대해 호감을 갖는다.

모처럼 등산을 갔다. 한참 올라가는데 앞에 가는 친구가 대화 도중 갑자기 "네가 메고 있는 머플러가 그게 뭐냐?"라고 약간 신경질적인 어투로 불쑥 말을 꺼낸다. 깜짝 놀랐으나 침착하게 "왜, 무슨 문제라도 있어?" 하고 물어보았다. 등산용이 아니라 어울리지 않는다는 것이다. 옆에 있는 다른 친구도 맞장구 치며 거든다. 다소 감정 자극을 받았지만 그런 말을 할 때는 여러 사정이 있을 거라고 마음속으로 여운을 남기며 정중히 받아들이기로 하고, 그냥 대수롭지 않게 넘어가려 했다. 등산을 잘 마치고 내려와 식당에서도 같은 말을 되풀이하기에 또 웃으며 넘겼다. 보는 사람에 따라 관점이 다르다. 그날 기분도 상대적이다. 나도 여름에 테니스장에 가면 정규 복장을 강조한 적이 있지 않았던가. 테니스용 반바지를 입어야지 집에서나 동네 산책할 때 입는, 어중간하게 무릎까지 내려오는 바지를 입고 테니스를 해서는 안 된다고 말이다. 남의 충고는 가감 없이, 대꾸할 필요 없이 액면 그대로 순수하게 받아들이는 것이 마음 편하다는 생각을 했다. 그 이후에도 두고두고 잘했다는 생각이 들었다.

아우구스토 쿠리는 그의 저서 『생각의 심리학』에서 "스트레스를 받는 상황에서 사람은 항상 처음 30초 동안에 최악의 실수를 저지르기 마련이다. 최초의 그 격앙된 순간에 우리는 나중에 후회할 말과 행동을 한다."라고 했다. 불쾌한 상황에서는 반응하기 전에 일단 생각하라. 그래서 사람은 잘 참는 사람이 성공하는 법이다.

식당에서 주인이 손님에게 '서비스'라고 하면서 꽤 귀한 음식을 내놓는다. 그러면서 "우리 집 강아지 갖다주려고 한 건데…."라고 한다. 주인은 아끼고 사랑하는 강아지에게 갖다줄 것을 손님에게 내놓을 정도로 아량을 베푸는 것으로 생각하는데, 그 말을 듣는 손님은 별로 달갑지 않다. 서비스로 주는 건데, 공짜로 귀한 음식을 주는 건데 왜 달갑지 않을까? 손님에게 주는 그 음식의 가치를 강아지에 견주었으니 언짢을 수밖에 없다. 그래도 그 식당 주인의 순수한 뜻을 받아들일 줄 알아야 한다. 피상적인 것이 중요한 것이 아니라 그 마음, 그 속뜻이 더 중요하다. 그러려면 평소 수양을 잘해두어야 한다.

가정에서나 사회에서나 많은 갈등과 불화가 "너는 어쩌면 그러니? 그렇게까지 이야기 했으면 내 말 좀 들어줘야 되는 것 아니니?"라고 상대방을 원망하는 마음에서 비롯된다. 어느 편이 정당한지, 맞는 말인지, 진실한지의 여부는 문제가 되지 않는다. 갑자기 소나기가 쏟아질 때 사람은 남의 우산 속으로 급히 들어가려 한다. 우산 쓴 사람의 인품, 성향, 태도를 알아보기도 전에, 함께 우산을 쓸 의향이 있는지 여부를 묻기도 전에 그 사람의 우산 속으로 들어간다. 우산 쓴 사람도 거부하지 않는다. 자신의 양보가 다른 사람의 어려움을 덜어줄 수 있다는 선의의 마음이 순간적으로 작동한다. 여기서 우산은 상대방의 마음이다. 우선 상대방의 마음속에 들어가보려는 성의가 필요하다. 상대방의 마음속으로 들어가면 두 사람은 한 마음이 된다. 그러면 모든 문제는 내 관점에서가 아니라 상대방의 관점에서 들여다볼 수 있게 되어 꼬인 문제가 한결 쉽게 풀릴 수 있다. 남의 우산 속에 들어간 사람이 그 우산 받쳐든 사람을 부정적으로 보기는 어렵지 않으냐 말이다. 존경 받는 사람은 먼저 다른 사람을 존중하는 선량한 태도가 앞서는 사람이다. 존경 받으려 하기에 앞서 상대방의 마음속에 들어가 그들과 한 편이 되고자 노력하는 자세가 필요하다.

4. 사람의 가치기준

그림 A

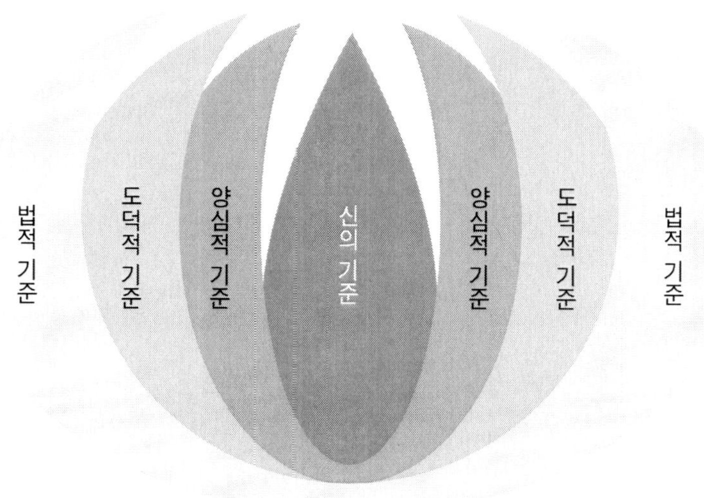

법적 기준에도 미치지 못하는 사람이 득세하고 있는 냉혹한 현실 속에서 사람의 가치를 판단하는 4가지 기준을 제시하고자 한다. 이것은 재산, 명성, 지위, 인물, 종교 등과는 아무 관련이 없다. 다만 사람으로서 참된 삶을 살아가고 있는지에 대한 판단 기준이다. 우리 모두가 신의 기준은 차치하고 양심적 기준에만이라도 부합되게 살아간다면, 이 세상은 낙원이 될 것이다. 천국이 되고 극락정토가 될 것이다.

가장 바탕에 위치하는, 사람이 살아가면서 반드시 지켜야 할 최소한의 인위적 기준인 '법적 기준'이 있고, 도덕적, 윤리적 측면에서 사람이 지켜야 할 '도덕적 기준'이 있다. 그 다음으로 이 도덕적 기준에 부합되면서 그 상위에서 사람의 양심의 가치에 기준을 둔 '양심적 기준'이 있다. 그리고 가장 상위에 위치하면서 거의 모든 사람이 도달하기 어려운 기준이 있는데, 신의 경지에 이르는 그것이 '신의 기준'이다.

첫째, 법적 기준이다. 사람이 살아가면서 지켜야 할 가장 소극적이면서 최소한의 기준이다. 국가에서 백성들이 지켜야 할 최소한의 기준을 제시한 것이다. 단적으로 말하면 실정법을 준수하는 것이다. 선량한 타인에게 피해를 입히지 않고 해를 가하지 않고 법질서를 지키는 것이다. 사람이면 대부분 이 법적 기준에는 어느 정도 부합되게 살아가려고 한다. 법규에서 정한 테두리 내에서 살면 되고, 남에게 해를 끼치지 않고 각종 법규정을 준수하면 되는 것이다. 예를 들면 교통법규를 준수하고 폭행, 절도, 강도, 사기, 횡령 등을 저지르지 않으면 된다. 국민으로서 지켜야 할 각종 의무사항이 법적 기준에 속한다. 현실 속 사람들은 이 소극적 기준마저 준수하지 못하여 한시도 거르지 않고 법적 제재를 받거나 상호간 시비의 소지를 일으킨다.

둘째, 도덕적 기준이다. 사람이 살아가면서 반드시 지켜야 할 법적 기준보다 좀 더 강화된 상위의 기준이다. 예를 들어 남에게서 돈을 빌려 쓰고는 제때 갚지 않는다면, 법적 기준에는 저촉되지 않을 수 있겠지만 도덕적 기준에는 저촉된다. 길에서 넘어진 아이를 보고 그냥 지나친다면 도덕적 기준으로 볼 때 흠결이 있다. 사람을 만나면 서로 인사를 하는데 인사를 안 한다고 해서 법 위반은 아니다. 하지만 도덕적 기준에는 저촉된다.

길가에 떨어진 1만 원권을 발견하고 주웠다면 어떻게 될까? 엄밀한 의미에서 법적 기준에 저촉된다. 경찰서에 신고하는 것이 올바른 일인데, 도덕적 기준에는 확연히 저촉된다. 극히 제한적이긴 하겠지만, 도덕적 기준에는 부합하지만 법적 기준에는 저촉되는 경우도 있다. 외국 비자 만기일을 지나서까지 떠나지 않고 있는 사람은 법적 기준 위반이다. 그런데 그 사유가 홀로 지내는 이웃 어른이 갑자기 사고를 당해 도움을 주려고 지체되었다면, 도덕적 기준에는 저촉되지 않겠지만 법적 기준에는 저촉이 되는 것이다.

셋째, 양심적 기준이다. 도덕적 기준과 혼용될 경우가 많은데, 도덕적 기준보다 더 가치 있는 삶을 요구하는 상위의 기준이다. 다른 지역에서 자연 재해가 발생하여 원조의 손길을 기다리고 있는데 전혀 성금을 내지 않고 남의 집 불구경하듯 모른 체하며 그냥 지나친다면, 법적 기준이나 도덕적 기준에는 저촉되지 않을 수 있겠지만, 양심적 기준에는 저촉이 된다. 시장 바닥에서 나물을 팔아 연명하는 할머니가 있는데, 이를 지나치지 않고 가격이 비싼데도 꼭 그 할머니한테서 나물을 산다면, 양심적 기준에 부합하는 사람이라고 할 수 있겠다. 한 마디로 양심적인 사람이다. 불의를 보고 참지 못하는 성격을 지닌 사람이라면, 양심적 기준에 부합하는 사람이라고 할 수 있겠다. 맑은 사회, 아름다운 사회를 구성하는 요건으로 적합하다고 할 수 있겠다.

넷째, 신의 기준이다. 일반적으로 사람이 신의 기준에 부합하기는 지극히 어렵다. 남을 위해 봉사하는 이타적인 사람이 이 기준에 해당된다. 하지만 한 마디로 신의 경지에 이르러야 하므로 여간해서는 이 기준에 부합하기는 어렵다. 이 신의 기준에 도달하기 위하여 사람들은 각고의 수양과 희생을 치른다. 타인을 위해 희생을 감수하는 실천적 종교인, 자신의 처지에는 아랑곳하지 않은 채 헌신적 봉사활동, 나눔의 실천 등으로 선행을 솔선수범하는 사람이 신의 기준에 근접하고 있다고 볼 수 있다. 자세한 사항은 뒤에서 좀 더 언급하기로 하자.

평상시에 '법 없이도 살 사람'이라는 말을 많이 쓰는데, 엄밀히 따지면 그런 사람은 최소한의 사람의 가치만 유지하고 사는 사람이라 존경의 대상은 아니라고 할 수 있다. 세상에는 법적 기준에까지 미치지는 않지만, 상당히 시비 소지가 많은 일들이 연일 벌어진다. 이는 선량한 종교적 양심으로도 해결하지 못하고 교육으로도 명확한 해결책이 없어 꾸준히 고민하고 정리해야 할 과제로 남아 있다. 연일 발생하는 도로상의 접촉 사고, 사람끼리 오가며 부대끼며 접촉하는 과정에서 발생되는 숱한 시비들, SNS 상에 떠돌아 다니는 온갖 풍문들, 이에 민감한 당사자들…. 세상에는 하루가 멀다 하고 수많은 일들이 출몰한다.

고속도로 휴게소에서 커피 자판기에 동전이 없어 천 원권 지폐를 집어 넣었다. 3백 원짜리 커피를 빼고 난 후 거스름돈 7백 원을 꺼내는 걸 깜빡 잊고 그냥 떠났다. 한 10분 지났을까. 문득 생각이 나 커피 자판기로 다시 돌아가보니 이미 잔액은 남아 있지 않았다. 거스름돈 함에 손을 집어넣으니 백 원짜리 동전 하나가 손에 잡혔다. 처음에는 왜 다 안 가져가고 100원짜리 하나만 남겨두었을까 의아하게 생각했다. 잠시 생각하니 답이 떠올랐다. 사람들은 잔액 표시창에 남은 돈이 있으니 커피만 공짜로 빼고는 떠난 것이다. 그 다음 사람도 그냥 커피만 빼고는 떠났다. 잔액 백 원짜리 동전은 왜 그냥 두었을까? 기왕 들어가 있는 동전으로 커피를 무상으로 빼가는 것은 용인될 거라고 생각하지만, 남은 동전마저 가져가는 것은 절도라고 생각한 것일까? 내 것이 아닌 남의 돈에 손댈 수 없다는 자신의 양심을 살리고 싶었던 마음에서였을까? 사람의 심리는 오묘한 면이 참 많다.

커피 자판기에서 커피를 빼야 되는데, 잔액은 남아 있고 그렇다고 잔액이 남아 있는데 또 동전을 넣기도 그렇고, 잔액을 다 빼두고 자기 돈을 넣어 커피를 빼가기도 그렇고…, 살짝 갈등이다. 누가 선의의 표시로 일부러 잔돈을 그냥 둔 것이라고 자신에게 유리한 방향으로 넘겨짚어 해석할 수도 있다. 여기서 구체적인 법적 논의는 하기가 마땅하지 않으나, 커피를 빼간 두 사람은 최소한 양심적 기준에는 저촉된다. 남의 돈을 주인의 허락 없이 자신의 목적에 이용한 것이어서 '점유 이탈물 횡령죄'에 저촉될 수 있는 사항이다. 하지만 금액이 소액인 데다 커피 자동판매기의 연속적 사용이라는 취지에서 볼 때 법적 기준에는 미치기 어려울 것 같아 보인다. 이는 남이 보지 않는 곳에 떨어진 물건을 슬쩍 주운 것과 성격이 유사하다고 볼 때 도덕적 기준에는 저촉된다고 볼 수 있겠다.

작은 슈퍼마켓에서 담배 한 갑을 사려고 만원 권을 냈더니 거스름돈에 5천 원권 하나가 더 딸려 나왔다. 거스름돈으로 7,500원 받을 것을 12,500원을 받게 된 것이다. 슈퍼 주인께 "확인 잘하세요. 담배 한 갑 팔아 얼마나 남는다고, 거스름돈을 더 주시면 어떡해요?"라고 하면서 5천 권을 바로 돌려주었다. 그러자 젊은 사람이면 그냥 모른 척하고 가지고 갈 텐데, 신사양반이라 양심적이라고 한다. 올바른 길이 양심으로 승격된 기분인데, 도대체 젊은 사람들은 그렇지 않다는 말씀인가? 정작 젊은 사람이 들으면 기분이 별로일 텐데 말이다. 가게를 나오면서 별로 착한 일 한 것도 아닌데 마음은 참 편안하고 뿌듯했다.

이 경우 그냥 가게 주인이 주는 대로 받고 모른 척하고 떠난다면 어떻게 될까? 엄밀히 말해 법적 기준에 저촉된다. 거스름돈을 더 많이 받은 사실을 알면서도 그냥 지나쳤으니 남의 돈을 횡령한 것이다. 자신도 모른 채 그냥 받거나 주인이 모르고 넘어가 나중에 자신이 더 받은 사실을 알게 되었다면 그때라도 돌려줘야 하는데 안 돌려준다면, 법적 기준에 저촉되거나 최소한 도덕적 기준에는 저촉이 되는 것이다.

골프 경기 중의 정직성에 대해 잠시 언급해보자. 어느 미국 PGA 프로 골퍼가 플레이 도중 아무도 보지 않는 러프에서 예상치 못한 바람으로 인해 클럽으로 살짝 볼을 건드리게 되어 골프 규정에 의거해서 스스로 벌 타를 먹은 사례가 있다. 이에 대하여 갤러리들이 칭찬을 늘어놓자, 그 선수는 "골프에서 정직하다고 칭찬하는 것은 일반인이 강도 짓을 하지 않는다고 칭찬하는 것과 같다."며, 그냥 지나가도 모를 일을 자발적으로 양심 선언한 것이다. 이 경우는 어떻게 될까? 양심적 기준을 잘 지킨 사례가 된다. 남이 보지 않을 때 규칙을 준수하는 것, 양심을 가진 사람이 하는 행동이다.

데이비드 호킨스 박사는 "역사적으로 인간계에서 인간의 육체와 신경계가 감당할 수 있는 최대한의 영적 에너지는 1,000으로 측정된다."고 했다. 이는 예수, 붓다, 크리슈나와 같은 역사상 위대한 스승들의 측정된 의식 수준을 말하며, 이분들의 삶은 '신의 기준'에 부합된다고 할 수 있겠다. 이 성인들은 깨달음의 수준이 1,000이라고 하는데, 일반적으로 사람이 도달하기에는 벅찬 수준이다. 다만 부분적으로 사람의 단편적인 행동이 신의 기준에 도달하는 경우는 가끔 찾아볼 수 있다.

양심적인 것은 무엇이고 도덕적인 것은 무엇인가? 남을 속이지 않았다고 양심적인가? 법 없이도 살 사람은 다 양심적인가? 이젠 차츰 그 구분이 될 것으로 믿는다. 비록 신의 기준을 뛰어넘는 사람이 극히 드물다 하더라도, 양심적인 기준에는 부합되도록 함께 노력하자는 의미에서 부연 설명했다.

Ⅲ

사람과 사랑 이야기

무수한 별을 품은 밤하늘이 어느새 찬란한 태양이 뿜어내는 파란 얼굴로 모습을 바꾼다. 그 파란 하늘 사이로 따사하고 싱그러운 봄 햇살이 대지를 감싸 안으니 온갖 나무와 꽃과 풀들이 기지개를 켠다. 깊은 잠, 단꿈에서 깨어난 새 아침은 기쁨으로 가득하다.

아침에 깊은 잠에서 깨어나 정작 일어나기 어려워 얼굴을 찌푸리며 불평의 말을 늘어놓기보다 기쁜 마음으로 미소 지으면, 건강해지고 하루가 그리 즐거울 수가 없다. 행여 늦잠에 심취하는 중에 투박한 알람 소리나 꽤 성가신 가족의 고성에 깜짝 놀라 잠에서 깨어난다 하더라도 신선한 환호성과 탄성으로 신비로운 새 아침을 맞이한다. 새해 첫 날이 한 해를 결정짓는 것처럼, 새 아침이 그날 하루를 결정짓는다. 이 고요한 아침은 우리에게 얼마나 소중하고 고귀한 축복인가? 깊고 달콤한 꿈나라에서 편안한 휴식을 취할 수 있다는 것이 얼마나 큰 행복인가? 그 기쁨, 축복, 행복은 사랑이라는 아름다운 단어 앞에 춤추고 노래하며 함박웃음을 가득 안고 사람의 마음을 설레게 한다.

'사랑'은 신이 사람에게 내려준 가장 고귀하고 아름다운 축복의 선물이다. 사람은 연인과 사랑에 빠질 때 행복의 극치를 맛보게 되어 온 세상이 아름다운 꽃으로 장식되고, 넘치는 사랑 에너지가 다른 무엇에도 비교할 수 없는 달콤함에 빠져들게 한다. 때로는 이 감미로운 사랑이 화려한 장미꽃의 예리한 가시가 되어 마음에 상처를 주기도 한다. 사랑이 떠나갈 때는 절망의 구렁텅이로 빠지고 만다. 그때는 사랑의 에너지가 고갈되어 버린다. 그래서 사랑은 기다림이고 인내이기도 하다. 신이 내린 이 고귀한 사랑이 늘 사람의 삶에 충만하도록 할 수는 없는 걸까? 연인간의 꽃보다 아름다운 사랑이 늘 사람의 삶에 넘치도록 할 수는 없는 걸까? 어린이의 천진난만한 사랑이 늘 사람의 삶에 스며들도록 할 수는 없는 걸까?

사랑은 삶의 근원이다. 사랑의 에너지가 고갈되면 연료가 떨어진 자동차와 같다. 그대로 그 자리에 주저앉아 멈출 수밖에 없다. 다행히도 사랑 에너지는 충만과 고갈을 반복한다. 사랑 에너지가 충만하면 활력이 넘치고 용서와 관용의 마음이 커진다. 포용과 사랑으로 긍정적 감정 에너지가 충만해진다. 사랑 에너지가 부족해지면 삶은 활력을 잃고 가라앉고 행복은 멀어져 간다. 미움, 시기, 질투, 갈등, 원한 등 부정적 감정 에너지가 분출하기 시작하는 것이다.

사람은 연령 고하를 막론하고 사랑의 감미로움을 느끼고 간직하며 나누고 베풀며 살아간다. 일상의 삶 속에 사랑 에너지가 늘 충만하도록 인내하고 기다리는 것이다. 사랑의 의미, 본질적 가치를 살펴보고, 현실에서 출몰하는 사랑의 여러 모습들, 청순한 청춘남녀의 사랑, 부부의 사랑, 무한한 희생을 감수하는 도성애 등을 관조해보는 것은 진정한 사랑의 중요성을 알기 위한 소중한 과정이다. 이것은 늘 삶과 함께하는 사랑의 소중한 실체를 드러낼 것이다. 사랑이라는 말을 떠올리면 그저 한때의 추억으로만 여기고 대수롭지 않게 지나치는 사람들…, 우주의 탄생과 함께 인류를 지배해온 이 숭고한 사랑에 대하여 새로운 시각으로 살펴보기로 하자.

1. 사랑의 본질적 가치

사랑의 발견과 그 가치

톨스토이는 "사랑하는 자만이 살아 있는 것이다."라고 했다. 엘리자베스 퀴블러 로스는 사랑에 대하여 이렇게 정의했다. "사랑이야말로 우리가 진정으로 소유하고, 간직하고, 떠날 때 보듬고 품어 가지고 갈 수 있는 유일한 것이다. 사랑, 정의 내리기조차 매우 힘든 이것은 삶에서 유일하게 진실하고 오래도록 남는 경험이다. 그것은 두려움의 반대말이고, 관계의 본질이며, 행복의 근원이다. 또한 우리 자신을 이루고 있는 가장 깊은 부분이고, 우리 안에 살면서 우리를 연결해주는 에너지이다. 삶에서 결코 사라지지 않는 유일한 선물이며, 우리가 진정으로 줄 수 있는 유일한 것이다. 환상과 꿈, 공허함으로 가득한 세상에서 사랑은 진실의 근원이다."

사람은 어머니의 뱃속에서 잉태되는 순간부터 사랑을 품고 살아간다. 사랑이라는 보이지 않는 우산을 쓴 채 평생을 살아간다. 어머니의 뱃속에서 유영하며 혈육의 무한한 잠재적 사랑을 느끼고, 세상에 나와 처음 접하는 어머니의 솜털 같은 사랑에 눈을 뜨고, 부모 자식간, 형제, 자매, 남매간 사랑을 주고, 받고, 나누고, 체험하게 된다. 성장 과정에서 선생님, 친구, 이성에 대한 사랑을 접하고 낯선 사람, 어려움에 처한 이웃, 세상 어디서든지 부딪히는 사람들에 대한 사랑으로 발전한다. 모든 연령의 사람이 사랑을 주고받으며 살아간다. 연륜이 많이 쌓인 할머니, 할아버지도 사랑의 열정에 몰입한다. 노인 요양원에 가보라. 할아버지, 할머니들도 사랑에 대한 집념이 얼마나 대단한지 상호 질투와 알력, 갈등이 젊은 사람 못지 않다.

사람이 사는 동안 가장 고귀한 절정의 꽃이라고 할 수 있는 청춘남녀 간의 사랑은 삶의 의미와 아름다움과 열정을 가장 잘 대변해준다. 이 청춘의 사랑은 숭고한 사랑의 큰 범주에서 볼 때 일부분에 지나지 않지만, 그럼에도 불구하고 진정한 사랑의 실천을 위한 원동력으로 작용한다. 모든 사랑의 시금석을 제시하는 것이다. 이 고귀한 사랑은 흥겨운 노래를 부르고 아름다운 시를 읊조리며 감동을 주는 글을 쓰게 한다. 이 뜨거운 사랑을 일생에 품고 간직하라는 것이다.

사랑의 범주를 몇 개로 나눌 수도 있으나 큰 틀에서 볼 때 그 본질은 같다. 2010년 5월 5일 어린이날에 이명박 대통령은 "대통령이 되려면 어떤 과정을 거쳐야 하나요?"라는 한 어린이의 질문에 대하여, '공부도 열심히 해야 하지만 남을 사랑할 줄 알아야 한다. 대통령이 되려면 지금부터 남을 사랑해야 한다."라고 말했다. 사랑은 관용이고 포용이며, 인내이고 인내를 넘어 용서하는 것이며, 적을 위해 기도하는 것이다.

누구나 사랑의 의미에 대하여 잘 알고 있다고 자신한다. 하지만 그 깊은 본질적 가치를 여기서 논한다는 것은 너무나 과분한 일이다. 아무리 장황하게 부연하여 설명하고 정리해도 그 가치는 '코끼리 다리' 만지는 정도에도 미치지 못할 것이다. 사랑이라는 성스러운 단어는 사람에게 '위대한 탄생'이자 고귀한 선물이다. 그러기에 그 큰 사랑의 본질적 가치를 속속들이 다 짚어보기란 참으로 어려운 일일 것이다.

사람의 삶에서 사랑은 전부다. 사랑은 지고지순(至高至純)의 가치를 품고 있다. 가톨릭에서는 '하느님=사랑'이라고 명명한다. 사랑은 기본적으로 '편하고 좋은 것은 모두 남에게, 불편하고 나쁜 것은 모두 내가 떠안는다.'라는 기본 신조를 바탕으로 하고 있다. 이것이 천국의 삶이요, 천국으로 가는 길이다. 그 이외에는 없다. 얼른 보기에는 어리석고 바보 같은 생각이라고 핀잔을 살 일 같지만 사실은 그렇지 않다. 이것이 올바르게 생각하는 사람이 가야 할 유일한 길이기 때문이다.

태곳적 사람이 살기 시작한 이래 고도의 과학기술 발달, 첨단 기술장비의 개발, 괄목할 만한 생명과학의 발전, 종교의 자유로부터 비롯된 수많은 예배당, 법당의 건립에도 불구하고 사람의 삶의 질은 예전보다 그리 나아지지 않았다. 오히려 행복하지 않다. 첨단 병기를 사용한 대량 살상, 극악무도한 범죄의 횡행, 사람의 도덕적, 양심적 가치의 상실, 자연과 환경에 대한 무차별적 파괴, 인종·종족·종교 간 분쟁, 성범죄의 만연, 희귀, 난치병의 대두, 학교 내 집단 따돌림, 끊임없는 가족, 형제간의 재산 분쟁 등으로 고귀한 삶이 망가지고 얼룩지고 누더기가 되어가고 있다. 이 모든 것이 사랑 에너지의 고갈로 인한 것이다. 사랑은 사람의 인체 내에 있는 수분과 같다. 원자력발전소의 핵연료 봉을 식히는 냉각수와 같은 역할을 한다. 왜 사람은 나이가 들면 얼굴에 주름이 지고 온몸이 쭈글쭈글해지는가? 인체의 수분이 메말라서 그런 것이다. 사랑은 바로 인체의 수분 같은 것이다.

사람의 삶에서 사랑 에너지가 빠져 나가면 모든 것이 메말라간다. 그것은 곧 전쟁과 파멸, 죽음을 의미한다. 종말을 의미한다. 영화관에 가서 영화를 다 보고 나면 어떻게 하는가? 그 영화관을 빠져 나와야 하지 않는가? 아름다운 영화의 끝이라는 말이다. 다행히도 사람의 삶에서는 이 사랑 에너지가 한 번 고갈되면 끝나는 것이 아니라 충전이 가능하다는 데서 위안을 찾을 수 있다. 보충이 가능하다는 말씀이다. 그 보충의 길은 바로 사랑을 베풀고, 용서하며, 문제는 내가 떠안고, 좋은 것은 남에게로 돌리고, 이기심을 버리고, 어려운 이웃을 위한 일에 발벗고 나서며, 나눔을 실천하는 것이다. 그러기 위해서는 인내와 절제로 자신을 수양하고 단련하지 않으면 안 된다.

청소년 범죄로 교도소에 수 차례 다녀온 사람의 말에 의하면, 신체의 감금과 구속은 재범을 막는 데 효과가 작다고 단언한다. 오히려 사랑의 교화가 더 효과가 크다는 것이다.

사랑의 의미와 분류

'사랑'의 사전적 의미를 살펴보자. 사랑의 옛말은 '다솜'이다. 사랑은 '좋아하고 아끼는 마음'이다. 네이버 국어사전에는 '상대에게 성적으로 끌려 열렬히 좋아하는 마음, 또는 그 마음의 상태', '부모가 자식을, 스승이 제자를, 신이 인간을 아끼는 것처럼 상위 존재가 하위 존재를 소중히 여기는 마음', '남을 돕고 이해하려는 마음', '어떤 사물이나 대상을 몹시 아끼고 귀중히 여기는 마음', '열렬히 좋아하는 상대' 등으로 정의하고 있다. 당연하다. 아끼고 소중히 여기고 좋아하지 않고는 사랑이라고 할 수가 없다. 다만 사랑은 방향이 일정하게 정해진 것이 아니다. 자식이 부모를 사랑하고, 제자가 스승을 사랑하고, 인간이 신을 사랑하는 경우도 있다. 대상도 사람에만 국한된 것이 아니다.

근본적으로 사랑은 주는 것이고, 베푸는 것이며, 나누는 것이다. 받는 것이 아니며, 기대하는 것도 아니고, 집착하는 것은 더욱 아니다. 즉 상대방을 편안하게 해주는 것이다. 이 사랑에 대한 미완성과 오해로 인하여 수많은 사람들이 기쁨과 행복의 극치를 누리는 반면, 괴로움과 번민의 깊은 상처를 안고 살아가기도 한다.

먼저 남녀간의 사랑을 생리적 측면에서 살펴보자. 고려대 진정일 석좌교수는 사람의 감성도 "체내에서 생산되는 화학물질에 의해 좌우되는 것이 아닐까?"라는 의문을 제기하며, 사랑의 단계별 상이한 감정적 변모와 과학적 설명을 다음과 같이 제시하고 있다.

"첫 번째, 이끌림의 단계에서는 서로 강하게 끌릴 때 두 사람 사이에 화학이 작용하는데, 테스토스테론이라는 남성 호르몬과 에스트로겐이라는 여성 호르몬이 관여한다. 테스토스테론은 남성이 성장하면서 남자답게 보이게 만들며, 에스트로겐은 여성이 아름다운 육체와 미를 지니게 만든다.

두 번째, 빠져드는 단계에서는 온통 대상에 대한 생각 외에 다른 일에는 주의 집중이 불가능해진다. 불면증에 시달리기도 하고, 심하면 식욕도 잃는다. 상대방 앞에서 말을 더듬거리며 가슴이 두근두근하고 속이 조마조마해진다. 이런 상태는 우리 뇌에서 몇 가지 화합물의 생성이 활발히 진행되기 때문이다. 이들 화합물 군을 모노아민 계라고 칭하며, 노르에피네프린, 세르토닌, 도파민이 이에 속한다. 노르에피네프린과 세르토닌은 흥분시키는 기능을 하고, 도파민은 행복감을 느끼게 한다. 따라서 이들을 사랑의 화합물이라고 부른다. 이들은 우리 뇌에서 신경 전달물질로서 우리의 감정과 행동에 중요한 영향을 준다.

세 번째, 애착의 단계에서는 단순히 상대에 대한 매력을 지나 함께하는 만족감을 느끼게 한다. 이 단계에서는 옥시토신과 바소프레신이 중요한 역할을 한다. 옥시토신은 '포옹 화합물'이라는 별명을 지니며, 연인들 사이의 애착심을 증가시킨다. 성적 쾌감을 느낄 때 남녀 상관없이 혈장에 옥시토신의 양이 증가한다. 바소프레신은 '일부일처제 화합물'이라는 별명을 지닌다. 포유동물의 약 3%만이 일부일처 성이며, 불행히도 인간은 그에 속하지 않아 가끔 부부생활을 복잡하게 만든다."

또 다른 시각에서는 사랑을 하게 되면 뇌에서 무의식적 본능을 관장하는 미상핵 부분이 활성화되는데, 사랑에 빠진 연인들의 뇌를 욕망, 열정, 안정의 세 단계로 구분하고 있다. 단계별 특징은 상기와 유사하다. 친밀감, 신뢰감 형성에 관여하는 옥시토신이 분비되는 단계가 가장 안정적인 사랑의 단계라고 한다.

대상에 따른 사랑을 분류해보면, 가족 간의 사랑, 이성 간의 사랑, 친구 간의 사랑, 선후배 간의 사랑, 스승과 제자 간의 사랑, 서로 모르는 사람 간의 사랑, 이웃 간의 사랑 등 다양한 계층 간 사랑을 포괄적으로 담고 있다. 인류에 대한 사랑인 박애가 사랑의 큰 범주다. 한편 사람과 동물 간의 사랑, 사람과 식물 간의 사랑, 사람과 무생물 간의 사랑, 동물과 동물 간의 사랑, 식물과 식물 간의 사랑, 무생물 간의 사랑 등, 사람과 동식물 간의 사랑이 있다. 사람 이외의 동식물 간의 사랑 등 그 일방이 사람이 아니거나 아예 사람이 관련되지 않은 경우도 생각할 수 있다.

일상생활에서 진실한 사랑이 감정적 손상을 입은 사례를 보자.

말쑥하게 차려 입은 가마 님, 막 깨끗하게 목욕시킨 애완견 강아지를 데리고 외출하는가 보다. 길을 걷던 중 큰 나무를 지나치는데, 강아지가 제자리에서 몇 바퀴 돌며 멈추면서 이리저리 살피더니, 나무에 오른쪽 다리를 걸치고 쉬하려고 한다. 이때 가마 님이 목에 맨 개 줄을 확 잡아 채 볼 일을 못 보게 하니 강아지는 어쩔 수 없이 그냥 끌려간다. 자신이 사랑하는 애완견이 길가에서 볼 일 보는 것을 남들이 보기라도 하면 창피하다는 생각이 들어서였을까? 아니면 그 강아지가 쉬하려는 본능적 행동을 제대로 감지하지 못한 것일까? 자신의 강아지를 사랑하기는 하는 걸까? 여성이라 부끄러웠던 것일까? 자신이 아끼는 애완동물의 본능적, 생리적 현상에 감정적 제동을 가하는 사람의 행동이 부자연스럽게 비친다. 사람의 애완동물에 대한 지극한 사랑이 퍼져 나가고 있는데, 사랑은 그 상대가 사람이든 동물이든 먼저 그들의 입장에서 이해하고 감싸주어야 한다.

이 아름다운 사랑, 쉽게 이해하고 있는 것 같으면서도 실천하기 어려운 '사랑'이라는 말에 대하여 우선 사람이 관련되는 사랑을 중심으로 살펴보기로 한다. 방향성의 측견에서 보면 상호 쌍방간의 사랑, 한 방향으로의 일방적인 사랑으로 나누어 생각해볼 수 있으며, 결국 자신에 대한 혼자만의 사랑으로 귀결된다고 할 수 있겠다. 상대에 대한 관심이 곧 사랑으로 전이되는 과정도 참 아름답다. 어느 크리스마스 이브 날 오후, 공원 벤치에 나란히 앉은 여중생 둘이서 소곤거리다 그 중 한 학생이 어딘가로 전화를 건다. "저기요~~~, 크리스마스 잘 보내라구요."라고 어렵게 말을 꺼낸 후 이내 전화를 끊는다. 분명 관심이 많은 남학생에게 건 전화일 것 같다. 이 여리고 순수한 마음이 때묻지 않은 진솔한 사랑의 파동을 일으킨다.

사랑의 성격 측면에서 클라이드 핸드릭과 수잔 핸드릭은 다음과 같이 여섯 가지 사랑의 형태를 제시하고 있다.

그 첫 번째가 에로스(eros)이다. 로미오와 줄리엣의 사랑과 같이 강한 육체적 매력과 감정적 뜨거움을 나타내는 열정적 사랑이다.

두 번째는 루두스(ludus)이다. 여러 파트너와 즐거운 게임을 하듯이 얽매이지 않는 유희적 사랑이다.

세 번째는 스토르게(storge)이다. 조용하고 우애적인 우정 같은 사랑이다.

네 번째는 프라그마(pragma)이다. 각 자질의 쇼핑 목록 같은 계산적인 사랑이다.

다섯 번째는 아가페(agape)이다. 헌신, 집착이 없는 이타적인 사랑이다.

여섯 번째는 마니아(mania)인데 징후 심프텀(symptom)의 사랑으로서 집착 성향이 있는 강박적인 사랑이다.

반면, 영국 작가 루이스(C. S. Lewis)는 사랑을 애정, 우정, 에로스, 자비 등 네 가지로 구분했다.

위에서 든 각각의 경우에 나타나는 사랑의 현상은 제각기 다르며, 그 성격 또한 많은 차이가 있다. 그러나 큰 틀에서 보면 모두가 한 울타리 내에 존재하며, 사람만이 가지고 있는 감정적, 이성적 특별한 효소이다. 또한 사랑은 그 의미가 광범위하고 포괄적인데, 그 중 아가페가 사랑의 중심을 이루고 전체를 포용한다.

사랑과 성의 이해

연령 고하를 막론하고 피 끓는 청춘의 사랑의 진면목을 외면하고는 한시도 참되고 아름다운 성공적인 삶을 향유할 수가 없다. 젊음의 사랑을 이해하고 음미해보는 것은 언제 어디서건 충분한 가치가 있다. 이는 우리가 궁극적으로 찾고자 하는 삶의 본질을 이해하는 데 초석이 될 것이다.

진화심리학 이론에 의하면 남자는 사랑을 쉽게 한다. 젊고 건강한 여자를 찾는다. 반면, 여자는 능력 있는 남자, 돈과 권력을 가진 성실한 남자를 찾는다고 한다. 남자는 성적 과 지각 편향에 의하여 이성의 작은 호의도 성적 끌림으로 받아들인다. 그에 반하여, 여자는 헌신 의심 편향에 의하여 남성의 거짓 구애를 구별해내기 위해 그의 헌신과 호의를 다각도로 의심한다고 한다.

다른 시각에서 성에 대한 이론을 통해 살펴보면, 사람의 성은 외형상의 형태에 따라 절대적으로 한 쪽으로 치우친 것이 아니라, 사람마다 각기 양성이 혼재되어 있다고 한다. 즉 남성에게는 여성상이 내재되어 있고, 여성에게는 남성상이 내재되어 있다. 쉽게 말해 사람은 2중의 성 보유자라는 것이다. 절대 남자도 절대 여자도 없다는 말이다. 스위스 정신분석학자 융(Jung, Carl Gustav)은 남성에게는 아니마(Anima, 남성 안에 있는 무의식적인 여성상)가, 여성에게는 아니무스(Animus, 여성 안에 있는 무의식적인 남성상)를 갖고 있다고 한다. 남성의 경우 겉으로는 남성의 모습을 보이지만 무의식 속에 여성상이 내재되어 있어, 평소에는 억눌려 있다가 한 순간 해방되어 나타난다는 것이다. 남자 속의 여자가 드러나는 것이다. 여성의 경우도 마찬가지로 평소에는 여성의 모습을 보이지만 무의식 속에 내재되어 있던 남성상이 한 순간에 표출된다. 밖에서는 남자다운 성격의 소유자로 결단력과 추진력, 포용력이 뛰어나 주위 사람들로부터 호평을 받는 남성도 집안에서는 늘 불만투성이이고 잔소리를 잘하고 작은 일에도 화를 잘 낸다. 그것은 자신 속에 내재한 또 다른 인격체, 즉 아니마가 작동한 것이다. 반면, 평소 조용하고 섬세하여 부드럽기만 한 여성이 어느 날 갑자기 성난 사자처럼 자녀를 나무라고 남편에게 큰소리를 지르는 것은 자신 속에 내재한 남성의 인격체가 표출되는 것이라고 한다.

남자는 게임 식의 얽매이지 않는 사랑을 더 많이 시인하며, 여자는 사랑을 우정이나 계산적인 사랑으로 본다고 한다. 여자는 잘생긴 남자를 접해도 그다지 영향을 받지 않지만, 성공한 남자를 만난 뒤에는 현재의 배우자에 대한 헌신이 감소한다고 한다. 남자는 매력적인 남성보다 크게 성공한 남성을 접한 뒤 배우자로서의 가치에 대한 자기 평가를 낮춘다고 한다. 반면에 여자는 성공한 여성보다 아름다운 여성을 접한 뒤 자기 평가를 낮춘다고 한다.

이처럼 여성과 남성 간의 성적인 차이에도 불구하고 누군가를 사랑한다는 것은, 아니 최소한 그 사랑을 할 자격이 있으려면 상대방에게 다양한 가능성을 열어주고 상대를 편안하게 해줄 수 있어야 한다. 자연에 사는 산새를 손으로 잡아 움켜쥐려 하지 말고 그냥 놓아주라는 것이다. 날아가도록 놓아주라는 것이다. 그래야 진정한 사랑이 이루어진다. 사랑은 속박이 되면 안 된다. 상대를 가두어두려 해서도 안 된다. 상대를 설득하려 하면 안 된다. 내가 사랑하는 만큼 상대로부터 요구해서도 안 된다. 상대가 하고 싶은 대로, 그대로 그렇게 편안하게 내버려두어야 한다 _(편함의 진정한 가치에 대해서는 뒤에서 상세히 거론해보기로 한다). 어머니는 말썽부리는 자식에게도 사랑의 손길을 잠시도 놓으려 하지 않는다. 그렇듯 진정한 사랑은 마음에 있으며, 상대로부터 반대급부를 바라지 않는다. 사랑은 '기브엔테이크'(Give&Take)의 관계가 아니다. 매사에 다 그렇다.

지금 그대로 흘러가게 조용히 놓아주어야 한다. 놓아주는 것이 상대를 편하게 하는 길이며, 그것이 사랑이다. 한때 영국의 신화적 그룹 비틀즈(Beatles)의 '렛잇비(Let it be)'는 당시 히트곡이었으며, 40년이 지난 지금까지도 변함없이 사랑 받고 있다. 비틀즈 4명의 멤버 중 폴 매카트니(Paul McCartney)는 14세에 세상을 떠난 어머니가 꿈속에 나타나 아들인 자신에게 "It would be alright. Just let it be." _(모두 잘될 것이다. 그저 일이 되는 대로 따라하기만 해라)라고 말한 것을 듣고 이 곡을 작곡하게 되었는데, 지금까지 불멸의 곡으로 살아 숨쉬고 있다.

이처럼 그냥 내버려둬라. 지켜보지도 말라. 마음속에 연민의 정, 베푸는 아름다움만 간직하고 있어라. 그것이 사랑이다. 보고 싶은데도 만나주지 않을 때 그렇게 원하는 대로 해주는 것이 사랑이다. 떠나고 싶을 때 말없이 보내주는 것이 사랑이다. 억지로 붙들려 하지 말고, 칭얼거리지 말고, 보고 싶어도 참아야 한다. 사랑이라는 것의 속성이 그렇다. 붙들면 달아나고 놓아주면 다가오고…, 그럴 때가 있는 것이다. 쉬려는 사람 불편하게 하지 말고, 달아나는 사람 가로막으려 하지 말며, 떠나는 사람 붙잡으려 하지 말라. '꺼져줄게, 잘살아.'라는 노래도 있다. 그 정도 수양이 안 돼 있으면 사랑할 자격이 없는 것이다.

이에 대비하여 진작부터 수양의 한 방안으로 독서를 하든가 다양한 취미활동을 하든가, 자신만의 대안인 시간 죽이기 방법(Time-killing Method)을 미리 준비하고 찾아내야 한다. 외골수로 빠져서는 안 된다. 그저 외로움에 허덕이는 길로 자신을 몰아넣어서는 안 된다. 사람의 삶은 자신을 막다른 골목으로 몰고 갈 만큼 그리 심각해질 여유가 없다. 그렇게 할 시간이 충분히 남아 있지 않은 것이다.

다른 일에 있어서도 마찬가지다. 바꾸어 생각해보라. 누군가 나만 생각하고 나를 자기 편한 대로 해주길 바라고만 있다면, 나는 그 울타리 안에서 얼마나 불편하고 부자연스러울까? 구속되는 것 아닐까? 별로 구속되고 싶지 않은 사람으로부터 말이다. 누가 특별한 이해관계도 없이 구속되는 걸 좋아하겠는가? 설사 지금은 그래도 좋다고 하더라도, 바뀌고 변화해가는 내 마음은 어떻게 붙들어 둘 것인가? 사람의 마음은 자꾸 변화하고 바뀌어 내일 일을 나 자신도 장담할 수 없다고 한다. 사랑이라는 굴레로 구속해서는 안 된다. 한정 지어서도 안 된다. 사랑은 고삐를 풀어주는 것, 놓아주는 것, 마음대로 하도록 내버려두는 것이라고 했다. 그리고 자신은 그 속에서 인내하며 음미해야 한다. 그것도 기쁨 속에 즐기면서 말이다. 억지로라도 그렇게 해봐라. 세상이 달라질 테니. 그래서 사람이다.

붙잡고 아등바등하며 애꿎은 술로 달래려는 것은 이미 집착이고, 어리석음이고, 파멸에 이르는 길이다. 절벽에서 떨어지다 간신히 안간힘을 다해 잡은 나무 줄기마저 놓아주는 것이 사랑이다. 그러지 못한다면 일찍이 사랑할 자신이 없다고 말하라. 그리고 한 걸음 물러서서 사랑에 대해 다시 공부해야 한다. 사랑은 한없이 아름답고 향기로운 이면에 장미 가시처럼 고통이 뒤따른다. 괴로움과 아픔이 따른다. 그 숨막히는 고통을 감내하지 못한다면 애당초 사랑할 자격이 없는 것이다. 의식적 자아를 동원시켜 그 고통, 괴로움을 겪고 있는 불쌍한 자아를 달래줘야 한다. 그래서 사랑은 고귀하고 숭고한 것이다.

사랑은 기다림이다. 그리고 또 기다림이다. 그리고 베풀어주는 것이다. 이렇게 하지 못하겠다면 사랑에 관한 좋은 책을 읽어야 한다. 내가 사랑하는 사람을 진정으로 사랑한다면 그렇게 해야 한다. 내가 남에게 귀찮고, 피해 주고 싶은 사람이 되고 싶은 마음이 없는 한 말이다. 사랑은 예쁜 꽃을 선물하면서 환심을 사는 것이 아니라, 내 연인이 야생에서 피어나는 들꽃을 들고 들판을 마음대로 뛰놀 수 있도록 편안하게 해주는 것이어야 한다. 들판에서 뛰어 노는 야생마처럼 마음대로 뛰어 놀도록 놓아주는 것이 사랑이다.

사법시험을 통과한 후 현직에서 잘 나가는 젊은 청년 머야 님은 미모의 여성 머가 님과 만나게 되었다. 그녀가 마음에 들어 꽤 비싼 선물을 건넨다. 그녀는 참 차분한 성격에 듬직한 머야 님이 일견 마음에 들었다. 그러나 시간이 지나면서 독선적이며, 상대방에 대한 배려심이 부족하고, 완고한 성격에 자기 주장이 너무 강해서 마음에서 멀어지게 된다. 그녀는 더 이상 만나지 않기로 하고 받은 선물을 돌려주려 한다. 머야 님은 받지 않는다. 그리고는 그녀의 마음이 돌아올 때까지 기다리겠다고 한다. 여기서 머야 님의 머가 님에 대한 마음은 사랑이 아니라 독선이자 집착에 가깝다. 기다림은 혼자 조용히 마음에 두는 것이지 상대방에게 내가 기다리고 있다는 부담을 주는 것이 아니다. 내 자존심을 상대방 어깨에다 걸치고 부담을 얹어주는 것은 진정한 사랑이 아닌 것이다.

나누고 베푸는 고귀한 사랑

일견 사랑이 없으면 마음도 안 다치고 편할 것 같지만, 사랑은 사람에게 필수 영양소여서 사랑이 없는 삶은 고독하고 피폐하다. 고 장영희 교수는 "사랑하고 잃는 것이 사랑을 하지 않는 것보다 낫다."라고 하며, "사랑을 버린 사람이든 사랑에 버림받은 사람이든, 다시 한 번 가슴 아프게 떠올리며 보석 같은 눈물을 흘릴 수 있는 사랑의 추억이 있다는 것은 이 가을에 한껏 누릴 수 있는 커다란 축복이다."라고 사랑을 예찬했다. 사랑은 우리가 늘 귀중하게 여기는 물건처럼 소중히 다루어야 하며, 항상 가슴속에 품고 다니도 언제건 꺼낼 수 있는 준비가 되어 있어야 한다. 사랑이 있는 곳에 부와 성공이 있다고 한다. 사랑이 부족한 곳에서 부와 성공은 멀어진다는 이야기이다. 억지로라도 품고 다녀야 한다. 품고 있어야 꺼낼 수 있으며, 꺼내야 표시하고 베풀 수 있다. 우선 나 자신을 사랑해야 한다. 그래야 남을 사랑할 수 있다.

사랑은 수동태가 아니라 능동태다. 받는 것이 아니라 주는 것이다. 작가 제서민 웨스트(Jessamyn West)는 "사랑스럽게 느껴지는 여성은 사랑을 받고 있는 여성이 아니라 사랑을 하고 있는 여성이다."라고 했다. 기다려서는 안 된다. 바라서는 더욱 안 된다. 주고, 베풀어 상대가 받아들이는 데 자신의 행복을 느끼는 것이 사랑이다. 그 사랑을 나누고 베푸는 자체만으로 값진 것이며 무한한 가치가 있는 것이지, 그 양이 얼마나 되고 값이 얼마나 되는지는 문제가 되지 않는다. 사람이 원하는 것은 특별하지 않고, 그저 즐겁고 행복한 작은 사랑의 실천일 뿐이기 때문이다. 베풀면 끝없이 솟아나는 것이 사랑이며, 그냥 두면 곧 메말라 시들어버리는 것이 사랑이다. 사랑이 식으면 감정도 무미 건조해지며 사악해지며 병에 걸리게 된다고 한다.

짐 스토리얼은 "사랑은 돈으로 살 수 없는 보물이다. 사랑이라는 보물을 얻기 위해서는 사랑을 나눠줘야 한다."라고 말했다. 온화한 사랑의 모습을 그려본다. 사랑을 베풀며 살아야 한다. 탐스런 꽃만 사랑하지 말고, 잘생긴 사람만 사랑하지 말고, 예쁘고 매력 있는 사람만 사랑하지 말고, 넉넉하고 여유 있는 사람만 사랑하지 말고, 우리는 만나는 모든 이에게 사랑을 나누고 베풀어야 한다.

진실한 사랑의 구현

누군가를 진정으로 사랑하고 고귀한 결실을 맺으려면 그 사람의 주변 사람 모두를 포괄적으로 사랑할 수 있어야 하며, 또한 그들로부터 인정받아야 한다. 참 어려워 보이지만, 헛된 가식만 없으면 그리 어려운 일도 아니다. 사랑을 품은 그 열정이 모든 것을 받쳐줄 수 있기 때문이다. 즉 한 여자를 사랑한다면 그녀의 모든 것, 습관, 버릇, 말씨, 태도, 취미, 의상, 부모, 형제, 자매, 조부모, 친척 등에 이르기까지 모두를 사랑할 수 있어야 한다. 그녀와 관련 있는 모든 사람들로부터 사랑 받을 준비가 되어 있어야 한다. 그러려고 끊임없이 노력해야 한다. 즉 그 연인이 징그러운 애완동물을 극진히 아끼고 사랑하여 집에서 함께 산다면, 나 자신도 그렇게 따라주고 변화할 수 있어야 한다. 여자가 한 남자를 사랑하는 경우에도 마찬가지다. 자신의 울타리를 쳐놓고 그 안에 들어오는 것을 허용하지 않는 것은 사랑이 아니다. 그것은 위선이고 허영이다.

사랑은 값비싼 물건을 선물하는 것이 아니라, 자신의 마음을 담은 영혼을 선물하는 것이다. 그 영혼에는 자신의 취향에 맞지 않더라도 상대의 모든 것을 감싸주는 신비를 담고 있어야 한다. 상대의 약점을 꼬집는 것이 아니라, 그 약점을 보듬어주어야 한다. 사랑은 구속하지 않는 것, 사랑은 들어주는 것, 품어주는 것, 있는 그대로 받아들이는 것, 이유를 묻지 않는 것, 따지지 않는 것, 그것이 사랑이다. 그럴 준비가 안 된 사람은 사랑이란 숭고한 자리에 아예 들어서지 말라.

사랑하는 마음은 아름다우며 성스럽다. 예수의 사랑이 되어야 한다. 싫증 내는 그 마음을 사랑하고, 고집부리는 그 감정을 사랑하고, 다가오려는 그 마음을 사랑하고, 떠나려는 그 마음을 사랑해야 한다. 갈피를 못 잡는 그 마음을 사랑해야 한다. 그것이 진정한 사랑이다. 떠나 보내

고 돌아오는 길에 잘되길 기도하는 마음이 사랑이다. 한여름 바닷가의 철썩이는 파도, 반짝이는 모래알, 예쁜 무지개 파라솔 그늘 아래 속삭이는 정담 속에서 우러나오는 야릇한 감정만이 진정한 사랑이 아닌 것이다. 자녀에게 비싼 책상, 의자를 사주고는 열심히 공부하지 않는다고 채근하는 부모님은 진정한 사랑을 모르는 것이다. 내 공부방이 없어도, 좋

은 책상이 아니더라도 늘 공부하는 데 뒷바라지해주느라 노고가 많은 부모님께 감사하는 마음이 사랑이다.

내 연인에게서 어머니, 아버지와 같은 사랑을 기대해서는 안 된다. 대신 내가 내 연인에게 어머니, 아버지와 같은 사랑을 베풀어야 한다. 여기에서 어머니와 아내의 몇 가지 세속적인 차이점을 살펴보자. 어머니의 변하지 않는 헌신적 사랑이 눈길을 끈다. 어머니는 등 긁어달라고 하면 주저하지 않고 긁어주시는데, 아내는 안 긁어준다. 긁어줘도 어머니가 긁어줄 때만큼 시원하지 않다. 어머니는 돈 안 벌어다 드려도 용돈 잘 주셨는데, 아내는 수십 년간 돈 벌어줘도 더 벌어오라고 독촉만 할 뿐 용돈은 절대 주지 않는다. 어머니는 그렇게 오랜 세월 동안 식사 후에 한 번도 설거지하란 말씀 없었는데, 아내는 남편이 알아서 스스로 설거지하지 않으면 혼쭐내려 한다. 어머니는 아들이 아무리 늦게 귀가해도 아무 말씀 안 하시고 밥은 제대로 챙겨 먹었는지 염려하며 이부자리 펴주시지만, 아내는 밤늦게 들어가면 둘 중 하나다. 첫째, 그토록 늦은 시간까지 뭘 하고 보냈는지, 의심에 더하여 괘씸죄까지 뒤집어씌우며 거세게 몰아붙인다. 둘째, 현관 문을 아예 걸어 잠그고 밖에서 얼어 죽든 말든 열어주지 않는다. 어머니는 마음이 내키지 않아도 아들이 하자는 대로 그대로 따르지만, 아내는 남편이 하자는 대로 절대 따라주지 않는다. 여기서 어머니와 판이한 그 이해할 수 없는 아내를 안아주고, 품어주며, 보듬어주는 것이 사랑이다.

온 국민의 전통 명절인 추석, 설날이 지나면 평소보다 이혼 신청 건수가 30% 이상 증가한다고 한다. 그 사유의 중심에는 배우자의 혈연이 얽혀 있다. 부부가 둘만 있을 때는 그런대로 문제가 잘 불거지지 않는다. 부부가 자녀와 함께 있을 때는 큰 문제가 발생되지 않는다. 그러나 명절 때가 되어 배우자의 혈연이 개입되면 문제는 걷잡을 수 없이 증폭되고 쉽게 파탄에까지 이르고 만다. 여기에는 배우자에 대한 배려, 인정, 서운함, 배신감, 여성에 대한 차별, 상대방 부모에 대한 서운함, 무시하고 차별하는 태도, 내 부모에 대한 생각 등 여러 요인들이 복합적으로 작용하여 증폭되고 날카로워진다. 한 다리 건너기가 무섭다고는 하지만, 사랑은 주변 사람 모두를 아끼고, 존중하고, 배려하는 마음이다. 한 마디로 사랑하는 배우자의 혈연과 주변에 대한 생각이 채 정립되지 않은 상태에서 빚어진 갈등이 초래하는 서글픈 결과다. 거기다 자꾸만 처음과는 달라져가는 사랑의 감정이 한 몫을 차지한다. 도대체 이런 상황에 대한 교육이나 충고를 일찍이 받아본 적이 없다는 것이 문제의 한 부분이며 안타까운 애환이다. 사랑은 한정된 것이 아니다. 사랑은 계약으로 성립되지 않는다. 사랑의 본질을 깨닫지 못하고 있는 것이다. 사랑의 에너지가 충만하지 않은 상태를 지속하고 있는 것이다.

하루는 라디오 방송을 듣다가 우연히 서로 사랑하다가, 또는 좋은 관계를 유지하다가 헤어지게 된 연인들을 소개하는 내용을 접하게 되었다. 그렇게 서로 잘 지내던 중 남자친구가 갑자기 한 장의 편지만 남긴 채 연락을 끊고 잠적해버렸다. 그의 여자친구는 많이 섭섭하고 이해할 수 없는 방황의 상태를 지속하다가, 어느 날 자신의 여자친구를 통해 그 남자친구의 사정을 간접적으로 듣게 된다. 그 남자친구의 아버지가 사업을 하다 부도가 나서 생활 형편이 갑자기 어려워졌다는 것이다. 그 이후 그 남자친구는 여자친구와 함께 만나 식사할 여유도 없고 더 이상 사랑하는 파트너에게 부담 주는 것을 감내하기 어렵다고 판단한 끝에 만나지 않기로 결심했다는 것이다. 그녀는 그깟 돈 문제 때문에 어찌 그럴 수 있느냐고 원망하면서 어렵고 긴 시간을 힘들게 보내다, 결국 답답하고 암담한 긴 터널을 벗어나 현실을 수용하고 마음의 평정을 되찾는다.

여기에서 그 남자친구는 상대방을 편안하게 하고자 하는 마음을 지니고 있다는 것을 알 수 있다. 상대방을 배려하고자 하는 마음을 지닌 진솔한 사람이며, 적어도 자신의 판단으로는 가장 현명한 선택을 한 것이다. 사랑하는 연인이기에 더욱 편안하게 해주어야 한다는 의무감을 지닌 것이다. 누구를 사랑한다는 것은 그 사람을 편안하게 해주는 것이며, 그렇게 해줄 수 있어야 진정한 사랑을 할 자격이 있는 것이라고 했다. 참된 사랑이란 상대방을 고삐에 묶어두는 것이 아니라 느슨하게 풀어주는 것이기 때문이다.

드라마에서처럼 자신의 정직한 사랑을 받아주지 않는다고 상대방에게 해를 가하려고 하는 것은 아직 참된 사랑을 깨치지 못한 이기적 본성의 결과이다. 이성을 사랑할 수 있는 자격에 있어 미달이다. 아니 자격이 아예 없다. 그저 눈물을 보이면서까지 진심을 고백해서 해결될 문제가 아니다. 내 진심, 내 눈물이 중요한 것이 아니라, 나 자신에 대한 상대방의 마음이다. 그 마음을 인정하고 받아들이는 것이 사랑이다. 위의 사례에서 그 여자친구 또한 어려운 시간을 보낸 후 깨끗이 상대방을 이해하고 새로운 길을 찾았다는 것이 참 현명하다. 그녀도 사랑하는 남자친구를 계속 붙들려고 하는 것이 그 사람을 진정으로 위하는 길인가 하는 고민에 빠진 것이다. 결국 파트너가 편한 길을 선택했다. 그것이 사랑이다.

놓아주는 것이 그 사람을 편안하게 하는 길이다. 그것이 진정한 사랑이며 참된 사랑이다. 보고 싶은 사람 만나지도 못하는데 무슨 진정한 사랑 운운하느냐고 반문할 수 있다. 하지만 아픔을 견디지 못하고 사랑에 이르는 길은 그 어디에도 없다. 그만큼 사랑이란 것이 어려운 일이라 초기에 개념을 잘 정립해두어야 한다. 놓아줄 도량이 없으면 붙잡을 자격은 더더욱 없다. 그러기에 조지 엘리엇은 "이별의 아픔 속에서만 사랑의 깊이를 안다."고 했다.

2. 사랑과 현실

때때로 사랑은 뒤틀리고 꼬여 괴로움을 안겨주고 한없는 외로움과 쓸 쓸함에 휩싸이게 한다. 그리고 머뭇거리며 다가온다. 그래서 사랑이다. 그 인고의 쓴 맛이 사랑 에너지를 충전시킨다.

'가도 가도 끝이 없는 길, 그만 주저앉고 싶은 심정인데, 저 맑은 개울에 띄운 종이배는 어디까지 가려고 이리도 총총걸음을 재촉하는가! 갈 피를 못 잡아 서 있는 것도 힘겨운데, 서쪽 밤하늘 조각달은 더 이상 어떻게 버티라고 이리도 내 어깨를 짓누르는가! 내 얼굴에 흐르는 눈물이 멈출 줄 모르는데, 5월에 내리는 빗물은 속절없이 그 얼굴을 때리는가!'

이른 새벽부터 간간이 내린 비가 온 산야를 포근히 적시자 천진한 햇살이 번뜩이는 몸짓으로 여기저기 흩어져 퍼져 나가며 아스팔트 젖은 물기를 연신 닦아낸다. 무수히 달리며 오가는 자동차들의 끝없는 행렬에서 나는 소리마저 적막을 연출하는 신선한 아침, 청년 마야의 마음은 이리도 출렁인다.

"온 정성을 다해 이 세상의 누구보다 너를 아끼고 사랑하는데, 나에 대한 너의 태도는 왜 그런지 이해할 수 없다. 온종일 너만 생각하고 잘 되길 바라고 예쁜 꽃을, 좋은 책을 선물했는데 왜 너의 태도는 미지근하니? 서로 사랑한다고 했잖아. 영원히 사랑할 거라고 했잖아. 변치 말자고 했잖아. 우리는 남들처럼 그러지 말자고 약속했잖아. 우리 서로간의 사랑의 확신에 힘입어 지금 내가 하는 일에 최선을 다하고 있잖아."

그 어느 때보다 진솔한 마야 님의 거침없는 하소연…. 그의 연인 마가 님이 변심한 것일까. 혹시 다른 남자친구가 생긴 것일까? 아무런 이유 없이 그저 두 사람 사이의 관계가 밋밋해진 것일까? 혹시 부모님이 반대라도 하는 것일까? 드문 경우이긴 하지만 사랑하는 연인의 어머니가 완강히 반대하자 결국 남자친구가 여자친구의 집을 찾아가 그녀 어머니에게 항의하고, 실랑이를 벌이다 감정이 격화된 끝에 어머니를 살해하는 극단적인 상황도 발생한다. 온통 가슴에 가득한 사랑의 뿌리를 뒤흔드는 심리적 압박을 견디지 못한 결과이다. 깊고 왜곡된 사랑의 파국이 극단적인 행동으로 나타난 것이다. 사랑이 아니고 집착이다. 이성을 소유하려는 극단적 이기적 감정의 분출이다.

사랑의 붕괴는 많은 어두운 측면을 갖고 있다고 한다. 프랑스의 우화작가 셀레스 탱은 "사랑의 즐거움은 한 순간이다. 그리고 사랑의 슬픔은 한평생이다."라고 말했다. 사랑의 상실은 남자에게 살인을 저지르도록 하며, 결별을 한 상당수의 남자가 살인 환상을 품기 시작한다고 한다.

여기서 짚고 넘어가야 할 중요한 사실은 먼저 자신을 사랑해야 그 다음에 다른 사람을 사랑할 수 있다는 것이다. 그래야 언젠가 고귀한 결실을 맛볼 수 있게 된다. 사랑이 막무가내가 되는 것은 기초가 약한 데다 화려한 집을 지으려는 것처럼, 스스로 준비가 안 된 상태에서 자신의 이기심만 앞세우다 보니 상대방의 입장을 못 보게 되고, 결국 좌절의 늪으로 빠져들게 되기 때문이다. 게다가 사람은 한 곳에 머물러 있지 않는다. 쉴 새 없이 바뀌고 변화한다. 그들이 속한 사회도 변한다. 이 사실을 인정하고 받아들일 준비가 되어 있어야 한다. 과거 한때 "비좁은 땅, 사람만 넘쳐난다."라며 급속한 인구증가 추세에 모두가 걱정에 사로잡히자, "둘만 낳아 잘 기르자." "잘 기른 딸 하나 열 아들 안 부럽다." 등의 구호로 인구증가 억제책에 몰입했었다. 그러나 지금에 와서는 도리어 인구감소가 우려되어 자식을 많이 낳자고 아우성이다. 이렇게 사회 이슈도 급격하게 바뀌고 변화한다.

기업의 브랜드 가치도 변한다. 2009년까지 부동의 브랜드 가치 1위를 지키던 코카콜라가 2011년에는 16위로 밀려났다. 1위에는 약 50조 원의 브랜드 가치로 구글(Google)이 올랐다. 눈에 잘 띄지도 않고 한갓 벤처기업에 불과하던 인터넷 검색업체의 이름값이 상상을 초월하는 브랜드가 된 것이다. 2012년에는 애플 사 브랜드 가치 평가액이 약 77조 원으로, 1위를 탈환한다. 이처럼 이 세상 삼라만상이 예외 없이 바뀌고 변화하는 것이다. 이 세상에 변화하지 않는 것은 없다. 모든 것은 변화한다. 지금도 변화하는 중이다. 꼬리에 꼬리를 물고 변화하고 있다. 미래에도 변화할 것이다. 그 변화의 물결을 잘 타고 예측하고 대비해야지, 이에 거스르고 거부하고 불평하는 것은 참 어리석은 무지의 소치일 수밖에 없다. 하루가 멀다 하고 시간이 지나면서 사람은 몸도 마음도, 생각도 느낌도, 감정도 모두 바뀌고 변화한다. 오늘 아침 그 사람이 어젯밤 그 사람과 동일할 것이라는 착각은 금물이다. 오늘은 그저 오늘로서 새로이 시작하는 것이다.

그러므로 지금 이 순간에 장담하고 쉽게 내뱉는 말이 얼마나 유효할지 두려움이 앞선다. 어제의 굳은 다짐이 오늘은 많이 퇴색되고, 급기야 원점으로 되돌리고 싶어진다. 어제 한 말이 참으로 후회될 때도 있다. 나 자신조차 오늘의 나는 어제의 내가 아니었음에 놀란다. 어제 인정받고 칭찬받았다고 해서 오늘도 그러리라는 생각은 빗나간 오산이다. 어제까지 힘 있고 그 앞에 모두가 굽실거리는 자리에 있었다고 해서 오늘도, 내일도 계속 그러리라고 마냥 기대하는 것은 참 어리석은 자기 과신이다. 참 멋있고 아름답고 함께 있으면 그렇게 행복하고 먼 미래까지 계속 지속될 것 같은 연인간의 긴밀한 관계도 어느 새 밋밋해지고 그 사람을 만나기조차 부담스러워진다.

아무리 상대가 마음에 들고 푹 빠져 있더라도 상대방이 밋밋하게 나오면 눈물을 머금고 기다려야 한다. 그리고 일정 기간이 지나면 과감히 포기하고 잊어라. 돌아올 사람이면 쉽게 떠나지도 않는다. 오히려 사람이 구질구질해지면 상대방은 더욱 마음이 멀어지고, 결국 마음의 문을 달아버린다. 라면 끓여 먹을 때 면발이 끝없이 딸려 나오면 기분이 좋던가? 다가설 때와 물러날 때를 가릴 줄 알아야 한다. 포기할 때와 재기할 때를 분별할 줄 알아야 한다. 사람의 마음은 자꾸 변해서 내일이면 마음이 또 달라진다는 것을 인정하라. 세상에 돌아보면 할 일도 많고, 좋은 사람들도 많다. 정열을 쏟았다가 더 좋은 사람 다가오면 그땐 어쩔 것인가? 자신이 성공하여 그 균형 잡힌 시소가 기울어지면 어쩔 것인가? 내가 상대방을 멀리하고 싶을 때를 생각하란 말이다. 인연이 아니라고 생각하는 것도 한 방편이며, 운명이라고 생각하는 것도 훌륭한 대처 방안이다.

사람은 본능적으로 이성의 사소한 행동 변화를 자신의 방식대로 이해하려는 경향이 있고, 이것이 사랑에 대한 착각으로 이어진다고 한다. 이성간 사귀는 도중에 생긴 작은 갈등이나 의혹이 시간이 갈수록 하나 둘씩 증폭되고, 최초의 갈등이 새로운 갈등으로 연결되고, 급기야 예상치 못한 오해로 몸살을 앓게 되기도 하며, 나아가 생각지도 않았던 결별의 씨앗이 되기도 한다. 더군다나 시간이 지나면서 새로운 사람이 나타나 특유의 신비함을 자극하기라도 하는 날이면 그 끌림은 '만유인력'을 무색하게 만든다. 처음에는 별로 내키지 않던 사람에게 마법처럼 끌려들기 시작하고, 크게만 보이던 단점이 점점 자라나는 장점의 그늘에 가려 축소되면서 긍정적인 모습으로 탈바꿈하기도 한다. 사람은 변화하기 때문이다. 그래서 사람은 간사하다는 것이다. 그러나 태초부터 사람은 그렇게 창조되었다. 이는 자연의 신비한 조화의 한 부분이라 수용할 수밖에 없다. 그저 당연하고 자연스러운 것으로 받아들여야지, 이에 반한 생각에 사로잡히거나 인정하지 않으려 하면 갈수록 더 큰 문제만 야기되고 결국 자신만 궁색해질 뿐이다. 동네 가게에서 내키는 대로 물건을 사듯이 사랑은 그렇게 쉽게 이루어지는 것이 아니다.

그러니 무엇보다 다가오는 미래와 관련하여 단언적인 말을 아껴야 한다. 특히 이성간에 "영원히 사랑한다." "너를 위해 무엇이든 할 거야." "영원히 변하지 않을 거야." 등 미래를 확신하는 말을 절대 삼가야 한다. 그것이 아주 가까운 미래라고 하더라도 말이다. 꼭 하고 싶으면 과거, 현재, 미래를 통틀어 사랑한다고 단언해야 한다. 그런데 이것도 나중에 잘못하면 거짓말쟁이나 사기꾼이 되기 십상이다. 그래도 정 하고 싶으면 지금 현재만큼은 확실히 사랑한다고 시제를 명확히 해두라. '사랑은 연필로 쓰라'고 한 말이 다 의미가 있는 것이다. 사랑의 속삭임을 파도가 드나드는 바닷가 백사장에다 쓰는 것은 다 의미가 있는 것이다.

미리 준비하고 대비하는 사랑

이성간의 성을 비교한 결과에 따르면, 남성은 첫눈에 사랑에 빠지기 쉽고 열정적 개념을 갖고 있는, 보다 낭만적인 성인 데 비해, 여성은 사랑에 대하여 더욱 실용적인 성향을 지니고 있으며 우애적 개념을 갖고 있다고 한다.

이성을 사랑하려 한다면 평소 준비를 잘하고 있어야 한다. 그냥 순수한 사랑만으로는 될 것도 안 된다. 어느 캠퍼스 인근 스파게티 전문점 벽면을 빼곡히 장식한 메모 중 일부를 소개할까 한다. 물론 그건 다 인근 대학생들이 써놓은 글이다. 그 중 여학생이 남자친구를 향해 쓴 듯한 의미가 담긴 글을 보면, "월급 액수로 너의 사랑을 확인하겠어." "성적 잘 뜨는 만큼 날 사랑하는 걸로 알겠어." "섬 없는 자유." "남친이랑 오고 싶은 댕 ㅠㅠ." 보고 싶은 이성과 만나고 싶지만 미래를 준비하는 파트너, 뭔가 준비된 이성을 만나그 싶어 하는 강렬한 현실적 욕망이 서려 있다.

야마 님은 미래의 멋진 사랑을 꿈꾸며 10대 중학시절부터 금욕과 절제, 그리고 공부를 '필수과목'으로 여기고 매진한다. 10여 년 후의 그나마 완성된 자아를 실현하기 위해서…. 그저 하고 싶은 것 다하고, 놀고, 당구치고, 게임하고, 오락하고, 충분한 휴식 후에 또 잠을 청하고 해서는 소기의 목적을 달성할 수 없다는 사실을 억지로 각인시켜 나간다. 그러고자 하는 욕망을 애초에 멀리해야 한다고 자신을 채찍질해가면서. 그렇게 하다가는 자신에게 부끄럽고 결국 남들로부터 '찌질이'라는 낯 붉어지는 소리밖에 들을 수 없다는 것을 미리 예견한 것이다. 말하자면 미래의 삶에서 루저(looser)로 주저앉을 수는 없었던 것이다.

우리가 살아가는 삶에서는 '시소의 원리'(상세한 내용은 뒤에서 거론하기로 한다)가 적용되는 경우가 많다. 어린이 놀이터에서 시소를 타고 노는 어린이들을 보라. 양쪽 어린이가 몸무게 차이가 많이 나면 재미가 반감되어 시소 놀이는 더 이상 의미가 없어진다. 유유상종, 동병상련이란 말이 있다. 건강에서, 키에서, 학력에서, 지식에서, 부에서, 어느 것에서건 현격한 차이가 있으면 상호간 좋은 관계를 지속적으로 유지하기가 어려우며, 그나마 오랜 세월 동안 우애적 관계를 유지하기 위해서는 남다른 인내가 뒤따른다. 그저 둘만 사랑하면 됐지 다른 게 뭐가 필요하냐고 쉽게 말하는 것은 미래에 대한 책임 회피성 발언이며 위험 천만한 실언이다.

동성간은 물론 이성간에는 더욱 그러하다. 한쪽이 기울어진 시소의 상황에 처한 경우에는 보다 상위에 있는 쪽에서 많이 양보하고 눈높이를 맞추어야 하는데, 보통 사람에게서 장기간 그것이 지속되기를 기대하는 것은 여간 어려운 일이 아니다. 그래서 연인간의 관계는 균형이 이루어진 시소가 되어야 한다는 것이다. 가정을 이루고 사는 많은 부부가 원만한 관계를 유지하지 못하고 날마다 티격태격하는 주된 이유는 바로 이 시소의 원리에서 답을 찾을 수 있다. 이미 시소가 기울어졌기 때문에 원만한 관계가 무너진 것이다.

사랑을 오래 지속하고 원만한 관계를 유지하려면 시소의 균형이 이루어져야 한다. 만약 그 시소가 어느 쪽으로 기운다 해도 다른 힘으로 만회하여 다시 수평으로 복원되기도 한다. 이것이 이성간에 중요한 키(key)라고 할 수 있다. '이수일과 심순애'를 봐라. 순수한 사랑으로 한쪽이 다른 한쪽을 위해 혼신의 힘을 기울여 서로 보완하고 양보하여 일시적으로 아름다운 사랑을 연출하는 듯했지만, 시간이 갈수록 그 시소에 균형을 잃게 되어 결별의 아픔까지 맛본다. 그 시소가 한쪽으로 기울어 복원되지 않으면 현재의 원만한 관계를 지속할 수 없다. 사랑을 유지하는 데 필요한 에너지가 고갈된다는 말이다. 사랑에 국경도 없다는데 무슨 소리 하느냐고 반문한다. 그래, 사랑에 무슨 국경 같은 게 있을까. 그렇지만 균형 잡힌 시소의 원리는 여전히 존재한다.

결혼이라는 전제하에서 이성을 대할 때 얼굴만 보고, 집안만 보고, 그 사람이 다니는 학교만 보고, 직장만 보고, 장래만 보고, 부모의 재력만 보고 판단할 것 같으면, 그건 협상이고 장사고 이기적인 욕심이지 진정한 사랑으로 승화될 수 없다. 적어도 인간관계는 가시적, 단편적이 되어서는 안 된다. 모든 사람간의 관계가 그렇다. 특히 이성간에는 더욱 그러하다. 연인 관계가 성숙하게 유지되기 위해서는 피상적인 것에 치우치면 안 된다. 언젠가 파국에 직면할 불씨를 안고 살아가는 커플이 주변에 얼마나 많은가. 나 자신과 균형을 이루는 파트너를 찾는 것이 그만큼 중요하다.

이성간 사랑이 이렇게 어려운 과업인데도 다른 분야에는 꼭 그 많은 자격증을 요구하면서 일생에서 가장 소중한 우리 청춘 남녀가 사랑하는 데는 자격증 제도가 없다. 기본권이란 소중한 가치를 충분히 인정한다 하더라도 삶에서 가장 중요한 일에 무대포가 되어서야 어뜨하나.

사람은 사랑의 아름다운 결실인 결혼, 이를 이루고 채 단꿈에서 깨어나기도 전에 결별이라는 아픔을 스스로 맛보려고 한다. 준비되지 않은 사람의 어쩔 수 없는 현실이라 치부하기엔 원망스러운 단면이 너무 많다. 우리 사회 구성원 모두가 책임을 느껴야 하는 일종의 비극이다. 사랑은 포괄적이고, 아가페적이고, 헌신적이어야 한다. 내 연인의 부모님을 사랑할 수 있어야 하고, 내 연인이 사랑하는 애완동물을 사랑할 수 있어야 하며, 내 연인이 좋아하는 취미를 사랑할 수 있어야 한다. 내 연인이 꺼리고 멀리하는 것을 인정하고 따라줘야 한다. 무엇보다 중요한 것은, 설익은 사랑이 서로 맑고 탐스런 얼굴을 바라보며 기쁨에 충만한 것이라면, 진정한 사랑은 상대방의 단점을 감싸주고 상처를 돌봐주면서 깊은 애정을 키워가는 것이다.

정토회 지도법사 법륜 스님은 부부의 연을 맺는 이들에게 "덕 보려고 하지 말라"고 조언한다. 남녀가 상대의 조건을 따져가며 결혼하는 것이 오늘날의 세태지만, 결혼생활에서 가장 중요한 것은 모든 것이 나 자신의 문제에서 비롯된 것임을 깨닫는 것이라고 한다. 내가 선택한 문제라는 것이다. 상대가 마음에 안 드는 것이 있더라도 자신이 선택한 것이다. 그 선택에 책임을 져야 한다. 내가 선택한 사람이고 나와는 다른 사람이니 그대로 인정하면 된다는 것이다. 이혼 자체를 잘못이라고 할 수는 없지만, 상대를 미워해서는 안 된다는 것이다.

동남아 여성이 우리나라 총각과 결혼하여 단란한 가정을 꾸려가는 미담 사례가 많이 있다. 생활 수준 상의 고국과 한국의 차이, 아내의 젊음, 건강과 시골 청년의 장단점이 상호 조화가 잘 이루어지고 보완되어 단란한 가정을 꾸려간다. 시간이 지나면서 그 균형 잡힌 시소의 상태를 유지하는 데 실패하여 결국 파탄에 이르는 경우도 있다. 시소가 기울어진 채 복원되지 않는 까닭이다.

사람의 만남에 있어서 모든 면이 대등하다면 가장 바람직하겠지만, 때로는 꼭 충족될 수 없는 경우가 있다. 다만 이를 지속하기 위해서는 상당한 인내와 노력이 요구된다. 항상 균형 잡힌 시소의 상태를 유지하고 가꾸어 나가는 노력을 해야 하는 것이다. 시간과 환경이 바뀌어감에 따라 인간 본연의 타성에 의해 최초 상위의 좋은 가치가 평이하고 진부한 가치로 전락한다. 반면 평이하고 진부한 가치가 상위의 가치로 옮겨갈 수도 있지만, 이에는 브단한 노력과 인내가 따른다. 게다가 문화의 차이, 생활 습관 등 여러 가지 수준의 차이는 살아가는 동안 내내 상대방을 이해하고 받아들여 시소의 균형을 이루는 데 큰 장벽으로 작용한다.

미모를 보고 사귀었다면 그 미모는 곧 식상해진다는 사실을 예견해야 한다. 재산을 보고 결혼했다면 그 재산은 곧 의미가 퇴색되고 소멸될 수도 있으며, 오히려 불화를 일으키는 화근이 될 수도 있다. 그것이 전부가 아니라는 생각에 때늦은 후회가 찾아오기도 한다. 반면 최초에 외모가 다소 뒤진 듯했으나 세월이 지나면서 상대방을 편안하게 하고 온화한 인상으로 바뀌어가는 사람도 있다. 나이에 비해서 젊음을 유지하고 어려운 생활형편에도 가족간에 돈독한 애정을 불러일으켜 행복한 삶을 영위하는 사람도 있는 것이다.

사랑은 구하는 것이 아니라 먼저 내미는 것

TV 시청자들의 사랑을 한 몸에 받아온 한 인기 연예인이 군대를 간다. 의정부 신병 입대자 집결지에 열성 팬 2천 여 명이 몰렸다. 그 연예인이 떠나기 전, 팬들 앞에서 감사의 뜻을 전할 기회를 가졌다. 그동안 받은 사랑에 감사하고, 제대해서 나오는 2년 후에도 계속 사랑해줄 것을 부탁한다. 아름다운 모습이다. 다만 여기서 한 가지 지적하자면, 사랑은 다른 사람이 나에게 베풀어주기를 기대하거나 부탁하는 것이 아니라 자신이 남에게 베푸는 것이라는 사실을 멀리하고, 자신의 욕심관 챙기는 모양새가 된 것이다. 물론 이 짧은 인사말에는 이런 뜻이 담겨 있으리라 믿는다. "군 생활 내내 팬 여러분에 대한 사랑을 가슴속 깊이 간직하겠습니다. 2년 후에 돌아와서도 팬 여러분을 향한 변치 않는 사랑을 전할 수 있도록 기도하는 마음으로 임하겠습니다." 주위 사람들에게 기대하고 부탁하기 전에 그들이 기대하고 욕망하는 것을 충족시키기 위해 나 자신이 해야 할 일을 먼저 생각해야 한다.

한 사범대 여학생이 교생 실습을 나갔다가 지도교사와 사랑에 빠지게 되었다. 그 선생님은 그녀를 만날 때면 마치 천국에라도 온 것처럼 마냥 행복했다. 늘 좋은 공연, 영화를 미리 예약해두고, 좋은 책을 선물하고, 멋진 데이트 장소를 찾았다. 그러나 그 행복한 시간은 그리 길지 않았다. 그녀는 떠나게 된다. 사연인즉 그 선생님은 자신의 방식대로 순수한 사랑을 실천했으나 상대방의 속마음은 헤아리지 못했다. 그녀의 손한 번 잡아주지 못하는 맹점을 보인 것이다. 여성의 속마음을 헤아리지 못했다. 한동안 그 선생님은 영문을 모른 채 혼자 온몸으로 아픔과 괴로움을 감내해야 했다. 여기서도 시소의 원리를 적용할 수 있다. 한쪽의 채워지지 않는 욕망의 빈자리를 다른 한쪽이 채워주지 못해 그 시소는 기울어진 채 지속되었던 것이다. 일반적으로 여성은 스토르게(storge) 타입, 즉 우정 같은 사랑을 지속하다가 연인으로의 발전을 기대하는 것이 일반적이라고 한다.

이성간에는 묘한 전기가 흐른다. 이성적인 대화, 건설적인 사고만으로 해결할 수 없는 이상한 기류 같은 것이다. 이를 적시에 짚고 넘어가지 못하면 예상치 못한 난관에 봉착하고 만다. 결국 잘해야 친구 관계 정도로 귀결되는 경우가 많다. 그런데 사람은 생각보다 이성 친구를 필요로 하지 않는다. 남들의 오해를 사기 쉽고 이성을 친구로 해가면서까지 상호 이해득실을 따질 필요가 없기 때문이기도 하다. 어쨌든 이성간 친구 관계가 성립하려면 한쪽에서 제 삼자인 이성을 사귀어도 다른 한쪽에서 전혀 거부감이 없어야 하고, 아무런 이의를 제기할 마음이 없어야 한다. 또한 다른 사람이 보는 자리에서도 아무 거리낌 없이 지낼 수 있어야 한다. 그렇지 않으면 둘 사이가 진정한 친구관계라고 단언하기 어렵다. 뒤에서도 언급하겠지만, 이성간 연인관계가 친구 사이로 바뀌어 유지되는 경우는 드물다고 한다.

아무리 완벽해도 사람간의 관계는 틀어진다. 물론 그것도 변화 때문이기도 하지만, 간혹 불청객이 끼어들어 뜻밖의 문제를 일으키기도 하고, 인간이기에 감정의 굴레에서 벗어날 수 없게 되기도 한다. 어렵게 가꾸고 다듬어 높고 깊게 구축한 사랑 탑을 안은 연인이 많은 사람들의 축하와 격려의 기쁨 속에 삶의 가장 중요한 변곡점이면서 사랑의 결실이라 할 수 있는 결혼식을 마치고 신혼 길에 올랐으나, 첫날밤을 채 보내기도 전에 결별이란 아픈 상처를 안고 돌아온다. 이유는 생각보다 복잡하거나 어렵지 않다. 신혼여행을 마치고 양가 중 어느 쪽에 먼저 인사 드리러 갈 것인지 서로간의 주장이 평행선을 그은 것이다. 많은 경우 상대방을 배려하는 것은 생각보다 큰 희생이 따르지도 않고 손해 볼 일도 아닌데, 평소 그렇지 않다가 갑자기 솟아오르는 미묘한 효심, 자신의 부모님에 대한 태곳적 편향 등, 그렇게 중요하지 않을 수도 있는 문제가 불거진다.

법륜 스님은 "함께 살아갈 동반자로서 저 사람에게 무얼 해줄 수 있는지를 생각하며 공생하라." "나이만 찬다고 결혼할 것이 아니라, 결혼 상대가 나와 다른 상대임을 인정하고 그 입장에서 맞춰갈 준비가 되어 있어야 한다."라고 했다. 상대방을 나에게 맞추기를 기대하기보다는, 내가 상대방에 맞추어 가도록 노력해야 한다는 것이다. 균형 잡힌 시소는 누가 만들어주는 것이 아니라, 나 자신이 스스로 노력해서 만들어가는 것이다.

위에서 시소 운운해 가면서 참 만만하지 않고 어려운 현실을 직시했다. 무엇보다 자신이 가장 중요하고 문제의 중심, 해결의 중심에 있다는 사실을 우선 인식하는 것이 급선무다. 이는 사람이 관련된 어느 곳에서나 통용되는 진리이다. 실제로 사람의 일은 이성간 관계에서나 가족관계에서, 그리고 직장생활에서 모두 두루 통용된다. 사람 사는 것이 다 일맥상통한다는 얘기다. 어찌 보면 사람을 잘 사귀고 좋은 관계를 유지하는 사람, 이성간 교제를 잘하는 사람이 직장에서 성공할 확률도 높다.

독일 시의 한 구절을 소개한다.

"Es war Abend, als Ich am Fenster leis dich gefragt hatte. Willst du immer bei mir bleiben?"(어느 고즈넉한 저녁 너의 창가에서 나지막이 속삭였지. 네가 내 곁에 영원히 함께 있어줄 수 있겠니?)

물론 시적인 표현이라 그저 연인간의 애틋한 사랑을 담고 있는 것으로 이해하고 지나칠 수 있겠지만, 여기에 이기적이고 자기 본위적인 표현이 숨어 있는 것이다. 우리는 흔히 자신은 가만히 있으면서 주변 사람들한테 "죄송하지만 이렇게 해주시겠습니까?" "저렇게 해주시겠습니까?" "좀 비켜주시겠습니까?" "좀 나와주시겠습니까?" "이렇게 해주시면 고맙겠습니다." "저렇게 해주시면 감사하겠습니다."라고 쉽게 말한다. 이를 "제가 이렇게 해도 되겠습니까?" "저렇게 해도 되겠습니까?"라고 자발적인 이해를 구하는 것으로 바꾸어야지, 남한테 이러쿵저러쿵 해달라고 청하는 것은 올바른 길이 아니라는 말씀이다. 그러니까 "네가 내 곁에 영원히 함께 있어줄 수 있겠니?"가 아니라 "내가 네 곁에 영원히 함께 있어도 괜찮겠니?"라는 표현으로 상대방에게 이해를 구해야 한다. 그것이 바람직한 표현이다. 상대방에게 무엇을 해달라고 요청하는 대신, "당신 곁에 영원히 있고 싶다."라는 내 의지를 보이자.

취업전선에서 그 비좁은 문을 뚫고 합격하는 사람을 보면 우선 자신감, 성취 의욕이 충만해 있다. '회사에서 저를 합격시켜 주신다면…'이 아니라 '제가 이 회사에 꼭 들어가서 이러저러한 과업을 성취해서 회사에 기여하고 싶다.'라는 자신감에 찬 확고한 의지를 보인다는 것이다.

외부의 힘에 의해서가 아니라, 나 자신이 자발적으로 무엇을 할 수 있는지 보여주는 자세가 필요한 것이다. 사실 많은 취업 준비생들을 면접해 보니 그랬다. 마찬가지로 사랑은 구하는 것이 아니라 나 자신이 적극적으로 내미는 것이다.

공연장에서 빈 자리를 찾아가서는 옆에 앉은 분에게 "제가 앉아도 되겠습니까?"라고 해야지, "이 자리 임자가 있습니까?"라든가 "이 자리 비어 있습니까?"라고 해서는 안 된다. 임자가 없더라도 그 옆에 앉은 분이 그 자리를 비워두고 싶을 수도 있다. 앉으려고 하는 나 자신이 그분이 선호하는 스타일의 사람이 아닐 수도 있다. "좌석이 그 사람 소유도 아닌데 뭘 그러냐?"라고 반문하지 말라. 세상은 그렇게 과학적으로 돌아가는 것이 아니다. 자리 임자가 없다고 대답하면 바로 앉으려고 하는 것은 상대방 의사를 존중하지 않는 무지하고 거만한 태도다. 사랑은 이런 것이다. 당연한 것으로 보이는 것도 배려라는 포장을 씌워 호의를 베풀고 구하는 것이다. 판단의 열쇠를 상대방에게 주는 것이다.

자기중심적인 사고, 자신감 넘치는 태도, 열정으로 가득한 의지에 더하여 상대방에 대한 미세한 존중의 마음이 중요하다는 것이다. 비누 액이 묻은 손으로 병뚜껑을 돌려 열려면 참 어렵다. "병뚜껑을 어떻게 이렇게 만들었을까? 열리지 않는다. 왜 잘 안 열릴까?"라고 불평 아닌 불평을 해댄다. 이 멍청아! 먼저 네 손에 묻은 비누를 제거해야지, 손에 묻은 비누를 먼저 물에 씻어내야지. 이제부터 문제의 중심을 나 자신으로부터 찾자. 판단의 중심은 상대방에게 기꺼이 양보하자. 그것이 사랑이다.

사랑으로 상대를 구속해서는 안 된다. 사랑으로 상대의 일거수일투족을 감시해서는 안 된다. 사랑으로 상대를 한정 지어서는 안 된다. 어느 TV 프로그램에 이혼 남녀가 서로 짝을 맺는 프로그램이 방영되었다. 야외 캠프에서 며칠간 머물면서 다양한 만남의 장이 연출되었는데, 다들 이혼 경험이 있을 거라고 믿기 어려울 정도로 빼어난 용모에 성격이 참 활달한 선남선녀들이었다. 여성에게는 도시락으로 밥만 주어졌다. 남성에게는 밥은 없이 반찬만 주어졌다. 첫 날 짝이 맺어지지 않으면 식사 때 여자는 반찬 없이 밥만 먹어야 하고, 남자는 밥은 없이 반찬만 먹어야 했다. 규칙은 철저했다.

먼저 여성에게 질문이 던져졌다. 어떤 남성을 원하는가? 그 답변 일부를 소개하면 "산 같은 남자가 좋아요." "야망 있는 남자가 좋아요." 등이다. 반면 어떤 여성을 원하는지 묻는 질문에 남성은 "베푸는 여자가 좋아요."라고 답변한다. 물론 질문이 그랬기에 그렇게 답변할 수밖에 없겠지만, 우선 답변이 현실과는 거리가 멀고 자기중심적이다. 첫 날이라 부드럽게 시작하는 의미가 있었을 것이라고 짐작된다.

우선 여성의 답변을 살펴보면, 상대방에게 "산처럼 위대한 사람이 되어 저를 잘 지켜주세요." "야망을 크게 가져 저를 행복하게 해주세요."라는 욕망이 내포되어 있다. 그런데 그런 남자를 만나려면 먼저 자신이 '고요하게 끝없이 흐르는 강' 같은 여자가 되어야 하며, 남자의 야망을 실현할 수 있도록 현명한 내조자가 되어야 한다. 과연 그럴 수 있을까? 오히려 "제가 해드리는 음식 맛있게 잘 먹는 남자가 좋아요." "힘들고 어려울 때 저의 말을 잘 들어주는 남자가 좋아요." "하는 일에 실패해도 좌절하지 않는 남자가 좋아요."라고 답변한다면 어떤 차이가 있을까? 사람은 당연히 자기중심적일 수밖에 없다. 결혼이란 양보하고 희생하여 한 몸처럼 되는 것이고, 같은 삶을 사는 것이며, 같은 운명을 지고 가는 것인데, 자기 중심적으로란 생각한다면 행복한 만남의 지속은 난항을 거듭할 수밖에 없다.

남성의 경우에도 여성으로부터 어떤 귀한 베풂을 기대하고 있는데, "비좁고 불편한 집에 살게 해서 미안하다는 말에, '괜찮아요'라고 말해줄 수 있는 여자가 좋아요." "집에 벌어다 주는 돈이 풍족하지 않아도 밖에서 일하느라 수고가 많아요."라고 격려해줄 수 있는 여자가 좋아요."라고 답변하는 것과 비교해볼 때 어떤가? 사랑은 내가 원하는 것을 차지하기 전에 겸손, 양보, 인내, 인정, 받아들임을 우선하는 것이다.

사람은 자신이 만나는 이성을 통해서 자신의 삶의 물꼬를 틀어보려는 욕심을 가지는 경우가 많은데, 이는 실패의 가능성을 안고 가는 것이다. 내가 이 사람을 통해서 무엇을 할 수 있고, 이 사람을 위해서 무엇을 해줄 수 있는지를 먼저 고민해야 한다. 결혼이란 성숙으로 가는 체험의 장이며, 배움의 장이고, 인고의 장이다. 행복이란 살면서 깜빡깜빡 스쳐 지나가는 것이지, 지속되는 행복은 어디에도 없다. 욕심을 부리면 그 욕심 채우려다가 불행의 늪으로 빠져들고 만다. 상대방에 대한 기대만 충만해 있고 정작 내가 해야 할 일을 게을리하기가 쉽다. 그래서는 안 된다. 사람에게 이기심의 충동은 언제 어디서건 용솟음치고 있다.

위 야외 캠프의 만남에서 결국 짝을 이루지 못한 남자는 걱정에 쌓여 있다. "엄마가 알면 울지도 몰라."라고 하면서 울먹인다. 그러면서 다시 재도전해서 마음에 드는 여성과 짝을 이루겠다고 다짐하는 자세가 믿음직하고 사랑스럽다.

사랑은 때로는 다가가면 멀어지려 하고, 멀어지면 다가오려 한다. 최소한 지금 이대로 유지하기도 만만치가 않다. 사람은 싫증을 잘 내는 희귀한 동물이다. 다른 동물은 그렇지 않다. 항상 변화와 바뀜의 가능성을 서로에게 열어주는 아량이 필요하다. 상대방으로부터 내 욕심 챙기려 하지 말고, 내가 상대방이 원하는 것을 채워주기 위해 무엇을 할 수 있는지를 늘 고민하자. 내 연인으로부터, 내 아내로부터 어머니의 아들에 대한 사랑과 같은 보살핌을 기대하지 말고, 스스로 아버지의 딸에 대한 인자한 사랑을 실천하자. 내 남편으로부터 아버지의 딸에 대한 사랑과 같은 인자함을 기대하지 말고, 스스로 어머니의 아들에 대한 헌신적 사랑을 실천하자.

아픔을 안겨주는 애절한 사랑

한 라디오 방송에서 소개된 청춘 남녀간 사랑의 고민을 다루는 내용이다.

군대간 남자친구한테서 전화가 왔다. 그녀는 갑작스런 전화에 놀라고 당황했다. 어디냐고 물었더니 휴가를 나왔다는 것이다. 언제 나왔냐고 하자 며칠 전이라고 한다. 언제 귀대하느냐고 묻자 내일 들어가야 한단다. 어쩜 이럴 수가? 그녀는 당황한다. 한시도 마음에서 떠나 보내지 않은 채 생각하고, 기다리고, 보고 싶었건만, 그렇게 마음에 품고 있던 남자친구가 첫 휴가를 나와 다른 데서 다 보내고 내일 귀대해야 한다니. 가까스로 잠시 후 레스토랑에서 만났는데 그 남자친구는 "집에서 받은 용돈을 다 써버렸는데 비싸고 맛있는 것 먹어도 되지?"라고까지 한다. 그리고는 식사 마치자마자 다른 친구 만나러 바로 가야 한단다.

한동안 만나지 않던 여자친구한테서 전화가 왔다. 바닷가로 여행을 떠나자고 제의한다. 낭만적인 분위기 속에서 정겨운 대화가 오가며 행복한 시간을 함께 보내고 돌아왔다. 헤어지면서 "우리 언제 또 만날까?"라는 남자친구의 물음에 그녀가 하는 말. "아니, 됐어. 이제 우리 그냥 친구로 지내."라고 한다.」

사람은 우선 자신만 먼저 생각하려 한다. 상대방의 나에 대한 태도까지 고려할 여유가 없는 것이 참 야속하다. 이 프로그램에 출연한 전문가는 사랑으로 맺어진 이성간에 사귀다가 친구가 되는 일은 없다고 코멘트 한다. 노래 가사를 하나 소개한다.

우리가 잡으려 하면 이미 먼 곳에…

뒤를 돌아보면 그땐 그 자리에

사랑이란 것은 나에게 아픔만 주고…

아직도 그대는 그 자리에…

위 사례는 앞의 '사람과 본성 이야기' 편에서 충분히 다루었기에 더 이상 언급하지 않아도 이해가 될 것이다. 숨바꼭질 같은 사랑이 슬픔과 갈증, 방황을 소리 없이 가져다 준다. 그러면서 사람은 그렇게 성숙되어 가는 것이다. 그래서 사람이다.

사랑이 완성되려면 진흙탕까지 가봐야 한다. 쪼잔한 이야기까지 다 꺼내봐야 한다. 점잖고 담담한 상태로 밋밋하게 언제까지나 지속할 수는 없다. 고상한 척하지 말고 적당한 기회에 날을 잡아 있는 말, 없는 말, 서운했던 일, 답답했던 일, 미웠던 일들을 죄다 끄집어내서 훌훌 털어야 한다. 물론 잘한 일, 칭찬할 일도 빠뜨리지 말고 말이다. 그러고 나면 마치 태풍이 쓸고 지나간 것처럼 마음이 평온해질 것이다. 실제로 태풍이 지나가고 난 뒤 하늘을 바라보라. 얼마나 맑고, 깨끗한가? 속이 다 후련하고 시원해지지 않는가 말이다. 그러는 과정에 진정한 사랑이 싹트고 오해의 불씨가 더 이상 생기지 않을 것이다. 생긴다 하더라도 이내 잠재울 수 있을 것이다. 탁 터놓고 막 가봤으니 더 이상 막힐 게 없을 것 아닌가. 하긴 그 태풍이 지나가기도 전에 그 세력의 힘에 견디지 못해 둘 사이의 관계가 미리 청산되는 경우가 허다하긴 하지만. 그만큼 사람의 일이 어렵다. 그래서 사람이다.

야지 님은 여고 시절부터 3년여 동안 동갑인 야계 님과 친한 친구 사이로 지내왔다. 그러던 중 하루는 야계 님의 다른 남자친구들과 함께 식사를 하며 즐거운 시간을 보내게 된다. 그런데 야계 님이 줄곧 왼손을 호주머니에 넣은 채 이야기하거나 누구를 가리키기도 해서, 평소 성격이 활달한 야지 님이 "너는 병신이야? 왜 한 손을 호주머니에 넣고 사람을 가리키고 그러니?"라고 핀잔을 주었다. 그러자 다른 남자친구들 얼굴이 한결같이 새파랗게 질렸다. 서로 만난 지 3년이 훨씬 지난 그 무렵에서야 알게 된 사실인데, 야계 님은 어릴 때 왼손가락 전체가 절단되는 사고를 당해 평소 항상 주먹을 쥐고 있거나 왼손을 호주머니에 넣고 다닌 것이다. 나중에 참석했던 친구 중 한 사람이 여태까지 그걸 몰랐냐고 확인할 때야 그녀는 그 사실을 알게 된다. 어떻게 3년이란 세월 동안 그녀는 그 사실을 몰랐을까? 단순히 절친한 친구 사이로만 지낸 것이다. 서로 손은 잡았으나 항상 오른손으로 잡았다. 그 식사 모임이 있은 후 야지 님은 야계 님이 더 이상 친구가 아닌 남자로 보이기 시작했다. 진정한 사랑을 하기로 결심한 것이다. 사랑에 빠지게 된 것이다. 그러나 시골 고향에 계신 야지 님의 아버지가 야계 님의 아버지를 간접적으로 잘 알고 있는 사이였는데, 공교롭게도 둘은 동성동본인 데다 유독 그 성만은 절대 결혼을 할 수 없다고 했다.

두 사람은 피할 수 없는 현실을 못내 원망하며 결혼을 반대하는 양가 부모님이 다 돌아가실 때까지 기다렸다가 결혼하기로 했다. 그리고 야지 님은 임용시험 성적이 좋았음에도 불구하고 스스로 외딴 시골 중학교로 자원해서 교사의 길로 들어선다. 그 즈음 야계 님은 심산으로 들어가 불가의 길을 택한다. 그녀는 이후 오랜 세월을 시름에 잠겨 인고의 시간을 보내게 된다. 서로 연락을 끊고 지내다 우연히 커피숍에서 상면하게 되는데, 야계 님은 그 사이 속세로 돌아와 결혼해서 두 자녀를 두고 있었다. 야지 님은 이후 20년 이상 줄곧 독신으로 지내고 있다. 다시는 이성과 사귀지 않겠다는 결심을 다지면서.

아인슈타인의 연인에 대한 사랑을 담은 일화가 있다.

"아인슈타인에게 사랑하는 애인이 있었는데, 어느 날 갑자기 그녀가 아인슈타인에게 권총을 건네며 자신이 러시아 스파이라고 고백했다. 그러면서 어서 그 총으로 자신을 쏘라고 한다. 아인슈타인은 실망에 사로잡혀 그녀에게 권총을 겨누고는 천장을 향해 두 발을 쏘고 권총을 바닥에 떨어뜨린다. 그리고는 서재로 들어가 첨단과학에 관한 기밀서류가 들어 있는 봉투를 꺼내와 그녀에게 건넨다. 그녀는 그 봉투를 가지고 러시아로 가게 된다. 오랜 세월이 지나 그녀는 아인슈타인을 진실로 사랑했다는 유언을 남기고 조용히 눈을 감는다."

소중한 사람을 만나는 것은 1분이 걸리고, 그와 사귀는 것은 한 시간이 걸리고, 그를 사랑하게 되는 것은 하루가 걸리지만, 그를 잊어버리는 것은 일생이 걸린다고 한다. 그래서 진실한 사랑은 동판에 사긴 글씨와 같은 것이다.

순박한 여인의 잔잔한 사랑에 비친 모성애

사람의 삶이란 변수가 많아 이론적으로 설명하기에 어려울 때가 참 많다. 한 여인의 실화를 소개한다.

야바 님은 시골에서 여고를 졸업할 무렵, 인근 고지에서 군복무를 하고 있는 사병을 우연히 만나 사귀다가 사랑에 빠져 임신하게 된다. 그 당시 둘 사이는 근 10년의 나이 차이가 있었다. 자신이 임신한 사실을 알게 되었을 때는 이미 그 연인인 사병이 제대하고 자신의 먼 고향으로 떠난 뒤였다. 야바 님은 고민 끝에 아무도 모르게 피임약, 그것도 다량의 약을 복용한다. 그런데 뜻대로 되지 않아 아기를 낳을 수밖에 없는 상황에 이르자 우여곡절 끝에 제대한 옛 연인에게 연락을 취한다. 그래도 그가 옛날 양반집 아들인지, 그의 어머니가 그 사실을 듣고는 그녀를 꽤 거리가 먼 자신의 집으로 오게 하여 아기를 낳게 한다. 아기를 낳자 연인이었던 그 아들이 이미 약혼녀가 있다고 한다. 야바 님은 고민 끝에 어쩔 수 없이 몸조리조차 그만두고 혈육인 아기를 홀로 남겨둔 채 쓸쓸히 먼 길을 떠나 자신의 집으로 돌아오고 만다.

그로부터 몇 년이 지난 후 야바 님은 다른 남자를 만나 결혼하게 되는데, 남편은 독자여서 자식을 꼭 낳아야 했다. 그러나 이상하게도 이제 그녀는 임신이 되지 않는다. 몇 년을 자식 없이 살고 있던 중 평소 무뚝뚝하던 남편이 동해안 해변으로 여행을 가자고 제의한다. 여행지에서 하루를 묵고 난 다음 날 시어머니로부터 전화가 걸려온다. 돌아오는 즉시 좀 보자는 것이다. 돌아와서 시어머니를 만나 말씀을 들어보니, 야바 님이 아기를 못 낳아 첩을 두었으니 동생처럼 잘 대해주며 함께 살라는 것이었다. 남편이 여행을 떠나자고 한 이유를 그제야 알 것 같았다. 야바 님은 더 이상 견딜 수 없을 것 같아 집을 나선다. 이후 혼자 생을 꾸려가며 수십 년이란 세월을 보낸다.

그러다 오래 전에 자신이 낳은 아들과 우연찮게 연락이 닿는다. 옛 연인이었던 그의 아버지가 연로해지자 계모 슬하에서 제대로 먹지도 입지도 못한 채 고생하며 자란 아들에게 친어머니를 만나게 해주고 싶었던 것이다. 더군다나 그 아들이 객지에서 질병까지 안고 지내게 되자 생모인 야바 님의 고향 언니를 통해 야바 님의 연락처를 알아낸 것이다. 마침내 야바 님이 아들을 만나보니 그녀의 거주지 인근에서 주기적으로 수술을 받으며 택시기사를 하고 있는 게 아닌가. 그녀는 평생 알뜰히 모아둔 쌈짓돈을 털어 아들의 수술비를 대고, 그동안 모아둔 사재로 개인택시까지 장만해준다. 사연인즉 자신이 임신했을 때 먹은 피임약 때문에 아들이 건강하지 못하다는 죄책감 때문이란다. 한 여인의 한 맺힌 사연으로 얼룩진 세월이 파노라마처럼 스쳐 지나간다. 이성간의 무모한 사랑이라는 단계를 넘어 삶에서 피할 수 없는 운명, 과거에 행해졌던 남존여비의 쓰라린 애환이 현재까지도 힘겹게 짓누르고 있는 삶의 굴레가 애닯게 다가온다.

한 40대 여성의 아들이 군복무를 마치고 대학 1학년에 다니고 있는데, 사귀는 여자가 같은 학교 3학년이라고 한다. 아들은 키가 180센티가 넘는 데다 체격이 좋고 성격이 활달하고 원만한데, 사귀는 여학생은 키가 작고 왜소한 데다 애당초 어머니의 마음에 들지 않는다. 그러나 그 어머니는 아들의 여자친구에게 예쁜 청바지를 선물하는 정성을 보인다. 그 아들에게는 유명 브랜드 팬티를 사주면서까지 기가 죽지 않도록 배려한다. 그런데 그 팬티는 사실 짝퉁이라고 한다. 형편이 어려웠지만 아들의 기를 살려주고자 했던 모성애가 아름답다.

이성간 교제하면서 누가 팬티까지 확인하느냐고 반문했더니, 요즘 신세대 젊은 남녀는 사귀었다 하면 함께 자는 것은 자연스러운 일이라고 한다. 그러고는 아들에게 지금 사귀고 있는 여학생을 여러 이성 중 한 사람인 친구로 대하고, 여러 사람을 만나보는 게 어떠냐고 넌지시 주문한다. 그것도 아들 기분에 맞춰 살살 이야기해야지, 그렇지 않으면 아들이 어머니한테 말도 붙이지 않는 불편한 관계가 되기 십상이다. 그러니까 아기 똥구멍 살살 닦어주듯이 이야기해야 그런대로 어머니 말씀을 들어준다는 것이다. 한편 그 어머니는 아들이 아르바이트해서 번 돈으로 수십 만 원 상당의 안경을 맞춰달라면서까지 어머니의 위상을 아들에게 심어주려는 산 교육을 실천하고 있다. 새로운 시대를 살아가고 있는 한 어머니가 자식에게 어떻게 처신해야 하는지를 극명하게 잘 보여주고 있는 대목이다.

어느 지방에서 식당을 운영하고 있는 한 여성이 아들에게 쓴 편지를 소개한다.

"아들아!

결혼할 때 부모 모시겠다는 여자 택하지 마라. 너는 엄마랑 살고 싶겠지만 엄마는 이제 너를 벗어나 엄마가 아닌 인간으로 살고 싶단다. 엄마한테 효도하는 며느리를 원하지 마라. 내 효도는 너 잘사는 걸로 족하거늘, 네 아내가 엄마 흉을 보면 네가 속상한 것 충분히 이해한다. 그러나 그걸 엄마한테 옮기지 마라. 엄마도 사람인데 알면 기분 좋겠느냐. 모르는 게 약이란 걸 백 번 곱씹고 엄마한테 옮기지 마라.

혹시 어미가 가난하고 약해지거든 조금은 보태주거라. 널 위해 평생 바친 엄마이지 않느냐. 그것은 아들의 도리가 아니라 사람의 도리가 아니겠느냐. 독거노인을 위해 봉사하는 사람들도 있는데, 어미가 가난하고 약해지는데 자식인 네가 돌보지 않는다면 어미는 얼마나 서럽겠느냐. 널 위해 희생했다 생각지는 않지만 내가 자식을 잘못 키웠다는 자책이 들지 않겠니?

아들아!

명절이나 어미 애비 생일은 좀 챙겨주면 안 되겠니? 네 생일 여태까지 한 번도 잊은 적 없어. 그날 되면 배 아파 낳은 그대로, 그때 그 느낌 그대로 꿈엔들 잊은 적 없는데, 네 아내에게 떠밀지 말고 네가 챙겨주면 안 되겠니? 받고 싶은 욕심이 아니라, 잊혀지고 싶지 않은 어미의 욕심이란다.

그러나 아들아!

네가 가정을 이룬 후 어미 애비를 이용하지는 말아다오. 평생 너희 행복을 위해 애써온 부모다. 이제는 어미 애비가 좀 편안히 살아도 되지 않겠니? 너희 힘든 건 너희들이 알아서 살아다오. 늙은 어미 애비 이제 좀 쉬면서 삶을 마감하게 해다오.

아들아!

우리가 원하는 건 너희들의 행복이란다. 그러나 너희도 늙은 어미 아비의 행복을 방해하지 말아다오. 손자 길러 달라는 말은 하지 마라. 매일 보고 싶은 손자들이지만, 늙어가는 나는 내 인생도 중요하더구나. 강요하거나 은근히 말하지 마라. 날 나쁜 시어미로 몰지 마라."

서민의 고된 삶을 살아가고 있는 어머니로서 객지에서 공부하고 있는 아들에 대한 진솔한 마음을 숨김없이 표현하고 있다. 모자간 소원한 감정, 불편한 관계를 일으킬 여지를 미리 씻어내고 있다. 아들로서의 삶과 남편과 가장으로서의 삶, 어머니에 대한 정, 아들에 대한 역할 정립, 아들에게 바라는 행복론을 여과 없이 잘 표현하고 있다. 이 편지를 쓴 여인은 매일 새벽 2시가 넘도록 일하면서 멀리서 사법시험을 준비하는 대학생 아들을 뒷바라지하고 있다.

미국 뉴욕시의 한 번화가에서 강도 사건이 발생했다. 건장한 청년이 젊은 여성의 핸드백을 강탈하려 한 것이다. 그 여성은 핸드백만은 절대 빼앗기지 않으려고 두들겨 맞고 질질 끌려가면서도 끝내 그 가방을 손에서 놓지 않았다. 다행히 한참 후 경찰이 출동하여 사태를 수습했다. 그 여성이 온몸을 바쳐 빼앗기지 않으려고 했던 그 가방 안에는 생후 3개월째 숨진 젖먹이 딸의 동영상이 저장되어 있는 휴대폰이 들어 있었다고 한다.

지금까지 사람들, 특히 연인의 푸성귀 같은 사랑, 준비된 사랑의 중요성, 사랑의 뒤틀림, 끊임없는 변화 속에 완성되어가는 모습들을 음미해보고, 자식에 대한 끝없는 애정 등 '사랑'이란 말이 품고 있는 애환과 아름다운 모습을 우리 주변 생활 속에서 다양한 시각에서 살펴보았다.

한없이 넓고 복잡한 세상에서 그 틀을 유지하고 아름다운 삶을 지향하며 살아갈 수 있는 유일한 논리가 바로 사랑이다. 이 단어 하나가 모든 얽힌 상황에 열쇠가 되고, 문제를 해결하는 실마리를 제공하는 가장 압축된 언어다. 바로 만능 해결사인 것이다. 이 사랑이란 단어 이외에 인간 세상을 더 잘 설명하고 규명하고 해결할 수 있는 말은 없을 것이다. 사랑이 넘칠 때 더없이 아름다운 세상이 눈앞에 펼쳐질 것이다.

3. 삶의 근원인 사랑 에너지

사랑 에너지의 발견

에너지는 모든 동력의 원천이며, 가시적인 힘의 근원이다. 수력 발전소는 흐르는 물의 낙차에 의하여 전기 에너지를 일으키고, 원자력 발전소는 핵분열에 의하여 전기 에너지를 소생시킨다. 자동차는 원유에서 추출한 가솔린, 경유가 산화하면서 발생하는 에너지에 의하여 달린다. 사람과 동물은 음식을 섭취하여 에너지를 생성하여 걷고, 뛰고, 일하며 움직인다. 이처럼 이 세상은 에너지에 의하여 움직이고 살아 숨쉬는 것이다. 이들은 다 물질 에너지이다.

반면 사랑하고 기뻐하고, 행복하고 미워하고, 화를 내고 실망하는 사람의 정신작용은 무엇에 의하여 이루어지는가? 이들도 에너지, 즉 정신 에너지에 의하여 생기는 감정이다. 아우구스토 쿠리는 "감정은 가장 순수하고 솔직하며, 가장 복잡하고도 아름다운 정신 영역"이라고 했다. 정신 에너지는 영감, 지능, 감성, 통찰, 예언, 명상, 호의, 친절, 용서, 사랑, 비관, 질투, 증오, 욕심, 두려움 등 사람의 두뇌작용을 일으키는 원동력이 된다. 사랑 에너지는 정신 에너지에 예속되어 있으면서 사람의 정신

작용을 포괄적이고 안정적으로 구동시키는 역할을 수행한다.

사람의 뇌는 복잡하기 이를 데 없는 구조로 되어 있으며, 그 부위별 역할과 기능은 뇌 과학적으로 어느 정도 규명되어 있다. 그러나 각 세부 부위별 전환, 복원, 치료 등 의료적 시술은 이루어지지 못하고 있다. 다만 뇌와 관련된 주변을 치유할 수 있는 정도일 뿐이다.

뇌에 혈액 공급이 원활하지 못하면 뇌출혈, 뇌경색이 온다. 이것들은 시간 경과에 따라 회복 정도의 차이만 있을 뿐, 일단 장애가 발생하면 원상 회복이 거의 불가능하다. 증상을 일으키는 뇌의 특정 부위에 대한 치료가 불가능한 것이다. 선천성 지체장애의 경우 태어날 때부터 사망 시까지 별다른 상태의 호전 없이 그대로 지내야 한다. 그만큼 사람의 뇌는 복잡하고, 아직 의학적 접근이 요원한 것이 현실이다. 뇌의 특정 부위가 정신 에너지를 관장하는데, 사랑 에너지는 여기에서 생성되고 본연의 역할을 수행한다.

한편 사람 이외의 생물과 무생물은 어떨까? 그들도 사랑 에너지를 생성한다. 뇌가 없어도 사랑 에너지를 생성하고 방출한다. 집안에 있는 화초를 사랑으로 가꿀 때 그 화초는 사랑 에너지가 생성되며, 산에서 나무를 훼손할 때 그 나무의 사랑 에너지가 방출된다. 먼 바다에 나가 오물을 투기할 때 바다가 지닌 사랑 에너지가 방출된다.

사랑은 그 자체가 측정할 수 없는 에너지로서 사람의 마음에서 생성되기도 하고 고갈되기도 한다. 누군가를 사랑하는 마음을 품을 때 사랑 에너지는 생성된다. 사랑의 에너지가 충만해지면 마음이 안정되고 풍요로워지며 다른 사람들에 대한 이해심도 많아지고 용서 또한 잘할 수 있게 된다. 사랑을 잘 주고받는 사람은 화를 내지 않으며 주위 사람에게 친절하게 대한다. 사랑 에너지가 충만해지면 인내심이 강해지고 조급함이 사라진다. 감정 에너지의 병에 정 방향으로 긍정적 역할을 수행하는 사랑 에너지가 충만하기 때문이다.

그림 B

	1. 증오의 병	2. 갈등의 병	3. 질투의 병	4. 욕심의 병	5. 공포의 병	6. 폭력의 병	7. 화약의 병
A층 긍정적 감정 에너지	좋아함, 호의, 웃음, 안정, 공감, 친절, 이해	안정, 평화, 편함, 화해	받아들임, 인정, 양보, 선의, 신의, 신뢰	나눔, 봉사, 선행, 행운, 배려, 이타심	기쁨, 환희, 쾌락, 즐거움	인내, 용서, 관용, 치유	깨달음, 구원, 연민, 행복, 아름다운 삶, 포용
B층 이성 에너지							
C층 부정적 감정 에너지	미움, 증오, 분노, 혐오, 화, 괴로움	갈등, 대립, 방황, 번민	시기, 질투, 집착, 패배감, 불신, 비웃음, 차별	욕심, 탐욕, 이기심, 불행, 불운, 욕망	공포, 두려움, 걱정, 근심, 외로움, 쓸쓸함	폭력, 폭행, 성급함, 공격성, 성적본능	칼, 창, 활, 총, 대포, 독극물, 핵무기, 폭탄

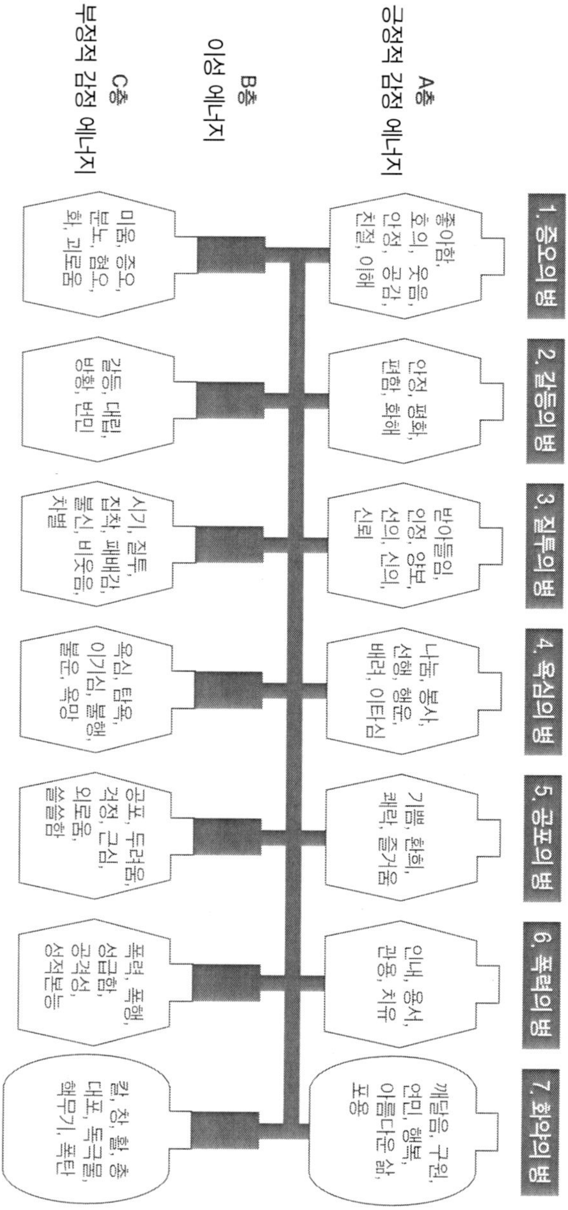

※ 각 병의 감정 에너지 요소는 상기 이외에도 여러 가지가 있음.

'사랑 에너지'에 대한 전반적인 사항은 순수하게 저자의 영감으로 발견해 낸 것으로 국내외 어떤 자료도 참고하지 않았음을 밝혀둡니다.

사랑 에너지는 총 7개의 감정의 병으로 나뉘어 충전되어 있으며, 마지막 7번째 '화약의 병'에 있는 사랑 에너지는 총괄 컨트롤 타워 역할을 하고 있다. 즉 앞에 위치한 6개의 감정의 병 상단에 채워지는 사랑 에너지의 최종 공급원 역할을 수행한다. 7개의 감정 에너지가 채워지는 각 병의 명칭은 문제를 일으키는 부정적 감정 에너지를 대표하는 것으로 정해져 있다.

각 병은 하단에 부정적 감정 에너지가 자리잡고 있으며, 이들은 언제든지 병을 탈출하려는 속성을 지닌다. 이들이 분출하게 되면 각 병의 특성에 따른 부정적 감정 에너지가 작동하기 시작한다. 화약의 병에 들어 있는 부정적 감정 에너지는 최후에 방출을 시작하는데, 이 때는 사악하고 잔혹한 행동으로 이루어진 최악의 사태를 초래한다. 그러므로 전단의 6개에 들어 있는 사랑 에너지인 긍정적 감정 에너지가 소진되어 부정적 감정 에너지가 분출되는 사태를 미연에 방지해야 한다.

그 위층에는 이성 에너지가 자리잡고 있어서 부정적 감정 에너지가 쉽게 분출하지 못하도록 최후 통제 기능을 수행하고 있다. 이 이성 에너지는 사랑 에너지의 보완제로 부정적 감정 에너지가 분출되는 것을 막는 최후 버팀목 역할을 한다. 사랑 에너지가 충만할수록 이성 에너지도 잘 작동하며, 사랑 에너지가 고갈되면 이성 에너지도 힘이 약해진다.

최상층에는 긍정적 감정 에너지가 위치하는데, 이것이 바로 사랑 에너지다. 이 긍정적 감정 에너지는 가변성이 커서 수시로 충전과 방전(사랑 에너지가 채워지는 것을 충전[생성]이라고 하고, 고갈되는 것을 방전[방출]이라고 지칭한다.)을 반복한다. 긍정적 감정 에너지가 방전되어 그 층이 약화되면, 언제든지 부정적 감정 에너지가 분출되는 위험에 처하게 된다.

전단에 위치한 6개의 감정의 병에 충전된 사랑 에너지가 방전되면 마지막 7번째 화약의 병에 충전되어 있는 사랑 에너지가 보충해주는데, 이 7번 병은 다른 병에 비해 상당히 커서 충전되는 사랑 에너지의 양도 크다.

7개의 감정의 병은 서로 연결되어 상호 감정 에너지를 주고받을 수 있도록 되어 있다. 평상시 감정 에너지의 병은 뚜껑으로 닫혀 있어 감정 에너지가 임의로 방출되는 것을 막아준다. 잠들어 있을 때 감정 에너지가 작용할 이유가 없으니 뚜껑이 닫혀 있다.

한편 이 사랑 에너지는 사람뿐만 아니라 동식물과 무생물에도 적용되는데, 사람만큼 감정이 복잡하지 않고 단순하며, 에너지의 충전과 방전에 오랜 시일이 걸린다.

사랑 에너지의 역할

사랑 에너지는 사람의 정신작용의 기저에서 긍정적인 정 방향의 순기능을 일으키는 가장 중요한 역할을 수행한다. 사랑 에너지의 중요한 기능 중 하나는 부정적 감정 에너지를 통제하고 다스리는 것으로서, 긍정적 감정 에너지를 생성하여 그 역할을 수행하게 한다. 각 감정 에너지는 스스로 충전과 방전을 거듭하는데, 일시적으로 고갈되는 경우가 일어난다. 각 병에서 긍정적 감정 에너지가 고갈될 경우 총괄 기능을 수행하는 7번째 병에 채워져 있는 사랑 에너지가 비상 충전을 해준다. 이 7번째 병의 사랑 에너지는 스스로 고갈될 때까지 전단 6개의 병 상단의 긍정적 감정 에너지를 성실히 충전시켜준다. 그런데 이 충전은 즉시 원활하게 이루어지지 않고 불규칙적이며 때로는 긴 시간이 소요되기도 한다. 7번 병의 사랑 에너지가 고갈된다는 것은 전단의 6개 병의 긍정적 감정 에너지가 고갈된다는 것을 의미하며, 그렇게 될 경우 심각한 사태가 초래된다.

이 사랑 에너지는 살아 움직이는 생명체와 같아서 누군가에게 사랑을 베풀면 자신이 먼저 행복해지면서 받은 사람이 행복해지고, 또 다른 사람에게 그 좋은 감정이 그대로 전달된다. 이 긍정적 행복 전달 에너지를 지닌 사랑이 넘치고 충만한 곳에는 항상 웃음꽃이 피고 기쁨과 만족감이 샘솟는데, 이는 사람이 추구하는 최고의 경지라 할 수 있다. 이 사랑을 베풀 때 사랑의 에너지가 충전되기 시작하며, 곧이어 사랑을 받는 사람도 사랑 에너지가 충전되기 시작한다. 사랑을 받는 사람의 사랑 에너지의 양은 베푸는 사람에 비하여 비교적 적다.

반면, 사람의 마음에 사랑의 에너지가 고갈되면 화를 쉽게 내고, 용서하지 못하며, 잘못을 감싸줄 수 없게 된다. 인내심이 떨어져 조급해지고 불안함이 가중된다. 사랑하는 연인과 헤어지게 된 사람들을 보라. 사랑의 에너지가 급격히 떨어져 마음의 갈피를 잡지 못하고 방황하며, 주위에 대해 공격성이 커진다.

사랑 에너지의 충전과 방전

사람이 어머니 뱃속에서 잉태될 때 정신 에너지는 '0'이며, 사랑 에너지도 '0'의 상태로 텅 비어 있다. 사람의 모습을 갖추면서 뇌가 형성되어 그 기능을 하기 시작하면서 어머니의 사랑을 느끼기 시작하고, 깨끗하게 비어 있는 뇌의 특정 부위에 정신 에너지와 함께 사랑 에너지가 충전되기 시작한다. 어머니의 사랑이 최초의 사랑 에너지인 것이다. 이는 새 2차 전지에 전원을 막 연결한 상태와 유사한 것이라고 볼 수 있다.

어머니가 기뻐하고 웃을 때 아기는 사랑 에너지가 충전된다. 사랑하는 마음이 담긴 태교 음악이 울려퍼질 때 사랑 에너지가 충전된다. 어머니가 슬퍼하고, 화를 낼 때 뱃속의 아기도 사랑 에너지를 방전한다. 아기가 태어날 때 울음소리를 내는 것은 사랑 에너지를 충전시켜 달라는 애타는 갈망의 표현이다. 뱃속의 아기는 어머니에 비해 아버지로부터 받는 사랑 에너지의 충전 양이 적다. 아버지는 본성적으로 후손을 많이 남기기 위한 종족보존, 생식의 본능이 살아 숨쉴 뿐, 자신의 임무를 다했다고 생각하고 손을 툴툴 털고 일어서서 떠나려 한다. 가끔씩 아버지가 사랑하는 아기의 발길질을 느끼기 위해 아내의 배에 얼굴을 갖다댈 때 아기의 사랑 에너지가 충전된다.

그러면 이 사랑 에너지를 어떻게 충전할 수 있을까? 각 감정 에너지 병 상단에 위치한 긍정적 감정 에너지를 키우면 사랑 에너지는 충전된다. 1~6번 병의 각 긍정적 감정 에너지가 충전될 때 총괄 타워 기능을 수행하는 7번 병의 긍정적 감정 에너지도 함께 충전된다. 또한 각 병 하단에 위치한 부정적 감정 에너지를 긍정적 감정 에너지로 변환시킬 때 사랑의 에너지는 충전되는 것이다.

감정 에너지는 무형의 에너지로 사거나 팔 수 있는 것이 아니라, 순전히 자신의 의지에 의하여 충전되기도 하고 방전되기도 한다. 또한 외부로부터 충전되기도 하고 방전되기도 한다. 즉 〈그림 B〉의 각 감정 에너지는 사람의 감정 조절에 따라 충전과 방전을 하게 된다. 내 마음에 미운 감정이 쌓이면 부정적 감정 에너지가 충전되기 시작하며, 나눔으로 즐거워하면 긍정적 감정 에너지인 사랑 에너지가 충전되기 시작한다. 올바르게 생각하는 사람의 길로 수양을 하면 사랑 에너지는 충전된다.

전술했듯이 전단 6개의 병 중 어느 한 병에서 긍정적 감정 에너지가 고갈되면 7번 병에서 사랑 에너지가 지원 공급되는데, 이 지원이 지연되거나 그마저 고갈에 직면하여 공급을 중단할 경우 다음 단계로 이성 에너지가 분출을 시작한다. 이성 에너지는 사랑 에너지가 충만할수록 그 양이 많아지고, 사랑 에너지가 부족할수록 그 양이 줄어든다. 이성 에너지는 부정적 감정 에너지의 분출을 막는 최후의 보루 역할을 한다. 이성 에너지가 고갈되면 부정적 감정 에너지가 폭발적으로 분출하게 되고, 이 때는 어느 누구도 감당할 수 없는 지경에까지 쉽게 이른다. '뚜껑이 열린다'는 속어는 이를 두고 하는 말이다. 이 수준까지 가지 않도록 해야 하는데, 우리 삶은 그렇게 녹록하지 않다. 이 수준을 넘어서는 경우가 허다하다. 그것이 바로 사회악의 근원이 되고 만다.

아이러니하게도 사랑을 베풀면 에너지가 충전된다. 용서하는 마음을 가지면 에너지가 보충된다. 나를 공격하고, 시기하고, 미워하고, 질투하고, 모함하고, 협박하는 자를 감싸주고, 그를 위해 기도하면 사랑 에너지가 생성된다. 미워하는 마음을 멀리하게 되면 사랑 에너지가 생성되는 것이다. 그러니까 사랑 에너지는 사랑의 실천으로 보충되며, 그것은 결국 스스로 채워야지 누군가 남이 채워주기를 기대해서는 안 된다.

사랑 에너지의 충전이 가장 빠르고 그 충전 양이 많은 사례는 종교적인 삶에서 쉽게 찾을 수 있다. 성서에 나오는 "자신을 핍박하는 자를 위하여 기도하라."라는 구절을 실천할 경우, 사랑 에너지는 빠르게 충전되고 충전 양이 많다. 불교에서 말하는 "나눔을 통해 진정한 인간이 된다. 가난하고 궁핍할수록 더 나누어야 한다. 나눔은 물질적인 것만이 아니라 마음이 먼저 열려야 한다."라는 구절을 실천할 경우, 사랑 에너지는 빠르게 충전되고 충전 양이 많아진다.

일상생활에서도 사랑 에너지를 충전할 수 있는 기회는 많다. 나를 욕하는 자에 대하여 연민을 베풀고, 이유 없이 대드는 사람을 보살피는 마음으로 다정하게 대하면 사랑 에너지는 충전을 거듭한다. 자식에 대한 집착, 재산에 대한 집착을 손에서 내려놓아도 사랑 에너지는 충전된다. 더 쉬운 것은 우울할 때 그냥 웃기만 해도 사랑 에너지는 충전된다. 반면에 화내고 시기하고 질투하면 사랑 에너지는 쉽게 방전된다. 탐욕에 몸부림치고 저돌적이고 참을성 없이 남을 비방하는 일에 앞장설 때 사랑 에너지는 방전된다.

참 쉽다. 사랑 에너지는 웃을 때 충전되고, 비웃을 때 방전된다. 사랑할 때 충전되고, 미워할 때 방전된다. 칭찬하고 위로할 때 충전되고, 화내고 꾸짖을 때 방전된다. 사랑 에너지를 충전시키는 것은 방전시키는 것에 비해 좀 더 어렵다. 사랑 에너지를 방전시키기는 쉬운데 충전시키기는 그만큼 쉽지 않다는 것이다. 그래서 우리의 삶에 종교가 있고, 웃음 치료, 마음 수양, 기 수련 등이 성행한다. 스스로 수양하는 사람도 있다.

결국 아름답고 진실한 사랑을 통하여 사랑 에너지를 충전시켜야 한다. 그 사랑 에너지가 충전되어 있어야 진정한 사랑을 할 수가 있다. 인내이고, 기다림이고, 베풂인 사랑을 실천하려면 반드시 사랑의 에너지가 필요하기 때문이다. 또한 인내, 기다림, 연민, 용서를 통해 사랑 에너지가 충전된다. 이것 자체가 바로 긍정적 감정 에너지이기도 하다.

한편, 부정적 감정 에너지는 각 병 하단에 있는 부정적 감정을 가질 때 충전되기 시작한다. 화가 날 때 한 번 더 생각하고, 사람이 미워질 때 그 마음을 비우고, 사람을 몰아붙일 때 나 자신을 먼저 돌아보자.

사랑 에너지의 효과

앞에서 언급한 삶의 애환, 재해, 사고, 사랑에 관한 일화, 향기 나는 삶…. 이들을 사랑 에너지와 결부시켜 음미해보면 많은 부분이 해소될 것이다. 사랑의 에너지가 충만하면 기쁨과 행복이 넘치고, 고갈되면 부정적 요소가 활개를 쳐서 우리 사회에 온갖 폭행, 사기 등의 범죄와 갈등, 번민, 가정파탄 등이 초래된다. 청춘 남녀간의 사랑의 몸부림도 사랑 에너지의 충전과 방전에 따른 결과에서 일어나는 것이며, 재벌 가족간의 재산 분쟁도 사랑 에너지의 방전에 의해 생겨나는 것이다.

질병의 경우를 보자. 어떤 사람이 암에 걸리고, 또 어떤 사람이 뇌중풍에 걸리는가? 어떤 사람이 질병에서 해방되고, 또 어떤 사람이 작은 병을 이겨내지 못하는가? 사랑 에너지는 사람의 몸과 마음을 가리지 않고 막강한 영향력을 행사한다. 청소년 범죄, 집단 따돌림의 경우도 사랑의 에너지로 설명할 수 있으며, 그 예방과 치유도 이 사랑 에너지로 가능할 것이다. 직장에서의 성공과 실패, 사회에서 존경 받는 사람들을 보라. 이 사랑 에너지는 사람의 삶의 요소요소를 관장하고 치유하면서 생성과 소멸을 반복한다.

일상생활에서 사랑 에너지가 충만할 경우 어떤 긍정적 효과를 나타내는지 정리해보자.

∧ 다른 사람의 어려움을 잘 이해하고, 솔선수범하고자 하는 마음을 갖게 되어 매사에 긍정적이고 행복감이 넘치게 된다.

∧ 온갖 질병에 대한 내성을 지니게 되어 건강한 삶을 유지할 수 있게 된다.

∧ 사람의 몸 속에 들어온 각종 질병과 세균을 감싸주고 보듬어주어 몸 속에 머무는 동안 착한 친구로 남도록 한다.

∧ 욕심과 허영을 달래고 참되고 아름다운 삶을 추구하여 일상생활에서 늘 감사하는 마음을 가지게 된다.

∧ 자신을 핍박하는 자를 용서하는 아량을 생성하며, 이로써 영적 삶의 질을 향상시킨다.

전 편에서 언급한 사례를 사랑 에너지로 규명해보자.

사례 1

80대의 한 할머니는 60년 이상을 동고동락하며 함께 몸을 맞대고 살아온 남편의 목을 졸라 살해한다. 평생을 남편의 온갖 술주정과 폭행을 감내하며 살다가 결국 일순간에 격한 감정이 분출한 것이다.

전말

결혼 생활 - 아내는 결혼 이후 남편의 온갖 술주정, 폭행을 견디며 살아옴. 남편은 아내에 대한 사랑보다 술주정, 폭행으로 얼룩진 삶 지속. 자신의 감정을 다스리지 못함.

결과　　 - 아내는 60년 동안 억누르고 인내해온 감정을 분출하여 남편을 살해함.

상황

1. 남편의 술주정, 폭행 지속, 술에 취한 감정해소 창구로 아내 선택.
   - (6. 폭력의 병) 관용, 포용 등 긍정적 감정 에너지 방전, 이성 에너지 약화.
   공격성, 폭행 등 부정적 감정 에너지 충전.
   술주정, 폭행 등 부정적 감정 에너지 분출.

2. 아내는 오랜 세월 동안 남편의 술주정, 폭행을 참고 견디다 살인을 감행하기에 이름.
   - (1. 증오의 병) 호의, 공감 등 긍정적 감정 에너지 방전, 이성 에너지

약화, 한계 도달. 증오, 분노 등 부정적 감정 에너지 충전, 분출되기
시작함.
- (7. 화약의 병) 연민, 평화 등 긍정적 감정 에너지가 (1. 증오의 병) 지
원, 사랑 에너지 고갈. 부정적 감정 에너지 충전, 분출 시작 - 살인.

진단

- 남편은 일찍이 (6. 폭력의 병)에 들어 있는 인내, 관용 등 긍정적 감정
  에너지가 방전되고 공격성, 폭행 등 부정적 감정 에너지가 분출되기
  시작함.
- 아내는 오랜 기간 남편의 술주정, 폭행 등을 견디며 지내오면서 (1. 증
  오의 병)에 들어 있는 호의, 공감 등 긍정적 감정 에너지로 버텨오다,
  오랜 세월에 걸쳐 방전으로 에너지가 고갈되자 증오, 분노 등 부정적
  감정 에너지가 분출되기 시작함.
- (7. 화약의 병)에 들어 있는 구원, 연민 등 긍정적 감정 에너지가 (1. 증
  오의 병)을 지원, 사랑 에너지 고갈.
- (7. 화약의 병)에 부정적 감정 에너지 충전, 분출 시작 - 살인.

사례 2

전 세계를 강타한 경제 위기로 국내 증시가 폭락 사태를 맞게 되자 전
국 각지에서 자살 사고가 잇따랐다. 수억 원의 빚을 내가며 주식에 투자
한 사람이 승용차 안에 번개탄을 피워 스스로 목숨을 끊고….

전말

국내 증시 　- 경제 위기로 폭락.
국내 투자가 - 금전 수익 욕망, 무리한 자금 조달로 한탕주의 욕심. 증시
　　　　　　 폭락으로 투자금 회수 불가, 채무변제 능력 부재, 책임에

대한 두려움. 투자금 손실에 따른 심적 부담, 압박감으로
스스로 목숨을 끊음.

....

1. 증권 투자가의 금전수익 욕망

 - (4번 욕심의 병) 배려, 만족 등 긍정적 감정 에너지 방전, 이성 에너지
  약화. 욕심, 탐욕 등 부정적 감정 에너지 충전.

2. 투자금 손실로 인한 심적 압박.

 - (3. 집착의 병) 인정, 받아들임 등 긍정적 감정 에너지 방전, 이성 에
  너지 약화. 불신, 패배감 등 부정적 감정 에너지 충전 및 방출.

3. 채무변제 이행에 대한 부담.

 - (5. 공포의 병) 기쁨, 즐거움 등 긍정적 감정 에너지 방전, 이성 에너
  지 약화. 두려움 공포 등 부정적 감정 에너지 충전 및 방출.

4. 자살 감행

 - (7. 화약의 병) 구원, 연민 등 긍정적 감정 에너지가 (3. 집착의 병),
  (4. 욕심의 병), (5. 공포의 병)에 사랑 에너지 지원. 고갈 사태 직면.

 - (7. 화약의 병) 부정적 감정 에너지 충전, 분출 시작 - 자살.

....

• 금전 욕심에 따른 무리한 증권 투자로 긍정적 감정 에너지는 방전이
 계속되는 반면, 부정적 감정 에너지는 충전을 거듭하다가 급기야 (4.
 욕심의 병), (3. 집착의 병), (5. 공포의 병)에 들어 있던 부정적 감정 에
 너지가 충전을 거듭하고 급기야 방출되기 시작함.

• (7. 화약의 병)의 사랑 에너지가 긴급 지원을 했으나 역부족으로 최후
 의 보루인 자체 에너지마저 방전되자 최악의 부정적 감정 에너지가 분
 출 시작, 자살 감행.

사례 3

사례 3

지난 여름 전국 곳곳에서 연일 계속된 폭우로 그렇게 평온하 보이던 산들이 허망하게 무너져 내렸다. 산 아래의 건물과 집들을 덮쳐 돌이킬 수 없는 재해로 이어지고, 아직 세상을 더 살아야 하는 아까운 사람들이 속절없이 유명을 달리했다. 부모를, 자식을, 형제를, 친구를 잃은 슬픔은 살아 있는 사람 모두에게 무거운 책임을 안겨줬다.

- -

전말

주택업자 - 금전수익 욕심.

전원주택 수요자 - 투자수익 욕심, 전원 생활에 대한 쾌락 환상.

공통 - 원가절감(평지에 비해 땅값이 싼 산중턱).

입주자 - 나눔, 봉사, 선행 마인드 충만.

자연, 숲 - 나무가 잘려 나가고, 숲이 훼손되고, 산 흙이 파헤쳐짐.

- -

상황

1. 주택업자의 수익 욕심, 입주자의 투자수익 욕구, 전원생활에 대한 무리한 쾌락 환상, 과도한 원가절감 욕구 등.
   - (4. 욕심의 병) 나눔, 봉사 등 긍정적 감정 에너지 방전, 이성 에너지 약화. 욕심, 탐욕 등 부정적 감정 에너지 충전.

2. 산중턱이 파헤쳐지고 나무와 숲의 심각한 훼손 발생.
   - (5. 공포의 병) 기쁨, 환희 등 긍정적 감정 에너지 방전. 이성 에너지 약화. 외로움, 쓸쓸함, 공포 등 부정적 감정 에너지 충전.
   - (6. 폭력의 병) 인내, 용서, 관용, 치유의 긍정적 감정 에너지 방전. 이성 약화. 공격성, 폭행 등 부정적 감정 에너지 충전.

3. (7. 화약의 병) 구원, 연민 등 긍정적 감정 에너지가 (4. 욕심의 병), (5.

공포의 병), (6. 폭력의 병)에 사랑 에너지 지원, 고갈 사태 직면.
4. (7. 화약의 병) 최악의 부정적 감정 에너지 충전, 방출 시작
  - 산사태 발생.

진단

* 사람의 욕심에 의한 자연 훼손으로 긍정적 감정 에너지는 방전이 계속
   되는 반면, 부정적 감정 에너지는 충전을 거듭하다가 급기야 (4.욕심의
   병), (5. 공포의 병), (6.폭력의 병)에 들어 있던 부정적 감정 에너지가
   분출되기 시작함.
* 입주자의 나눔, 봉사 등 긍정적 감정 에너지 방전, 고갈.
* (7. 화약의 병)의 사랑 에너지가 긴급 지원을 하였으나 역부족으로 최
   후의 보루인 자체 에너지마저 방전되자 최악의 부정적 감정 에너지가
   분출 시작, 산사태 초래.

IV

사람과 삶 이야기

아우구스토 쿠리는 "아름다움을 음미하면 삶의 기쁨을 느끼게 된다."라고 했다. 헬렌 켈러는 "세상에서 가장 아름답고 소중한 것은 보이거나 만져지지 않는다. 단지 가슴으로 느낄 수 있다."라고 했다.

사람의 삶에서 꼭 필요한 것은 무상으로 무한정 누릴 수 있는 반면, 꼭 필요하지 않은 것은 엄청나게 비싼 값을 치러야 한다. 햇볕, 공기와 물은 삶에서 꼭 필요하지만 무상으로 자연에서 마음껏 향유할 수 있다. 반면 보석, 장신구는 삶에서 꼭 필요하지 않지만 이들을 갖기 위해서는 값비싼 대가를 치러야 한다. 사람은 소중한 것에는 관심이 적고, 무의미하고 허영에 찬 것에 관심이 집중되어 사족을 못 쓰곤 한다.

이 세상 누구에게나 소중한 삶, 추구하는 행복은 그 자체가 아름답다. 그러나 신은 사람에게 더 많은 것을 요구한다. 이웃과 남을 위하여 자신의 소중한 것을 함께 나누며 사랑을 실천하라는 것이다. 그것은 한겨울 화롯가에서 구운 고구마를 병상에 누워 지친 환자와 함께 나누어 먹는 일일 수도 있다. 또 내 이웃이 기뻐할 때 박수 치며 함께 즐거워하는 일일 수도 있다. 추위와 허기에 지쳐 있는 어린 소녀에게 내미는 따뜻한 목도리와 빵이 될 수도 있다. 인류의 마음속에 심어준 사랑, 그 사랑의 에너지가 충만해질 때 우리가 사는 세상이 바로 천국이며, 그 삶이 낙원이 될 것이다.

1. 삶의 원리

사람이 더불어 살아가는 데 제각기 마음대로 살아가는 것처럼 보이지만, 그 속에는 큰 흐름이 있다. 손해보지 않으려는 마음, 더 가지려는 마음, 지지 않으려는 마음, 더 편해지려는 불편한 마음 등이 있는가 하면,

스스로 맑은 삶을 추구하며 남을 위하는 마음, 남의 잘못을 감싸주고 보듬어주려는 착한 마음이 있다.

이 같은 여러 성향의 사람이 살아가는 큰 흐름이 되는 세 가지 원리를 제시해보겠다. 그것은 바로 '시소의 원리', '편함의 원리', '포용의 원리'다. 이 세 가지 원리를 근간으로 사람은 매일같이 고민하고, 즐거워하고, 불행해 하고, 안타까워하고, 행복에 겨워하는 것이다. 사람은 이 세 가지 원리를 바탕으로 자신의 가치를 추구하며 살아간다.

시소의 원리

어린이 놀이터에 가면 시소가 있다. 어린이 두 명이 균형을 이루며 즐겁고 신나게 타고 있다. 두 사람은 체중이 비슷하다. 한쪽에서 조금만 힘을 주면 그쪽으로 기울고, 다른 한쪽에서 힘을 주면 또 그쪽으로 기운다. 그래서 두 어린이는 시소 타는 재미를 즐기는 것이다. 부자 간에 타는 경우도 있다. 체중이 차이가 많이 나니 아버지가 한 칸 앞으로 와서도 발을 땅에 디뎌 균형을 잡으려 애쓴다. 아이와 아버지는 함께 시소놀이를 즐기고 있으나 입장은 서로 다르다. 아이는 시소를 타는 자체가 재미있고 신난다. 게다가 아버지가 태워주니 즐겁다. 반면 아버지는 어떨까? 시소를 타는 재미보다는 자신의 아들이 즐거워하는 모습을 통해 느끼는 만족감이 훨씬 더 크다. 자신의 아들이 아니라면 아예 시소 근처에도 가지 않을 것이다.

여기서 균형을 이루는 양쪽을 대비해보자.
- 아이　 : 시소 타는 즐거움(90%), 아버지와 함께하는 만족감(10%)
- 아버지 : 시소 타는 즐거움(10%), 아들과 함께하는 만족감(90%)

아이의 시소 타는 즐거움과 아버지의 아들과 함께하는 만족감이 시소의 균형을 이룬다. 여기서 아버지는 시소 타는 즐거움이 별로 없는 상황을 양보와 배려로써 극복하고 있다. 아이와 함께 노는 즐거움이 대체하고 있는 것이다. 이처럼 사람간의 모든 관계에서 시소의 원리가 작용한다. 이는 부분적으로 '계산의 원리'가 적용되는 것이며, 때로는 '유유상종'이란 말이 적용될 수도 있겠다. 모든 면에 균형을 이루고 대등한 관계를 유지한다는 것이다. 여기에 사람마다 고유한 양보와 배려의 힘이 작용하고 있다.

예를 들어 부부가 오랜 세월 행복하게 잘살기 위해서는 두 사람이 모든 면에서 균형을 유지해야 한다. 말하자면 어린 시절 가정환경, 부모의 지적 수준·재산·학력, 본인의 학력, 출신 지역, 종교, 직장, 사회적 지위, 용모, 취미, 성격 등에서 균형을 이루는 편이 원만하고 행복한 삶을 영위하는 데 중요하다. 그렇지 않을 경우 대체할 수 있는 다른 무엇이 있어 균형을 유지할 수도 있는데, 그나마 중요도에 대한 인식 변화가 시소의 균형을 무너뜨린다. 어느 한쪽이 기울게 되면 그만큼 두 사람이 우호적인 관계를 지속하는 데 걸림돌로 작용하게 될 우려가 커진다. 사랑하는 남녀 두 사람의 경우 가시적이건 비가시적이건 현격한 차이가 종국에 가서는 두 사람을 갈라놓는 씨앗으로 작용한다는 것이다. 앞에서 언급한 '이수일과 심순애'의 사례에서 살펴보았듯이, 심순애의 헌신적 뒷바라지가 이수일의 장래 낙관적 전망과 상쇄되어 둘은 균형을 이루는 듯하다. 하지만 시간이 지나면서 신분이나 지위 등 여러 가지 면에서 현격한 차이와 중요도의 변화가 원만한 관계 유지에 장애물이 된다. 빈곤한 가정환경에서 성장하여 고시에 합격한 남자가 부유층 딸과 결혼한 후 불편한 삶을 살아야 하는 경우가 많으며, 급기야 파경을 맞는 사례를 접하게 되는데, 다음과 같이 시소의 원리에서 그 원인을 찾을 수 있다.

	초기	중반기 이후
여성	성격(20%), 재력(30%), 사회적 지위(50%)	성격(30%), 재력(50%), 사회적 지위(20%)
남성	성격(10%), 재력(10%), 사회적 지위(80%)	성격(10%), 재력(10%), 사회적 지위(80%)

※ 각 항목의 비중은 성별 중요시하는 가치를 나타낸다.

　　결혼 초기 여성은 남성의 성격과 재력의 열세를 사회적 지위가 만회해 주어 균형을 유지했다. 그러나 시간이 지나면서 균형을 이룬 가치의 중요도에 변화가 생긴다. 중반기 이후에는 가치의 중요도에 대한 인식 변화가 일어난다. 여성의 경우 성격과 재력의 중요성이 더욱 부각되고 사회적 지위에 대한 가치는 현격히 떨어진다. 반면 남성의 경우 중요도에 대한 인식 변화가 일어나지 않는다. 각자가 생각하는 가치의 중요도에 대한 인식의 차이가 커지자 갈등을 빚게 되어 파경을 맞는 것이다. 즉 여성의 경우 성격과 재력을 중요시하는 반면, 사회적 지위에 대해서는 별 중요성을 인정하지 않게 된 것이 시소의 균형을 깨뜨리는 것이다.

　　동성간의 친구 관계에서도 같은 원리가 작용한다. 원만한 친구 관계가 장기간 유지되기 위해서는 위에서 언급한 두 사람간의 여러 가치가 균형을 이루어야 한다. 풍족한 생활을 하는 사람과 생활 형편이 어려운 사람이 친구로서 좋은 관계를 오래도록 유지하기란 쉽지 않다. 학력 차이가 현격한 두 친구가 장기간 원만한 관계를 유지하기란 상당히 어렵다. 다만 동성간의 관계는 이성간의 관계에서처럼 극단적인 상황까지는 이르지 않는다는 데서 차이가 있다. 물론 일반적으로 그렇다는 것이고, 특별히 예외인 경우도 있긴 하다. 아버지와 아들이 시소를 재미있게 즐기는 것처럼 한편에서 양보하거나 다른 한편의 즐거움과 행복을 위해서 희생할 각오가 되어 있으면 가능하다. 문제는 사람은 태생적으로나 본능적으로 언제까지나 양보와 배려만 하면서 살기는 어렵다는 것이다. 한쪽으로 기울어진 시소가 지속되는 것을 견디기 어렵다는 말씀이다.

취미의 경우에 있어서도 그렇다. 연인 관계인 남녀의 경우 남자는 낚시를 좋아하고 여자는 음악감상을 좋아한다고 가정해보자. 어느 한편이 과감히 자신의 취미를 양보하거나 포기하고 상대방의 취미를 받아들이지 않는 한, 갈등과 마찰의 현실에서 벗어나기 어렵다. 다른 것에서 그 차이를 극복해줄 특별한 무엇이 없다면 더욱 심각하다.

위에서 언급한 학력, 재산, 성격 등 주요 가치의 현격한 차이는 장기적으로 원만한 관계를 유지하는 데 걸림돌로 작용할 우려가 크다. 그 차이를 극복하기란 여간 힘든 게 아니다. 뿐만 아니라 극복한다고 하더라도 생활 속 삶이란 작은 갈등이라도 한 번만 참고 지나치면 되는 것이 아니라 두고두고 발목을 잡는다는 데 문제가 있다. 성장환경에서 이루어지는 시골과 도시간 출신 지역의 차이, 종교의 차이, 습관의 차이가 시간이 지남에 따라 시소의 균형을 깨는 원인이 되기도 한다. 심지어 수면 습관에 있어서의 차이도 원만한 관계 유지에 상당한 영향을 미치게 된다. 즉 아내는 일찍 자고 일찍 일어나는 데 반해, 남편은 늦게 자고 늦게 일어나는 경우 많은 갈등을 일으킨다.

개인 가치의 차이는 결국 그 중요도에 대한 인식 변화를 가져오게 하여 파국으로 치닫는 원인이 된다. 극단적인 상황에까지 이르지 않기 위해 사람은 이 가치의 차이를 극복하고 균형을 유지하고자 각별한 노력을 기울이며 살아간다. 이처럼 시소의 원리는 사람간의 관계에서 균형의 중요성에 대한 원리를 제시해준다.

반면, 성격의 차이는 상황에 따라 다른 면을 보인다. 즉 떠로는 상호 보완적이고 긍정적으로 작용하기도 한다. 아주 급한 성격과 느긋한 성격은 상호 보완의 장점이 많다. 이타적인 성격과 개인주의적인 성격은 상호 보완의 효과가 크기도 하지만 불협화음의 원인도 제공한다. 실제 사례를 보면, 톨스토이는 어려운 사람을 위해 봉사하고자 하는 성향을 지녀 자신의 소중한 재산을 사회에 기부하려는 강한 의지를 보였다. 그러나 아내의 극심한 반대로 깊은 갈등을 빚게 된다. 내향적인 성격과 외향적인 성격 또한 상호 보완의 장점을 지니고 있는 반면, 조화의 어려움을 겪기도 한다.

사람간에 균형이 잡히지 않아 일어나는 문제들을 전부 파헤쳐 맞추어 나가기는 현실적으로 어려운 면이 있지만, 주요 가치에 대해서는 출발 단계에서부터 맞추는 것이 살아가는 과정에서 발생하는 많은 갈등과, 번민, 마찰을 예방해주는 효과를 발휘한다. 이는 차별이 아니며, 원만한 관계를 통해 가정, 사회, 국가에 이르는 균형을 잡아주는 것으로서, 때로는 강요되어도 될 정도로 중요한 관건이다. 부모가 자식의 배우자를 물색할 때 그만큼 신경 쓰는 이유가 여기에 있다.

휴가철에 아내는 깊은 산 계곡으로 가고 싶어 하는데, 남편은 자꾸만 바다로 가기를 원한다면 어떨까. 남편은 일찍 자고 싶어 하는데 아내는 마냥 밤늦도록 대화하고 싶어 한다면 어떨까. 아내는 아파트에 살고 싶어 하는데, 남편은 작은 정원이라도 있는 단독주택에 살고 싶어 한다면 어떨까. 부부가 각자 자신의 친 부모만 챙기기 원한다면 문제는 심각해진다. 물론 사람은 맞추어 가면서 살아가고, 자신의 것을 기꺼이 양보하기도 한다. 그러나 이런 일이 복합적으로 생겨나고 지나치게 자주 발생하면, 자신에게 과도한 스트레스로 다가와 결국 파경에까지 이르게 된다는 데 문제가 있다.

이 시소의 원리는 출발 단계에서 근원적인 것을 바로잡아줌으로써 추후에 두고두고 발생될 수 있는 불협화음을 많이 완화할 수 있다는 측면에서 염두에 둘 만한 가치가 크다. 무작정 내가 고쳐 나가야지, 상대를 잘 설득하면 되겠지, 내가 양보하면 되겠지, 좀 더 노력하면 되겠지 하는 식의 막연한 생각만으로는 위험하다. 벼논의 못줄은 애초에 바로잡아야 벼가 잘 자란다. 나중에 고쳐 나가기는 여간 어려운 일이 아니다.

'계산의 원리'는 시소의 원리에 포함되는 부분적인 것이지만 사람간의 관계에서 중요한 역할을 한다. 사람간의 모든 일이 기울어짐이 없어야 하고, 서운함이 없어야 한다는 것이다. 돈을 빌려주었으면 제때 갚아야 하고, 그 금액이 정확해야 한다. 한 사람이 한 번 술을 샀으면 다음에는 상대방이 사는 것이 좋다. 임차를 했으면 제때 임차료를 내야 하고, 만기 시에는 임대인이 보증금을 정확하게 환불해야 한다. 정해진 기일까지 생산, 용역, 서비스를 제공하기로 했으면 그 기일에 맞추어 완성물을 제공해야 한다. 이 계산이 틀릴 때 사람은 견디지 못한다.

이 약속한 계산이 안 맞아 온갖 불협화음이 발생한다. 무형의 계산도 중요하다. 음성적으로 도와주었으면 반대급부로 고마움의 표시를 해야 한다. 눈에 보이지 않게 불편과 손해를 끼쳤으면 반드시 사과하고 보상을 협의해야 한다. 사람은 이 계산이 맞지 않아 늘 서운해 하고 괴로워하며 견디지 못한다. 그래서 사람이다.

그런데 이 시소의 원리를 극복하며 지내는 사람이 있다. 사랑의 에너지가 넘치는 사람이다. 사랑의 에너지는 깨달음이라는 관문을 거쳐 예각으로 다가오는 난관을 헤쳐 나가고 보듬어주며 보살핌을 실천한다. 데

이비드 호킨스 박사가 제시한 의식 수준으로 말하자면 600 이상 상당한 수준에 도달한 사람이다. 이것이 사람이 추구하는 진정한 가치다.

현풍 곽씨와 청송 심씨의 효도에 관한 이야기가 있다. 청송 심씨가 그렇게 효성이 남다르다고 소문이 자자해서 현풍 곽씨 집안에서 사실확인 차 청송 심씨 댁을 찾아갔다. 하루는 저녁 무렵 청송 심씨 부자가 밭에서 일을 마치고 돌아오는데, 아버지는 무거운 쟁기를 메고 힘겹게 걷는데, 아들은 쇠고삐만 달랑 쥐고는 휘파람을 불면서 걷는 게 아닌가. 또 집에 도착하자 온 얼굴에 깊게 주름이 패인 노모가 대야에 따뜻한 물을 준비했다가 다 큰 아들의 발을 씻겨주는 것이 아닌가. 이를 지켜본 현풍 곽씨는 "연로하신 부모님을 힘들게 하는 저 아들 보소! 저게 무슨 효자냐?"라고 비웃었다. 그러자 청송 심씨 아들이 대답하길, "저는 한 게 아무것도 없고, 부모님 하시고 싶은 대로 해드린 것뿐입니다."라고 했다. 그 아들의 부모님에 대한 효도는 그들의 마음을 편안하게 해드리는 것이었다.

사람은 그저 가만히 있다고 해서 편한 것이 아니다. 마냥 부모님이 육체적으로 힘들지 않도록 하는 것이 편안하게 해드리는 것이 아니며, 그것이 곧 효도가 아니라는 것이다. 노모를 편하게 해드린다고 아무 일도 못 하게 하고 그냥 가만히 계시도록 한다면, 이는 진정 편하게 해드리는 것이 아니라 오히려 불효가 될 가능성이 크다. 병은 신체에서 오는 것이 아니라 마음에서 온다고 한다. 마음이 편해야 건강한 삶이 유지된다. 시골에서 하루 종일 뙤약볕 아래에서 농사일 한다고 해서 질병에 잘 걸리는 것이 아니고, 건설현장에서 온갖 먼지를 마셔가며 구슬땀 흘리며 일한다고 해서 병에 취약한 것이 아니다. 반면 대궐 같은 저택에서 안락한 소파에 기대어 값비싼 와인으로 고귀한 목을 적시며 편하게 쉬고 있다고 해서 건강한 삶이 보장되는 것은 아니다. 마음이 편안해야 되는 것이다.

사람은 홀로 인도로 배낭여행을 떠나 몇 달씩 머물곤 한다. 또 어떤 사람은 필리핀에 가서 장기간 머물다 오곤 하며, 네팔 등지로 배낭여행을 떠나 3개월 이상 머무는 사람도 있다. 왜 사람은 의식주 모두 불편하기 짝이 없는 먼 이국 땅에서 장기간 혼자 체류하기를 즐기는 걸까? 혼자 다니는 것이 편하기 때문이다. 자신과 맞지 않는 것을 회피하려 한다. 일견 이기심의 발로라고도 볼 수 있으나, 그것이 남에게 어떤 영향도 미치지 않는다는 점에서 볼 때 그렇게만 볼 수는 없다. 늘 함께하는 주위 사람들과 조율하고 양보하고 적응하는 것에 질리기 때문이다. 언어소통도 불편하고 음식도 적응하기 어려운데도 마냥 즐겁다고 한다. 만면에 미소가 가득하다. 편하기 때문이다. 불편해도 편하기 때문이다. 몸은 불편해도 마음이 편하기 때문이다. 자신이 스스로 본질적 편안함을 느끼기 때문이다. 사람이 추구하는 이상은 이 편함에 있다.

이 세상에서 사람이 추구하는 가장 큰 가치는 편함이라고 볼 수 있다. 사전에는 '편할 편(便)'이라고 되어 있다. 사람들은 고된 일을 마치고 잠시 쉴 때나 힘든 산행 끝에 정상에 올라 나무그늘 아래 앉을 때, 뭐라고 말하는가? "참 편하다."라고 한다. 이 편함이 바로 행복과 연결되며, 사람은 이 편함을 추구하는 동물이라 할 수 있다. 경쟁에서 이겨 앞서고, 칭찬받고, 승진하게 되면 우리 마음은 어떤가? 마음이 참 편안하다. 반대말은 당연히 불편이지만, 반드시 그렇지는 않다. 편함이 포괄적이고 광범위한 의미를 담고 있기 때문에 그저 불편이라고 하면 반대 의미의 일부분일 수는 있어도 전체는 아니다. 물론 대부분의 경우 마음이 편하면 불편하지 않겠지만, 마음은 편한데도 때로는 불편할 수도 있고, 불편하지 않은데도 편하지 않을 수 있는 일이 많다. 뒤집어서 편하지 않아도 반드시 불편하지 않은 경우가 있다.

학생이 학교에서 시험성적이 월등히 향상되지 않아 마음이 편하지 않지만, 그렇게 불편함을 느끼지는 않는다. 직장인이 열심히 일해 성과를 거양하여 상사로부터 칭찬까지 받게 되면 편하지만, 경쟁관계에 있는 동료들을 생각하면 그리 편하지 않다. 퇴근 시 마음은 편한데 막상 지하철을 타려고 하니 복잡하고 앉을 좌석이 없어 불편하다. 지하철에서 가까스로 좌석이 있어 앉아서 갈 수 있어 편한데도 좌우로 꽉 끼여 있다면 불편하며, 마음이 불편할 수도 있다. 학생이 성적이 올라 기쁜 마음으로 집으로 향하는 길에 버스가 복잡해서 짜증이 나고 몸은 불편해도 마음은 편하다. 풍족한 생활로 돈 걱정은 없어 편하지만, 자식이 공부를 잘 못 하면 마음이 편하지 않다.

이처럼 편함이 편함으로 연결되기도 하고, 편함과 편하지 않음이 교차하기도 하며, 편함이 곧 불편함과 교차되기도 한다. 사람들에게서 불편을 다 없앤다고 해서 편해지는 것은 아니며, 모든 것이 불편하다고 해서 편함을 찾을 수 없는 것은 아니다. 편함과 편하지 않음, 불편함이 가시적인 것과 비가시적인 경우가 있고, 여러 가지가 복합적으로 작용하는 경우도 있어서 미묘하고 복잡하기는 하나, 사람은 이 편함의 원리 속에 행복한 삶을 추구하고 있는 것이다.

사람이 추구하는 이 편함은 그저 다가오는 것이 아니다. 현재의 편안하지 않음과 불편을 감수해야 한다. 말하자면 산 정상에 올라서야 느낄 수 있는 신선한 바람, 쾌적한 공기와 같은 것이어서 정상까지 올라가는 노력과 고행이 필요하다. 강을 건너야 얻을 수 있는 양식과 같아서 배를 타고 노를 젓는 수고가 반드시 필요하다. "태어날 때부터 부잣집 자녀로 태어나면 수고를 안 해도 되지 않느냐?"라든가 "욕심이 없으면 그다지 수고를 하지 않아도 편함을 누릴 수 있지 않겠는가?"라는 질문에 봉착하게 되는데, 그 어느 누구에게도 예외는 없다.

늘 곳간에 곡식이 가득하고, 사시사철 온갖 과일, 채소를 쉽게 구할 수 있다고 편함을 누릴 수 있는 것은 아니다. 값비싼 옷에 금은보화로 온몸을 치장한다고 해서 반드시 편함을 누릴 수 있는 것은 아니다. 세상이 다 알아주는 명품 가방을 들고 다닌다고 해서 반드시 마음이 편한 것은 아니다. 이 편함을 누리기 위해서는 반드시 수반되는 땀과 정성, 인내, 나눔의 정신이 필요하다. 게다가 이 편함은 그리 오래 지속되지 않는다. 이 또한 일신 우일신해야 매 순간 편함을 맛볼 수 있다.

전남 화순 어느 산골마을에 열 명의 자녀를 방 하나에서 훌륭하게 길러낸 팔순의 할머니는 시부모, 시조부모를 모시고도 늘 편한 마음을 잃지 않으셨다고 한다. 그러면서 늘 부족한 가운데도 이웃과의 나눔을 실천했다. 곳간이 넘쳐나야 나눌 수 있는 것이 아니라, 부족한 가운데 더 나눔을 실천해야 한다고 강조한다. 그러면서도 자신에게 뭘 가져다 주는데도 미운 사람이 있고, 달라고 하는데도 고운 사람이 있다면서, 사람의 마음, 태도의 중요성을 암시하고 있다.

편함도 가꾸어야 한다. 한 여성이 그토록 갖고 싶은 목걸이를 각고의 노력으로 구입했다고 하더라도 기쁨으로 인한 편함은 그리 오래 지속되지 않는다. 한 남자가 그토록 꿈에 그리고 사모하던 여자와 우여곡절 끝에 혼인의 연을 맺었다고 하더라도 그 목적 달성에 따른 기쁨, 행복감에 따른 편함은 그리 오래 지속되지 않는다. 아름다움을 가꾸듯 사람의 일은 가꿈이 없이는 오래 지속되지 못한다. 그래서 사람의 일은 늘 현재진행형이 되어야 한다는 말이다. 일신우일신하는 것이다. 그래서 사람이다.

진정한 편함을 얻으려면 어떻게 해야 하나? 내가 편하기 위해서는 역설적으로 나 자신보다는 우선 남을 편하게 해야 한다. 사람은 자신이 편하기 위해 새치기를 일삼고, 모함하고, 투기를 조장하고, 경쟁자를 속박하기를 서슴지 않는데, 이는 진정한 편함을 추구하는 바른 길이 아니다.

"조선 중기 학자 하서 김인후 선생은 '백성 편에 서서 백성 속으로 들어가 백성의 마음을 헤아리고 붙드는 일'이 위정자의 첫 걸음임을 강조했다. '예부터 백성의 상(上·왕)은 자신의 위엄보다 먼저 백성이 자기와 친하지 못할까 봐 걱정했다. 둘째, 민심을 복종시키는 일보다 자기가 백성에게 극진히 하지 못할까 봐 근심했다. 셋째, 민심이 악으로 흐르는 것을 벌하기보다 본성이 선하다는 믿음을 끝까지 바꾸지 않았다. 그래서 내 마음을 미루어 백성의 마음을 감화시키면 감화되지 않는 일이 없으며, 사람의 도리로 사람을 다스리면 다스리지 못할 일이 없다.'" - '퇴계·하서·고봉', 배인준 칼럼, 『동아일보』 A34면, 20○0년 7월 15일자

백성의 편함이 없이 왕의 편함이 없으며, 가족의 편함이 없이 가장의 편함은 없다. 경쟁자, 동료, 상사, 이웃, 친구의 편함이 없이 나의 편함은 없는 것이다. 사람은 더불어 살면서 남의 편함 속에서 자신의 편함을 찾아야 진정한 편함에 이른다. 백성의 편함이 없이 진수성찬에 술잔을 기울이는 위정자들의 편함은 어디에서도 찾을 수 없으며, 그것은 진정한 편함이 아니다. 먼저 자신이 맑아져야 주위도 맑아지는 것, 늘 자신을 돌아보는 숙연한 자세를 가져야 한다. 그곳에 진정한 편함이 있다. 사람은 이기심으로 가득한 채 자신의 편함을 우선 챙기려고만 한다. 사람은 자기가 잘한 것은 큰 소리로 떠들고, 남이 잘한 것은 조용히 덮어두려 한다. 사람은 자신의 잘못은 덮어둔 채 남들의 잘못은 곧잘 들추어내려 한다. 사람은 좋은 것은 자기가 차지하고 좋지 않은 것은 남들이 가져가길 바란다. 사람은 자신의 잘못을 먼저 고치려 하지 않고 남들 핑계만 대려 한다. 사람은 비눗물 묻은 손으로 병 뚜껑을 열려고 애쓰면서 병만 탓한다.

무당 와룡 선생은 하늘의 소리를 올바르게 듣고 그 뜻을 전해 고통 받고 있는 많은 사람들을 행복하게 해주는 것이 무당의 사명이라고 여기고, 추운 겨울에도 연탄 2장으로 하루를 살아가는 알뜰한 부부 무당이

라고 하면서 이렇게 말한다. "무당집은 어렵고 힘든 사람들이 편하게 찾을 수 있도록 해야 한다. 가난한 삶을 실천하고 근검 절약하여 불우한 이웃을 위해 무엇을 할 것인가를 늘 생각하라는 신의 하명을 실천하는 것이 삶의 보람이다." - 『일요신문』 2012년 3월 4일자

먼저 자신을 돌아보고 자신을 올바르게 가다듬어야 한다. 문제는 나 자신이 끌어안고, 칭찬과 보상은 먼저 남에게 돌려야 한다. 문제 제기는 남이 하고 해결은 내가 한다고 생각해야 한다. 내가 문제를 안고 가고, 남에게는 해결책을 베풀어야 한다. 그렇게 하는 것이 결국 나 자신에게 편안함과 행복을 가져다 주는 길이기 때문이다. 식당에 들어선 손님이 덥다고 하자, 주인이 "추운데요." 한다. 반찬이 짜다고 하는 손님의 말에 주인은 "안 짠데요." 한다. 그 주인은 자신이 문제의 중심에 서기를 거부하고, 해결의 중심에 서기를 꺼리는 것이다. 사람간에 다툼이 생기면, 각기 잘한 것은 자신이고 잘못한 것은 상대방이라고 우긴다. 그러면 해결되지 않는다. 내가 먼저 양보하지 않으면 문제는 풀리지 않는다. 내가 먼저 양보하면 모두가 편해진다. 사람은 그것을 모른다. 알아도 실천하기를 거부한다. 자신이 손해 본다는 생각에서다. 사실은 그렇지 않다. 실제 분쟁이나 다툼, 불협화음 발생 시 자신의 잘못에 기인하는 경우가 대부분인데도 사람은 남 탓하기만 즐겨 한다.

두 사람이 싸우는데 "네가 먼저 욕했잖아?"라고 하니 다른 한 사람이 "네가 먼저 잘못했잖아?"라고 되받아 친다. 잘못을 상대에게 떠밀려고만 하니 해결책은 없다. 둘이서 평행선을 그으며 계속 싸우는 수밖에… 연인 사이인 두 남녀가 약속 장소가 어긋나 실랑이가 벌어졌다. 먼저 남자가 "시계탑 앞으로 오라고 했잖아."라고 하니, 여자가 "그건 만약 늦게 도착할 경우에 시계탑 앞에서 만나기로 한 거잖아."라고 한다. 어느 편에서도 "약속 장소를 내가 착각했나 봐, 미안!"이라는 말은 서로 하지 않는다. 자신이 먼저 양보하면 알량한 자존심이 구겨진다는

천박한 태도 때문이다. 일이 꼬이는 많은 경우에 잘못은 내가 떠안고 먼저 사과하면 생각보다 훨씬 좋은 결과를 가져온다. 상대방을 편하게 해주면 나는 저절로 편안해진다.

비좁은 길에 자동차 두 대가 맞닥뜨리더니 서로 꼼짝 않고 서 있다. 서로 뒤로 물러서는 불편을 감수하지 않으려고 한다. 서로 양보하지 않으려 한다. 서로 상대방에게 두로 빠져주기를 기대한다. 그 뒤로는 줄줄이 자동차들이 밀려 서 있다. 한참 후에 어느 한 편이 양보하여 뒤로 물러나더라도 두 사람 다 마음이 편하지 않다. 문제를 자꾸 상대방에게 전가시키려고 하니 해결책이 나오지 않는다. 내가 괜찮으면 되는 것이 아니라 상대방이 먼저 O.K. 해야 한다. 그래야 내가 편해지며, 결국 모두가 편해진다.

진정한 편함은 불편함을 사서 해야 한다. 편함은 그저 얻어지는 것이 아니기 때문이다. 때로는 남의 불편을 내가 뒤집어쓰려고 할 때 진정한 편함이 나에게 찾아온다. 나 자신이 우선 편한 것은 진정한 편함이 아니기 때문이다. 겨울철 목욕탕에서 찬물로 샤워한 후 그냥 잠그고 떠나면, 우선 자신은 편한데 다음 사람이 이용할 때 갑자기 찬물을 뒤집어쓰게 되니 깜짝 놀란다. 따뜻한 물이 나오도록 샤워 꼭지를 조정해놓는 작은 수고가 다른 사람을 편하게 한다. 그것이 나의 편함이다. 공공시설 이용 시 현관문을 밀고 들어간 후 그냥 놓으면 우선 나는 편하지만, 바로 뒤에 따라오는 사람은 갑자기 그 현관문이 자신에게로 밀려와 깜짝 놀란다. 현관문을 잠시 붙잡아주는 배려가 뒤에 오는 사람을 편안하게 하며, 그것이 곧 나의 편함과 연결되는 것이다.

앞에서도 언급했지만 나는 엘리베이터에서 만나는 모든 사람에게 먼저 인사한다. 중학생이건 할아버지건 할머니건 상관없다. 무조건 먼저 인사한다. 그것이 편한 길이기 때문이다. 나에게 편안함을 주기 때문이다. 비좁은 엘리베이터 안에서 주민등록증을 꺼내 상호 확인하며 "자네가 더 어리니까 먼저 인사해야지."라고 하면 굉장히 논리적이고 과학적이다. 그런데 사람의 삶은 생각보다 그리 과학적이지 않은 데 문제가 있다. 먼저 인사하고 나면 멀뚱히 쳐다보던 사람들도 꼭 내릴 때 인사로 답례한다. 그러면 내가 또 인사한다. "안녕히 가십시오."라고. 답례 인사를 받지 않아도 상관없다. 인사는 꼭 답례를 받아야 하는 것이 아니다. 남에게서 무언가를 기대하는 마음부터 내려놓아야 한다.

산행을 할 때도 마주치는 사람에게 꼭 먼저 인사한다. "안녕하십니까? 수고하십니다."라고. 그러면 어떤 사람은 자신이 아는 사람인가 하고 멀뚱히 쳐다보다 뒤늦게라도 꼭 답례를 한다. 답례 인사를 안 받아도 그만이다. 상대방에게 좋은 기운 전하는 것만으로도 나 자신이 행복해지고 마음이 편해지기 때문이다. 기브엔테이크(Give&Take)의 사고방식이 온 세상을 스트레스와 분노로 들끓게 한다. '오는 정이 있어야 가는 정이 있다.'라는 우리 속담이 사람간의 좋은 관계를 이해타산으로 몰고 가고 탁한 세상으로 몰고 간다. 자꾸만 협상 테이블에 마주 앉아 있는 사람들처럼 반대급부를 기대하는 것이다. 나누고 베푸는 일에만 신경 쓰자. Give&Give&Give…&Forget(주고 또 주고 또 주고… 잊어버리는)의 마인드로 무장하자. 향기 나는 삶은 누가 가져다 주지 않는다. 그 실천의 중심에 나 자신 이외에는 아무도 없다. 그래야 삶에 은은하고 고운 향기가 피어나는 것이다. 그것이 곧 나의 편함이다.

포용의 원리

'남을 너그럽게 감싸주거나 받아들인다'는 의미의 포용(tolerance)은 삶에서 중요한 가치다.

젊은 나이에 중죄로 15년간 옥살이를 한 죄수가 석방된 후 수십 년이 지나 백발이 성성한 할아버지가 된 이후 무죄로 최종 판결 났다. 그러자 당시 자신을 조사한 경찰관을 용서해달라는 말씀을 꺼내면서, 담당 경찰관이 자신으로 인해서 양심의 가책을 가지지 않길 바란다고 말했다고 한다. 포용은 자신의 아픔을 감내하고 남을 인정하고 받아들이는 마음이다.

저녁 식사를 마치고 여느 때처럼 산책을 나갔는데, 자동차의 굉음소리에다 급 브레이크 밟는 소리가 진동한다. 무슨 큰 사고라도 금방 날 듯한 불안감을 증폭시킨다. 가까이 가서 보니 아마 카 레이스 입문생이 한적한 도로에서 엄청난 스피드에서 급격한 제동장치 작동으로 급회전하는 묘기를 부리는 연습을 하고 있는 것 같았다. 아파트와는 다소 거리가 떨어지긴 했지만 주민들이 막 일을 마치고 집에서 쉬고 있을 시간인데 '굉음 잔치'라 별로 어울리지 않는 광경이었다. 그래, '잠시 동안 하다가 말겠지', '하긴 카 레이스 연습할 장소가 마땅치는 않겠지.' 하고 스스로 위안하면서 걸음을 재촉했다.

붕어가 사는 곳에 메기를 풀어놓으면 긴장감이 조성되어 붕어가 더 오래 산다고 한다. 바다에서 잡은 고기를 먼 도시까지 운송하는 데 그 물고기를 잡아먹는 바다 고기를 넣어두면 운송하는 동안 물고기가 죽지 않고 더 오래 산다고 한다. 때로는 도로주행 중 끼어들기, 난폭운전, 과속주행이 필요악인지도 모른다. 이것이 주위 사람들에게 우기감을 조성하여 대다수 선량한 운전자들이 더욱 긴장하게 되고, 긴박감이 조성되어 졸음을 달아나게 하고, 안전운전에 더 신경을 쓰게 되는 역설적인 해법이 되기도 하는 것이다. 우리의 삶에서 나 자신을 불편하게 하고, 긴장하게 하고, 신경 쓰이게 하는 일에도 늘 감사하는 마음을 가지는 것이 필요하다. 이것이 포용하는 마음이다.

도로주행 시 옆에서 다른 자동차가 끼어들어 오려 하면 마음속으로

'어서 오십시오.'라고 하면서 길을 열어드린다. 설사 먼저 가려는 속셈
으로 사리에 맞지 않게, 기다리는 자동차들에 대한 예의가 아니게 끼어
들어 오려 하더라도 용인해준다. 그 사람의 속사정을 어떻게 아는가. 잠
시 눈감아주는 것이 그렇게 손해 보는 일은 아니잖은가. 다만 뒤에서 긴
행렬이 기다리고 있을 경우는 생각이 다소 복잡해지는 경우도 있긴 하
지만. 차량 통행이 많은 교차로에서 한참 신호를 기다리다 직 좌회전 신
호가 켜지자 좌회전을 막 하려는데, 반대편에서 좌회전하던 차량이 여전
히 꼬리를 물고 따라 나온다. 그 사람 입장에서 보면 그 다음 신호를 받
아 좌회전하려면 한참 기다려야 하기에, 어떻게든 따라붙어 교차로를 통
과하려는 것이다. 반대편에서 기다리는 차량들에 대한 생각을 미처 하
기 전에 자신의 이기심이 작동된 것이다. 우선 나 자신만 지나가고 보자
는 생각밖에 없다. 그냥 다 지나가도록 기다려주는 것이 미덕인 듯하지
만 이 경우에는 '방관성 책임 회피'가 된다. 이를 그냥 지나치면 그 사
람은 다음에도 똑같은 행동을 반복해서 나쁜 버릇을 고착화시킬 우려
가 있는 것이다. 그래서 반드시 경적을 울려 경고한다는 메시지를 보내
반대편에서 기다리는 차량들의 불편을 알고, 다음부터는 그러지 말라는
신호를 보내야 한다(물론 이 상황과는 달리 신호등이 없고 한적한 도로에서는 상대방
이 편안하게 통과하도록 조용히 더 기다려준다). 좋은 게 다 좋은 게 아니라 알아
야 할 것은 알리고, 모르는 것은 가르쳐주는 게 더불어 살아가는 세상
에서의 바람직한 태도일 것이다. 그냥 덮어만 주는 것이 포용은 아니다.
잘못된 것을 경고해주는 것도 진정한 포용이다.

　버스 정류장에서 한참을 기다리다 버스가 도착하여 기다리는 순서에
따라 막 오르려고 하는데, 옆에서 끼어든 중년 아주머니가 먼저 몸을 내
밀어 버스에 오른다. '급한 일이 있으신가 보다.', '아니, 먼저 타야 자
리를 잡을 수 있어서 그러시겠지.' '그런데 먼저 탄다고 빨리 갈 수 있
는 건 아니잖아?' '기다렸다가 타면 햇볕에 얼굴이 그을릴까 봐 그러신

가.'라는 등 그 짧은 순간에 온갖 생각을 다 해보면서도 조심스럽게 양보한다. 나 자신이 조금 더 양보하는 삶, 약간 손해 보려는 삶 속에 행복이 움튼다. 감자탕을 먹을 때 딱딱한 뼈 사이에 붙은 숨은 살점을 발라내 먹는 맛이 새로운 미각을 자극하듯, 무미건조한 삶 속에 작은 실천이 행복을 자아낸다. 잘 드는 칼로 뼈에서 고기 살점을 알뜰히 도려내고도 남아 있는 그 숨은 살점 부위를 찾아내 파먹는 것이 감자탕 맛을 즐기는 기쁨을 한층 더 배가시키는 것이다. 작은 일에 사랑을 실천하면 기쁨이 배가된다.

밤 늦게 24시간 운영하는 사우나에 갔다. 옷 보관함 키를 받아 들고는 자동차에 두고 온 것이 있어 다시 나갔다가 들어왔다. 종업원이 키 번호를 알아야 신발장 키를 내주는 방식이었다. 들어와서 옷을 막 벗으려는데, 키 번호가 몇 번이냐고 딱딱하게 묻는다. 아까 그대로라고 했더니 다소 신경질적인 말투로 '키 번호를 알아야 나갈 때 신발장 키를 내주지.'라고 반말하듯이 말했다. 살짝 기분 나쁘려고 하는데 늦은 심야 시간에 고객이라고 대우받겠다는 생각이 민망하기도 하고 늦게까지 일하는 종업원한테 따져서 기분 좋을 것이 없다는 생각에 속 감정을 달래며 그냥 지나치기로 했다. 그 상황에서 참 잘했다는 생각을 하게 된다. 사람은 꼭 찍어서 지적해주어야 할 때도 있지만, 스스로 깨우치게 되면 더 큰 효과를 발휘할 것이라는 기대를 한 것이다. 나중에 그 종업원 자신이 손님에게 좀 무례하게 대하지 않았나 하고 반성하면 더할 나위 없이 다행이다. 그럴 것이라 믿는다. 그래서 내키지 않지만 포용하는 내 마음이 편안해진다. 이처럼 포용하는 마음은 견디고 인내하는 마음이다.

경북 김천에서 근무할 때의 일이다. 어느 날 오후 경찰관 두 분이 내 사무실에 들이닥쳤다. 깜짝 놀랐지만 억지로 태연한 척했다. 두 손님을 맞이하며 무슨 영문인지 들어보니, 경찰 차량을 타고 순찰 중 후진하다가 유치원을 마치고 귀가하던 내 딸 아이를 치었다는 것이다. 그 경찰관은 거듭 사과의 말을 했다. 괜찮다고 했다. 일을 하다 보면 그럴 수도 있는 것 아니냐고. 그러고 나니 마음이 편안했다. 그래서 사람이다.

그 경찰관은 이미 딸 아이를 데리고 병원에 가서 CT 검사 등을 다 해보았는데 이상 없다고 했다. 그런데도 사무실까지 찾아와 죄송하다고 사과한다. 오히려 경찰에 불만을 지닌 인근 유치원에서 더 난리다. 그냥 있지 말고 고발조치를 하라고 떠들어댄다. '사람은 왜 그리 부정적 감정이 격해져서 살아갈까? 더불어 살아가고자 하는 마음을 가지면 속 쓰린 일이라도 생기는 걸까?' 하는 생각이 뇌리를 스쳤다. 누구나 실수는 하는 것이며 언제든 사고는 날 수 있다. 결과를 두고 채근하고 따지고 그러지 말자. 어려운 입장에 처한 남을 편안하게 해주어야 한다. 그것이 포용하는 마음이다.

행여 가족이 자신의 생일을 잊어버렸거나 문득 관심이 없더라도 개의치 말라. 축하의 말 한 마디 없고 안 챙겨주더라도 서운하게 생각하지 말라. 그냥 지나치더라도 곱씹으려고 하지 말고 담담해야 한다. 그러면 마음이 편안해진다. 나중에 급기야 지나친 것을 알고 몸 둘 바를 모르면, 괜찮다고 하면서 도리어 위안을 주면 어떨까. 내 생일 안 챙겨줬으니 상대방 생일도 그냥 지나치겠다고 엄포를 놓는 것과 비교해서 말이다.

겨울 햇살이 따사로이 비치는 양지 바른 곳에 있을 때 응달 져서 좀처럼 언 눈이 녹지 않는 곳이 없는지 살펴야 한다. 사회의 그늘진 부분을 보살펴야 한다. 규정, 격식에 얽매이기보다 당면 현실을 해결하는 데 우선하자. 가보면 안다. 독거 노인이 자식이 있어도 도움의 손길이 끊어져 끼니를 해결하지 못하고 있으면 온정을 베풀어야 한다. 엄동설한에 아궁이에 땔 나무 한 조각이 없고 연탄 한 장이 없어 차디찬 방에 웅크리고 앉아 있는 쪽방 어르신들을 보라. 예산, 인력이 부족하다고 말하기 전에, 어려운 이웃이 삶에 지쳐 쓰러지는 모습을 찾아내고 살펴보자. 천사 같은 마음씨를 품은 자원봉사자의 미담 사례에만 전적으로 맡겨서는 안 된다. 정부가 나서야 하고 사회가 관심을 가지고 동참하고 챙겨야 한다. 모두가 힘을 모아야 한다. 먼저 아주 작은 일에서부터라도…. 이것이 진정한 포용이다.

옆 집에서 시멘트 블록으로 담을 새로 쌓는데 우리 집을 이만큼 침범해 들어왔다고 어머니가 속상해 한다. 푸념 섞인 음성으로 아들에게 하시는 말씀. "이웃집에서 우리 집 땅을 침범하는데도 아들이란 놈이 찾아가서 아무 말도 못 하냐? 항의라도 좀 해봐라." 하고 질책한다. 그 아들은 블록 담이 조금 자신의 집을 물고 들어오면 어떠냐고 하면서 그냥 넘어가려 한다. 이웃과 마찰을 피하고 싶은 마음이기도 하지만, 삶에서 그런 것이 큰 문제가 되지 않을 거라고 생각했기 때문이다. 나중에 그 집을 팔게 되었는데, 지적도를 기준으로 선을 그으니 예전대로 회복되어 옆 집에서 블록으로 쌓은 담이 점령한 땅은 아무런 문제가 되지 않았다. 옆집에서 우리 집을 침범하여 블록 담을 쌓을 때 그냥 가만히 있길 참 잘했다는 생각이 들지 않는가. 묵묵히 참고 지내는 것도 포용하는 마음의 실천이다.

다음 사례는 포용의 원리를 잘 보여주는 사례다.

스승의 날, 선생님이 비싸고 예쁜 카네이션보다는 집안 형편이 어려운 학생이 선물한 종이로 만든 싸구려 꽃을 가슴에 달고 온종일 다니며 활짝 웃으신다. 진정한 스승의 모습은 우리 곁에 살아 숨쉬고 있다. 재학 중 그렇게 속을 썩이던 제자가 자신도 변변치 못하면서 옛날 은사님께 구두를 선물하는 것이 아닌가. "맨발로 돌아 다니던 저에게 실내화를 사주셨잖아요." 하면서. 아이 학교에 꽃 화분을 사 들고 갔더니 선생님이 도로 가져가라고 언짢은 듯이 말씀하신다. 마음의 고마움을 물건의 가치로 판단하는 세태가 야속하기만 하다. 포용할 줄 모르는 천박한 삶은 자기 자신만 피곤하게 한다.

포용을 아무리 강조해도 원칙 앞에는 못 당하는 경우도 있다. 어느 학원에서 영작문 시험을 치렀는데 다음 날 수업시간에 문제 풀이를 하게 되었다. 그 강의를 담당하는 강사가 접속사가 들어가는 문장에는 쉼표를 꼭 표기해야 된다고 강조하니, 한 학생이 답안에 쉼표 표기를 하지 않으면 감점 처리가 되느냐고 질문한다. 그 강사는 "쉼표, 그거 대단히 중요합니다. 쉼표 안 찍었으면 확 긁어 버릴랍니다!!"라고 대답한다. 삶에는 정답이 따로 정해져 있지 않다. 어떤 경우에는 정답이 두 개 있을 수 있고, 또 어떤 경우에는 정답이 없을 수도 있으며, 때로는 지금 틀린 답이 나중에 정답이 되기도 한다. 정답이 아니더라도 포용하는 마음을 갖자. 사람이 하는 일에 정답이 따로 있을 수 없으며, 그저 모범답안 정도만 살짝 고개를 내밀 수 있는 것이다.

음악을 제대로 감상하려면 사람의 마음이 음악에 대한 조예로 가득해야 하고, 미술작품을 제대로 감상하려면 그 마음이 미술에 대한 조예로 넘쳐나야 하듯이, 포용하는 마음을 가지려면 사람의 마음이 너그러움으로 가득 채워져 있어야 한다. 법정 스님은 꽃이 아름다운 것은 그 꽃의 아름다움을 바라보는 사람의 마음이 아름답기 때문이며, 우리가 꽃을 보고 좋아하는 것은 우리들 마음에 꽃다운 요소가 깃들어 있기 때문이라고 했다. 그것이 바로 사랑 에너지다.

사귀고 친구하자고 찾아온 손님을 괄시하고 적대시하지 말아야 한다. 사람이 가장 두려워하는 질병인 암도 생명체다. 우리 몸에 들어온 손님이니 적대시하지 말라. 그저 내 몸 안에 들어와서 마음대로 뛰놀게 하라. 한껏 놀다가 지치면 떠나도록 길을 열어줘라. 모든 삼라만상은 올 때와 갈 때가 있는 것. 그걸 못 참아 얼른 가라고 시퍼런 칼로 후벼대고 독소 같은 약으로 질식시키려고 달려들면, 그 암은 살기 위해 집착의 힘이 더욱 강해져 우리 몸에 더 달라붙고, 살 길을 찾아 다른 부위로 순식간에 퍼져 나간다. 그러면 그 암이 우리 몸에서 떠날 기회는 영영 없어지게 된다. 사람도 마찬가지 아닌가. 어느 날 갑자기 전세 입주자를 막무가내로 나가라고 내쫓아보라. 누군들 순순히 나가겠는가 말이다. 어린 자녀가 집으로 친구들을 몰고 와 마구 뛰어 논다면 그들을 어떻게 할 것인가? 마음대로 놀게 할 것 아닌가. 다만 너무 소란스럽게 떠들지 않도록 맛있는 과자를 내놓으며 타이를 수는 있겠지만.

아픔, 병을 한탄하고 "왜 나만 그래?"라고 자책하지 말라. 이 세상에는 균형 감각이 존재하는데, 이것이 삼라만상을 지배하여 결국 안정, 평온을 가져다 준다. 시소를 타면서 즐기려면 어떻게 하는가? 한편에서 발을 딛고 자신의 무게를 가볍게 해주지 않는가. 그래야 상대방이 아래로 내려오게 되고, 다시 발을 땅에서 떼어 무겁게 하면 상대방은 올라가게 될 것이다. 아픔, 병도 무리한 육체적, 정신적 상태에서 균형감각을 찾아주기 위해 다가오는 것이다. 무리함을 덜어주는 것이다. 잘못된 부분을 개선하라고 경고하고 촉구하는 것이다. 세상을 평정하고자 다가오는 것이다. 이를 두고 과민하게 대응하지 말자.

2. 아름다운 삶 가꾸기

가. 아름다운 삶의 모습

손에 잡히는 행복

일년 중 5월이 그렇게 아름다운 계절인지 이제야 깊이 실감한다. 직접 봐야 제대로 알고, 직접 느껴야 그 속뜻을 이해한다. 관조해야 진실을 알 수 있으며, 깨달아야 참됨을 읽을 수 있다.

가끔씩 걸어가는 개울가 산책로를 따라 피어나는 꽃들이 5월이면 절정을 이룬다. 4월에 메마른 가지에서 성급하게 피어나는 연분홍 목련꽃, 새로운 한 해의 첫 빛깔을 연출하며 노란 빛깔의 상징인 개나리가 피기 시작하여 만개에 이르면, 진달래가 이에 뒤질세라 자태를 뽐낸다. 큰 나무 사이로 약간 그늘진 곳에서 잘 자라는 진달래는 매년 희망의 메시지를 전하는 것 같아 반갑고 탐스럽다. 간간이 연분홍 빛 꽃잎으로 흐드러지게 피어나는 모란이 시선을 자극하면, 온 산천이 다 꽃들의 잔치인 듯, 낙원의 축제가 열린 듯 아름다운 물결을 이룬다. 5월에 절정을 이루는 철쭉은 군집을 이루어 그 아름다움의 극치를 연출한다. 보라색 꽃은 선정적이고 유혹의 눈길을 자극한다. 드물게 흰색 꽃이 탐스럽게 피어 있는 모습은 순결의 청순함이 절절이 배어 나오는 듯하여 발걸음을 어색하게 한다. 아파트 베란다 화분에서 먼저 개화하는 철쭉꽃의 진미를 음미한 후, 한참 뒤에야 야생으로 흐드러지게 피기 시작하는 청초한 철쭉꽃. 그 정취는 반갑기도 하거니와 두고두고 음미할 수 있어서 기쁘고 행복하기 그지없다.

잘 정돈된 철쭉꽃이 정원 여기저기를 예쁘게 장식하고 있어서 지나가는 길손들의 눈길을 끄는 어느 식당. 정원 한편에는 복숭아나무랑 사과나무, 포도나무를 심어놓아 시선을 자극한다. 언제부턴가 누구를 만날 때면 어느 식당에서 어떤 메뉴를 선택해야 할지 고민스러웠는데, 작고 외진 곳에 있는 식당이지만 색다른 자연의 정취를 풍기고 있어 이러한 고민을 씻어주기에 충분하여 늘 고마운 마음이 든다. 이처럼 소중하고 순수한 자연의 선물이 아름다운 꽃 향기를 싣고 지척에서 즐비하게 기다리고, 반기며, 웃어주며 살아 숨쉬고 있는데, 여태껏 엉뚱한 곳에서 이상향을 찾아 헤맨 것 같아 후회스럽고 자신이 원망스럽다

오늘 따라 휴대폰에 떨어지는 문자 메시지마다 돈 빌려주겠다는 내용으로 충만하다. 그것도 묻지도 않고 즉시 빌려주겠단다. 한편으론 착한 서민을 과도한 연체이자 부담으로 고통 속으로 빠뜨린 실체인 것 같아

잠시 못 마땅한 표정을 짓기도 한다. 몇 달 전보다 대출 가능 액수가 조금 떨어지긴 했지만, 그래도 나 자신이 이렇게 신용 있는 사람인가 하는 자부심에 가슴이 뿌듯해진다. 입가에 빙그레 미소 지으며 귀찮음을 반가움으로, 추근거림을 온화함으로, 미움을 사랑으로 미화시키며 자꾸만 내 표정을, 내 감정을, 내 자아를 밝은 빛으로 추슬러본다. 아무도 보지 않는 외진 곳에서는 큰 소리로 호탕하게 웃어보기도 하면서….

인근 동네를 걷고 있는데 누군가 길을 물어온다. 마침 내가 잘 아는 곳이라 제대로 잘 설명해줄 수 있어 행복하다. 가끔씩 누군가 나 자신도 모르는 길을 물어올 때면 난감해지고 어찌나 미안한 생각이 드는지 당황하곤 했는데, 모처럼 잘 아는 길을 물어오니 기쁨이 이루 말로 다 표현할 수 없다.

79세의 한 할머니는 한글학교를 다녀 한글을 깨치고 나니 휴대폰에 문자 메시지가 들어오면 누군지 알아볼 수 있어 그렇게 행복하다고 말씀한다. 감사하는 마음속에 행복이 찾아든다. 데이비드 호킨스 박사는 누군가가 자신을 비난하면 실망하지 말고 오히려 감사의 인사를 드리라고 한다. "제게 그런 말을 해주셔서 감사합니다."라고. 미움을 받는 자가 불행한 듯하지만 실제로는 미워하는 자가 참으로 불행한 자라고 하지 않는가. 모든 사람을 위한 행복의 조건은 '넉넉한 사랑과 마음의 여유'라고 한다. 꼭 한가위 인사말 같다. 그래서 한가위다.

2011년 1월 28일 조계종 총무원장 자승 스님은 신년사에서 "행복은 나만의 행복일 수 없다. 내 이웃의 행복이 곧 나의 행복이며, 오만과 독선은 겸양과 소통을 이길 수 없으며, 우리 모두가 동심동덕(同心同德)의 마음으로 화합할 때 비로소 행복해질 수 있다."라고 말했다. 플라톤은 "남을 행복하게 할 수 있는 자만이 또한 행복을 얻는다."라고 했다. 나 자신의 행복을 추구하며 백방을 뛰어본들 그 행복이 잘 잡히지 않는다. 훔볼트는 그 행복이 오히려 멀리하면 할수록 더욱 찾아든다고 했다. 고

장영희 교수는 미국 유학 중 거의 다 완성된 박사학위 논문 원고를 도둑
맞고는 자신의 삶에서 가장 중요한 교훈을 얻었다고 했다.

"다시 시작하는 법을 가르쳐준 도둑에게 감사합니다. 인생은 짧다지
만 '다시 시작하는 법'을 배우기 위해 1년은 충분히 투자할 가치가 있
습니다." 어렵고 두렵고 섬뜩한 말씀으로 들리지 않는가. 하루도 아니
고, 한 달도 아니고, 1년을 다시 해야 한다니. 그러나 그녀는 해냈다. 그
것도 즐거운 마음으로, 행복한 마음으로!

행복은 외부에서 가져다 주는 것이 아니라 자기 내부에 있다. 행복과
불행이 따로 존재하는 것이 아니라 동전의 앞뒤 면처럼 항상 함께 붙어
다니는 것이다. 그 동전의 어느 면을 볼 것인가는 운명의 부름을 받아
우리 자신이 선택할 문제다. 다음 구절을 억지로 만들었다고 웃어넘기
지 말고 진솔한 마음으로 음미해보자. 내 마음이 편안해야 행복해지고,
그래야 그 행복을 다른 사람과 나눌 수가 있으며, 그 나눔 속에 내 행복
이 퍼져 나간다.

행복 찬가

아내가 술 마시고 밤 늦게 귀가한 남편에게 도대체 뭐 하다가 그렇게

늦게 들어왔느냐고 심하게 따지고 대들면, 나의 안전, 나의 건강 걱정해 주는 아내가 늘 내 곁에 있어 행복하고,

점심을 나가서 먹고 들어온 남편에게 집에서 밥을 많이 먹는다고 질책 해도, 건강한 아내의 음성 들을 수 있어 행복하고,

냄새 나는 음식물 쓰레기를 싸 들고 대문을 나설 때면 동네 아주머니 라도 마주칠까 마음이 조마조마해도, 아내가 집안살림 도맡아 하느라 하루도 빠짐없이 바친 노고에 감사하는 마음 느낄 수 있어 행복하고,

하루가 멀다 하고 밤 늦게 만취 상태로 귀가하는 남편이 볼썽사나워 도, 다음 날 아침이면 그 남편이 일찍 일어나 아침 밥 알아서 챙겨 먹고 출근하는 부지런함이 있어 행복하고,

명절날 오랜 시간 교통지옥 속을 헤집고 내려간 시댁 귀향 길 아랑곳 없이 시어머니가 질책의 말씀, 가시 돋친 험담을 늘어놓아도, 늘 자식 걱 정, 손자 걱정에 잘되길 기도하는 정성 넘쳐 행복하고,

오라는 곳, 반기는 곳 없어도, 가고 싶은 곳 어디든 갈 수 있는 두 발 이 있어 행복하고,

보고 싶은 세상 볼 수 없어도, 논두렁, 개울가 구성진 개구리 울음소 리 들을 수 있어 행복하고,

나를 필요로 하는 곳, 주어진 일 없어도, 밤 늦도록 도서관에 남아 참 된 삶 공부하고 연마하느라 시간 가는 줄 몰라 행복하고,

하루 종일 비가 추적추적 내리는 날 바깥 출입을 못 하여도, 커피 한 잔을 앞에 두고 곰곰이 생각하고 불편한 심기를 추스르는 편안한 시간 보낼 수 있어 행복하고,

남들이 그렇게 쑥쑥 잘 키우는 화초가 우리 집에서는 그 절반에도 못 미쳐도, 가끔씩 정성껏 물을 주는 기쁨을 누릴 수 있어 행복하고

자녀가 공부를 썩 잘하지 못해 장래가 걱정되어도, 항상 명랑하고 건강하게 부모와 함께 지낼 수 있어 행복하고,

가족이 없어 나 홀로 늘 외롭고 쓸쓸해도, 만나는 사람마다 내 가족처럼 반갑고 친절하게 맞이할 수 있어 행복하고,

길에서 만나는 사람들의 표정이 딱딱하고 화난 표정 지어 삭막한 느낌 스며들어도, 생각만 해도 웃음이 나오는 나 자신만의 웃음거리를 연상할 수 있어 행복하고,

새로 산 제품에 이상이 생겨 A/S 신청을 하려 하니 회사 측 응대 태도가 소극적이라 심기가 불편해도, 모임에서 한참 말하는 도중에 다른 사람이 가로막고 끼어들어 주제마저 바꾸어 열변을 토해 어안이 벙벙해져도, 자기 욕심 챙기느라 다른 사람 불편 거들떠보지도 않으려는 사람들의 모습에 잠시 환멸을 느껴도, 그럴수록 그들을 이해하고 보듬어주고 싶은 아름다운 마음 키울 수 있어 기쁘고 행복하다.

 # 2011년 1월 19일에 쓴 일기를 소개한다.

모처럼 주말에 지방에 머무니 시간이 촉박하지 않고 여유가 있어 편안하다. 방 한편 골목을 향한 꽤 높은 곳에 작은 유리창이 있는데, 누가 그리로 들어가라고 밀어 넣어도 못 들어올 것 같은 작은 유리창인데도 밖으로 쇠창살이 설치되어 있다. 그 너머로 하루 한 번씩 몇 분 동안 하얀 햇빛 줄기가 스며들어 오는데, 이때 햇살을 만끽하지 않으면 그 전후로는 더 이상 볼 수가 없는 참 고귀한 햇살이다. 겨울 태양이라지만 동녘에서 건너편 서쪽 나지막한 건물 너머로 넘어갈 때까지 이 짧은 시간밖에 좀처럼 햇볕을 볼 수가 없기 때문이다.

살고 있는 방이 가끔씩 작고 답답해져서 우리에라도 갇힌 느낌이 들 때면, 갑자기 갑갑해지고 폐소 공포증이라도 걸린 양, 우울증에라도 걸린 양, 불현듯 방을 뛰쳐나가고 싶은 충동을 느낀다. 실내온도를 한 번도 의식하지 않은 채 지내다가 문득 시계 겸용 온도계를 쳐다보니 섭씨 2도를 가리킨다. 냉장고 설정 온도가 대개 섭씨 2~4도인데, 지금의 온도가 바로 그 수준이라 생각하니 더 추워지며 온몸이 떨린다. 냉장고 안에 앉아 있는 것과 같은 온도다. 컴퓨터 자판을 두드리니 손등부터 냉기가 스며들어 얼기 시작하더니 이내 손 전체가 거의 마비 상태에까지 이른다. 어쩌면 이 추위가 나 자신의 중심을 잡아주는 추 역할을 하는 것 같다. 마치 군대에서 강한 훈련을 시킴으로써 사병들의 머리 속 잡념을 없애주는 것처럼.

손난로마저 아무리 찾아도 잘 보이지 않아 마음이 편하지 않다. 그래도 깊은 마음속은 편안하다. 냉기가 더해갈수록 머리가 맑고 생각은 더 선명해진다. 찬 냉기가 정신을 번쩍 들게 하기 때문인가. 아니, 그보다 감히 내게 이래라 저래라 시키고, 간섭하고, 심부름시킬 사람이 없어 정작 편안함을 만끽할 수 있기 때문인 것 같다.

배가 출출해져서 어쩔 수 없이 밖으로 나갔다. 손이 많이 시리다. 차가운 방에서 나온 데다 훨씬 더 차가운 바깥 공기와 접하니 그럴 수밖에 없는 건가. 사서도 하는 고행인데, 신이 내린 축복이라 생각하니 마음 편하다. 한참을 걷다 보니 모처럼 동네에서 좀 떨어진 국밥 집에 이르게 되었다. 저녁 식사 한 끼 때우기에 적당할 것 같았다. "순대 국밥 하나 주세요." 했더니 주방에서 그렇게 연륜이 쌓이지도, 그렇다고 젊어 보이지도 않는 아주머니가 응대하며 피곤함을 호소한다. 24시간 쉬지 않고 일한단다. 마음속 깊은 곳에서 연민의 정이 저며온다.

출입문에서 가까운 테이블에 앉은 지 채 1분도 안 되어 건너편 테이블에 앉은 손님이 순대국밥을 시켰는데 돼지국밥이 나왔다며 푸념한다. 일하는 아주머니가 이미 국에 밥을 다 말아놓은 상을 거둬들이려 하니 당황하는 기색이 완연하다. 그대로 주방에 반납하려는 것이다. 바로 음식물 쓰레기가 되는 순간이었다. 내가 먹겠다고 했다. "저는 아무거나 괜찮아요."라고 말했다. 그때 그 손님이 "음식을 입에 대지도 않았다."고 한다. 아무도 들리지 않게 혼자 속삭였다. "입에 댔으면 어때? 소중한 음식인데, 한 그릇 때우면 되지, 아까운 음식 버리면 어떡해."라고. 모처럼 돼지국밥을 맛있게 먹었다.

마음이 편안하다. 마침 다른 좌석에서 막 식사를 마치고 나가려던 젊은 새댁인 듯한 여성 한 분이 그 모습을 한참 지켜보고 있었다. 참 의아해 하는 표정이다. 문제를 나 자신이 중심이 돼서 해결하고자 하는 마음을 표시하고 이를 실천했을 뿐이다. 내가 좀 손해 보려는 마음인가. 사실은 손해가 아니다. 갈등의 중심에서 해결하고자 하는 마음이다. 깊은 갈등도 아니다. 오히려 기쁜 마음이다. 식사를 마치고 계산하고 나가려는데 주인 아주머니의 인사말에도 감사의 정감이 어려 있는 것 같다. 그 추운 겨울날 시린 손이 또 얼어도 마음은 따뜻해온다.

자연의 강인하고 웅장한 힘에서도, 사람들의 험상궂은 얼굴에서도 아름다운 세상은 소리 없이 펼쳐지며, 그 모습을 감출 수 없다.

낙엽을 떨어내는 나무의 강인함을 보았어요.
바람을 일으키는 하늘의 고요함을 보았어요.
파도가 요동치는 바다의 장엄함을 보았어요.
밭 가는 사람들의 숨겨진 소박함을 보았어요.
꾸짖는 부모님의 남모를 인자함을 보았어요.
이토록 아름다운 세상은 생기 넘쳐 행복해요.

'간이 정거장'이란 간판이 포장마차 수준쯤 되나 싶어 염려스러운 마음을 안고 들어갔더니 예상 밖에 깔끔하다. 맥주와 마른안주를 시켰는데, 달구어진 쟁반 위에 계란 프라이 2개를 얹어가지고 오는 것이 아닌가. "이거 안 시켰는데요." 하니 서비스란다. 고마운 마음이 든다. 여기저기 학생들이 옹기종기 모여 재미있게 이야기하고 있는 정겨운 광경이 눈에 들어온다. 서민들 살아가는 모습에 행복한 기운이 감돌고 삶의 생동감이 넘친다.

숟가락만 주길래 젓가락을 달라고 했다. 어떻게 하다 보니 그 한 짝을 바닥에 떨어뜨렸다. 얼른 주워 화장지로 싹싹 닦았다. 고급 식당도 아닌데 자꾸 심부름시키는 것 같아 그냥 사용했다. 게다가 주방도 멀어 보이고, 일하는 직원이 아르바이트 학생으로 보여 애처롭기까지 한 데…. 그냥 편한 게 좋다. 매상과 관계없는 심부름은 가급적 자제하는 게 낫다고 생각했다.

맥주가 좋다. 시린 손 비벼가며 평평한 테이블, 그것도 정열적인 빨간 색, 고독이 무색하다. 고독을 즐길 줄 아는 것도 능력이라고 하던데…. 맥주를 유리컵에 힘차게 반쯤 따르면 거품이 올라와 보기에 꼭 찬 한 잔이 되는데, 이때 마시면 그 시원하고 구수한 맛이 그만이다. 그것도 첫 잔일 때는 그 맛을 다른 것과 비교할 수 없을 정도다. 그때 휴대폰 전화벨이 울린다. 참 반가운 분의 전화다. 얼른 봐도 긴 숫자가 외국에서 걸려온 전화란 걸 알 수 있었다. 이토록 척박한 이 세상에, 아니 이 우주에 나를 염려해주는 분이 계시다는 것이 신기하고, 고맙고, 감사하다. 이 세상이 온통 고맙고 감사함으로 가득 찬 것 같아 행복하다.

사람은 서운함을 먹고 사는 동물이라고 한다. 누구나 세 겹의 울타리로 자신을 에워싸고 있다. 그 울타리가 하나씩 침범 당할 때마다 감정의 손상을 입는다. 너무 지키려고 안간힘 쓰면 상처는 더 커진다. 그 울타리를 다 걷어치우면 아무것도 아닌 것을, 편안하고 아늑한 것을…. 그 알몸 드러내는 것이 뭐가 그리 두려운지, 그저 숨기고 감추고 모른 척하고 뒤돌아서며 조금이라도 손해보지 않으려고 안달이다.

시린 손 비벼가며 지켜낸 하루, 얼어버릴 것 같은 발가락 끝을 톡톡 세우며 지낸 하루, 그래도 행복하다. 아니, 그래서 행복하다. 어떻게 해도 행복하다. 행복하다는 마음이 앞서야 진정 행복을 느낄 수 있다. 없

어도 행복하고 있으면 나눌 수 있어 더욱 행복하다. 그러나 실천하지 못
하면 그림의 떡이고 종이로 만든 조화에 불과하다. 그림의 떡은 배가 부
르지 않다.

생존은 문화가 아니다. 예술이 아니다. 실존이다. 미사여구가 절대 통
하지 않는 냉혹한 현실이다. 만나는 사람들을 사랑하라. 미운 사람일수
록 더 품어주고 보듬어 안아주자. 사랑하자. 싫은 사람을 더 감싸주자.
저돌적이고 공격적인 사람을 포근히 감싸주자. 투수가 온 힘을 다 해 던
진 공을 포수가 글러브로 부드럽게 받아들이듯이⋯. 자신을 매장하고
추방하려는 사람을 사랑하지 못한다면, 참된 사랑, 아름다운 삶은 아직
저만치 멀리서 머뭇거리고 있을 뿐이다.

삶이란 우리에게 잠깐 맡겨진 선물이다. 삶은 생각보다 훨씬 짧다. 세
월은 간다. 인생은 느린데 시간은 빨리 간다고 한다. 아직도 우리 눈에
는 젊은 층으로 보이는 인기 절정이었던 가수들이 불현듯 일선에서 속
속 물러나고 있다는 데 깜짝 놀라곤 한다. 여전히 어리고 젊은 혈기에
가득 차 있을 것 같은 이들이 세월이 몰고 온 변화에 고개를 숙인다. 수
많은 팬들이 열광하던 순간들을 못 잊어 우울증에 빠져 들기도 한다.

한때 세상을 풍미했던 영화배우 오드리 헵번이 아들에게 보낸 마지막
크리스마스 카드를 소개한다.

매력적인 입술을 갖고 싶으냐? 그러면 친절하게 말해라.

사랑스런 눈을 갖고 싶으냐? 그러면 사람들에게서 좋은 점을 보도록
해라.

날씬한 몸매를 갖고 싶으냐? 그러면 너의 음식을 배고픈 사람과 나누
어라.

아름다운 머리 결을 갖고 싶으냐? 그러면 하루에 한 번이라도 아이들
이 네 머리 결을 어루만지게 해라.

균형 잡힌 걸음걸이를 유지하고 싶으냐? 그러면 네가 결코 혼자가 아니라는 사실을 기억하며 걸어라.

존경 받는 삶을 살고 싶으냐? 그러면 어떤 사람도 무시해서는 안 된다. 생명 있는 모든 사람을 존중해라.

아들아, 나이를 먹으면 너도 알게 된단다. 우리가 두 개의 손을 가진 이유는 한 손은 자신을 위한 것이지만, 나머지 한 손은 다른 사람을 돕기 위한 것임을.

가난한 마음은 집착하지 않는 마음이라고 했다. 그것이 빈 마음이다. 빈 마음이라야 고운 울림이 있다고 한다. 내 배 안이 꽉 차서 졸리고 트림하면 고운 울림이 멀어진다. 맛있는 음식을 어려운 이웃과 나누면 울림이 생겨난다. 어렵지만 실천해야 한다. 몸소 해보아야 한다. 하다 보면 자신이 생기고 더 잘할 수 있다. 그것이 사랑이다.

삶의 가장 소중한 시간

이 세상 누구에게도 소중한 시간. 우리에게 가장 소중한 때는 바로 지금 이 순간이며, 오늘 하루다. 착한 사람도, 미운 사람도, 고운 사람도, 얄미운 사람도, 이 소중한 하루를 찬미하고 만끽하자.

소중한 하루

큰 차창으로 들어오는 한여름 뙤약볕을 온몸으로 맞으며 기꺼이 서민들의 발이 되어주는 버스 기사님의 지친 하루가 소중하다. 무더운 여름

철 무거운 소독용기를 끌어안고 이 집 저 집 현관문을 두드려도 응답 없는 아파트를 맴돌다, 가까스로 어느 집에서 문을 열어주면 집안 구석구석을 소독하고 황급히 떠나는 한 여인의 이마에 땀방울 맺힌 하루가 소중하다. 외국 유학 가서 온갖 차별과 스트레스를 겪으며 힘들고 어렵게 가까스로 따낸 학위를 보듬어 안고 귀국하여 취직자리 구하려고 동분서주하는 한 엘리트의 하루가 소중하다. 빡빡한 스케줄에 쫓겨도 지칠 줄 모르고 뛰어 다니는 꽃미남, 꽃미녀 연예인의 하루가 소중하다. 초를 다투어 죽음과 대치하며 삶에 대한 애착으로 몸부림치는 한 중환자의 숨가쁜 하루가 소중하다. 하루 종일 땀을 뻘뻘 흘리며 옷 수선하느라 쉴 새 없이 재봉틀 질 하는 한 중년 여인의 하루가 소중하다. 서른 살이나 어린 젊은 사람을 손님으로 태우다 차비 실랑이, 술주정, 뒤통수 맞기를 흔쾌히 받아들인 채 새벽 이슬을 맞으며 도로를 질주하는 한 중년 택시 기사님의 하루가 소중하다. 석 달 새 관리사무소장이 다섯 번이나 바뀌어도 잠잠하지 못하는 어느 아파트 단지 성가신 주민들의 하루가 소중하다.

결혼식장에서 신부, 신랑을 앞에 세운 채 가발 쓴 새신랑을 향하여 "검은 머리가 파뿌리가 되도록 신부를 사랑하겠느냐?"고 자꾸만 다그치는 주례 선생님의 하루가 소중하다. 건강검진을 제때 못 한 채 위암 말기가 되도록 모르고 지내다, 수술 후 항암치료에다 전이로 인한 수 차례 대수술로 하늘이 내려준 고귀한 시간을 온통 고통과 싸우며 지내야 하는 어느 여 선생님의 하루가 소중하다. 술에 만취해서 자신의 몸도 가누지 못하고 차디찬 건물 입구 계단에 몸을 의지한 채 쓰러져 있는 젊은 남녀의 하루가 소중하다. 건강이 악화되어 쓰러진 후 두 아들에게 재산을 다 물려주고 나니 두 며느리끼리 하루도 싸움이 그칠 날 없는데, 병상 머리맡에서 재산 한 푼 물려받지 못한 딸로부터 온갖 병수발 다 받고 있는 연륜이 쌓인 한 어르신의 하루가 소중하다. 끼니 하나 제대로 챙겨먹지 못한 채 지하보도 한쪽 구석에 지쳐 쓰러져 잠든 노숙자님의 하루가 소중하다. 음주를 하고는 외제 자동차를 몰고 가다 교통사고를 낸 한 인기 연예인의 하루가 소중하다.

소중한 것은 좋든, 싫든, 선하건, 악하건 언제나 우리와 늘 가까운 곳에서 빛나고 있다. 임종을 목전에 둔 사람의 이기적 삶에 대한 후회의 말, '~더라면'이라는 말이 소중한 가르침을 던져준다. 지금 우리에게 가장 중요한 시간은 살아 숨쉬고 있는 바로 지금 이 순간이다. 법정 스님은 이렇게 말했다. "삶에서 가장 신비한 일은 지금 이 순간 우리가 살아 있다는 사실이다. 왜냐하면 모든 것은 생에 단 한 번뿐인 인연이기 때문이다." "바깥에 있는 부처를 찾지 마십시오. 우리 자신이 곧 부처입니다. 마음의 중심이 없기 때문에 바깥 현상들에 늘 흔들리는 것입니다."

사람은 자꾸만 쓸데없는 과거와 막연한 미래만 걱정하고, 가장 중요한 현재를 홀대하며 살아간다. 그런 유혹에 빠져 살아가고 있는 것이다. 그러지 말아야 했을 걸, 그랬어야 했는데, 어제 주식을 팔지 말았어야 했는데, 그저께 주식을 샀어야 했는데, 그 사람을 만났어야 했는데, 그 사람을 만나지 말았어야 했는데…. 입시, 졸업, 취업, 결혼, 출산, 승진, 이직, 퇴사…, 결국 죽음에 이르기까지 걱정만 하다가, 눈앞에 펼쳐진 신비한 봄꽃들의 축제가 행복의 극치를 연출하는 아름다움마저 자신의 알량한 손바닥으로 가린 채 가련하게도 어려운 길, 험한 길을 억지로 택하고야 만다.

루게릭 병에 걸린 지체 장애의 몸으로 영국이 낳은 세계적 천체 물리학자가 된 스티븐 호킹 박사는 "내 생애 최고의 업적은 바로 다름아닌 현재 내가 살아 있다는 것"이라고 했다. 전반부에서도 언급한 이야기지만, 남성은 오랜 지인인 여성에게 다가가 "옛날엔 참 예뻤는데."라고 쉽게 말해버린다. 맞는 말이다. 사실에 입각한 말이다. 진실을 여과 없이 표현하는 말이다. 그러나 진실에는 늘 양면성이 있어 보는 관점에 따라 해석이 달라지는 것이라서 이를 듣는 상대방 여성은 눈살을 찌푸린다. 마음속의 느낌이 영 뒤틀린다. 지난 과거를 들먹이기 때문이다. 지난 과거와 대비하여 열악한 현재를 연상시키기 때문이다. 그냥 "참 예뻐요."라고 해라. 옛날에 예뻤으면 지금도 예쁠 것 아닌가.

주름 속 변한 모습에 눈길을 주지 말고, 평화스런 눈가에 비친 현재의 완숙한 미소에 가치를 두라. 그리하면 예전처럼 예쁘고 훨씬 더 아름다운 모습을 발견할 수 있다. 여성은 중년 남성에게 다가가 기분 좋으라고 꺼내는 말이, "젊었을 때 참 미남이셨겠어요."라고 한다. 우리는 왜 자꾸만 지난 일에 비추어 현재를 연상시키려고 하는가? 현재에 자신이 없어서일까? 지금 이 순간에 자신을 가지자. 돈 안 드는 일에 자신감이 없으면 돈 드는 일에도, 돈 버는 일에도 자신감은 똑같이 없어진다.

3초만 지나도 그 일을 생각하지 말자. 오늘 내일 일만 챙겨도 훌륭하다. 가까운 미래에도, 먼 장래에도 다가오지 않을 괜한 걱정일랑 지금부터 걷어치우자. 설사 다가온다 하더라도 지레 겁 먹고 아까운 현재를 그르치지 말자. 삶에서 주어진 시간은 바로 지금뿐이다. 괜히 걱정할 시간에 화분에 물이라도 주자. 한동안 못 본 친지에게 전화해서 안부라도 묻자. 오랜 친구에게 연락하여 우스개 소리라도 한 번 전해주자. 산다는 것은 끊임없는 시작이라고 한다. 지금 이 순간이 새로운 시작이다.

편안한 마음, 존경 받는 삶

오랫동안 함께하기에는 그리 달갑지 않았던 겨울이지만, 정작 떠나 보내려고 하니 정이 들었는지 발걸음이 무거워진다. 봄이 저만치서 다가오려다 말고 하얀 눈 앞에서 멈칫거린다. 용기를 내어 다시 들어오려고 하니 이번에는 꽃샘추위가 가로막는다. 그렇게 산고를 거듭하며 찾아오는 봄은 계절의 으뜸이라는 생각이 확연해진다. 그만큼 사람에게 희망을 주고 온갖 꽃을 피우고, 포근함을 안겨주고 따사함을 풍겨주는 고귀한 선물이 또 어디에 있겠는가. 신비한 새봄이 안겨주는 자연의 선물처럼 우리의 삶을 기쁨과 사랑으로 가득 채워야 한다.

시골에서 시부모를 모시고 사는 새댁 며느리가 밥을 태우자, 시어머니는 "내가 눈이 어두워 밥물을 잘못 앉혔다."라고 하고, 시아버지는 "내가 연로해져서 힘에 부쳐 장작을 너무 굵게 패서 그렇게 됐구나."라고 하고, 남편은 "내가 게을러 물을 조금만 길어와서 그렇구나."라고 하면서 모두가 잘못을 자기 탓으로 돌렸다고 한다. '잘못은 자신에게, 공과와 칭찬은 남에게.' 사람은 누구나 본능적으로 자기방어적인 행동을 보이려 한다. 자신의 잘못을 인정하여 창피 당하는 모습을 차마 스스로 보지 못한다. 자기 회피적인 태도를 보임으로써 우선 자신이 위안을 얻고자 하는 게 본성이다. 이것을 훈련과 수양을 통해 바꾸어야 한다. 그러면 결국 자신이 편안해지고 행복해지는 길이기 때문이다. 도로상에서 끼어들기 하려는 자동차를 억지로 못 들어오게 하는 것이 마음이 편한가, 아니면 '무슨 급한 일이 있는가 본데 어서 들어오세요.'라는 아량으로 길을 열어주는 게 마음이 편한가. 존경 받는 삶은 우선 남을 존중하는 마음에서 찾아온다.

다음의 두 가지 사례를 보자

사례 1

시골에서 오래 살다가 도시 아파트로 이사 와서 아들 식구들과 함께 사는 할머니가 계신다. 그 할머니는 동네 인근 공터에서 호박이랑 상추랑 가꾸며 밭일을 하는 낙으로 하루하루를 지내며 행복해 하셨다. 그러나 며느리는 시어머니가

관절이 좋지 않은 데다 밭에서 일하다가 들어오면 옷과 신발에 흙을 묻혀와 집 안이 지저분해진다는 등의 이유로 밭일을 하시지 말라고 권유하곤 했다. 햇볕에 얼굴이 그을린다는 이유도 댄다. 아들은 반대하는 아내의 말에 동조하여 더운 날씨에 어머니가 힘들게 밭일하지 말고 집안에서 편히 쉬시라고 한다. 할머니는 호박이 꽤 크게 자라자 멀리 있는 딸에게 보내려고 전화를 걸어 주소를 묻는다. 그 딸이 주소를 불러주려 하자 할머니는 아들 내외가 받아 적게 하려고 전화를 바꿔주었다. 그런데 20분이 지나도록 아무런 응답이 없다.

사례 2

주택가 연립주택에 살고 있는 한 할머니는 오래 전에 주운 낡은 유모차를 끌고 온 동네를 이리저리 돌아다니며 종이 박스를 차근차근 모았다. 푼돈이었지만 한 푼 두 푼 모으는 재미에 하루도 쉬는 날이 없었다. 그 할머니는 종이 박스를 골목 안 연립주택 지하 주차장 한편에다 쌓아두곤 했다. 또 어느 때는 동네 사 람들이 박스를 모아다가 그곳에 갖다 놓기도 했다. 연륜이 많이 쌓인 할머니를 도와드릴 의향이었다. 가끔씩 아들이 찾아와 어머니의 일하는 모습을 지켜보고 는 안쓰러워 그만두시라고 말하고 싶었지만, 오히려 유모차를 끌어주던서 도와

드렸다. 노인도 생활에 낙이 있어야 하고 운동이 되니 건강에도 좋을 것이라는 생각을 하게 된 것이다. 상대방에게 즐거움을 주는 방향으로 판단하고 행동하면 모든 게 다 좋아질 거라고 생각했다.

사람은 연륜이 많이 쌓인 노부모를 편안하게 가만히 있게 하고 좋은 음식만 대접하는 것이 효도라고 생각하는데, 정작 당사자인 부모는 그렇지 않다. 효도를 하는 자식의 입장에서가 아니라, 그 효도를 받는 부모의 입장에서 좋은지 나쁜지를 따져봐야 할 것이다. 아이 신발을 사줄 때 누구의 발에 잘 맞아야 하는가? 아이를 데리고 간 어머니의 발에 잘 맞아야 하는가? 디자인과 색상도 그렇다. 매일 신고 다니는 아이의 마음에 드는 신발을 사주어야 하나, 보호자인 어머니의 마음에 드는 것으로 사주어야 하나? 우리는 매사에 자기 중심적으로 행동하려 한다. 그래야 속이 시원하다. 그러나 그래서는 안 된다. 사용하는 사람의 마음에 들어야 한다. 아이가 필요한 것은 아이의 마음에 들어야 한다. 물론 너무 이상한 것을 선택하려고 할 경우에는 조언해주는 것이 당연하겠지만.

사례 3

두 친구의 어머니 두 분은 낮이면 꼭 가는 장소가 있다. 약장수 공연장이다. 거기만 가면 그렇게 신나고 즐거울 수가 없다. 할머니들을 아주 재미있게 해드린다. 할머니들의 지상낙원이다. 지금까지 어느 누구도 자신들과 같은 노인들을 그렇게 재미있게 대해준 적이 없었다고 한다. 집으로 돌아올 때면 아무것도 사지 않았는데도 화장지랑 생활용품을 한 보따리씩 얻어 오신다. 한 친구는 어머님께 거기에 가시지 말라고 권유한다. 괜히 불필요한 약을 비싼 가격으로 사게 된다는 이유에서다. 다른 친구는 어머님이 좋으면 거기에 가시라고 오히려 권유한다. 그 연세에 어디서 그런 즐거움을 가질 수 있겠느냐는 것이다. 약을 비싸게 사와도 좋다고 한다. 자신이 좀 더 일하면 된다는 것이다.

사람은 같은 상황에서도 대하는 태도가 이렇게 다르다. 중요한 것은 문제의 초점을 어디에 두느냐는 것이다. 세상에 진실만큼 부담스럽고 불편한 말은 없다고 한다. 학생이 공부하는 것은 당연한데, 우리 자녀들은 '공부하라' 는 부모님의 말씀을 제일 듣기 싫어한다. 사실 공부라는 것은 태곳적 사람의 본능과는 거리가 먼 행위라서 어린 자녀들이 좋아할 리가 없다. 어떻게 공부를 놀이 처럼 하게 할 수 있는지 연구하는 자세가 절실할 뿐이다.

외국에서 유학한 사람을 존경한다. 특히 미국에서 MBA를 취득한 사람을 존경한다. MBA 특성상 학기 중에 늘 팀을 구성하여 리포트를 작성하고 발표도 하고 그래야 하는데, 미국 학생들은 한국 학생을 자기 팀에 잘 끼워주려고 하지 않는다. 말도 어눌하고 피부색도 그렇고 그래서인지 모른다. 쉽게 말해 바보 같아 보이고 촌닭 같아 보인다. 어쩔 수 없이 중국 사람이나 인도 사람 등과 팀을 구성하고, 그래도 안 될 경우에는 교수를 찾아가 팀 배정을 부탁해야 한다. 게다가 모든 MBA 수업에는 참가태도 점수가 있다. 열심히 출석만 해서는 안 된다. 교수가 수시로 묻는 질문에 의견을 제시하는 등 적극적으로 수업에 임해야 한다. 한국 학생들은 '전략적 질문'이라고 해서 사전에 자신이 발표할 의견을 정리하고 외워서 철저히 준비한다. 평소에 적극적으로 참여하기 어려우니 몰아서라도 자신의 의견을 피력할 기회를 잡아야 한다. 그래야 학점이 나온다. 언어가 큰 장벽인 이유도 있지만, 동양인의 애환이 서린 힘겨운 과정이다. 한국에서는 엘리트인 사람이 먼 이국 땅에서 받는 서러움에 참 불쌍하고 측은한 생각이 든다. 하지만 바로 그들이 학업을 마치고 귀국해 불모지 땅을 일구어 '가나안의 젖과 꿀이 흐르는 땅'으로 탈바꿈시키는 장본인들로서 진정한 애국자로 한 몫 하게 된다.

어느 미국 대학원에서 교수가 수업을 마칠 때쯤 다음 강의에 대하여 뭐라고 언급했는데, 그 다음 주 강의시간이 되자 텅 빈 강의실에 한국 유학생 3명만 덩그러니 출석해 앉아 있더라는 것이다. 그 교수가 부연해서 설명하며 휴강이라고 말한 것을 한국 유학생 3명 모두가 제대로 알아듣지 못한 것이다. 그들은 다 한국에서는 엘리트 학생이었다. 웃을 일이 아니라 외국에서 공부하는 유학생들이 감내해야 하는 애환이다. 그래서 그들의 삶을 존경한다.

시각 장애인으로 미국 백악관 국가장애위원회 정책 차관보를 지낸 고 강영우 박사의 장남 폴 강 박사는 2010년 미국 안과 분야에서 가장 뛰어난 의사로 꼽힌 한국계 미국인이다. 그는 돈을 벌어 자기만 잘 먹고 잘사는 것이 아니라, 자신의 꿈을 이룬 뒤에는 다른 사람에게 꿈을 줄 수 있는 사람이 되어야겠다고 생각했다. 그는 젊은 나이에 안과의사 협회장이 되었는데, 그것은 그가 하버드대 출신이기 때문이 아니라 환자를 잘 돌보는 것을 목표로 삼고 환자에게 감동을 주기 때문에 선출된 것이라고 했다. 그는 자신만 행복하다면 안과의사이건 변호사이건, 헤어디자이너이건 웨이터이건, 그 직업이 어떤 것이든 상관이 없다고 했다. 그는 아버지로 인해 세상을 긍정적으로 보고 도전하며 편견과 차별이 없는 사회건설에 기여할 의욕을 갖게 되었으며, 누구나 자신의 스승이 될 수 있다는 삶의 태도를 갖게 되었다고 했다.

사람은 죽을 때 '껄껄껄' 하며 죽는다고 한다. '베풀고 살 걸, 용서하고 살 걸, 재미있게 살 걸'이라고 하며 말이다. 사람들로부터 존경 받으며 살기는 어렵다 하더라도, 적어도 나 자신 스스로가 부끄럽지 않은 참된 삶을 사는 데 일신우일신하자.

이 세상이 온통 기쁨으로 충만하니 행복이 저절로 찾아온다. 기쁨 찬가를 음미해보자.

기쁨 찬가

깊은 밤 잠이 잘 오지 않는다면, 조용히 책을 읽고 일기를 쓸 수 있는 시간을 낼 수 있어 기쁘고,

교통신호 위반이나 과속으로 과태료를 물게 되었다면, 교통사고를 예방할 수 있는 큰 힘이 되어 기쁘고,
내 차 뒤에서 빵빵거리며 경고음을 울려대면, 정신을 바짝 차리고 안전 운전할 수 있게 되어 기쁘고,

돈을 대출해주겠다는 스팸 문자가 자꾸 들어오면, 그래도 나의 신용이 떨어지지 않고 아직 인정 받고 있어 기쁘고,

온몸이 저리고 뻐근하다면, 건강을 챙길 수 있는 기회를 갖게 되어 기쁘고,

주말에 비가 와서 즐거운 야외 활동을 하지 못하게 되었다면, 처마 밑에 앉아 따뜻한 커피 한 잔에 자신을 돌아볼 수 있는 여유가 생겨 기쁘고,

아침에 늦게 일어나 지각을 하게 되었다면, 간밤에 편한 잠으로 충분한 휴식을 취하여 기쁘고,

직장에서 동료직원들이 자꾸 추근대면, 나에게 관심 있는 사람들이 많아 기쁘고,

위층에서 아이들이 뛰며 놀아 천정이 울리고 신경이 거슬린다면, 보배같이 소중한 우리나라 미래의 주인공이 건강하게 잘 자라고 있어 기쁘고,

수입은 줄었는데 재산세가 많이 부과되어 지출할 돈이 부쩍 늘었다면, 그만큼 값비싼 집에서 잘살고 있어 기쁘고,

눈앞의 온갖 걱정, 근심들마저 조금 비켜서서 바라보니, 이 세상 모든 일이 기쁨으로 가득 차 있어 나날이 행복하다.

웬 뚱딴지 같은 소리를 늘어놓고 있느냐고 반문할 수도 있을 것이다. 이 세상에 그냥 되는 일은 없다. 수긍하고 인정하고 스스로 실천하려고 애써야 한다. 억지로 웃어서라도 즐겁고 행복한 마음 생길 때까지 노력해야 한다. 돈 안 들이고 어렵지 않게 손안에 넣을 수 있는 성의 기쁨을 억지로 비켜갈 필요는 없지 않은가.

'출근시간이 임박하여 와이셔츠, 넥타이에다 양복까지 다 입고 막 집을 나서려는데, 그제서야 아내가 다른 색깔의 와이셔츠를 입어야 하고, 넥타이도 색상이 안 맞아 바꿔 매야 하고, 양복도 세탁한 다른 양복으로 갈아입어야 한다고 독촉한다.' 이제 가야 님은 직장을 그만두었기에 더 이상 이런 경우를 당하지 않아도 되니 기쁨이 충만하다.

말을 최대한 물까지 접근시킬 수는 있어도, 억지로 물을 먹게 할 수는 없는 일. 혀로 핥아 먹든, 입을 담가 적셔 먹든 실천은 그 말의 몫이다. 말은 목이 말라 어떻게든 물을 섭취하지만 사람은 다르다. 목이 마르지 않아도 물을 마셔야 한다. 억지로의 행동으로라도 자신을 채찍질해서 삶의 기쁨을 되찾아야 한다. 비용이 들지 않고 단순한 길을 사람들은 그렇게 돌아가고 비켜가고는 엉뚱한 데서 돈으로 사려고 안달하는 개탄스런 일들이 연이어 일어난다. 사람의 행복은 가시적인 물질에만 있는 것은 아닌데, 그 편리함과 행복을 그저 지나치며 지내고 있다. 통신의 예를 들어 살펴보자.

개인 휴대폰이 상용화된 것은 불과 10여 년 전부터다. 그 이전에는 통신수단으로 유선 전화뿐이었다. 집이나 사무실에서 전화를 걸든지, 받든지 하는 게 전부였다. 일단 밖으로 나가면 추적할 수도, 연락할 수도, 만날 수도 없었다. 유일한 대안이 공중전화였다. 공중전화 앞으로 길게 늘어선 사람들, 기다리다 통화가 길어지면 시비가 붙기도 하고 싸움이 벌어지기도 했다. 그 당시 '통화는 용건만 간단히'라는 포스터가 곳곳에 붙어 있을 정도였다. 지금은 어디에도 용건만 간단히 하라고 재촉하는 사람이 없다. 어린아이부터 연륜이 쌓인 노인에 이르기까지 언제, 어디서나 소통이 가능한 지금처럼 편리한 세상에 늘 감사하고 고마움을 느낀다.

축구 경기를 보면 강한 발로 차서 골을 넣는 경우도 있지만, 연약한 머리로 부드럽게 들어가는 골도 있다. 신기하다. 강한 것이 꼭 이기는 것만은 아니다. '연약하고 부드러운 것이 굳세고 강한 것을 이긴다.'라는 말이 있다. 축구 경기에서 연장전까지 무승부로 마치고 승부차기를 하는데, 우리나라 선수가 페널티 킥에서 연신 실패를 거듭한다. 이상하다. '그렇게 못 넣을 수가….' 그래도 칭찬한다. 거기까지 오는 과정에서 그 실력, 그 악착 같은 집념을 두루 다 보았기 때문이다. 세상에는 승리만이 기쁨을 주는 것은 아니다. 참된 패배도 얼마든지 아름답다. '어렵다, 힘들다' 하지 마라. 아무리 어렵다 한들 죽음 앞에 헐떡이는 살아 있는 자의 죽어가는 모습보다야 쉽고 행복하다. 종이 박스를 주워 이웃 사랑 실천하는 한 연륜이 쌓인 노인의 깊은 주름살이 감동과 기쁨을 선물한다. '돈 많을 때는 불평 불만이 많았는데 돈 없을 때는 불평, 불만이 사라진다.'고 한다. 무엇이 참된 기쁨을 주는가. 무엇이 진정 소박한 삶의 행복으로 이끄는가. 어느 것 하나 부족한 게 없었던 나폴레옹은 전 생애를 걸쳐 행복했던 날이 6일밖에 없었다고 한다. 모든 것이 열악한 환경에 처해졌던 헬렌 켈러는 자신의 생애에서 행복하지 않은 날은 하루도 없었다고 한다.

나. 아름다운 삶의 완성

법정 스님은 "아무리 가난해도 마음이 있는 한 다 나눌 것은 있다."
라고 했다. 돈의 여유가 아무리 많아도 마음의 여유가 없으면 나눔에 인
색하다고 한다. 돈은 적어도 마음의 여유가 있으면 나눔에 빛이 난다고
한다. 내가 쓸 것 다 쓰고 남아서 도와주는 것은 진정으로 도와주는 게
아니라고 한다. 내가 일곱만 쓰고 셋을 남에게 주는 것이 진정한 베풂이
라고 한다. 어려운 말씀이다. 이는 곧 신의 경지로 가는 길이다. 그 길을
따라 한 걸음씩 실천에 옮겨야 한다.

50대 후반의 부부가 각각 신부전증으로 고생하는 환자들에게 신장을
기증했다. 이식 받고 건강해진 수혜자에게 "이렇게 건강해진 모습을 보
니 오히려 내가 감사하네."라고 하신다. 잠깐의 고통으로 평생 아파하며
살아갈 사람들이 건강해질 수 있다는 생각을 먼저 하신다. 그 부부에게
는 부모의 손길이 아직 필요한 중고생 자녀가 있었는데, 그들도 오히려
용기를 북돋아 드렸다고 한다. 사랑을 실천한다는 것과 자신의 희생을
수반한다는 것은 당연히 일맥상통한다. 그러나 자신의 장기를 기증한다
는 것은 어려운 일이다. 정작 마음먹고 결정하기 참 어려운 일이다. 용기
만으로 하기 어려운 결심이다. 사람의 의지로 결정하기 어려운 선택이다.
신의 경지에 도달한 분들의 선택이다. 존경합니다.

미국의 저명한 영성가 데이비드 호킨스 박사는 다음과 같이 말했다.
"신에게 다가가는 빠른 길은 아쉬람에서 다리를 꼬고 앉는 방식이 아니
며, 그보다 빠른 길은 모든 이에게 친절을 베푸는 것이다. 평범한 일상에
서 모든 걸 용서하고, 모든 걸 수용하는 일이다. 마음의 평화는 세상을
바라보는 방식에서 비롯된다."

나눔을 실천하는 아름다운 사람의 모습을 살펴보자.

"나무가 아닌 숲을 봐야 할 때입니다. 이럴 때일수록 사회 지도층이 솔선수범해서 공동모금회 나눔 활동에 참여해야지요." 이용경 의원은 사회복지공동모금회에 1천만 원을 기탁하면서 "지금 중요한 건 국민의 따뜻한 손길을 기다리고 있는 소외 계층"이라고 했다. 매달 서울 신도림동 소재 '모랫말 꿈터'를 찾으면서 이제는 정신지체 장애우들과 둘도 없는 벗이 됐다고 한다. 그분은 "정신장애 때문에 꿈터 아이들이 혼자서는 쉽게 밖에 나가서 놀 수 없는 상황이라, 이들과 친구가 되어 야외 활동을 즐기는 동안에는 나도 동시에 빠져든다."라고 했다.

16명이나 되는 아이를 데려다 키운 위탁모 노현순 님은 아이들 뒷바라지하느라 명절 때 시골에 계신 시부모님을 찾아뵙지 못하게 되었다. 그러자 그 시부모님은 "착한 일 하는 거니까 괜찮다. 명절에 안 와도 된다."라고 하신다. 아이가 고국문화를 느끼도록 떠나기 전 꼭 고궁에서 사진을 찍어 해외입양 때 함께 보낸다고 한다. 그럴 때마다 정든 어린 아이와 결별해야 하는 아픔을 견딜 수 없다고 한다.

우리나라 14세 청소년을 대상으로 조사한 결과에 의하면 관계 지향적, 사회적 협력 등 '더불어 사는 능력'이 최하위라고 한다. 이는 사회 편향성 속에서 극도의 개인주의로 치달아 사회생활 부적응, 고립의 정착

화, 폐쇄에 의한 감정적, 부정적 행동을 유발시켜 심각한 사회문제로 직결되는 악순환을 거듭하게 된다는 것이다. 주한 미군의 슬로건은 '같이 갑시다'이다. 크고 작건 행사 때마다 구호로 꼭 이 말을 외친다. 방문객들을 위한 유인물, 기념품에도 꼭 전면 하단에 'Katchi Kapshida!'라고 표기되어 있다. 더불어 함께하겠다는 강대국의 친화적 제스처가 유화적이고 밉지 않게 들린다. 오히려 곱게 받아들여진다.

기도하는 습관을 들이자. 종교를 믿지 않더라도 기도는 꼭 해야 한다. 우리는 기도할 때 누구를 위하여 하는가? 교회에서, 성당에서, 법당에서 누구를 위하여 기도하고, 찬미하고, 참배하는가? 물론 자신을, 내 가족을, 내 친지를, 내 친구를, 내 연인을 위하여 한다. 우선 남을 위한 기도를 배려해야 한다. 우리 가족과 나를 위해 30%를, 남을 위해 70%를 배분해야 한다고 한다. 아무런 이해관계도 없는 남을 위하여…. 더불어 사는 남을 위하여 더 열심히 기도해야 한다. 그것이 곧 나를 위한 기도로 돌아오기 때문이라서가 아니라, 우리는 남을 위한 나눔과 베풂에서 진정한 행복을 경험할 수 있기 때문이다. 실의에 빠져 있어도 "나를 시기하고 욕하는 자에 대하여 참돼 사랑의 베풂을 실천하지 못하였습니다. 저를 벌하여 주십시오."라고 기도하자. 사람은 내 곳간만 가득 채우려 한다. 내 길만 곧장 가려고 한다. 어느 누구도 자신이 설치한 울타리를 조금이라도 침범하면 용서하지 못한다. 누군가 자신의 자동차에 실수로 아주 작은 상처라도 입히는 날이면 참지 못한다. 법정 스님은 "남이란 내 분신이다. 나와 무연한 타인이 아니다. 열린 마음으로 보면 모두가 하나이고, 겹겹으로 닫힌 마음으로 보면 모두가 타인이다."라고 했다.

무엇이든 달라고 하면 줘라. 내 것을 제 것인 양 막 쓰더라도 그냥 놔둬라. 그것이 큰 차이를 일으키지 않는다. 그래야 내 마음이 편해진다. 내가 건강해진다. 당장 그런 마음 다지기 어려우면 연습하고 훈련해라. 세상 사람들은 80% 이상이 마지막 숨을 몰아 쉴 때까지도 그동안 모으고 쌓아둔 재물을 다 써보지 못한다고 한다. 마지막 유언조차 못 하고 떠나 복잡한 문제를 일으키는 경우도 허다하다. 짐 스토리얼은 그의 저서 『최고의 유산 상속받기』에서 이렇게 말한다. "남에게 많이 나눠 줄수록 자신도 많이 가질 수 있다. …진짜 네 것이라고 말할 수 있는 것 가운데서 나눠주도록 해라. …사랑하는 마음에서 무엇이든 나누고 나 면, 받는 사람이나 주는 사람이나 처음보다 더 풍요로워진다는 것을 알 았다." 진정한 삶의 의미는 무엇을 얼마나 가지느냐에 있지 않고, 무엇 을 어떻게 나누고 베푸는가에 달려 있다. 신세는 갚을 수 있는 것인 반 면, 은혜는 갚을 수 없는 것이라고 한다. 은혜를 베푸는 마음을 키우고 실천해야 한다.

아름다운 삶의 실천

신지애 선수는 제32회 KLPGA 챔피언십(총 상금 7억 원)에서 우승 상금 1 억 4천만 원 전액을 불우이웃돕기에 기부했다. "이 대회에 출전한 것은 상금이 아니라 트로피 때문이었다. 상금이 저소득 장애인 같은 분들에 게 도움이 됐으면 한다."라고 말했다. 어린 시절 시야 님은 어머니가 일 하는 식당 주인한테서 얻어다 준 운동화가 자신이 신고 다니던 것보다 훨씬 새것이라 학교 갈 때 즐거운 마음으로 신고 다녔다고 한다. 하루는 같은 반 친구가 "내가 신던 것 하고 똑같은 것 신고 있네."라고 말하는 것을 듣고 다시는 그 운동화를 신지 않았다. 그 친구는 식당 주인집 아 들이었다. 며칠 후 새벽 일찍 어머니가 일하러 나가는데 신고 가는 신발 이 다 떨어진 허름한 구두인 것을 시야는 목격했다. 그 이후 시야는 어 머니에게 한 번도 불평하는 말을 하지 않았다고 한다.

스야 님은 보험회사에 다니는 친구의 권유로 펀드에 가입하게 되었는데, 6개월도 채 지나지 않아 원금의 40% 이상 큰 손실을 보고는 환매를 했다. 스야 님은 나중에 그 친구를 만나 오히려 점심을 사주면서 그가 손실을 입은 많은 고객들로부터 질타를 받고 있는 데 대하여 위로의 말을 전한다. 서울역 건너편에서 버스를 기다리고 있었는데 노숙자인 듯한 사람이 다가와서는 손을 내민다. 밥을 굶어 배가 고프다고 한다. 국수라도 사먹게 천 원만 달라고 한다. 3천원을 드렸다. 그걸로 한 끼라도 사 드실 수 있는지 여쭈어보면서.

얼마 전 많은 사람들의 안타까움 속에 유명을 달리한 자장면 박사 김우수 님의 이야기다. 70만 원 정도 월급을 받아 매달 10만 원씩 적립하여 불우 청소년들을 지원했다. 수혜자들은 큰 금액은 아니지만 지원해주시는 분이 상당히 부자인 것으로 생각했다고 한다. 정작 그는 하루 종일 햇볕이 들지 않는 고시원 쪽방에서 기거했다. 그날도 자장면 배달하러 가는 길이었다. 교통사고로 아까운 삶을 마감하고야 만다. 한 많은 세상에 기쁨과 아름다움을 베풀고자 쉬지 않고 일했던 그분은 사고가 나기 이틀 전에도 한 불우한 여학생에게 3만 원을 송금했다고 한다. 관청, 회사 사옥을 멋지고 화려하게 짓고 증축하는 것도 긴요하고 꼭 해야 할 일인지 모른다. 고래등처럼 웅장한 별장을 지어 편한 생활, 아늑한 하루 즐기는 것도 우리 자신의 즐거움일지 모른다. 성전을 건립하고, 법당을 신축하는 것도 시급한 일일런지 모른다. 교회에, 성당에, 법당에 마치는 헌금도 귀중하다. 이보다 더 사랑을 실천하고 아름다움을 창조할 수 있는 일은 없을까. 세상에 값진 일은 어려운 우리 이웃과 따뜻한 사랑을 나누는 것이다. 이 사랑은 내가 그토록 사모하는 연인에 대한 사랑과 맥락을 같이하는 것이다.

사람이 할 일은 그리 먼 곳에 떨어져 있지 않다. 자신의 소중한 자녀가 한 끼 끼니를 건너뛰는 것은 절대 용납하지 못하면서, 우리 이웃의 자녀가 방학이면 급식이 해결되지 않아 점심을 굶어야 하는 현실은 대수롭지 않게 지나갈 수 있을까. 우리가 탁상공론하며 아까운 시간 허비할 때 우리의 귀엽고 소중한 자녀가 굶주림에 시달린다. 세상이 더 혼탁해지기 전에 내 이웃을 돌보고 감싸주자. 나 혼자 챙기고 바처 천당 가고 극락 간다면 이것이 진정 값지고 아름다운 일이겠는가. 사람이 세상을 떠날 때 천국에 가는 사람은 누구이고 극락에 가는 사람은 누구인가? 건강을 잃어 숨가빠 하는 환자들에게 자신의 장기를 기증하고, 수십 명의 남의 아기를 데려다 자기 아이처럼 키우고, 연륜이 많이 쌓인 할아버지가 종이 박스를 주워 어려운 이웃에 기부하고, 자장면을 배달하면서도 자신보다 어려운 이웃을 먼저 생각하고, 자신의 안위를 접어둔 채 목숨을 걸고 인권변호를 하는 이들은 누구인가? 누가 아름다운 삶을 살고, 누가 구차한 삶을 살고 있는가?

재물이 관여되는 일에 아름다운 삶을 실천하는 일은 참으로 어렵다. 그러나 그 어려운 일을 몸소 실천한 분들이 있는데, 이분들을 생각할 때면 두고두고 부럽기도 하고 색다른 감정이 우러나온다. "동생의 생명과 같은 소중한 돈입니다. 형편이 어려워 힘들어하는 이웃들에게 이 돈이 조그마한 희망이 되길 바랍니다." 사회복지공동모금회에 한 여성이 전화를 걸어 외국 산업현장 근로자로 일하다가 불의의 사고로 추락해 목숨을 잃은 막내 동생의 사망 보험금을 기부했다. 두 동생도 함께 참여했다. 4남매는 어려서 아버지를 여의고 어머니와 함께 살았지만, 어머니마저 뇌출혈로 쓰러져 뇌사 판정을 받은 상태였다. 남동생은 결혼도 하지 않은 채 몸져누운 어머니를 위해 중동 산업현장 근무를 자원하여 가족 생활비를 벌었다고 한다.

어느 경제부처 차관이 점심시간이 가까워지자 잠깐 밖에 나갔다 오겠다고 하고는 아들 결혼식에 참석했다. 비서조차 모르게 자녀 결혼식을 치른 것이다. 일본에 지진이 발생했을 때 ARS로 많은 사람들이 작은 성금

모금에 참여했다. 용서와 사랑으로 충만한 선한 마음의 표시가 아닌가. 부뚜막의 소금도 넣어야 짜다고 했다. 작지만 실천하는 사랑이 고귀하다.

고속도로를 주행하다 위험물이 도로상에 떨어져 있거나 위험한 상황이 예견되면 꼭 도로공사에 신고한다. 반드시 그렇게 하기로 했다. 어떤 경우에는 이미 신고된 사항도 있어 김이 빠지기도 한다. 그럴 팬 내가 괜히 나서서 신고하는 것 아닌가 하는 생각도 들지만, 그래도 꼭 신고한다. 나만 지나가면 그만이라는 이기심에서 벗어나기 위한 훈련이기도 하다. 신고하면 도리어 누구냐고 반문하면서 이상하게 생각하는 경우도 있다. 그래도 신고한다. 억지로라도 실천하는 삶을 연마하기 위해서다. 신고 내용은 적재함에서 떨어진 물건, 트럭 지붕 씌우는 갑바, 급제동 시 트럭 타이어가 탈락되어 떨어진 것, 도로 가운데가 움푹 패인 것 등 여러 가지 위험한 것들이다.

백화점이나 공공기관의 출입문을 열고 들어갈 때, 사람들은 어떻게 하는가? 자기만 들어가고 뒤는 별로 신경 쓰지 않은 채 문을 놓아버린다. 자신의 뒤를 따라오는 사람이 양손에 짐을 잔뜩 든 사람이건 어린아이건 간에, 자신만 들어가면 그만인 경우가 대부분이다. 어쩌다 힐끔 뒤를 쳐다보고 필요하면 출입문을 붙잡아준다. 그것도 불안하게 보인다. 바빠서 얼른 들어가지 않으면 문에서 금방 손을 뗄 자세다. 언제부턴가 뒤에 오는 사람들의 행렬이 아무리 길어도 끝까지 편안하게 들어가도록 문을 잡고 기다려준다. 그들에게 나 자신이 건물 경비원, 관리인, 자원봉사자 등 어떻게 비치더라도 신경 쓰지 않는다. 다른 사람들에 대한 작은 배려가 그들을 편하게 하면 그만인 것이다. 반면, 내가 짐을 들고 들어갈 때 앞서 가는 사람이 문을 잡아줬으면 하고 내심 바라는데 그냥 탁 놓고 들어가 내 이마와 부딪힐 뻔한 적이 많다. 그래도 웃는다. 사랑은 베푸는 것이지 받으려고 하는 것이 아니라는 것을 잘 알고 있기 때문이다.

도로를 주행하다가 피우던 담배를 차창 밖으로 투기하는 운전자를 많이 보게 된다. 어떻게 도로상에 불붙은 담배를 던져버릴 수 있는지 참 의문스럽다. 따라가서 한 번 왜 그러는지 사정이라도 들어보고 싶은 심정이다. 애연가들을 싸잡아 구렁텅이에 빠뜨리는 격이다. 그들 자녀가 보면 뭐라고 하겠는가? 아이들이 보면 무어라고 하겠는가? 그냥 따라 배우라고 하지는 않을 것 아닌가. 남의 일 같지만 사람들은 이와 유사한 일을 행하며 살아가고 있는 것이다.

정신병 환자일 수도 있겠다. 강박증에 사로잡힌 사람일 수도 있겠다. 유소년기에 사랑을 받지 못하고 성장한 사람일 수도 있겠다. 우리 사회에는 겉으로 보기엔 멀쩡해 보이는데 정신질환을 안고 살아가는 사람들이 많다고 한다. 설사 나 자신이 가끔씩 정상이 아니라고 하더라도 남한테 불편을 주고 위화감 조성하는 일은 거두어야 한다. 우리 모두가 책임져야 할 일이다.

돈이 많아서 부자가 아니라 마음이 넉넉해야 부자다. 빌 게이츠는 280억 달러를 기부하고 난 후에도 560억 달러를 보유한 부자다. 세 자녀에게는 각각 천만 달러씩만 물려줄 계획이라고 한다. 자녀들에게 많은 돈을 주는 것은 좋지 않다고 하면서. 그들 스스로 길을 찾아야 한다고 한다. 다소 아이러니가 있다. 천만 달러란 돈은, 물론 상대적인 면을 고려해야 되겠지만, 그 자체가 상당히 큰 금액이다. 부란 상대적이긴 하지만, 때로는 몇 평생을 살고도 남을 재산을 물려주면서 많은 돈이 아니라고 자부하곤 한다.

아무리 머리에 고귀한 지식이 쌓여 있어도, 아무리 좋은 말씀을 전한다 해도 정작 실천하지 않으면 아무런 의미가 없다. NATO 형 인간이 되지 말자고 했다. 말만 일삼고 행동이 따르지 않는다면(No Action, Talk Only) 그저 그림의 떡일 뿐이다. 이에 더하여 NEAO(No Execution, Action Only) 형 인간이 되어서도 안 된다. 행동은 하는데 방향성이 없으면 이는 더욱 심각한 문제를 초래한다. 실천하는 삶이다. 눈에 보이는 실천이다.

남을 위해 봉사하는 삶이라고 강조하면서 행동으로 보이지 않으면 이는 빛 좋은 개살구 격이다. 그 봉사의 행동이 뒤따르기는 하는데, 대상이 불명확하여 행동에 따른 성과가 미진하고 방향이 틀어져 진정한 가치를 체감할 수 없다면, 이는 실망스럽고 애꿎은 원성만 높아갈 뿐 허공을 향한 메아리에 지나지 않는다. 그 대상을 명확히 하고 참된 삶을 실천하는 모습이야 말로 진정한 가치를 지닌다. 각고의 수양 끝에 얻은 숭고한 체험을 명확하게 실천하는 참 모습이 반복되어 일신우일신을 거듭해야 한다.

세 들어 살던 방이 드디어 새 입주인을 찾아 이사를 갈 수 있게 되었다. 세 들어 살아본 사람만이 알겠지만, 이사 가려면 뒤에 들어올 사람이 빨리 정해져야지 그렇지 않으면 문제가 복잡해지고 고민의 늪에 빠지게 된다. 참 기쁘다. 속도 시원하고. 그런데 계약 일자보다 방을 일찍 비워달라고 한다. 그 사이 며칠간은 전 세입자인 내가 거주하는 걸로 하자고 한다. 그래, 들어주자. 비싸지는 않지만 어렵사리 장만한 중고 냉장고를 그냥 달라고 한다. 그래, 주자. 전자레인지도 그냥 달라고 한다. 그래, 주자. 자선 기부단체에 그냥 다 주고 가려던 참이었는데, 새 입주자를 만나니 싹 무시하기도 만만치 않았다. 침대는 두고 가겠다고 했더니 치워달란다. 원래 있던 건데 주인이 연륜이 쌓인 할머니인 데다 몸이 편찮은 상태라, 귀찮지만 내가 좀 손해 보면 되겠지 하고 넘어간다. 결국 돈 주고 산 물건들은 다 그냥 주고, 원래 있던 것은 내가 돈 들여 다 치워야 했다. 말이 쉽지, 자신만 생각하는 사람들 틈에서 나보다 남을 위해 베풀기를 실천한다는 것은 여간 어려운 일이 아님을 실감한다.

"부처님이 말씀하셨다. '모욕을 참음으로써 분노를 이기고 선한 마음으로 악을 이겨라. 승자는 보시할 줄 알고 지성은 거짓을 이긴다. 약속 깨고, 지신 밟으며 모욕 줄 때, 인내로 그 모욕을 이기면 참 지도자다. 보시할 줄 알아야 진정한 승자가 된다고 하신 뜻 또한 쌀이나 양초만이 보시가 아니라 나를 욕보이고 무시한 자에 대한 용서, 끌어안는 화합, 내가 받을 것을 더 약한 자에게로 돌려주는 것이 진정한 보시임을 말한다." - 김정길, 『수암 칼럼』

성직자들은 수십 년간 경전을 독습하고 교육받고 깨달아 해박한 그들의 머리가 이미 지식의 보고가 되어 있을 텐데도, 쉬지 않고 수양하고 기도하고 공부하고 연마한다. 왜 그럴까? 하루만 쉬어도 머리에 이끼가 낀다는 말도 있지만, 아는 것, 터득한 것, 배운 것과 실천하는 것은 별개의 문제이기 때문이다. 선행을 해야 한다는 사실은 삼척동자도 다 잘 알고 있다. 이 알고 있는 것과 실천하는 것 사이에 자꾸 거리가 생기고 점점 멀어지려는 본성이 작동한다. 이 멀어지려는 거리를 좁히고, 실천하는 삶에서 하시라도 벗어나지 않게 하기 위하여 수양하는 것이다. 사람의 원초적인 나태 본성에다 선과 악이 한 몸에 공존하는 일체형 구조를 수행을 통해 항시 바로잡으려는 것이다. 이성과 감성이 혼재되어 있는 몸뚱아리에서 이성이 항상 중심을 잡고 급박한 상황에서 발동하려는 감정을 추스르려는 노력이다. 이 노력은 항시 현재진행형이 되어야 한다. 읽고, 알고, 감동하고 난 후 그냥 덮어두는 책이 되어서는 안 된다.

나 자신이 더 적극적으로 겸손해지고 양보하여 더 편안하고 행복한 세상을 만드는 것이지, 남들이 무례하다고 꼬집고 따지고 욕한다고 되는 것은 아니다. 남을 교육시키고 잘못을 뉘우치게 하려면 내가 먼저 겸손하고 손해를 감수할 줄 알고 감정을 통제할 줄 알아야 한다. 낮은 데서 울리는 고요한 목소리에 사람들은 감화된다. 높은 곳에서 잘난 척하면 되던 일도 그르친다.

언젠가 사무실에서 근무하는 중 고객불만 전화를 받았다. 상대방은 불만사항을 터뜨리면서 "내가 누군 줄 아느냐?"라며 큰 소리로 나무랐다. 이름만 대면 모를 사람이 없는 베스트셀러 소설가였다. 이후 그분에 대한 좋은 인상이 싹 가셨다. 사람은 자기가 잘못해서 욕을 먹어도 그 과정에서 상대방의 인격을 판단한다. 유명 작가라 알아봐달라고 하기 전에 먼저 자신의 인격을 갖추어야 한다. 유명 작가라고 거들먹거리기 전에 먼저 마음이 수양되어 있어야 한다. 그것도 현재진행형으로 말이다.

지하철, 택시, 버스에서 내릴 때나 식당에서 나올 때, 깜박깜박 하며 소지품을 자주 두고 나와 잃어 버리는 사람들에게 들려주었다. 일어날 때 꼭 자신이 앉은 자리를 한 번 만 뒤돌아보라고…. 그러고도 며칠 전 공공장소에서 우산을 두고 나왔다가 다시 갔더니 없어졌다. 이미 내 손을 떠난 것이다. 소지품을 잃으면 참 아쉽다. 그리고 몇 주 뒤에 산행을 갔다가 잠깐 바윗돌 위에 보온병을 올려놓고 등산화 끈을 메다가 깜박하고 그 보온병을 그대로 둔 채 떠났다. 나중에 돌아와보니 그 보온병을 누군가 가져갔는지 그 자리에 없었다. 그 보온병을 가져가신 분은 내가 아끼고 정들었던 만큼 소중히 간직하고 잘 사용하기 바라는 마음이다. 가끔씩 사람은 자신의 물건에도 정이 많이 든다. 그래서 사람이다.

늘 자리를 떠날 때 뒤를 돌아다 보자. 이것은 반성하는 마음과도 연결된다. 알고 있으면서 실천하지 못하면 아무런 소용이 없다. 오히려 복잡한 머리에다 심어두지 않는 것만 못하다. 늘 현재진행형으로 사고하고 행동하자.

어떤 삶을 살아야 하나

머칠째 연이어 내리는 비, 그칠 줄 모르는 비에 궂은 날씨가 오히려 허전한 마음을 달래는 청량제같이 느껴진다. 맑은 날씨를 기다리며 꼭 필요로 하는 사람들에 대해 죄스런 느낌마저 들 정도다. 그 빗속을 걸으며 이렇게 상상해보는 자아를 발견한다.

원목으로 짜인 테라스에서 자연의 거친 모습을 그대로 간직하며 오랜 세월을 견뎌온 목재 테이블, 가끔씩 삐걱거리는 소리가 귀에 거슬려도 조금씩 흔들리는 의자에 앉아, 이슬 머금은 연초록 풀잎과 작은 연못에 떨어지는 물방울을 물끄러미 바라보며, 처마 끝에서 추락하는 빗줄기들의 향연에 귀 기울이며, 하얀 커피 잔에서 막 끓여낸 짙은 커피 향을 음미하며, 내 모습을, 눈앞에 펼쳐진 풍경을, 그리고 사람의 마음을 관조한다. 이 소박한 꿈을 실현하기 어려우니 더 아름다운 상상으로 다가온다. 이것이 삶의 의미이고, 고운 삶을 인정하고 받아들이는 마음의 준비라고 생각하니 흐뭇해진다.

올바른 삶을 영위하는 10개 실천사항을 제시한다.

① 마음의 중심, 비우는 마음

외출 시 빠뜨린 것이 없는지 곰곰이 생각한 끝에 집을 나섰는데도 1층 현관을 나서는 순간 우산 가지고 나오는 것을 깜빡 잊었다. 사람은 늘 이렇게 깜빡 하며 사는 동물인가? 다시 올라가야 하는 번거로움, 임박한 약속시간, 엘리베이터 전기 낭비 등 여러 가지로 착잡해진다. 한편으로는 주방의 가스는 잘 껐는지, 욕실 등은 껐는지, 창문은 제대로 닫았는지 다시 한 번 확인하고 문단속을 할 수 있어 흐뭇해진다. 사람이 하는 일에 정답은 없다. 모범 답안이 있고, 권장 답안이 있을 뿐이다. 일

필휘지로 그린 그림이 수 차례 수정, 보완해서 그린 그림보다 꼭 탁월한 작품이 되는 것은 아니다. 이쪽에서 이렇게 말하고, 저쪽에서는 저렇게 말했다고 해서 일관성이 없다고 비난할 일이 아니다. 사람의 일이 그만큼 복잡하고 미묘해서 칼로 무 자르듯이 되지 않는 경우가 많다.

브레인스토밍의 경우처럼 혼자 할 때보다 여럿이 할 때 더 많은 아이디어를 내놓을 수 있다고 하는 반면, 여럿이 하는 것이 혼자 하는 것보다 아이디어의 양과 질이 모두 떨어진다고 주장하는 학자들이 있다. 먼저 남을 존중하라고 하는 반면, 이 세상에 가장 중요하고 존중해야 할 사람은 바로 자기 자신이라고 한다. 절대 남에게 화를 내지 말라고 하는 반면, 화나는 일을 참지 말라고 한다. 다른 사람이 행복해야 나 자신이 행복해진다고 하는 반면, 우선 내가 행복해야 다른 사람에게 행복을 베풀 수 있다고 한다. 어디에서건 모순은 도처에서 사람의 삶을 지배한다. '그때그때 달라요.'라는 말이 설득력 있어 보인다. 순서가 중요하지 않고, 비중이 차이가 있는 것도 아니다. 당장 눈에 비치는 행동이 그렇게 중요하지 않다. 중요한 것은 중심에 서 있는 마음이다. 이 마음을 잘 다스려야 한다. 수양과 깨달음이 뒷받침해야 한다. 그 마음에는 사랑이 충만해 있어야 한다. 사랑의 에너지가 넘쳐야 하는 것이다.

비워야 한다. 마음을 비우고, 생각을 비워야 한다. 그러면 자신이 아무 것도 아니라는 진리에 귀착한다. 그러면 몸과 마음이 온화해지고 편안해진다. 가지고 있는 것에 대해 감사하는 마음, 남아 있는 것에 대해 고마워하는 마음, 더 가지고 싶은 생각을 비우는 겸손한 마음을 수양하자. 그러면 이 세상에서 가장 중요한 자신이 발견되고, 더불어 사는 사람들의 참 모습이 보이게 될 것이다.

사람은 살아가면서 걱정이 온 삶을 휘감도록 독려하고 채찍질한다. 사람이 가지고 있는 걱정 중 절대 일어나지 않을 것, 이미 일어나 돌이킬 수 없는 과거가 된 것, 걱정하건 하지 않건 그 결과에 차이가 없는 것들을 빼고 나면, 정작 걱정해야 할 일은 4%밖에 되지 않는다고 한다. 비우자. 왜 나 자신이 앞장서서 쓸데없는 것들이 내 몸을, 내 마음을 사로잡도록 부추기는가. 사람은 스스로 무덤 파는 일을 곧잘 즐겨 한다.

군대 이야기를 해보자. 신병 훈련을 마치고 사단 보충대에서 사단 부관부로 넘어와 한참 대기하다가 다시 통신대대 본부 중대로 넘겨졌다. 중대 본부 사무실에서 대기하고 있던 중 선임하사가 "너 어디서 근무하고 싶어?"라고 물었다. 내 능력 되는 한 최대한 할 수 있는 데서 근무하고 싶다고 대답했는데, 이에 대하여 그 선임하사는 '빠졌다' (군기가 빠졌다는 의미)라고 하면서 두들겨 패기 시작했다. 그땐 어느 때보다 자신이 참 서글퍼졌다. 정답은 추측건대 "무슨 일을 시켜도 다 하겠습니다."였을 텐데, 당시 그 선임하사의 목소리가 작고 부드럽게 질문하는 것 같아 편한 마음으로 엉겁결에 대답한 것이 그렇게 된 것 같다. "네가 뭐야?"라고 되물으면서 패는데 "네, 육군 일병 노대전!"을 연거푸 복창해도 아무 소용이 없었다. "네가 뭐냐고, 이 새끼야!"라고 몇 번이고 되물으면서 주먹이고 발이고 몸에 붙어 있는 것은 죄다 사정없이 내 몸을 향해 날아왔다. 결국 나는 "아무것도 아닙니다."라고 대답했다. 그것도 수 차례 복창을 거듭한 후에야 몰매가 끝이 났다. 그렇다, 나는 아무것도 아니었다. 그때서야 알았다, 나는 아무것도 아니라는 사실을! 그러고 나니 내 마음은 그리 편안해질 수가 없었다. 그 후 이를 깜빡깜빡 망각할 때가 많아 문제를 일으키기도 했다. 현재진행형이 그만큼 어려운 것이다. 그래서 늘 수양이 필요하다.

사람은 절대로 동쪽에서 뺨 맞고 서쪽에서 복수하는 누를 범해서는 안 된다. 만만하다고 우습게 보아서도 안 된다. 그만큼 자신이 부족한 인간이라는 감정적 표시일 뿐 아무것도 아니다. 가정에서도 마찬가지다. 젊은 엄마는 남편과의 불편, 불화를 어린 자녀에게 화풀이하려 하고, 시댁과의 불협화음을 순수한 어린 자녀에게 애꿎게 몰아붙인다. 남편은 밖에서 술 마시다 덜 풀린 스트레스를 죄 없는 아내에게, 자녀들에게 마구 풀려 한다. 그래서는 안 된다. 밀려오는 울화를 부드럽고 온화하게 달래주는 수양이 부족한 것이다.

지금은 교회에 다니지 않지만, 교회에서 주관하는 '아버지 학교' 프로그램에 참가한 적이 있다. 하루는 스가 님이 삶의 구렁텅이에서 헤쳐 나온 자신의 모습을 간증했다. 사람은 현재 자신이 하고 있는 모습이 붕어빵 유전이란 말처럼, 꼭 그 아버지가 그 나이 때 하던 모습이랑 똑같다고 한다. 어린 시절 아버지가 술을 마시고 귀가하는 날이면 어머니를 그렇게 못살게 대했다고 한다. 스가 님은 두려움에 떨며 그 추운 겨울날 동생들을 데리고 나가 볏 짚단 쌓아둔 곳에 숨어 있다가, 새벽이 되어 아버지의 술주정이 잠잠해지면 집에 돌아오곤 했다. 그 아버지가 돌아가시고 난 후 오랜 세월이 지난 지금 그렇게 보고 싶고 그립다고 한다. 그런데 자신도 성인이 되어 한때 그 아버지와 똑같이 술주정뱅이가 되었다고 한다. 그 아버지는 사는 동안 마음의 중심을 잡지 못하고 어디건 약한 곳을 매몰차게 파고들어간 것이다. 사람의 가장 나약하고 비겁한 심성을 그대로 드러내고 있다. 그래도 그 아들은 그런 아버지를 그리워한다. 사람의 순수한 마음은 아름다운 물결로 늘 되살아난다. 마음의 중심을 잡고 마음을 비우고 수양하자.

　또 모순은 반복된다. 그 아무것도 아닌 나 자신이 이 세상에서 가장 중요한 사람이라는 것이다. 사람들이 많이 모인 자리에서 말을 꺼낸다. "여기 모인 사람들 중에 가장 중요한 한 분이 앉아 계신데 누구일까요?"라고 질문을 던진다. 다들 주위를 둘러본다. 어떤 위인이 오셨길래? 하는 의문에 싸인 채 두리번거린다. 사람들은 잘 모르고 살아왔다. 지금도 모른 채 살아가고 있다. 참 문제다. 자신이 이 세상에서 유일무이하게 가장 소중하고, 중요하고 귀한 존재라는 사실이다. 도대체 내가 참석하지 않은 행사가 아무리 빛나고 아름다운들 무슨 의미가 있으며, 내가 없는 가정이 무슨 의미가 있겠는가 말이다. 내가 보스가 아니더라도, 지금 시청하고 있는 TV 드라마의 주연이 아니더라도, 프로야구의 주전 선수가 아니더라도 나 자신이 가장 중요하며 나 자신이 존재하기에 모든 것이 존재하는 것이다. 나 자신의 진정한 가치를 존중하는 마음으로 바라보아야 한다. 무엇보다 소중하고, 고귀한 자신을!

　고등학교 졸업식 때 어머니와 누나가 졸업식 행사장에 오겠다는 걸 극구 만류했다. 졸업식 행사가 끝나기 무섭게 학교를 빠져 나왔다. 졸업기념사진은 한 장도 찍지 않았다. 다른 학생들이 상 타는 걸 가족이 일일이 바라보게 할 수 없다는 알량한 자존심 때문이었을까. 상을 하나도 받지 못하더라도 나 자신이 가장 중요하다는 깨달음이 없었기 때문이다. 그때는 졸업식 날 상 받고 못 받는 것이 삶에서 그다지 중요하지 않다는 사실을 알지 못했다. 그날은 다시 돌아오지 않는다.

　남을 잘 따르지 못하는 사람은 리더로서 남을 잘 이끌지도 못한다. 엑스트라를 잘 수행할 수 없는 사람은 주연에서도 제 역할을 다하지 못하는 것이다. 엑스트라건 조연이건 다 중요한 배역이다. 내게 주어진 삶의 역할은 내게 가장 소중하다. 높은 자리에서, 우아한 모습으로, 고급 승용차를 타고 다니는 사람, 남이 중요한 것이 아니라, 쉬지 않고 거리를 오가며 청소하는 나 자신이 이 세상에서 가장 중요한 사람이다. 건축 공사장에서 지시하고 명령하는 사람, 남이 중요한 것이 아니라 쉴 새 없이 벽돌을 나르며 구슬땀을 흘리는 나 자신이 이 세상에서 가장 중요한 사람인 것이다. 내가 나 자신을 중요하게 생각하지 못하면 다른 사람들도 나를 중요하게 생각하지 않는다. 내가 자신을 중요하게 생각하지 않으면 내가 다른 사람들을 중요하게 생각할 수 없게 된다. 내가 자신이 하는 일을 존중하지 않으면 남들도 내 일을 존중해주지 않는다. 실제로는 부자가 아닌데도 자신이 부자라고 생각하는 사람이, 그보다 훨씬 부자인데도 부자가 아니라고 생각하는 사람보다 더 부자인 것처럼 보이고, 남을 위한 봉사에 더 많이 헌신한다고 한다.

자이 님은 매일 아침 새벽이면 먼 길을 리어카를 끌고 새벽시장에 나가 배추랑 무랑 가득 싣고 소매 상가로 운반해주는 일을 생계수단으로 하며 살고 있었다. 어둡고 구석진 단칸방에서 아내랑 두 딸이랑 함께 살았는데, 그는 늘 자신감에 차 있었으며, 단순 노무에 의존해 생계를 꾸려가지만 단 한번도 궁색한 말을 꺼내지 않고 기쁨으로 충만했다. 그 모습은 백만장자도 부럽지 않을 정도로 당당했고, 얼굴은 항상 미소 띤 호감 가는 인상을 지녔다. 그의 입에서 나오는 말은 하나같이 재미있고 유머러스하고 생동감이 넘쳤다. 자신을 중요하게 생각하는 사람의 참모습은 아름답기만 하다.

21세에 불치의 근육 마비병인 루게릭 병에 걸려 두 손가락과 얼굴 근육 일부분밖에 움직일 수 없었지만 초인적인 의지와 도전정신으로 장애를 극복한 스티븐 호킹 박사는 "이 병은 내 인생에 구름을 드리웠지만, 결과적으로 나는 병 때문에 인생을 더 즐길 수 있었다."라고 했다. 그는 증상이 악화되어갈수록 더 강한 정신력으로 연구에 집중했다고 한다. 발명왕 에디슨은 선천적으로 허약한 데다 만성적인 기관지염을 앓아 점차 청력을 잃어가는 어려움을 극복하고, 불굴의 의지로 장애를 딛고 일어선 인류 최고의 발명왕이자 진정한 과학자였다. 누구보다 자신을 아끼고 소중한 사람으로 여기며 자신감에 차 있었다. 마르셀 프루스트는 "참된 발견은 새로운 땅을 발견하는 것이 아니고, 새로운 눈으로 보는 것이다."라고 했다. 사람들은 보석을 찾아 미지의 세계로 떠나는데, 그 보석은 자신의 가슴속에 있다. 이 새로운 눈은 이 세상에서 가장 중요한 사람인 나 자신에게 있는 것이다. 사람의 참된 가치는 바로 자신의 행동에 있다.

③ 연민(Compassion)

연민은 사람을 따뜻한 가슴으로 품어주는 것이다. 보듬어 안아주는 것이다. 그렇다고 남자가 여자를 무턱대고 안아주라는 얘기는 아니다. 여자가 남자를 무턱대고 안아주라는 얘기도 물론 아니다. 사람을 아끼고 사랑하는 마음으로 대하라는 것이다. 자녀와 배우자 문제도 연민하는 마음으로 대하면 머지 않아 관계가 회복된다고 한다. 복잡한 인간관계도 상대방을 연민하는 마음으로 대하면 잘 풀릴 것이라고 한다.

희극인이었던 고 배삼룡 님은 "건강, 배려, 양보, 웃음은 남을 주고 한숨은 내가 갖는다."라고 말했다. 연민의 마음이다. 공은 남에게, 책임은 내가…. 전 국가대표 축구감독 허정무 님은 화합, 자율, 긍정을 모토로 "졌을 땐 내 책임이다. 이기면 선수들이 잘했다."라고 하며 사령탑으로서의 겸손한 위상을 조용히 선보였다.

외로움을 벗삼을 줄 알아야 한다. 외로움을 견딜 줄 알아야 한다. 외로움을 연민할 줄 알아야 한다. 우리는 삶을 마감할 때, 어느 누구와도 나란히 어깨 동무하며 갈 수 없다. 누구나 가는 길이지만, 절대로 동시에 나란히 함께 갈 수 없다. 삶이 외로움이며, 외로움이 삶이다. 외로움을 즐길 줄 모르면 삶을 즐길 줄 모르는 것이다. 시인 정호승 님은 "산그림자도 외로워 하루에 한 번씩 동네로 내려온다."라며 자연이든 사람이

든 늘 외로움을 연민하고 있다. 칠순이 된 가수 신중현 님은 자신의 음악 인생을 지탱하는 키워드가 '외로움'이라며, "음악인은 지독할 만큼 혼자여야 한다."고 역설한다. 그 외로움이 연민으로 승화되는 것이다.

④ 책은 삶의 이치를 100배 빨리 섭렵하는 길

책을 읽어야 한다. 억지로라도 읽어야 한다. 읽기 싫으면 하루에 한 페이지라도 읽자. 이 세상에 나와 있는 책은 천차만별이다. 좋은 책을 읽어야 한다. 좋은 책은 저자의, 인류의 영혼이 담긴 책이다. 사람의 영혼을 울리는 책을 읽어야 한다. 심금을 울리는 책을 읽어야 한다. 인류의 삶을 꿰뚫어 파헤치는 책을 읽어야 한다. 저자의 혼신의 열정이 담겨 있는 책을 읽어야 한다. 결국 사람의 마음과 행동의 변화를 일으키는 책을 읽어야 하는 것이다. 좋은 책은 그 가격의 천 배, 만 배 이상의 가치를 지니고 있다. 나는 가끔씩 수만 태 이상의 가치가 있는 책을 접하고 감동의 눈물을 흘리곤 한다. 자신의 알량한 경험만으로 시행착오를 거듭하며 거친 인생의 항로를 헤쳐 나가기엔 시간이 너무 부족하다.

새 치약을 뚜껑을 열지 않고 짜보라. 치약이 안 나온다. 더 힘을 주고 또 주면 어딘가가 터져서 치약이 나온다. 이것이 글이다. 진통 끝에 나오는 것이 글이다. 산고의 고통이 따르지 않고는 좋은 글이 나오지 않는다. 고독을 아는 사람이 글을 쓰고, 군중의 마음을 헤아리는 사람이 글을 쓴다. 극도로 외롭고 고독해보지 않고서는 좋은 글이 나오지 않는다. 고독의 구렁텅이에 빠져서 그 쓰디쓴 고독을 즐길 줄 모르면 글을 쓰지 못한다. 사람의 마음을 일일이 꿰뚫지 못하고서는 좋은 글을 쓰지 못한다. 그래서 우리는 그 글을 찾아 읽어야 하는 것이다.

제대로 배움의 길을 걸어가보지도 못한 소시민의 거친 말에서 쉴 새 없이 받아쓸 준비가 되어 있지 않은 사람은 글을 쓰지 못한다. 글을 쓸 자격이 없는 사람이다. 죽음을 삶처럼 이해하지 못하면 글을 쓰지 못한다. 노래에, 음악에 그림에 감동받은 적이 없는 사람은 글을 쓰지 못한다. 그게 작가다. 그래서 우리는 그 책을 읽어야 하는 것이다

⑤ 나누고, 베풀고, 품어주는 사랑의 실천

　　소니 창업자인 모리타 아키오 님은 장애아나 지체아를 입양해 가족으로 삼은 부모를 가장 존경한다고 했다. 신 앞에 서게 되는 날 우리는 이런 질문을 받게 된다고 한다. "너는 너 자신과 다른 사람들에게 사랑을 주고, 또 받았느냐?" 자신의 운명을 바꾸려면 자신이 가진 것 중 소중한 것 30% 이상을 내놓아야 한다. 나와 내 가족 먹을 것도 없는데 무슨 나눌 것이 있느냐고 반문하지 말라. 아무리 없어도 마음만 있으면 나눌 것은 많다. 동네에서, 공공 장소에서, 모임에서, 산책로에서 따뜻하게 미소 지으며 인사하는 것도 큰 나눔이고 베풂이다. 출입문을 붙들고 사람들이 편하게 드나들 수 있도록 해주는 것이 사랑의 실천이다. 시기와 분노, 미운 감정에 휩싸인 사람을 따뜻하게 감싸주는 것이 사랑이다. 양보하고, 비켜주고, 기다려주는 것이 나누고 베푸는 마음이다. 이처럼 나누고 베풀며 사랑을 실천하는 길은 사통팔달 열려 있다. 사랑 에너지를 충전하는 데는 비용이 들지 않는다. 이것은 마음의 보약이며, 건강의 화

신이며, 질병을 어루만지고 달래는 명약이다.

교회에, 절에, 성당에, 또는 내가 믿는 종교에는 꼬박꼬박 쾌척하면서, 정작 바로 내 앞에 서 있는 어려운 사람들에 대한 배려는 소홀히 하고 있지는 않는가? 병들고 역경에 처한 내 이웃을 모른 척하고 있지는 않는가? 각지에서 수많은 사람들이 정중하고 깔끔하게 차려 입고 인류의 메시아 예수를 만나러 구름처럼 모여들 때, 그는 그 사람들 앞에 어떤 모습으로 나타났는가? 병들고, 헐벗고, 굶주림에 허덕이며, 남루한 옷차림의 보잘것없는 사람의 무리를 대동하고 모습을 드러냈다. 공자는 "남이 잘되기를 바라는 사람은 벌써 잘된 사람이다."라고 말했다. 남들은 다 안 그러는데 혼자 어떻게 실천하느냐고 반문하지 말라. 나 자신이 중요하고 내가 행하는 실천이 중요한 것이지, 남의 일은 그들이 알아서 할 일이니 들먹이지 말라. 내가 중요한 만큼 나 자신이 해야 할 일 내가 챙기면 되는 것이다. 사람의 일거수일투족을 하늘이 다 보고 있으니 괜한 염려는 하지 않아도 된다.

⑥ 웃어야 사는 삶

한국인은 남과 비교하기를 좋아해서 열등감이 많다고 한다. 열등감이 있으면 웃음이 사라진다. 내 것을 소중히 여기는 이에게 웃음이 있다고 한다.

LPGA 골프 경기에서 신지애 님은 우승을 목전에 두고 짧은 퍼팅을 놓치고도 미소 짓는다. 결승 연장전에서 서지현 님은 드라이버 티샷이 페어웨이를 벗어나 볼이 벙커 턱에 걸쳐 있어도 입가에 미소를 잃지 않는다. 축구경기 A 매치에서 차두리 님은 결정적인 슛이 빗나갔는데도 웃는다.

얼토당토않게 막무가내로 대드는 사람한테 부드러운 미소로 응대한다. 빚 받으러 갔다가 웃는 사람한테는 빚 독촉도 못 한다고 한다. 오후

늦은 시간 동네 슈퍼마켓에 가서 계란과 몇 가지 생활용품을 샀다. 깎아
지른 듯한 오르막을 낑낑거리며 올라가 집 앞까지 도착해서 엘리베이터
를 기다리는 동안 비닐 봉투 안에 있는 계란 포장을 확인해보니 유효기
간이 9월 23일이었다. 바로 그날이 9월 23일이었다. 착잡한 마음을 억제
하며 어쩔 수 없이 다시 그 슈퍼마켓에 갔다. 계란을 꺼내 보이며 이렇게
말했다. "저 오늘 밤까지 계란 15개 다 못 먹어요." 라고. 기쁜 삶은 마
음먹기에 달렸다. 삼라만상을 대하는 태도에 달린 것이다. 진실로 현명
한 사람은 항상 즐거워한다고 했다.

암을 품는 것도 물리치는 것도 다 마음 먹기에 달렸다. 그것이 운명이
라 하더라도 한 치 앞의 좋은 운명을 기대하고 창조하는 것은 나약하지
만 현명한 사람의 몫이다. 정신은 육체를 지배하고, 웃음은 육체를 지배
하는 그 정신을 지배한다고 했다. 그러니까 웃자. 기쁘고 즐거울 때만 웃
으려 하지 말고, 슬플 때일수록 웃고, 괴로울 때일수록 더 웃어야 한다.
김진배 님은 그의 저서 『유머가 인생을 바꾼다』에서 "머리가 나쁘면 안
웃는다. 마음이 차가운 사람은 안 웃는다."라고 했다. 유식하고 따뜻한
사람으로 보이기 위해서라도 웃어야 한다. 웃어라. 아파도 웃고 옆에서
누가 죽어도 울다가 속으로라도 웃어라. 죽음은 예견된 것, 살아 있는
것은 기쁨!

없는 살림에 주식이 며칠째 폭락을 거듭해 오장육부가 다 쓰라려와
도, 용기를 내어 웃으니 삶의 기쁨이 살아 숨쉰다. 웃지 않으면 작은 복
도, 건강도, 행운도 멀어질 뿐이다. 오른쪽 머리가 아픈데 아파 찡그린
내 모습을 상상하니 더 쑤시는 것 같다. 억지로 피시식 웃으니 낫는다.
돈 많은 사람이 부자가 아니라, 웃는 사람이 부자라고 한다. 세상에 웃
을 일이 뭐가 그리 있느냐고 하지 말라. 그럼 화낼 일은 뭐 그리 있느냐
말이다.

평소 존경하는 4성 장군이 계셨다. 그분은 자신과 가족에게 해를 가

하지 않고 내 조상의 묘를 훼손하지 않는 한 살아가면서 뭐 그리 화낼 일이 있느냐고 반문한다. 직장에서 잘려도 웃고, 사랑하는 연인이 떠나도 웃어라. 억지로라도 웃어라. 사람에게는 괴로워하고 슬퍼할 시간이 그리 넉넉하지 않다. 그냥 웃어라. 마냥 웃어라. 생긋 웃어라. 살짝 웃어라. 계속 웃어라. 크게 웃어라. 작게 웃어라. 그러나 비웃어서는 절대 안 된다. 다른 사람에 대해 가식으로 비아냥거리는 웃음은 안 된다. 한근태 님은 그의 저서 『조직을 죽이고 살리는 리더의 언어』에서 "웃음은 열 번의 회식보다 더 큰 단결력을 선사한다. …침울한 표정은 보는 것만으로도 사람을 지치게 한다. 환한 웃음은 보고만 있어도 기분이 상쾌하다. 이를 '정서적 전염'이라고 한다. 웃음은 상대를 무장해저 시킨다."라고 했다.

⑦ 문제와 갈등은 나 자신이 떠안고, 칭찬과 보상은 남에게

두 사람간 시비가 붙으면 서로 상대방의 잘못을 거론한다. 도로상에서 자동차끼리 접촉사고가 나면 서로 잘못을 떠넘긴다. 대통령, 국회의원, 시장 선거가 임박하면 서로 잘못을 들춘다. 자신이 소신 있게 잘할 수 있는 일만 가지고는 상대방을 이길 자신이 없어서인가. 앞에서 시집간 새댁이 밥을 태우자 그 가족들이 한 이야기를 생각해보라. 가족 중 어느 누구도 다른 사람을 탓하려 하지 않고 어떡하든 자신의 잘못으로 돌리려 했다.

사람들간의 관계에서 문제와 갈등의 소지를 자신이 떠안으면 예상 외로 일이 잘 풀리고 결국 득이 된다. 사람은 목전의 이해득실만 따지는데, 가까운 것도 중요하지만 멀리 내다볼 줄도 알아야 한다. 부부관계에서도 갈등의 원인을 나 자신에게로 돌려보자. 친구간의 관계에서도 문제의 중심을 나에게로 가져가보자. 내가 문제를 떠안아보자. 문제와 갈등을 떠안으면 해결의 실마리를 찾는 지름길이 된다.

모임에서 등산을 가면 꼭 뒷정리를 도맡아 잘하는 사람이 있고, 여러 사람들이 먹고 남은 음식물 쓰레기를 꼭 챙겨 들고 내려가는 사람이 있다. 우리는 그를 어떤 시선으로 바라보는가. 그는 귀찮고 문제투성이인 쓰레기를 스스로 떠안음으로써 내면의 아름다움을 간직하고 있는 선한 사람이다. 사랑을 실천할 줄 아는 사람이다. 존경 받는 사람은 이런 사람이다. 거추장스런 문제를 떠안고 가는 사람이 결국 존경 받는다. 깔끔하게 치장하고 다니는 사람만이 존경 받는 것이 아니다.

직장에서 휴일, 연휴, 휴가철, 명절 때가 되면 꼭 먼저 나서서 근무를 도맡아 하는 사람이 있다. 귀중한 즐거움, 행복을 기꺼이 동료에게 양보하고자 하는 마음을 지닌 것이다. 사랑 에너지가 넘치는 사람이 하는 행동이다. 토론장에 가보면 자신의 문제를 감추지 않으면서 상대방의 의견을 존중해주는 사람이 있다. 일의 중요한 성과를 다 이루고서도 포상과 칭찬을 다른 동료에게 양보하는 사원이 있다. 이순신 장군이 존경 받은 것은 문제와 갈등은 서슴지 않고 자신이 떠안고, 공로와 칭찬은 부하 군사들에게 돌리려고 했기 때문이다. 사랑이 넘치는 아름다운 세상, 건강한 하루, 참된 삶은 스스로 문제를 떠안고, 칭찬과 보상은 남에게 돌리려고 하는 소박한 마음에서 조금씩 실현된다.

⑧ 가장 중요한 시간은 바로 이 순간, 가장 소중한 날은 오늘 이 하루다

다른 어떤 생명체도 후회하는 일이 없는데, 유독 사람만 후회를 하는 동물이다. 앞에서도 언급한 내용이다. 절대 '…더라면, '…걸'이라는 말을 쓰지 말아야 한다. 중요한 것은 바로 이 순간, 바로 지금 다가오는 가까운 미래다. 이미 지나간 말 "공부를 잘했더라면, 그 사람을 만났더라면, 그 사람과 사랑을 했더라면, 더 열심히 살았더라면, 다른 사람과 결혼했더라면, 이웃에게 더 베풀 걸, 그렇게 할 걸, 하지 말 걸,…" 등은 절대로 생각하지도, 입 밖으로 꺼내지도 말자. 바로 이 순간, 오늘 무엇을 할 것

인가를 고민하자. 사람은 돌이킬 수 없는 영원한 침묵인 암흑 속의 과거를 자꾸만 연상하고 괴로워하며, 다가오지도 않을 미래에 온 신경을 곤두세운다. 바보들이 하는 짓이다. 소중한 오늘 하루에 충실하자.

⑨ 기뻐하고 축복하는 마음

자연 예찬

저 성난 파도의 거칢 속에 고요함을 보라.
온갖 크고 작은 나무들로 덮여 있는 푸른 산의 온화함을 보라.
바라보이든 꺾이든 청초하게 제자리를 지키는 들꽃들의 잔치를 보라.
얼마나 기쁘고 감사하며, 감탄이 저절로 나오지 않는가.

마쓰시다 고노스케 회장은 "가난, 허약, 못 배움이라는 세 가지 은혜를 타고 태어났다."라고 밝혔다. 그는 사람이 불행이라 여기는 것들을 은혜로 탈바꿈시켰다. 모든 역경을 축복이라 여기고 감사하는 마음을 간직했다. 행복은 물질의 풍요와 일치하지 않는다. 절대 돈이 많은 것이 돈이 부족한 것보다 더 행복한 것은 아니다. 지난 과거를 돌아보자. 물 한 모금 마시지 못한 채 쫄쫄 굶으며 동네 친구들과 함께 온 산과 들을 헤매고 다니던 어린 시절과 현재를 비교해보라. 비좁은 방안에서 5형제가 뒹굴며 지내던 때와 자신만의 방을 차지하고 지내는 현재의 모습을 비교해보라. 과연 언제가 더 행복한가?

늘 기뻐해야 일이 잘 풀리고 행복이 깃든다. 억지로라도 기뻐해라. 그래야 복이 찾아온다. 화낼 일 있어도 너털웃음 지으며 기뻐하자. 생각이 바뀌면 기분이 바뀌고, 컨디션이 좋아지며, 건강이 찾아온다. 몸이 아파도 기뻐하면 통증이 완화되고, 그 통증을 극복할 수 있으며, 결국 그 통증이 내 몸을 떠나게 되는 것이다.

이건희 회장은 "남의 잘됨을 축복하라."고 했다. 남의 잘됨을 축복한다

는 것은 자신의 욕심과 이기심을 내려놓는 것이다. 그러면 기쁨이 찾아
온다. 이 기쁜 삶을 늘 축복하고 더불어 사랑하자.

⑩ 사랑이 넘치는 아름다운 삶

　사랑은 온 세상에 통용되는 유일무이하고, 고귀하고, 성스러운 가치다.
가톨릭에서는 '하느님=사랑'이라고 강조하고 있다. 이를 실천하고, 반성하
고 음미하자. 주위의 모든 사람을 사랑하자. 미운 사람을 더 사랑하자.
사랑 받는 사람이 되자. 그러려면 먼저 사랑을 베풀어야 한다. 우선 작은
사랑을 실천하자. 먼저 인사하고 미소 짓자. 사랑을 실천하는 사람이 되
어야 한다. 사랑은 양보이며, 기다림이며, 주위 사람을 편안하게 해주는
것이며, 기쁨을 주는 것이다. 그리고 기대하지 않는 것이다. 이것이 바로
사랑 에너지를 충전시키는 일이며, 사랑 에너지가 충전되면 아름다운 삶
을 향유할 수 있게 된다. 이 세상에서 가장 값진 것은 의외로 돈이 들지
않는다. 신의 선물이자 축복인 사랑을 늘 마음에 간직하자. 이 세상에서
쓰면 쓸수록 더 풍족해지는 유일한 것이 사랑 에너지다. 마음속에 이 사
랑 에너지가 늘 충만하도록 사랑을 베풀고 실천하자. 이 사랑 에너지가
방전되어 험악하고 비참한 세상이 되는 것을 방치하고 싶은 사람은 없을
것이다.

　사랑은 늘 나로부터 남에게로 일방통행이어야 한다. 사람은 늘 상대방
으로부터 반대급부를 바라기 때문에 행복과 축복이 멀어진다. 사람은 늘
잘못을 남에게 돌리려 하기 때문에 좋은 관계를 그르치고 기회를 놓친
다. 원수를 용서하고 사랑하라. 그래야 네 몸도 건강해진다. 성서에 "나를
박해하는 자를 위하여 기도하라."고 했다. 미워하는 자에게 다가가서 사
랑으로 품어주자. "나에게 던진 돌을 주워담아 깊은 밤에 그 집을 찾아가
예쁜 울타리를 만들어주라."라는 말은 그저 이상향이라고 웃어넘길 일이
아니다. 그것이 결국 나의 육체적 질병으로부터 해방되는 길이며, 영혼을

맑게 하는 성스럽고 고귀한 길이다. 꼭 해야 할 일을 하지 않은 채 한가하게 지나쳐도 될 정도로 그렇게 많은 시간이 남아 있지 않다.

아름다운 삶의 완성을 위한 평가 관리

이제 최종 정리할 단계에 이르렀다. 측정하지 않으면 평가할 수 없고, 평가하지 않으면 점수를 산출할 수 없고, 점수를 산출하지 못하면 얼마나 잘했는지 알 수가 없다. 결국 삶의 개선, 발전을 기대할 수 없다. 그래서 평가점수 제를 도입하고자 한다. 누구에게나 60점의 기본점수가 주어진다. 거기에 더해지는 가점 항목이 주어진다. 감점 항목도 있다. 다만 일일이 나열하지 않는다. 다음에 나열한 항목 이외에도 더 많은 가점 항목이 있을 수 있고, 감점 항목도 있을 수 있다. 자신이 충분히 스스로 판단할 수 있을 것이라 믿는다.

각 항목은 평생 지속적으로 반복해야 얻을 수 있는 점수이지, 한 번 실천했다고 당장 획득할 수 있는 점수는 아니다. 90점 이상이 되면 올바른 삶, 존경 받는 삶, 아름다운 삶, 축복받는 삶을 사는 것이다. 삶을 마감한 후 천당에 갈 수 있고, 극락에도 갈 수 있다. 더욱 중요한 것은 현세가 천당이고 극락이어서, 무엇보다 현재 아름답고 복된 삶을 사는 사람이 되는 것이다.

♣ 여기서도 모순을 안고 갈 수밖에 없는데, 세계적인 영성가 그륀 신부는 어머니는 자식을 평가하지 않고 오히려 돌본다고 했으며, 자비도 그런 것이어서 우리가 누군가에게 자비롭지 못할 때 평가를 하게 된다고 했다. 그렇다. 사람을 평가하지 않는 것이 도리다. 다만 여기에서는 사람이 가야할 올바른 길을 찾는다는 의미에서 스스로 평가하는 길을 택한다.

- 연령 고하를 막론하고 만나는 사람에게 먼저 인사하고 미소 짓는다. (0.3점)
- 백화점, 은행 등 공공건물 출입 시 뒷사람이 지나갈 때까지 출입문을 열고 기다려준다. (0.3점)
- 도로 주행 시 끼어들기 하려는 자동차를 안전하게 들어올 수 있도록 속도를 줄여주거나 멈춘다. (0.3점)
- 골목길에서 다른 차와 마주칠 때는 내가 먼저 양보한다. (0.3점)
- 다른 사람의 실수를 책망하지 않고 감싸준다. (0.3점)

- -

- 대중교통 이용 시 내 발등을 밟은 사람에게 미소로 안심시켜주며 (0.5점)
- 오히려 괜찮은지, 놀라지 않았는지 배려의 말씀을 전한다. (0.5점)
- 만나는 사람 누구에게나 사랑과 연민의 정으로 대한다. (0.5점)
- 사랑하는 연인, 친구가 떠나면 잘되고 행복하길 진심으로 빌어준다. (0.5점)
- 운전이 미숙한 운전자가 주차장에서 어려움을 겪고 있을 때 성의껏 도와준다. (0.5점)

- -

- 산행 시 하산하는 길에 남들이 버리고 간 쓰레기를 주워온다. (1점)
- 내 등뒤에서 욕하고 시기하는 사람을 용서하고 미워하지 않는다. (1점)
- 도시락을 싸오지 못한 친구와 점심을 나누어 먹는다. (1점)
- 나 자신이 손해 보더라도 상대방의 마음에 상처를 주지 않는다. (1점)
- 다른 사람과 문제 발생 시 우선 나를 돌아보고 내 잘못을 먼저 챙긴다. (1점)

- -

- 자신을 힘들고 어렵게 하는 사람에게 연민의 정을 베푼다. (3점)
- 지체장애가 있거나 병든 부모님, 배우자, 자녀를 극진히 보살핀다. (3점)

- 나를 시기하고 험담하고 질투하는 자를 위하여 기도한다. (3점)

- 어려운 이웃을 위하여 기부한다. (3점)

- 회사에서 동료가 게으르거나 업무능력이 떨어지면 내가 좀 더 일한다. (3점)

- 자신을 핍박하는 사람을 위해 기도한다. (5점)

- 다른 사람의 사랑 에너지를 충전하는 일에 적극 참여한다. (5점)

- 집단 따돌림을 당하는 동료·학생을 위로하고, 적극적으로 해결에 나선다. (5점)

- 지체장애가 있는 불우이웃을 극진히 보살핀다. (10점)

- 병들고 역경에 빠진 이웃을 돕는다. (10점)

- 어려운 이웃을 위한 봉사활동에 적극 참여한다. (10점)

- 자신의 가장 소중한 것 중 30% 이상을 어려운 이웃을 위해 기부한다. (25점)
  (삶의 종착역에 이르러서 기부할 경우 10점만 가점 부여)

- 어려움에 처한 어린이를 구해내기 위해 자신의 위험을 무릅쓴다. (25점)

- 남을 위한 헌신적 마음으로 자신의 장기를 기증한다. (25점)

♣ 단순히 1회 이행했다고 가점이 주어지는 것이 아니고, 살아 있는 동안 내내 실천에 옮겨야 한다.

감점 항목

- 이웃 사람들을 만나도 모른 체한다. (-0.03점)

- 만나는 사람을 무뚝뚝하게 대한다. (-0.03점)

- 매사에 자신의 주장을 굽히지 않는다. (-0.05점)

- 다른 사람과 분쟁이 생기면 절대 지지 않으려고 애쓴다. (-0.05점)
- 거짓말을 한다. (-0.05점)

- 어려운 이웃에 대한 사랑을 소홀히 한다. (-1점)
- 다른 사람이 어려움에 처해도 모른 체한다. (-1점)
- 남을 위한 사랑보다 내 욕심을 앞세운다. (-1점)
- 자신보다 힘이 없고 궁핍한 사람을 무시한다. (-1점)
- 일을 공정하게 처리하지 않는다. (-1점)

- 연륜이 많이 쌓인 부모님을 홀대한다. (-3점)
- 어린 자녀 뒷바라지를 소홀히 한다. (-3점)
- 다른 사람의 마음에 상처 주는 말을 한다. (-3점)
- 상사에 대해서는 섬김을 다하고, 부하직원에 대해서는 홀대한다. (-3점)
- 채무를 제 때 갚지 않고 차일피일 미룬다. (-3점)

- 자신보다 약하고 힘이 없는 사람, 여성을 홀대하고 심신에 상처를 준다. (-5점)
- 내 욕심을 채우기 위해 나무를 잘라 내고, 숲을 파헤치는 등 자연을 훼손한다. (-5점)
- 선량한 사람을 괴롭히고, 상처를 주고, 해를 가한다. (-5점)

♣ 부모님께 효도하고 자녀 뒷바라지하는 것은 가점이 없다. 사람으로서 기본이고 인륜이라 가점 대상이 아니다. 대신 이를 소홀히 하면 감점이 있다. 다만 병든 부모와 자녀를 극진히 보살피고, 장애가 있는 부모와 자녀를 사랑으로 보살피는 경우에는 가점이 주어진다.

♣ 감점은 1회 이행 시마다 적용된다.

고귀한 영감을 준 귀한 도서들

^「그대, 청춘」 김열규 지음 2010 │펴낸 곳│ 비아북

^「꿈꾸는 씨앗」 브라이언 카바노프 지음 / 주연진 옮김 2011

^「네가 있어 다행이야」

^「마음에 새겨두면 좋은 글」 139 박은서 엮음 │펴낸 곳│ 도서출판 새론북스 2010

^「마음을 다스리는 인생철학」 루화난 지음 / 허유영 옮김

^「무지개 원리」 글 차동엽 │펴낸 곳│ 동이 2006

^「불량엄마」 머피 미드페로 지음 / 이다희 옮김 │펴낸 곳│ 민음인

^「브레인 시크릿(Brain Secret)」 │편저│ 지식탐험가 │감수│ 요네야마 기미히로
│펴낸 곳│ 도서출판 꿈의 열쇠 2011

^「새 천년 새 시대에 한 권으로 당당하게 끝내는 손자병법」 - 손 무 원작 차평일 평역 2009

^「생각의 심리학」 아우구스토 쿠리 지음 / 2010.3 김율희 옮김 │펴낸 곳│ 청림 출판

^「설득의 법칙」 로저 도슨 지음 / 박정숙 옮김 2002 │펴낸 곳│ 비즈니스북스

^「손에 잡히는 심리학」 유진상 편저 펴낸 곳│ 스타북스 2008. 12

^「술취한 코끼리 길들이기」 아잔 브라흐마 지음 / 류시화 옮김 │펴낸 곳│ 도서출판 이레 2008

「심리학, 사랑을 말하다」 로버트 스턴버그, 카린 웨이서 편저 / 김소희 지음

^「How pleasure works 우리는 왜 빠져드는가?」 인간행동의 숨겨진 비밀을 추적하는 쾌락
의 심리학. 폴 블룸 지음 / 문희경 옮김 │펴낸 곳│ ㈜살림출판사 2011

^「이모셔널 에너지, 내 감정을 이기는 심리학」 황화숙 지음

^「인간의 모든 감정」 최현석 지음 2011.4. │펴낸 곳│ 서해문집

^「오프라 윈프리의 희망 메시지 365」 2011 │펴낸 곳│ 랜덤하우스코리아㈜

^「인생 수업」 엘리자베스 퀴블러 로스·데이비드 케슬러 지음 / 류시화 옮김 2009
│펴낸 곳│ 도서출판 이래

^「인생을 바꾸는 시간 18분」 피터 브레그먼 지음 / 김세영 옮김

^「이 순간」 능행 지음 2010 │펴낸 곳│ 한겨레출판㈜

^「삶이란 무엇인가」 톨스토이 지음 / 유순옥 엮음 / 이일선 그림 │펴낸 곳│ 국민출판사

^「정의란 무엇인가」 마이클 샌델 지음 / 이창신 옮김 │펴낸 곳│ 김영사

^「좋은 사람들」

^「지혜와 영감을 주는 명언」 한소윤 엮음 / 조혜림 그림　|펴낸 곳| 신라출판사 2007

^「철학의 즐거움」 후지사와 고노스케 지음 / 유진상 옮김　|발행처| 휘닉스드림 2011

^「탈무드의 고급 유머」 강문호 엮음 2010.10

^「한 사람은 모두를 모두는 한 사람을」 법정 스님 법문집·2 / 2009.11　|펴낸 곳| 문학의숲

^「호감을 주는 말의 힘」 이토아키라 지음 / 장미화 옮김

^「호모 스피리투스」 데이비드 호킨스 지음 / 백영미 옮김　|펴낸 곳| ㈜민음인 2010

^「유머가 인생을 바꾼다」 김진배 지음

^「글쓰기의 공중부양」 이외수 지음　|펴낸 곳| ㈜해냄출판사 2009

^ 신문 칼럼(일간 신문, 일요신문, 지역신문 등), 방송사 특집 방송, 2006~2012.